CONTOS DA QUARENTENA

VOLUME I

KOTTER EDITORIAL

FINALISTAS NO CONCURSO DA TV 247

Coordenação editorial: Sálvio Nienkötter
Editores-executivos: Daniel Osiecki / Raul K. Souza
Editor-adjunto: Isadora M. Castro Custódio
Editora-assistente: Francieli Cunico
Capa: Jussara Salazar
Editoração: Carlos Garcia Fernandes
Produção: Cristiane Nienkötter
Preparação de originais e revisão: Daniel Osiecki

Dados Internacionais de Catalogação na Publicação (CIP)
Angelica Ilacqua CRB-8/7057

Contos da quarentena : volume 1 / organização de Tv Brasil 247, Kotter Editorial. -- Curitiba : Kotter Editorial, 2020.
160 p.

ISBN 978-65-86526-27-1

1. Contos brasileiros I. Tv Brasil 247 II. Kotter Editorial

CDD B869.8

20-2454

Kotter Editorial Ltda.
Rua das Cerejeiras, 194
CEP: 82700-510 - Curitiba - PR
Tel. + 55(41) 3585-5161
www.kotter.com.br | contato@kotter.com.br

Feito o depósito legal
1ª Edição
2020

CONTOS DA QUARENTENA

VOLUME I

FINALISTAS NO CONCURSO DA TV 247

Sumário

MÃE

Tomás Varallo

Pela soleira da porta, ao lado de fora, eu podia ouvir um gato procurando por uma fresta. Bicho vadio ou perdido, era certo, pois nunca tivemos gato algum. Do lado de fora, no vasto mundo que se escondia por detrás do laranja das paredes de barro, moravam cores outras; borboletas de arco-íris, gramados verdes e córregos frescos, com minúsculos peixinhos a se ocuparem das miudezas de suas pequenas vidas molhadas. Dentro, só o enferrujado terroso do pau a pique e o cheiro da minha gente, que já passava tempo demais sufocando no calor. Ainda assim, o gato insistia em procurar, miando de tempo em tempo um chiado áspero de sua garganta seca. "Parece que estamos todos em busca de alguma brecha, não é mesmo?", pensei.

Eram dias insólitos aqueles em que vivíamos. Digo dias porque me foge, como fugiu à grande maioria, uma noção coerente do tempo daquela época. Poderiam bem ser meses. Uma vez extinta a rotina do trabalho, e como, às ventanas cerradas, o caminhar do Sol parecesse subjetivo, era difícil precisar. Partiu de cima uma ordem para que ninguém se aventurasse; e como o pai e a mãe nos repetiram o mesmo comando, recolhemo-nos em casa. Diziam que era uma moléstia do ar, mas eu achava difícil crer na história: Podia ouvir os pássaros seguirem normalmente com suas vidas, podia ver as moscas que insistiam em perturbar, e todas aquelas criaturas habitavam o ar. Ora, não poderia, portanto, ser o ar assim tão nocivo. Mas minha lógica de criança, tão certa de si, fazia pouca frente aos desígnios dos mais velhos. Uma ordem partira de cima, os pais a ecoaram e resignei-me ao confinamento. Fez-se assim por toda a extensão de terra sabida, e o mundo mergulhou num silêncio profundo de gente.

Existe na solidão qualquer coisa de mistério, uma promessa velada ou beleza inédita que só se revela nas trocas íntimas de um coração em retiro. Talvez seja alguma coisa no silêncio que fale mais alto quando só se escutam pensamentos, e não me admira que tantos sábios tenham sido também ermitões. Mas aquela solidão não trazia nada disso. Não tinha beleza ou filosofia alguma, nem falava à alma com a língua dos anjos. Tinha somente o arrastar das horas, os olhos caídos e o cheiro dos corpos suados.

Na cozinha, que era também sala, quintal e venda, uma lenha magra queimava sob um tacho fundo. Minha irmã cuidava do fogo. Minha irmã cuidava de quase tudo. O pai estava sentado sob o batente da janela fechada, distante, imaginando espiar o horizonte. A tristeza represava-lhe nos olhos, mas não recordo de tê-la visto transbordar uma só vez. Tinha no colo aquele infalível volume de Jorge Amado, o qual lera e relera já tantas vezes - era para ele uma espécie de mantra, e bem sabíamos a necessidade que tínhamos da fé agora. Assim, nem eu e nem minha irmã o incomodávamos. Apenas o padrinho, que tinha maior autoridade, trazia-o de volta de seus devaneios quando se fazia necessário.

De mim, encontrava-me no quarto, pousado sobre uma banqueta de madeira, maquinalmente torcendo e trocando toalhas frias e mornas - e foi aí que ouvi o gato à porta. Ao inusitado, despertei como de um susto para a atenção de meus pequenos afazeres. Aticei também o braseiro, onde queimavam fumos de inalação. Na cama, ao meu lado, a mãe dormia - ou disfarçava que dormia. Duas semanas antes, fora apanhada de surpresa por um vento ruim, quando ainda nos permitíamos conservar a casa aberta. O que começou pela febre e uma tosse árida, avançou rapidamente a acamá-la. Já há alguns dias, tinha se restringido ao quarto. Foi também quando veio morar o padrinho e quando passamos a dormir no primeiro cômodo.

A rotina se adequou à necessidade, assim como antes ajustara-se às circunstâncias. Também nós o fizemos. A comida vinha em rações tão magras que apenas por respeito não chamávamos de meia porção. Não reclamava-se. Eu organizava a casa, passava pano, punha a mesa e aprontava os leitos. O pai moía grãos, lavava as roupas e nos digeria estudos, ainda que não houvesse escola. Era ele também quem banhava e dava de comer à mãe. Minha irmã, que dividia conosco o fardo dessas tantas responsabilidades, arranjava ainda tempo de cozinhar e varrer. O padrinho ajudava como podia: realizava pequenos reparos, entretinha-nos, preparava unguentos. Tinha aberto uma cova que logo vingou em horta modesta e rendia algum sustento. À parte disso, a mãe. Como o quarto era estreito e a doença requeria espaço, revezavam-se turnos em atenção à enferma. Também, disseram-me, se evitava assim que o ar saturasse.

Era fim do verão, e ainda que se conservasse uma temperatura elevada, já se anunciava com veemência a seca das estações mais frias. Acredito que essa atmosfera contribuía pessimamente para o estado de saúde da mãe, pois as ventas sangravam agora mais que antes e parecia-lhe um esforço tremendo manter o ar preso aos pulmões. Notei que a temperatura, oscilante, tornava a cair e minha irmã logo trouxe água fervida para que eu renovasse as compressas. Nela esvoaçava um vestido de remendos floridos, cuja alegria contrastava dolorosamente com o sentimento geral da casa. Mas era bom também, esse contraste: como um pequeno vaga-lume iluminando a noite escura em que, faltando lua, tem-se a impressão de que as estrelas brilham mais próximas.

Já a mãe, compunha um retrato mais fiel dos ânimos. A doença desbotara-lhe os olhos e raleava os cabelos; substituía lentamente o brilho da pele por manchas oleosas. Tinha também emagrecido muito. A natureza exata daquele mal permanecia um mistério. Não diferia muito de qualquer outra moléstia, salvo por uma forte expectoração, mas avançava sobre o corpo com a fome da peste. O tratamento era naturalmente caseiro - Rico, quando adoece, é logo recebido por um doutor; aos pobres, sobram a sorte, a fé e os costumes que os valham. Ao lado da cama, repousava uma bacia como cuspideira.

Imaginando que poderia ter sede, levantei de meu posto, abandonei a vigia e rumei para a cozinha em busca de um copo. Lembro ainda de ter espiado o quarto quase vazio por cima do ombro. Essa memória de minha mãe, abatida e acamada, é ironicamente a mais viva que carrego. Quando tento me lembrar dela em uma fase mais jovial, temo que a lembrança enevoe e se misture com fantasias, pois parece-me seu rosto com o de alguma santa pintada a óleo. Afloram, porém, outros atributos, de natureza tão mais verdadeira que um rosto: gostava muito de música e tinha predileção por feijoada. Quando pequeno, ainda o bastante para caber em seus braços, me embalava em uma manta azul que ela mesma cosera. Tinha a voz suave como orvalho de primavera e preferia andar descalça a usar sapatos. Era, sobretudo, mulher forte e orgulhosa.

Cruzei novamente o espaço entre a cozinha e o quarto. A sombra do gato se insinuava agora pela janela. A mãe continuava imóvel, confinada a seu leito. Toda a vida da casa palpitava então naquele coração cansado. Na volta, tomei emprestadas da porta as espadas-de-ogum para substituir as da cabeceira, que já haviam secado, e ajeitei-lhe o terço sobre o travesseiro.

A escuridão desceu suavemente, anunciando o fim da minha guarda. Cansado, procurei avidamente algo com que me entreter e novamente ouvi o ruído à porta. Abri-a.

Aos meus pés, quase tão surrado quanto curioso, me encarava aquela coisinha miúda e desconhecida que era o gato. Preto. Preto até nas íris, como se vestido para um funeral. Apiedei-me do bichano. Afaguei-lhe a cabeça pequena e provoquei o rabo magro, interrogativo. Na minha carência por novidades, embriaguei-me do pêlo macio. Esqueci completamente do arrastar das horas, dos deveres por terminar e até mesmo da mãe acamada. Só por um instante. O amanhã viria, sempre. Que sabia eu, então, do fim das coisas? Era apenas um garoto, de pensamentos e esqueleto leves. Conhecia alguma fração de dores e mágoas, é claro, pois isso aprende-se cedo; mas foi só muito mais tarde que ganhei uma dimensão realista da natureza do mundo. E como se não existisse mundo, deixei a criaturinha lavar minha alma daquela solidão imposta.

Depois, emergindo na verdade árida da casa de barro, emudeci de uma culpa sufocada. Corri à cama da enferma, roubei-lhe da testa um beijo breve e, como se precisasse de uma desculpa, levei para trocar a bacia, que já estava impregnada de uma massa seca amarelada. O pai fitou-me com um misto de espanto e repreensão, mas não se opôs àquela súbita demonstração de afeto. A mãe pareceu que ia dizer algo, mas faltaram-lhe forças. Cuspiu ao chão, e a terra sedenta tragou a saliva como se bebesse por um rebanho inteiro, deixando apenas uma pequena mancha rubra aparente. A isso, seguiu-se um estertor característico. Voltei à sala buscando o animal ao qual eu tão instantaneamente me tinha afeiçoado, mas vi logo minha intenção frustrada. Um ronronar penoso ecoou do cômodo anterior.

Fez-se então repentino silêncio, uma premonição de desastre.

Num segundo, o pai e o padrinho já se tinham precipitado quarto adentro. Incapaz de distinguir palavras entre os murmúrios, eu sentia apenas a punhalada de uma aflição terrível me sangrando o peito. O retorno de uma tosse compulsiva e o ruído familiar da respiração abafada tranquilizaram-me por um instante. Lembrei-me da mancha vermelha e, como se a notasse pela primeira vez, vislumbrei a porta aberta. Lá fora, o mundo corria com revoltosa indiferença, ferindo os olhos na sua explosão de vida. Desvelada a barreira invisível, toda a impossibilidade de ação se transformava em potência. Para além do limite da casa, ainda existiriam estradas, ainda brilhariam os postes, ainda haveria gente.

Suspenso o golpe da surpresa, a esperança se anunciava. O gato disparou pela porta.

- Maria, corre chamar o médico! Vai! Diz que é urgente, diz pra que venha logo. - Desesperei. - Faz com que venha logo!

O padrinho saiu do quarto. Pousou a mão em meu ombro. Minha irmã não se mexeu.

- Senta, garoto. - Ordenou com uma rouquidão mansa e bastante mal contida. - É hora já para chamar o padre...

Travessia

Tiago Donoso

Seja ou não em tempos de Covid-19, quem, como Vladimir, deseja ir de Antenor da Bahia a Juazeiro do Norte, precisa passar por 800 quilômetros de poeira, sol e desolação. Não que os caminhos sejam por si só tristes. São apenas monótonos, de uma monotonia fantástica, quase divina. O sol convence a terra a tornar-se areia e os umbuzeiros, os cactus e os galhos intrincados da caatinga recebem do vento uma pátina de pó. Por estar perpetuamente empoeirada, a vida ali ganha ares de antiguidade, de relíquia.

Há um ponto particular do trecho em que as habitações desaparecem. Restam apenas o caminhoneiro e a paisagem, algum lixo de beira de estrada e uma sacola azul estufada ao vento, presa aos galhos secos

- uma bandeira inútil fincada em Marte. As árvores ainda verdejam, mais baixas que o caminhão. O bom estado da rodovia traz consigo o tédio, a liberdade de pensamento, e Vladimir já tem o cotovelo para fora da janela e a cabeça pensa, os dedos enfiados nos cabelos. Ninguém mais passa por ali. O canal 5 da rádio está silencioso. A marmita - que em seu isopor só tem traços de óleo vermelho e uma ossada de frango, a asa como um arco-e-flecha arrebentado - empresta à cabine um cheiro quase azedo, ainda delicado. A boca de Vladimir está dourada e ele a limpa com as costas da mão, que pousa na barriga. Lembra das orientações higiênicas. Desliga a rádio.

Precisamente naquele trecho, Vladimir era navegante de primeira viagem. Ouvira certas instruções de um grupo de amigos e decidira tomar o rumo da bifurcação: seria mais rápido, mas teria que passar por uma balsa. Não seria a primeira e certamente não era nada de mais. O encurtamento da distância valeria a pena, e haviam lhe dito que por esse atalho ele chegaria ainda hoje. Mas o caminho ia ficando excessivamente solitário. Apesar do hábito, tanto tempo sem ver ninguém e tomar a rota alternativa o deixaram inseguro. A cada dez quilômetros vinha-lhe a sensação de que estava equivocado. Passou-lhe pela cabeça a hipótese de que fora alvo de alguma estúpida brincadeira, uma brincadeira que custaria dinheiro. Não, isso não seria possível. Ele sabia que pode-se brincar com tudo, mas não com dinheiro de verdade. Os dois tanques estavam cheios de óleo cor de ouro, pago à vista e com notas novas. De uma coisa certamente se arrependia, e era de ser refratário ao uso do GPS. Seu caminhão bicudo estava carregado de piso - um milhão e meio de reais em carga - e todo esse peso era um componente sutil, aéreo, de medo que vez ou outra lhe subia do peito.

Nem uma única casa, nenhum posto. Sem balança de pesagem, sem radares. O confinamento móvel, mais sensível nos aclives. Apenas a caatinga que misturava o fantasmagórico dos galhos retorcidos e o absolutamente solar, areia quase branca e os cascalhos à beira da pista; o céu sem nuvens era de um azul ao mesmo tempo chato e labiríntico. No console do seu caminhão, Nossa Senhora seguia colada com super bonder e o terço enrolado no retrovisor balançava, inclinava-se na subida, oscilava como um compasso, tímido, buscando desorientado o centro da terra. Vladimir ia pulando, tremendo pela força colossal de seu veículo; era um homem gordo, distraído, dentro da têmpora de um Leviatã.

Finalmente avistou uma casa simples à beira da estrada. Perguntou da balsa. O homem lhe indicou uma descida pela estrada de chão e informou-lhe que em vinte minutos estavam o rio e a balsa. "O que é que eu tô fazendo?" Deu ré, desceu da rodovia à estradinha num solavanco, que se seguiu de outros. A vegetação era mais viva e em pouco tempo chegou ao restaurante, cujo nome era Bokka: Rei do Rio.

Os fios de eletricidade eram baixos como cercas; o pátio de uma palhoça de alvenaria tinha mais três caminhões estacionados. Vladimir respirou: era ali. Desceu do caminhão e perguntou sobre a balsa. Ela chegaria em breve. Empoleirado no alto de uma árvore sem folhas, um urubu de braços abertos pregava para os peixes.

Foi ao restaurante, cinco mesas compridas de madeira, cobertas por uma proteção de plástico sobre a qual as moscas dançavam. Cumprimentou seus companheiros de viagem. Lavou a mão em álcool em gel, uma garrafinha de água de 500ml no balcão e sentiu o frescor cutâneo, mentolado. "O que vocês têm aí pra beliscar?" "Porção de peixe", respondeu um homem velho, vermelho e magro. "Tem espim? Não gosto de espim". "Não, tem pintado. Pintado não tem espim" - "Então vai". O homem deu dois passos e parecia já esperar por isso, como em um déja vù desinteressante, e colocou uma escumadeira de bolinhos de peixe no óleo que já fervia. O óleo escuro espumou, esbranquiçou-se e silvou como se pedisse silêncio do modo mais escandaloso possível. Vladimir se sentou e esperou.

A televisão de tubo, azulada como a catarata que ataca as revistas velhas, passava uma coletiva de imprensa do governo. Lá fora, ao lado da palhoça, o rio era preto e cintilava - nem sinal de balsa. Na tevê os ministros estavam lado a lado com o presidente e todos se atrapalhavam com as máscaras. Todos eles ali adquiriam algo de monstruoso. As inserções capilares, as bolsas debaixo dos olhos, as dentições de peixe, as cabeças de galo, as pupilas baças que nadavam em uma esclerótica sangrenta, fenótipos de lagarto - eram monstros azulados, ozonizados. E quando sorriam, ao contrário de todas as outras pessoas do mundo, tornavam-se mais feios. Os três caminhoneiros comiam e bebiam, olhando o aquário televisivo, que apagava o rio, a nervosa caatinga e o céu com sol e lua.

Os três assistiam àquilo com raiva - embora, talvez, com raivas diferentes. Vladimir ouviu que um deles resmungava: "Borsonaro", mas não conseguiu saber se era de aprovação ou reprova, ou de mera absurda constatação. Vladimir pagou e foi ao pátio.

Dali pôde ver o puteiro, de paredes intransponíveis, coroadas com cacos de vidro e um portão central de ferro. Estava fechado. Um banner azulado de chuva e calor tinha a silhueta de uma mulher toda em preto, com sapatos de salto rosa choque; outro tinha mulheres de revista, saindo todas deformadas de um buquê de seios de silicone, e a palavra em amarelo: "Show". E então Vladimir pôde ver a balsa, e sua barriga zurrou, apertou-se com um ruído de porta velha se abrindo.

Na verdade, antes que a visse a ouviu: tou-tou-tou-tou-tou-tou e depois a imagem de uma balsa pequena, lançando ao ar, por um escapamento trêmulo, lufadas pretas. "Pelo amor de Deus", Vladimir deixou escapar, enquanto passava a mão cheia de óleo nos cabelos. Olhou para trás, como a repensar os 150 quilômetros possivelmente perdidos: "Jesus tenha misericórdia". A água do rio já batia em ondas na margem, molhando os cascalhos e os deixando lúcidos, âmbar. Um dos caminhoneiros parou ao seu lado. "Isso daí é seguro?", indagou Vladimir. O homem apertou os olhos e alargou a boca: "Ééééé". Disse-lhe que fazia tempo que não acontecia "nada de ruim". "Mas já aconteceu?" O homem pareceu pensar. Talvez quisesse se lembrar ou escolher as melhores palavras. "Nesse rio tem três Mercedona. Aí debaixo. Diz que quando afundou o rio subiu isso aqui" e ampliou bem o palmo, e para Vladimir sua mão fazia força para não parecer humana.

Os três entraram em seus caminhões e deram partida. Um deles vestia máscara, talvez mais por exibição que por cuidado, parecendo estranhamente ornitológico. Vladimir permaneceu ali, a barriga falando ao seu ouvido interior, como um obtuso anjo intestinal. "Minha Nossa Senhora". Olhou o caminhão e olhou a balsa, o rio. Já havia tomado balsas antes, mas essa era horrorosa. Os ruídos dos três motores, aliados ao gaguejar franzino da balsa, entraram em perfeita desarmonia. A balsa encostou e dois homens sem camisa e tatuados irregularmente pelo sol desceram duas argolas, soltaram uma rampa cujo ruído metálico foi como o instrumento que coroava a desafinação, e o cheiro de rio e de peixe foi sendo substituído pelo de óleo queimado. Os caminhões fizeram uma lenta manobra sincronizada, soltando gritos de pressão. Vladimir foi testar os pneus e beber uma água. Voltou. Foi decidido a um dos rapazes, que já acabavam de orientar as balizas. A água estava a três dedos de entrar na balsa, e um mau arco-íris de óleo se coagulava a seu lado, em estrias.

"Escuta, quantos caminhão vai na balsa?" "Vai três". "Três caminhão nessa balsa aí?" "Vai três". "Quanto custa?" "Trinta. É trinta o caminhão". Vladimir pensou, coçou a cabeça. "E se eu te der noventa, você leva só eu? Na próxima?" "Noventa?" "É, te dou noventinha". O homem olhava para o chão, onde a água lambia o ferro da rampa, e os arcos nacarados de óleo não se desfaziam. Sorria de calor. Olhou na cara de Vladimir. Não disse nada, apenas abriu mais o sorriso, limpou a testa. "Dou cem". "Ah, cem eu levo. Quantos quilo o senhor tá?" "Doze mil quilo". "Ah, doze mil quilo tá leve". "Mas eu quero ir sozinho". "Só se o moço pagar cem". "Eu pago cem". O homem entrou, travou os ferros, espirrou e assoou o nariz com os dois dedos na água.

A balsa foi se distanciando. Vladimir foi ao banheiro, mas a torneira estava seca. Saindo à luz do sol, lembrou-se dos ministros e do presidente. Lembrou-se também do amargo no gosto do peixe. Arrastou os chinelos e foi lavar-se em seu caminhão. Olhou-o por um tempo, orgulhoso, mas também preocupado com um dos pneus. Pensou nos caminhões naufragados, as rodas girando na correnteza - como jamantas, como baleias, animais contraditórios na água. A associação paradoxal entre a caatinga, o sol escaldante, a areia quente que fazia correr os teiús e a hipótese de morrer afogado foi-lhe particularmente dolorosa. Não era isso, de modo nenhum, o que esperava. Lavou bem as mãos, o rosto, molhou os cabelos. Pegou um resto de água do rosto com a mão e o lançou no chão - a areia escureceu. Respirou com dificuldade. Olhou o rio, a balsa que já sumia. Sentiu um princípio de raiva. "Eu vou, cacete. Eu to aqui, eu vou. Mas nunca - nunca mais, em nome de Deus - eu ouço aqueles filho da puta."

REFLEXÕES DE UM MALANDRO DAS ANTIGAS,
ou: autêntico que sufoco.

Virgilio Mattos

"Olha que, se bobear, eu tenho mais tempo no crime do que esse povo todo que tá no pátio, andando gingado igual bandidinho de filme, tem de cadeia por tirar. Bando de comédia. Num suporto ladrão comédia. Tenho é que tossir mais. Quando tusso parece que eu desligo. Ou é onda desse febrão?

Antigamente ladrão tinha a cara de ser ladrão e polícia tinha a cara de ser polícia. Hoje misturou tudo. Tinha um lourinho, muito famoso, desses de revista, rádio e jornal, que puxou cadeia comigo na Frei

Caneca, ele dizia sempre que Polícia é polícia e ladrão é ladrão. Armaram pra ele e um pilantra, um tal de Marinheiro que era culiado com os canas, matou ele na crocodilagem. Vagabundo de responsa, como ele era, nego só matava na crocodilagem. Acho que o nome dele era Lúcio Flávio, começou fazendo carro, quando morreu fazia banco.

Tosse. Muita tosse. A falta de ar é o que mais incomoda, pior do que a tosse. Só pode ser da doença, né, doutor? Tem um menino do xadrez aqui do lado, que antes do senhor pôr o tubo nele, tinha até apagado, foi ficando todo roxo, a malandragem bombando a capa da cela pros funças escutarem. Foi uma merda. E olha que é moleque novo, num deu tempo nem de pegar zica de cadeia direito. Tá todo mundo com essa porra aqui na tranca, eu acho. Doze ladrão apertado numa cela pra dois? Tá tudo infeccionado já, como diz o ministro da justiça, aquele marreco pilantra.

Mas tava dizendo desse povo que fazia banco naquela época, puxava a cadeia junto com os meninos da subversão, que também faziam banco e matavam muito polícia. Tudo junto. Um ia formando e informando o outro. Tudo uma barra pesada do caralho. O cacete que esse povo tomava dava até dó, só o senhor vendo, doutor. Os firmeza foram parar na Ilha Grande, ô inferno, e muita gente ficou pirado de tanto sofrimento. Conheci alguns. Tirei cadeia junto com eles, quer dizer, no mesmo inferno que eles foram quando saíram de lá. Eu sempre fui responsa mas não era essa barra pesada toda, não.

Meu negócio sempre foi descuido e ventana, que são correrias que não existem mais. Descuidista é aquele que aproveita do vacilo do otário. Ventanista é o artista que entra nas casas pelas janelas, faz o serviço e não incomoda ninguém. Isso acabou. Otário continua vacilando, eu acho que isso não acaba nunca; mas com pouca casa e tanto edifício alto, alarme, vigilância, não compensa o cara se arriscar pra perder, ou tomar um tiro nos cornos desses guardinhas filhos da puta metidos a polícia que acham que o dinheiro é deles. Esse febrão tá dando até onda, doutor. Tô viajando aqui. A falta de ar é que começa a ficar insuportável. É assim mesmo? Pior que é, né? Deixa baixo.

Tava dizendo que sempre fui sujeito homem e puxava tranca com esse povo que não engolia vacilo, tinha cela que nem tossir na hora da Ave Maria você podia. Tuberculoso engolia a tosse. Tinha conversa de pandemia não. Era foda, doutor. Vacilava, morria no cacete. Já pensou eu nessa situação, doutor? Morrendo de tosse, de falta de ar e de pancada? Ave Maria! Parece praga de mãe de vítima.

Safado, cagueta e pilantra sempre teve em cadeia, mas morria feio pra caralho e o povo tinha medo de morrer assim. Ladrão é tudo vaidoso e sem juízo. Pode anotar aí nesse seu caderninho.

Quarentena eu sei, sim, o que é que é, doutor. Num tô marchando já tem 26 anos nessa tranca? Quer quarentena maior? Num peguei aids, só sífilis, há muito tempo, e essa tuberculose que nunca consegui ficar livre. Tava melhorzinho, vinha uma transferência e os remédios não iam junto no bonde. Maior safadeza. Mas deixa baixo. Difícil é a moçada dos mais novo, né? Sem visita, sem o jumbo vindo de casa, com um sabonete, uma pasta de dente, a gente se sente melhor porque sabe a dificuldade, né?

Tá tudo no desespero. Febrão também, tosse pra caralho, a diferença é que não cospem sangue. Moleque do outro pavilhão cuspiu no chão do pátio e morreu na hora, no cacete. Os funças nem entraram pra separar. Todo mundo com o cu na mão e o coração na boca. Tá embaçado.

Agora nego dá o serviço sem tomar um tapa, só com ameaça de tranca dura os playboy já se caga todo. Tudo pilantra. Não têm o menor respeito pela malandragem. Bom eu estar morrendo, num me põe no tubo não, doutor. Sou das antigas mesmo, e sou muito grato ao senhor, doutor, por esse oxigênio todo. É SUS que chama, né? Tomara que esses arrombados que estão aí no governo não acabem com ele. Com o oxigênio e esse remedinho da pesada, é o amarelinho, né? Que dá essa onda toda. Pelo menos consigo dibrar um pouco essa falta de ar e dormir. Queria era dormir até morrer, igual a Dolores Duran. Cantava pra caralho, hein, doutor? Mas não é do seu tempo. Morreu garota. Ela era caneta e cantava as coisas dela e as dos outros. Bom o senhor ter me dado essa fortalecida, agradeço. Queria um remédio era pra falta de firmeza, esse podia até pôr na água da cadeia toda."

37 graus e meio

Maximiliano da Rosa

Acordei, trabalhei, trabalhei, trabalhei, comi, mijei, comi, trabalhei, mijei, joguei, fui dormir. Sonhei com unicórnios e prestidigitadores de salão. Acordei. Dormi. Sonhei com as pragas do Egito. Trabalhei mais um pouco, dormi. Sonhei com androides sonhando com ovelhas elétricas dançando o Lago dos Cisnes. Acordei. Trabalhei. Meu chefe me mandou um Whats. Parei de trabalhar para ver a foto de uma mulher nua que ele me enviara. Dei zoom. Ela tinha os seios bonitos e os dentes feios. Voltei ao trabalho, não demorou e senti meu estômago roncar, fui até a cozinha, peguei um saco de salgadinhos de queijo no armário, voltei pro computador, comi, digitei várias e várias linhas de código, cansei, me atirei na cama, liguei a televisão e coloquei na Netflix. Era noite. Fiquei uma eternidade procurando alguma coisa pra assistir até que acabei dormindo. Dormi e sonhei com Ada Lovelace atuando num filme para adultos, depois levei três dias para descobrir que eu a confundira com Linda Lovelace. Rezei pra Lord Byron e pedi perdão por tamanha heresia. Acordei no meio da noite com os gemidos da minha vizinha tendo orgasmos múltiplos porque as paredes do meu apê eram finas demais. Me levantei e fui ao banheiro. Tentei mijar, mas não consegui por causa de uma ereção involuntária. Esperei. Enquanto esperava comecei a lembrar de que dias atrás eu ainda estava no escritório, trabalhando, quando fui avisado de que seria mandado pra home office. E é claro que achei ótimo, comemorei. Eu não gostava mesmo de gente, preferia era ficar na minha, quieto, mergulhado em algoritmos e lógica e fugindo ao máximo de conversas desnecessárias e socializações inúteis. Tanto que nem notei que o andar ficava cada vez mais vazio por causa dos colegas que, ou foram dispensados, ou morreram por causa do vírus. O pior era que, até aquele momento, eu nem sabia que havia uma pandemia. Mas havia e era por causa dela que eu não precisaria mais comparecer ao escritório. Lembrei, também, que aquele dia fora estranho, pois encerrado o expediente, deixei o escritório, caminhei até o ponto de ônibus e notei que tudo estava mais parado que o normal. Tá certo que nunca fui de notar o movimento das coisas e das pessoas, geralmente eu andava de cabeça baixa e evitava ao máximo olhar nos olhos dos outros. Naquele dia, porém, ergui a cabeça e percebi as pessoas na rua quase todas usando máscaras. Percebi o mesmo dentro do ônibus. Mas confesso que, mesmo assim, não dei muita bola, pois lembrei de ter assistido o presidente falar na televisão de uma "gripezinha" e de ter pensado que não era nada. Mas era. Tanto era que, depois que me tranquei em casa, comecei a prestar atenção ao noticiário e percebi que as mortes aumentavam cada vez mais. O medo se espalhava e obrigava as pessoas a ficarem em casa, encolhidos, absortos, prisioneiros. Fábricas, aeroportos, comércios. Foi tudo fechado, com exceção de mercados e farmácias. Não me preocupei muito com isso também. Vasculhei a despensa e calculei que ainda tinha um bom estoque de cheetos, fandangos e outros salgadinhos. E um pouco de comida congelada. E alguns litros de Coca na geladeira. Desde que eu não exagerasse na alimentação não havia motivo para pânico. E havia a esperança de tudo isso passar logo e a vida voltar ao normal. Voltei pra cama, coloquei o fone de ouvido e tentei ignorar a vizinha e seus gemidos estridentes. Dormi. Dormi um sono pesado, sem sonhos ou quaisquer sobressaltos. Pela manhã, porém, fui acordado por sons que vinham de fora do meu apartamento. Demorei a me dar conta de que eram sirenes. Sirenes. A merda de sirenes. Levantei meio louco de raiva porque lembrei que era domingo e vi no celular que ainda era cedo. Sem pensar direito, olhos cheios de remela, dei um pulo da cama, abri a janela e esbravejei. E o fiz no exato instante em que uma ambulância e um carro de polícia estacionavam na frente do meu apartamento. Mesmo em face das autoridades, minha vontade de gritar não passou e só me calei no instante em que enxerguei os homens de branco. Eles, impessoais, arautos do terror. Me calei e continuei olhando pela janela. E logo os vi entrando no meu prédio, tomados de certa pressa, seguidos pelos policiais, cada qual munido de sua máscara, estes últimos com as mãos nos coldres, prontos para a ação. Me perguntei o que estavam fazendo ali, sem me dar conta de que eu já sabia a resposta. Assim que eles adentraram o edifício e sumiram do alcance da minha visão, saí da janela e me posicionei para prestar atenção à movimentação do grupo através do olho mágico. Foi assim que vi (mais ouvi do vi) quando subiram até o meu andar, passaram na frente da minha porta e marcharam até o fim do corredor, onde estancaram. Houve um momento de espera e silêncio. Mas logo isso mudou. Apesar de ouvir as vozes, e as palavras entrecortadas, não consegui compreender os diálogos por causa dos ecos. A curiosidade cresceu feito um tumor em meu íntimo. Senti vontade de abrir a porta e sair e tentar de alguma maneira descobrir o que acontecia. Desisti assim que ouvi tiros ecoando do lado de fora. E logo gritos ressoaram e foram seguidos de mais tiros e de uma onda tenebrosa de silêncio, quebrada apenas por sussurros e baques surdos. Voltei a ouvir o som de passos. Me afastei da porta, assustado. Assim que tudo silenciou novamente, me dirigi à janela e me escondi atrás da cortina. Fiquei ali, com medo, mas curioso. Depois de alguns instantes, vi quando os homens de branco desceram carregando um corpo dentro de um saco preto e o jogaram na ambulância. Vi também o sangue nas roupas e as armas nas mãos dos policiais. E vi o rastro rubro que se formou na escadaria. E vi o homem (ou a mulher) me observando lá de baixo enquanto eu o observava aqui de cima. E, diante disso, me escondi e só voltei a olhar pela janela após ter certeza de que eles haviam partido. Depois, voltei pra cama. Fiquei deitado, barriga pra cima, olhos grudados no teto. Me esforcei ao máximo para me afastar de pensamentos incômodos, mas não consegui. E eis que me convenci de que era inútil continuar tentando, e deixei que eles ficassem onde quisessem. Mas fiz o que pude para esquecer os tiros no corredor e todo o resto. Continuei em casa, imerso em minha quarentena, trabalhando, jogando, lendo, maratonando séries, ouvindo os sons que meus vizinhos produziam. Com a passagem dos dias, no entanto, comecei a notar que o prédio ia ficando cada vez mais silencioso. Quase não se ouvia as brigas, os gemidos de prazer ou a angústia em forma de música. Não demorei a me dar conta de que a diminuição nos ruídos vindos dos outros apartamentos coincidia com a visita dos homens de branco e da polícia. Tentei ignorar e não me impressionar com essa constatação e me dediquei em seguir com a minha boa vida de solidão e reclusão. Mas, um dia, acordei com fome, levantei, abri os armários, vasculhei a geladeira, recolhi as embalagens embaixo da cama e acabei percebendo que não tinha mais nenhuma comida em casa. É claro que eu poderia ter usado um aplicativo para pedir comida. Podia. Devia. Era o certo. Mas, por alguma razão, eu queria sair. Precisava. A solidão já não me servia. A misantropia tinha batido as botas. Apesar de ter certeza de que era estupidez, me preparei e saí. Vesti a máscara cirúrgica, coloquei um vidro de álcool gel no bolso e andei até o supermercado. As ruas estavam praticamente desertas. Havia filas nas portas das farmácias. Quase tudo estava fechado. O mercado deixava entrar poucos clientes de cada vez. Quando, enfim, consegui entrar, me deparei com prateleiras quase vazias e funcionários cansados e abatidos. Fiz minhas compras rapidamente, sem enrolação e voltei pra casa correndo. De repente, estar na rua era assustador. Antes de entrar, segui dicas que eu lera nas redes sociais: passei bastante álcool gel nas mãos antes de pegar as chaves ou tocar na maçaneta, tirei os sapatos e os deixei do lado de fora. Entrei, limpei as embalagens dos produtos que acabara de comprar com álcool gel, guardei-os, tirei as roupas e coloquei na máquina de lavar. Por fim, tomei banho, me vesti e voltei à rotina dos meus dias. Digitei, comi, dormi, acordei, comi, digitei. Não senti mais vontade de sair. Dormi. Sonhei que acordara e descobrira que a pandemia fora apenas um sonho. Acordei de verdade e fiquei decepcionado ao me dar conta de que não era. Senti falta de ter alguém para conversar, peguei meu celular e comecei a fazer perguntas idiotas para a assistente virtual do aparelho. Ri um pouco com as respostas. Logo me cansei e voltei ao trabalho. Escrevi algumas linhas. E então recebi uma mensagem do meu chefe dizendo que a empresa estava me demitindo. Eu ainda estava sob o impacto da notícia quando ouvi batidas na porta. Me levantei. Olhei pelo olho mágico. De pé, no corredor, eles. Os homens de branco. Acompanhados pela polícia. Gelei. Por um momento achei que não deveria abrir, mas logo me dei conta de que seria uma decisão ruim, irracional. Se eu não abrisse, eles arrombariam. Eu sabia por que estavam ali. Respirei fundo e abri a porta. Sorri. Precisamos tirar a sua temperatura, disse um dos policiais, solene, voz abafada pela máscara cirúrgica. Assim que ele terminou de falar um dos homens de branco se aproximou e apontou o termômetro a laser para a minha testa. Conferiu a temperatura. 37 graus e meio. O outro homem de branco anotou o número em um aparelho do tamanho de um celular. Em seguida, todos agradeceram, desejaram bom dia e se encaminharam para o apartamento em frente ao meu. Fechei a porta e espiei pelo olho mágico. O grupo repetiu o processo com o meu vizinho. Senhor, precisamos tirar a sua temperatura, disse um deles. 39, informou o outro. E assim que ouviu a informação, o policial sacou a arma e apontou para o homem. Mas, antes que ele apertasse o gatilho, corri, me tranquei no quarto e, esquecendo que havia sido demitido, me sentei diante do computador e comecei a digitar feito um desvairado.

NEGATIVO PARA A VIDA

Fernando Scarpel

O exército parou na porta da casa de Jair, que, por acaso, tinha o mesmo nome do presidente brasileiro. Em pouco tempo, estavam os soldados sem armas de fogo, mas armados com roupas especiais, máscaras e luvas. Ele abriu a porta e autorizou:

— Entrem, é por aqui.

Os soldados entraram e foram até o quarto indicado. Levavam um caixão de plástico. Viram o corpo de uma mulher na cama, aproximadamente 50 anos. Colocaram-na dentro do caixão.

— Você quer se despedir?

— Quero sim, tem problema se vocês esperarem um pouco? Estou conectando o meu cunhado e meus filhos aqui para eles se despedirem dela pelo vídeo.

— Tudo bem. A gente tem visto muito disso, só dá para fazer desse jeito.

Jair fez a chamada e o cunhado atendeu, logo juntou os filhos na mesma chamada ao vivo. Pela internet, ele lhes mostrou a falecida, esposa, mãe, irmã dos que assistiam. Depois, mostrou os soldados e o caixão, avisou que iam fechar e acompanharam todo o processo até a retirada do corpo de casa, viram os soldados colocando o caixão dentro do caminhão, essa foi a despedida.

Distante mais de 30 quilômetros, na cidade vizinha, Mariana acompanhava o vídeo que o pai fazia, mostrando a despedida da mãe ao lado do companheiro, acompanhados da filhinha de quatro anos que, apesar de não compreender direito o significado de tudo, guardaria eternamente aquele momento e, quando adulta, viria a descobrir em terapia o motivo de seu transtorno de hipocondria.

— É muito triste. Nem vai ter enterro decente. Eu falei para eles ficarem em casa e se proteger, mas eles não quiseram, insistiam que era tudo mentira, que o presidente estava certo.

— Foram na manifestação dia 15 de março, né?

— Foram, cumprimentaram o presidente. E voltaram de avião. Estavam muito orgulhosos disso.

Na casa do pai, um soldado trouxe os papéis para preencher. Avisou que o enterro seria feito no novo cemitério, distante 250 quilômetros de São Paulo, que foi construído para enterrar os mortos da pandemia. Naquele momento, passavam de 150.000 no país inteiro, só ali em São Paulo eram mais de 40.000. Não era possível enterrar nos cemitérios locais porque não havia espaço para tantos enterros. Quando o soldado viu o nome na ficha, teve a curiosidade de perguntar:

— Você tem o mesmo nome dele, né? Votou nele?

— Sim.

O soldado saiu, pensando na tragédia que o destino reservou para aquele senhor. Jair ficou sozinho. Era aposentado com um salário mínimo. Não teria direito à pensão integral da esposa falecida e já não sabia como pagaria o plano de saúde. Não sabia cozinhar, nunca arrumou a casa, teria de aprender a viver sem uma mulher que lhe fizesse tudo. Sentou-se à frente da televisão e ficou horas parado vendo o noticiário sobre os mortos pelo coronavírus. Via, ouvia, mas não pensava em nada a não ser na esposa morta.

O caminhão do exército que levava o caixão juntou-se aos outros caminhões que atravessavam a Rodovia Presidente Dutra em filas quilométricas para levar os corpos até Bananal. No cemitério, um trator cavava valas de cem metros de comprimento, os soldados retiravam os caixões de plástico e iam enfileirando nas valas, documentando quais corpos estavam ali e jogando no sistema para futura identificação das covas. Um padre, voluntário da Canção Nova, fazia preces pelos mortos. Depois, vinha outro trator para cobri-los com terra. Assemelhava-se a uma produção industrial em série de túmulos e mortos. Escolheram ali, nos confins de uma fazenda desapropriada, longe dos olhos do povo, numa tentativa de evitar mais revolta.

Doutor Carleto

Theo Lopes Garcia

Dava para pegar no ar o pavor quando o tubo entrou pela traqueia de Dr. Carleto, 38 anos, doutor com doutorado mesmo, milhares de cirurgias, e muito boa pinta. A caminho da UTI, lembrou dos seus 14 anos, quando um amigo da família foi entubado. Pensou que estavam colocando o pobre coitado em uma espécie de estufa. Agora sabia bem o que seria feito com o seu corpo, sedado ou cadáver. Mesmo assim, tinha medo de morrer igual a todos. Mas, naquela hora, não era a morte que o apavorava. Era o que viria depois.

De um lado estaria Cátia, moreníssima, belas pernas, mãe das 3 filhas dele. Advogada, trabalhava mais do que o marido. Tinha todas as qualidades da boa esposa, inclusive o dom de fazer o marido arrumar amante. Assim surgiu, do outro lado, Aparecida, 28 anos, fisioterapeuta, apaixonada por livros. Lia muito, sabia sobre diversos assuntos, exceto da existência de Cátia.

"Ele me ajudou a encher as bexigas para a festinha das meninas, mãe. O pulmão dele é forte, apesar de ele ter fumado por 12 anos", chorava Cátia para Dona Jussara. Ele gostava da sogra, mas andava bravo porque ela tinha resolvido passar a "quarentena" na casa deles. Aparecida estava aflita e também conversava com a mãe: "Não dá para operar logo, arrancar isso aí do corpo?" Não dá. Naquele momento, era ele contra o corona, não havia muito o que outro ser humano pudesse fazer para ajudá-lo na UTI.

Se morresse, as duas iriam ao funeral e a verdade daria as caras. Acabaria em briga de tapa ou o distanciamento social seria respeitado? Havia limite de convidados para funerais. Aparecida não era a esposa oficial, mas também não era uma qualquer. Será que a deixariam entrar? Tudo isso estava na mente dele. Mas eram pormenores. O pior seria não estar presente no exato momento do encontro entre as duas. Fantasiou sobre a cena. Via cabelos sendo puxados e seios balançando. Estava seguro no hospital, uma vez que infectados não recebiam visitas. Brigas judiciais certamente eclodiriam. Tinha dó de quem teria de confrontar Cátia. Ela era vingativa, odiava perder e propinava juízes. Já Aparecida, nunca processou ninguém na vida.

As crianças ficariam bem com a herança e o dinheiro do seguro. Em termos de reputação, o baque seria pequeno. Afinal, quantos salafrários graúdos ainda estavam para serem descobertos na crise? Na última, o maior picareta que a queda da economia ajudou a desmascarar foi o Madoff, que roubou bilhões. Quem iria se preocupar com a história do saudoso médico, cujas amante e esposa saíram na porrada no funeral? Espera aí! Algum bostinha das redes sociais precisando de cliques para pagar as contas vai, sim, contar a história! A natureza tragicômica da situação garantiria isso.

Não precisava ter sido assim. "Mostra o vídeo pra mim. Não está baixando no meu," pediu Cátia. E Carleto, com o coração disparado, mostrou o celular para a esposa. "Vamos comer aqui mesmo." decretou Aparecida, estacionando na porta do japonês que Cátia também frequentava. A cada situação arriscada, torcia para ser pego. Assim, alguém tomaria a decisão por ele. Nunca aconteceu. Uma mentira foi se juntando à outra numa bomba que parecia pequena, mas que ficou enorme, maior do que a valentia do galanteador. Fez uma analogia entre ele e o vírus, que também se valia de pequenos gestos de enganação, até culminar em um pulmão cheio de água. Aí, geralmente, era tarde demais, principalmente para um ex-fumante. Mas não tinha como dar créditos a essa analogia. Seria injusto. O vírus é mais sofisticado do que a cafajestice. Usando uma membrana cheia de pontinhas, o corona invade nossas células e integra seu RNA ao DNA delas, ludibriando a maquinaria celular, que passa a produzir proteínas virais, como peças numa linha de montagem. O vírus então se alastra pelo corpo e, em muitos casos, só para após transformar o milagre da vida em morte; que, aliás, é um processo fascinante, cheio de interações entre microrganismos, desde a última respiração, até a decomposição total do corpo, em uma jornada tão fantástica que Carleto se arrependeu de ter pedido para ser cremado.

Após o luto, queria que as filhas conhecessem Aparecida, que sempre falava sobre o desejo de ser mãe. Imaginem a moça segurando uma criança no meio da briga com Cátia! Se tivessem tido filhos, certamente seria menino. A mãe de Carleto, que sempre quis um neto homem, agarraria o bebê e deixaria o pau quebrar.

Dois amigos dele conheciam Aparecida. Isso nunca foi preocupação, já que todos trocavam histórias de traições. As confissões mútuas garantiam o segredo e fortaleciam a camaradagem. Algumas histórias eram clássicas, como o dia em que Carleto levantou da cadeira do bar e disse: "Agora vocês me dão licença que eu vou jantar com a minha namorada", para gargalhada dos amigos, invejosos da desfaçatez de quem chama a amante de "namorada", enquanto mantém um casamento. Mas esposas não são otárias. Elas questionariam os maridos, que não admitiriam. Diriam coisas do tipo "Ah, o Carleto era meio estranho, não contava as coisas."

A doença já havia acenado para Carleto antes. Havia 40 casos no hospital onde ele trabalhava antes de virar paciente. Ninguém morrera ali, ainda. Um senhor estava na UTI. Era forte, porém tinha 78 anos. A partir de qual idade era aceitável morrer dessa doença? Sobre Carleto, ninguém diria: "Ele morreu, mas já tinha 38 anos." Teriam que racionalizar de outra forma, talvez em cima do antigo hábito de fumar. Isso não incomodava, especialmente se fizesse as pessoas se sentirem mais otimistas. Carleto, por exemplo, se apegou às estatísticas. A maioria dos infectados sobreviviam. A doença estava só na China. Na Itália. No resto da Europa. No Brasil, mas só lá no Einstein. No hospital dele, mas em outro departamento. Até que estava ali do lado, uma enfermeira tinha pegado, mas só 1 em 10 precisavam ser hospitalizados. E, de repente, você é esse 1 em 10 que precisa de internação, vira um dos 2 em 10 hospitalizados que precisam de cuidados intensivos, e de nada adiantou conhecer os dados, porque eles já estão desatualizados, e você está na UTI, com um vírus letal que não liga para estatísticas.

Mas seria glorioso se ligasse! Havia cada baita painel de dados, com mapas, informações da OMS, dados de múltiplas fontes, John Hopkins University e o escambau a quatro. E o vírus? Nem aí. Já o ser humano estava fissurado. Tinha gente checando os dados a cada 10 minutos. Ganhamos alguma coisa com isso? Não sei, mas ao esnobar as estatísticas, o vírus perdeu a maior ironia dessa compulsão: o painel de dados mais popular foi clonado e espalhou um vírus para milhares de computadores.

Dados, ok, mas não dava mais para ler artigos. "Para o paciente com covid-19, o leito da UTI é um lugar solitário," escreveu um especialista. Alguma doença dá o privilégio de UTI com companhia agradável? Falando nisso, pegar o vírus no começo tinha como vantagem justamente o número ainda baixo de doentes. É no pico que mora o perigo. Pegou lá em cima, lascou. Não vai ter UTI para todos. Morreremos aos montes, mas, se organizarmos direito, dá para ser de forma digna.

As pessoas cooperavam. Nem todas, mas muitas lavavam as mãos, saíam só para o essencial, mantinham distância. O mercado estava bem arranjado: álcool em gel na entrada, fila com demarcação de distância, e limite de fregueses. Lógico que as regras irritavam alguns. Um senhor reclamou: "Onde já se viu ter que lavar a mão toda hora? Pega na maçaneta, lava a mão. Vai no banheiro, lava a mão!" As restrições eram pesadas. Muitos não podiam trabalhar. Os heróis, aqueles dos serviços essenciais, tinham que ir à luta. Saímos na janela para aplaudí-los um dia desses. Homenageamos médicos, enfermeiras, lixeiros, etc., mas, tem também polícia, trabalhadores do varejo essencial, entregadores de comida e outros. Força para eles, mas eram heróis ou escravos? Não tinham a opção de ficar em casa e receber a merreca que o governo oferecia de ajuda, nem podiam trabalhar em seus lares, reclamando do barulho das crianças. Carleto se sentia assim, escravo bem remunerado, mas sem opção, a não ser guerrear. O inimigo colocava médicos fora de combate a todo momento. O vírus gostava de jaleco. Agora, porém, Carleto era apenas paciente. No leito solitário, rezava, mesmo não sendo religioso. Orava não pela vida, mas "pelo amor de Deus, não façam panfleto de missa de sétimo dia com minha foto."

Isso era injusto: um desinteressado espiritual ganhava missa de sétimo dia, enquanto muitos fiéis de verdade ficariam sem, devido às diferentes regras de confinamento em cada lugar. Os pastores, entendendo a situação, celebravam cultos antes das pessoas morrerem, no meio da pandemia. E não era que estavam certos! Vários dos fiéis que estavam nesses cultos morreram com a doença mesmo. Foram em paz, porque participaram em vida de um último culto, o que era mais agradável do que estar presente em forma de panfletinho. Havia quem dissesse que cada culto espalhou o vírus para centenas de pessoas. O pastor negava: "Você pode pegar esse vírus nas ruas, mercado, em casa. Por que culpar a obra de Deus?" Políticos e empresários estavam dispostos a oferendar sangue para salvar a economia. "Vamos voltar ao trabalho. Quem fica em casa é covarde." Carleto e Cátia votaram para o político que disse isso, mas já fazia uns seis meses que ele afirmava ter anulado o voto, para a diversão de Aparecida, que cansou de alertá-lo na época eleitoral. A esposa mudou de ideia recentemente, quando soube do risco que Carleto estaria correndo.

Não era só capitalista que passava por cima dos outros para se safar. Em um asilo, quando acabou o estoque de equipamentos de proteção, os empregados simplesmente abandonaram os velhinhos, que morreram abandonados. Aparecida surtaria ao ouvir essa história, assim como surtou quando ouviu endinheirados convocando o povo a morrer trabalhando. Cátia ficaria louca com o lance dos idosos, mas não ligava para a volta dos pobres ao trabalho. Carleto imaginou o triângulo amoroso internado no mesmo quarto. Tentou rir, mas lembrou de um casal que viu em uma rede social. Já com idade avançada, viviam em um asilo quando foram infectados. Foram internados no mesmo quarto, mas não resistiram. Antes do fim, deixaram um presente: uma foto deles de mãos dadas, cada um em sua maca, posando para uma derradeira declaração de amor em meio a máscaras, tubos de oxigênios e roupas azul-claras. É isso que números e debates ignoravam: a história por trás de cada morte.

Alguns preferiam histórias de vida. Cada dia trazia mais casos de gente que enfrentou o vírus e venceu. Mas quem de fato enfrentou o quê? O ser consciente, aquela voz na cabeça, decide se hoje é dia da amante ou da mulher, mexe os braços, e todo o resto que temos a ilusão de controlar. Não é esse o tabuleiro sobre o qual a doença lança os dados. Tudo se dá em nível microscópico. A luta, que dizemos que sobreviventes vencem e mortos perdem, é disputada por pequenas pecinhas biológicas, na maioria dos casos tão distante da mente que ocupa o corpo que nem um mísero sintoma se faz sentir. Noutros, há sintomas tão severos que a consciência tem que dar lugar ao sono à base de sedativos. A partir daí, o futuro é uma possibilidade binária: a luz ou a escuridão. Se pudéssemos decidir, nem todos optariam pela luz. Há paz na escuridão: não é preciso encarar as mentiras de uma vida dupla. Há horror também, como a dor de três crianças sem pai, duas mulheres sem marido e uma mãe sem filho. Mas a luz pode surgir. E havia esperanças no mundo todo, uma crença no aparecimento de uma nova consciência global, uma segunda oportunidade para a espécie. Muitos sobreviventes pensavam assim. Encaravam a luz como uma chance de fazer melhor dessa vez. Mas, naquele hospital, depois que retiraram os cabos e tubos, e a enfermeira começou a empurrar a maca para longe da UTI, Carleto abriu os olhos e só viu a luz da lâmpada do corredor.

DESLIMITE

Diego Monsalvo

Mexia levemente a cabeça como se não tivesse coragem de encarar aquilo de frente. Os olhos não pareciam estar sãos para julgar qualquer nuance de existência. Ele não se achava apto a existir. Respira e solta. Respira e solta. O tempo o condenava num segundo interminável. Distendido no espaço. Olhos fechados. Imaginação fértil. Ou febre? Foda-se. Respira e solta. Sustentava uma memória teimosa e besta. Figuras retorcidas. Objetos inacabados quase à procura da deformação estética. Respira e solta. Solta. Alguém sussurrou a palavra óbito com uma naturalidade vulgar num espaço quase.

Pensava. Respira e solta. Ou pensou que refletia profundamente o que é a liberdade. Ninguém nunca gozou desse privilégio. *Quid est veritas*. Respira e solta.

Respiiiira e soooolta. Em seu mundo solitário era a solidão também. Penumbra agridoce. Personalidade frágil. Algumas vezes poética. Criação pura. Obra inacabada. Cantor que segura o ar e para antevendo a suavidade do canto inaudito. Respira e solta. Respiiiira e soooolta. Respira.

Sentia o mundo que lhe fugia. Todo o mundo. Febre. As duas mãos e o sentimento do mundo e aquela coisa toda. Sentia-se de corpo e corpo, porque alma é o caralho. Não se arrependia de nada do que fez. Respiiiira e sooolta. Sooolta. Soooolta. Respira e solta.

Olhava tudo como experiência para um talvez até quando. Respira e solta. Solta. Respira. Respira. Respira. Soooolta. Respiiiiiira. Inúmeras eram as vaidades. Tinha todas. Colecionava cada uma que nem figurinha de álbum de copa do mundo. Só não trocava com ninguém. Tudo meu. Porra. Febre? Respira. Respira. Respira. Soooolta.

Virou de lado. Olhos fechados. Mexida de braços e pernas. Respiiiiiira e soooooolta. Respiiiiiira e soooooolta. Respira. Respira. Respiiiiiira e solta. Tudo era patético. Ele era o senhor patético. Sono. Febre. Respiiira e sooolta.

Sonhava. Febre? Respira. Sonambulamente queria ser planta. Uma semente. Soooolta. Urinou-se todo. Era a fonte. Era a água. Febre? Respiiiiira. Era o simples. O frágil. Contente. Febre? Respiiira e sooolta. Flor num campo ilimitado. Era um elemento diferente. Terra de ninguém. Respiiiira e soooolta. Respira.

Voava, só voava. Sem asa. Febre? Respira. Solta. Respira. Solta. Respira. Um sol na beirada do relógio aos pés da cama. Parede verde. Feia. Parece sentença de esperança. Puta que o pariu. Respiiiiiiiira e sooooolta. Pira. Res. Ta. Sol.

Silenciosa a noite lá fora era mistério de novo. Carros violentavam o silêncio da paz. Desorganizavam a vida coletiva. Um vírus a ser extinto. Alguma ordem no caos.

Carta à espera de destinatário

Ronaldo Junior

Laren, 02 de abril de 2020

Prezado leitor,

Não é sem motivo que tem em mãos minhas palavras. Trata-se de uma justificativa para uma – tão somente – das tantas tentações que tive ao longo de minha vida.

Posso dizer que viver isolada, sob o risco real de contrair uma doença perigosa incitou minha criatividade de maneira, talvez, insólita. Como você me lê não sei quando, devo localizar-lhe: escrevo esta carta durante uma pandemia do novo coronavírus, numa grave onda de contágio e mortalidade pelo mundo.

Mas a questão desta carta-justificativa é nobre: um Van Gogh legítimo foi levado de um museu justamente na madrugada do dia em que o nascimento do pintor completaria 167 anos, e eu tenho meus motivos para ser a mandante deste ato.

Amanheci outro dia com a angustiante branquidão da principal parede de minha sala de estar. Desde que meu marido se fora, em 2015, nunca mais dei importância para decoração e reformas desta casa que ele sonhara para ser nosso palacete.

Mas não pense que sou uma dessas madames frívolas que tomam atitudes baseadas em meras aparências. Meus motivos são profundamente sentimentais. O quadro, que já agora se encontra na parede de minha sala, possui o retrato de ninguém menos que minha bisavó A. V. L., que fora muito próxima de Van Gogh nos tempos em que ele vivia em Nuenen com seu pai.

Eu cresci com minha mãe contando as histórias, falando da pintura, lendo cartas do pintor repletas de afeto para minha bisavó. Tratava-se de uma relíquia de família, não de uma peça de museu, e era fundamental que ela estivesse guardada com alguém que não a quisesse por seu valor pecuniário ou por sua importância artística, mas por seu impacto afetivo.

Com o que acabei de dizer, você pode concluir esse gesto como genuíno egoísmo de minha parte, do que discordo. Trata-se, preliminarmente, de um gesto de preservação de minhas memórias de infância, da honra de minha família e, claro, da amizade cultivada por minha bisavó.

No dia em que tive a ideia, portanto, utilizei meus contatos para contratar ninguém menos que o melhor ladrão de obras de arte de toda a Europa, pois eu precisava de um profissional e podia pagar por isso. Perguntei se ele faria tal serviço para mim com urgência, ainda nesta quarentena, com a peculiar condição de tudo ocorrer em uma data específica.

O aniversário de nascimento de Vincent Van Gogh seria cinco dias depois do meu contato com o homem que pouparei de ser identificado, ocasião perfeita para ser feita justiça com uma obra tão valiosa. Tudo se encaixava: a pintura viera de Gronigen para Laren desde o final de 2019, para uma exposição iniciada em janeiro de 2020, e o museu Singer Laren, localizado a duas quadras de minha residência, está fechado neste período de isolamento forçado pelo novo coronavírus.

Além disso, deixo explicado que provavelmente permanecerei com a obra até o final de meus dias, uma vez que não será fácil ser flagrada com o quadro exposto no principal cômodo de minha casa, pois, adepta da misantropia, não recebo ninguém além de meus fiéis empregados, que não possuem conhecimento para identificar o valor de uma obra como a que tenho agora sob minha tutela.

Digo mais: fiz tudo por puro desenfado. Jamais poderia sonhar que seria tão fácil para meu contratado quebrar a porta de vidro do museu, pegar a obra e sair sem sequer dar trabalho para os policiais - apesar de o alarme ter sido disparado logo no primeiro momento, segundo relato dele. Foi, realmente, um gesto de puro talento, um dinheiro bem empregado, decerto.

No mesmo dia, a obra já adornava minha parede - me arrepio ainda agora olhando para ela -, pois esse jogo de sombras tão pouco associado ao Vincent chega a dar-me calafrios de emoção, pensando em minha mãe, imaginando minha bisavó e tudo que ela pôde conhecer desse gênio das artes.

E devo admitir que peguei-me gargalhando com os comentários jornalísticos acerca do que eles chamaram de "roubo". Diversos jornais mataram a charada de primeira: disseram não ser possível vender um Van Gogh legítimo roubado sem ser localizado, tendo em vista a maciça divulgação do ocorrido e as ações policiais. Eu só sei rir e dizer: "por isso ele está na minha sala, queridos!".

A ideia desta carta, porém, eu só tive hoje cedo, quando fui visitada por uns senhores oficiais de polícia que entenderam que eu poderia contribuir com algum depoimento, uma vez que sou diretamente ligada à pessoa representada na pintura - única familiar viva, inclusive.

Eu, é claro, fiz-me de desentendida. Cheguei a lamentar a perda de tão preciosa obra e exigi que fosse imediatamente recuperada, pela honra de A. V. L. e Vincent Van Gogh, e eles saíram, chegando a me consolar pela perda de um bem tão caro para minha família.

Assim que fechei a porta, veio um peso sobre minha consciência, e eu resolvi que tamanho contratempo não poderia ser deixado sob mistério, por isso esta carta, deixada em um fundo falso atrás do quadro, pensado especialmente para ela, a fim de que tudo viesse às claras em oportuno momento.

Se você encontrou-a, não poderá alcançar-me, pois certamente já não me encontro viva, servindo estes artefatos - a carta e o quadro - como marco da passagem do abominável COVID-19 pela Terra.

Essa é a verdadeira história, que torna ainda mais valiosa a tela "O jardim paroquial de Nuenen, na primavera de 1884".

Da bisneta de A. e em sua memória,

B. V. L.

Nota: Este conto foi inspirado em um acontecimento real, datado do dia 30 de março de 2020, mas sem qualquer compromisso com a realidade.

Tempo dentro do tempo

Mirian da Silva Cavalcanti

Escorregou os pés pra dentro dos chinelos, apoiou os punhos sobre o colchão, e ergueu-se um pouco tonto, indo em direção à cozinha, ao café ainda morno. Da madrugada. Enroscado sobre o tapete, focinho nas patas, o cachorro levantou uma orelha e acompanhou com o olhar as passadas do dono.

Caneca na mão, enquanto espia a paisagem pela vidraça meio suja, o velho remexe os dedos dos pés. Ah, o prazer de calçar aqueles chinelos! Velhos, largos, qual barca aposentada. Larga, macia. Essa última qualidade não combinava bem com barcas, sabia, mas com o gênero de barca. Barca, palavra feminina. Larga, macia; pois.

Chovera miúdo durante a noite. Hoje, era certo, ruas mais vazias, beira-mar também; nas moradas espalhadas aqui e ali, muito pescador a sondar o horizonte, muito vivente a sondar o horizonte de vida a lhe restar. Por causa dessa doença de gripe. Lembrava das histórias da família sobre a espanhola. Muito pior a de agora, diziam.

Em pequenos goles, ia-se acabando o café de preguiçoso, preguiçoso ele também em se mexer, entregue apenas àquele gosto de esticar pensamentos. Momento da satisfação plena, doméstica. Afastada da mesa, a cadeira mal largada registrava instantes de descanso, prazer ou tédio arrastados ora prum canto da sala ora pra outro. Mas nada o incomodava. Nem as roupas pelos cantos ou um e outro jornal aqui e ali. Cama feita e pia vazia bastavam-lhe a um primor de arrumação.

Deitou o olhar sobre o cachorro. Ele, sim, único primor de arrumação à vista, nas manchas marrons cuidadosamente pousadas sobre o pelo amarelado. E focinho sempre a postos, pronto a tarefas.

Pois o tal lhe aparecera à porta - magro, faminto -, pra logo logo ir se enroscar sobre os chinelos. E ali se deitou o tempo de crescer, até a cama reduzir-se a almofada pra cabeça e focinho. O velho gostava bem daquilo. Do quente a lhe ficar no calçado.

Deitou novo olhar ao cachorro; piscou-lhe. Bom dia! Fazia de conta. A morte já chegava perto da vilazinha? (Mesmo ali era conversa.) Ah... Coisa não sabida, por opção.

Nisso da doença espalhada pelo mundo, ele sentia falta dos sábados na praça de flores miúdas e largos bancos namoradeiros. Da festa das couves, salsinhas, mamões de quintal, carambolas, bananas ainda por madurar - o aroma de tudo a envolver as gentes, qual névoa. Da roda da capoeira, berimbau, palmas juvenis, acesas. E da cor dos artesanatos, crochês, bordados; dos bichos esculpidos pelos índios, macia madeira. E, embutido, o prazer em observar aquilo, como se à parte de uma paisagem revelada em câmara lenta, muda. Som tivesse, e seria o de realejos, pra ele desconhecido, imaginário. A pracinha aos sábados era um quadro impressionista. Mas falta maior mesmo era do pastel de taioba, a durar um encontrar conhecidos, uns bons--dias e acenos discretos de cabeça. Ainda reconhecido.

Depois, sentavam-se à beira da praia, o cachorro e ele, e esticava as pernas e apreciava os pés acomodados e felizes em suas velhas barcas, enquanto o cão deixava-se ficar apreciando o voo das gaivotas no verde-azul. A feirinha dos sábados ocupava o espaço dos afetos em sua vida. Coisa, agora, nem permitida.

Mas, e se ele morresse dessa doença? Por exemplo. Às vezes pensava nisso. Morrer na sua íntima solidão, e dentro da solidão de viventes. Na verdade, sua única providência não fora pra se proteger, mas pra se proteger de seu corpo morto sozinho em casa. Há mais de semana deixava a porta sempre encostada, fosse dia fosse noite. Se morresse, o cachorro iria em busca de comida. Na certa. E seu corpo poderia ser descoberto ainda com jeito de gente.

Passeou o olhar na magreza da casa. O que poderia deixar para alguém? Talvez o cachorro pra lá de simpático, despertador de afeições. Olhou para o animal, e sorriram-se. O cão acompanhava-lhe os pensamentos, sabia.

O ruído de chuva nova arrastou-lhe o olhar pela janela. Lá fora, o carro estacionado. Há meses, anos? Estacionado pessimamente, aliás, afastadão do meio-fio. O velho riu-se: não é que nem chegara a se pensar proprietário de um tal bem?

A chuva da noite molhara a rua ensaibrada, exceto sob o carro. Interessante o seco do chão, delimitando um tempo anterior ao de agora. Largou-se a pensar um pouco naquilo, de uma paisagem dentro de outra, mas desencontradas.

Os respingos da chuva já lhe molhavam cabelos, rosto, braços. E ele ali, debruçado à janela. Perdido nas descobertas de jornadas superpostas e de um desprestigiado veículo não incluído entre possíveis bens. Pobre coisa quase sem marca, sem ano, quase deixada fora do existir. Ou - descoberta silenciosa, reduzida a imagens, palavra alguma - existira apenas para abrigar uma outra era, a lembrar-lhe dos antes daquela desgraceira toda?

Às suas costas, um longo e não ignorável suspiro do cachorro. Ao final das contas, gostou de se dar conta de o cão existir mais que o carro na sua vida.

Mas vivo estava, ainda. Pois a solidão devida a esse momento do mundo não lhe trazia, afinal de contas, coisa nova de peso. Apenas a descoberta de ser o feliz possuidor de um único bem. E da vontade de um café novo.

Pôs a chaleira com água no fogo; separou o tanto de pó e esperou a fumaça se anunciar. Num instante o aroma espalhou-se. E, caneca esmaltada junto ao peito, arrastou a cadeira mais rente à mesa, e sentou-se para apreciar gosto, cheiro, visão. A casa parecia acordar sempre que invadida pelo cheiro do café. Pousou o olhar nas prateleiras de livros muitos e pastas poucas. Agora, acordado de vez. Conhecia as pastas: provas de estudantes; alunos seus. Nem provas: redações. Cópias de textos feitos em aula, pedidas na intenção de um dia ser possível publicar. Imaginava a emoção de um lugar tão perdido no mapa ver textos de crianças suas em livro de verdade, com nomes na capa e tudo!

Coisa de muitas décadas antes; ele, um jovem professor.

Duas passadas e, na mão, a pasta, as folhas de papel de caderno - umas poucas mais caprichadas, em almaço - as letras rebuscadas, adolescentes. Um a um, rostos sorridentes ou sérios, expectantes todos, abriam-se sobre a mesa.

Separou atento cada folha. Ali, um outro bem... Destinado a ninguém em especial, se pensado como herança a velhices recentes, paradeiros desconhecidos. Num tal amontoado de papéis, muitas manhãs na escola; de guarda-chuvas abertos largados no pátio; de luz do sol a atravessar vidraças. Verões, primaveras, invernos, outonos. Fases diferentes de vida sob um mesmo teto, enquanto cigarras acendiam suas estridências lá fora. Mais novos, uns quinze anos separavam alunos e professor. Apenas. E agora ali estavam todos; mesmo barco, mesmo espectro a rondar. No grupo de risco, também. Mas pareciam ainda tão crianças! Ah!, essa doença maldita, meu deus! (E pela primeira vez pensou pra valer nela; e socou o ar, impotente.)

Escancarou de vez a janela, apesar da chuva. Lá fora, o carro ainda protegia o ensaibrado seco. E deu-se conta da fala do chão mudo. Aquilo lhe arriou os ombros, distendeu-lhe a feição. Uns cacos de aconchego catados na tristeza. Até o cachorro permitiu-se outro suspiro, olhar atento.

Tempo dentro do tempo. Começava a se acercar de algo, clareza pouca. Tempo que se guarda em um outro tempo e pra um outro outro tempo. Molhado ao redor; seco sob. Não arrolado como um bem, guardando passados em seu colo seco, o carro traduzia-lhe toscamente, titubeante, o não entendido. Presente, passado, futuro. Talvez, quem sabe, depois do fim de tudo isso, redações antigas em um varal no pátio ensolarado da escola nova. Depois do fim de tudo isso, a quem interessar pudesse.

Voltou a olhar o cachorro. Heranças existem. Mesmo que a princípio só se enxergue um velho cachorro suspiroso a nos esquentar os chinelos.

NA MINHA RUA TEM UM CACHORRO ROUCO

Anabela Kohlmann Ferrarini

Na minha rua tem um cachorro rouco.

Acontece que, dias atrás, a lua surgiu enorme e branca por detrás do muro do quintal. O quintal é o mundo do cachorro, de onde ele espia o céu, dia e noite, noite e dia. Tem também um portão vermelho, carcomido de ferrugem, mas está sempre fechado, só de vez em quando, pela fresta aberta de quem entra ou sai, o pobre cão consegue vislumbrar a roda de um carro, um guarda-chuva preto, uma bola de futebol rolando e um menino a correr atrás dela.

É uma vida solitária, a do cachorro. O humano com quem ele mora não lhe dá afago ou passeio, somente água e ração – a medida mínima da sobrevivência.

E é por isso que o cachorro irrompe facilmente em paixões desmedidas pelas coisas e criaturas que fazem parte de seu quintal-mundo: borboletas fagueiras, mimosas joaninhas, até uma margarida que cresceu branca e amarela junto ao muro, tão só quanto ele.

Mas desta vez o desafortunado cão tomou-se de amores pela lua, quando a viu brilhante a flutuar no imenso céu salpicado de estrelas. Quando ela se equilibrou sobre o muro de tijolos alaranjados, pensou alcançá-la, mas logo a malvada se foi, subindo, subindo, cada vez mais distante e altiva. E ele latiu a noite inteira, chamando por ela, cada latido uma declaração de amor atravessando o ar.

Até cantou, coitado. Mas já estava tão cansado que o uivo saiu um ronco feio, um lamento medonho, que fez a lua se esconder atrás das negras nuvens que pelo céu pairavam. Por sete noites o desvairado cachorro, transpassado de amor, repetiu a cantoria, mas a cada noite a lua mais se encolhia. Minguava a lua, traçando sua rota no céu. E o cão mais se desesperançava. Onde estava sua amada, redonda e bela?

Ficou rouco pra sempre, desconfio, pois, quando late, parece um velho motor cansado, resfolegando com esforço. Quando uiva, então, me faz lembrar um vapor tocando tristemente no cais, em um longo adeus.

Pela janela do meu apartamento, vejo seu longo rabo cinzento e peludo a balançar, enquanto late olhando um fiapo de lua no céu. Descanso a testa na vidraça gelada e observo o cão e seu quintal. Um pesar imenso me consome. Já não sei se é a solidão do cão ou a minha própria que me devasta.

As paredes que me confinam se tornaram o meu mundo, e a janela, meu portal, por onde vejo a vida mascarada passar. Suspeito que as máscaras que agora colocamos desnudaram as máscaras que vaidosamente ostentamos dia após dia, como se o amanhã fosse uma promessa infindável. E não somos graciosos, somos grotescos. Humanamente grotescos, em nossas paixões tão equivocadas.

Basta! Mais me vale o incessante sonho do cão, remota chama de esperança e beleza num mundo-homem.

A noite está fria e meu nariz, gelado, talvez uma xícara de chá preencha o ermo em que me encontro. O telefone toca, estridente, e, ao atender, espanto-me com minha própria voz, que sai rouca, riscando a garganta que tem andado tão silenciosa. Tão rouca quanto a do cachorro que chora no quintal ao lado.

É. Na minha rua tem um cachorro rouco e triste. Tão triste quanto eu.

O que me faz lembrar que preciso comprar pastilhas para tosse, se eu quiser cantar na varanda amanhã, ao pôr do sol, e mandar embora a tristeza.

Amanhã vai ser outro dia. Apesar de tudo, vai ser outro dia.

Para mim e para o cachorro rouco.

Antes do Fim

Alex Alexandre da Rosa

A cidade fantasma em nada parecia com a do recente carnaval, todos estavam confinados em suas casas e apartamentos, na tentativa de frear e fugir do contágio. A notícia que o Coronavírus se espalhava de forma descomunal deixou a cidade em pânico, deserta e com medo. Com Mumuzinho não fora diferente, ficou receoso. Mas não o bastante para refugiá-lo em uma residência - mesmo porque não havia uma casa para se refugiar.

De vários pontos da cidade era possível ver uma das sétimas maravilhas do mundo moderno. No entanto, Mumuzinho, mesmo tendo o anseio intrínseco de olhar através dos olhos do Cristo, nunca tivera a oportunidade. Rejeitado pelo sistema, via a cidade por outra perspectiva, enferma e nem tão maravilhosa assim. Mesmo sendo ele carioca, o cartão postal era negado para pessoas de pés descalços. Desfrutava apenas visualmente daquele monumento, sabendo que nunca estaria lá para contemplá-lo. O orçamento era escasso, alimentava-se o suficiente para não morrer; quando não, comia restos achados nos lixos daqueles que se empanturravam. Vivia no submundo dos passeios turísticos. Como uma doença a ser evitada. Invisível. Esquecido. Às vezes, temido. Nasceu na desigualdade e iria morrer com direitos iguais. A distância da corrida é a mesma, eles diziam. Contudo, ninguém notara os pés no chão pisando sobre os cacos do preconceito e de falsas demagogias. Agora, com o mundo em quarentena, o já adolescente ambicionava sua chance.

Na lembrança, um filme de toda sua trajetória, a começar pelo sonho de criança: No alto, os braços abertos do Cristo Redentor. O menino, hipnotizado e alheio aos olhares de repúdio em sua direção, cobiçava a cada turista que subia o morro do Corcovado. Apenas com dez anos de idade, sem o vindouro despertar da realidade que enterra a inocência infantil, estava certo de uma coisa, falava a si mesmo; um dia vou olhar lá de cima. Porém, assim como o anseio de um tênis novo, uma tevê colorida ou uma coleção de lápis de cor, resumia-se a apenas mais um artigo na coleção das vontades reprimidas. Onde os sonhos de uma criança interrompida difundiam-se com notória objeção.

O menino, sem máscara ou álcool em gel para protegê-lo, agarrou seu instante. Saiu cedo da zona Oeste, não dormira na noite anterior devido à tosse e à ansiedade que agravaram sua bronquite crônica, fruto da imaginação e da informação que leu no jornal - o qual lhe servia de cobertor -, e que causou pânico em todos com a notícia que não haveria hospitais o suficiente perante a epidemia. Ainda assim, Mumuzinho deixou para trás as latinhas e os papelões, a fome e os temores e foi em busca de sua vontade reprimida.

No caminho notara uma movimentação atípica entre os poucos cidadãos que compunham o ambiente. Havia discórdias, pessoas usando máscaras, pequenas aglomerações em busca de utensílios, muitos papéis higiênicos sendo comprados, tudo que ele não entendia muito bem. Efeito de uma praga infecciosa chamada egoísmo. Ironicamente, teve medo daqueles que sempre, por ignorância, o temeram.

Sentiu-se, pela primeira vez, parte da sociedade ao saber que a contaminação era entre humanos, não entre classes. O vírus matava sem distinguir cores, raças ou posições sociais.

Enquanto caminhava, lembrou-se de sua curta vida ao passar pelos lugares que era forçado a trabalhar. Diante de seus devaneios, a lembrança dos tapas na cabeça que o trazia de volta à realidade, em uma época que tudo o que tinha, além de sua mãe, era o olhar intimidador de seu padrasto. Era raro ele lhe dirigir a palavra; quando o fazia, era para dar ordens.

Mumuzinho notava a alegria de cada criança brincando nos parques, recebendo carinhos de seus familiares e comendo os chocolates que ele próprio vendia - os quais era impedido de saborear. Neste momento, conheceu a inveja. Não se importava com os chocolates - o angu que sua mãe fazia era o suficiente -, cobiçava outras coisas.

O padrasto, por todo o dia, tirava um cantil de sua blusa e preenchia o copo de refrigerante com uma bebida traiçoeira que o deixava ainda mais violento. Para isso nunca lhe faltou dinheiro. Quando Mumuzinho estava perto da revolta, lembrava-se de sua mãe e readquiria a inocência no olhar reconfortante de uma senhora qualquer. Sempre que podia olhava para o Cristo no alto da cidade. Olhava até a realidade rejeitar o desejo. Como um gelo solitário sobre o asfalto quente.

Assim como seus sonhos, muitas coisas ficaram pelo caminho: a magia da infância, os prazeres e descobertas da adolescência, os direitos que qualquer criança deveria ter. Não percebia a diferença social estabelecida entre ele e os outros, que com os vidros fechados em seus carros de luxo no semáforo, ignoravam-no. Foi obrigado, pelo seu padrasto, a largar a escola e a trabalhar em período integral, enxergava cada vez mais distante um futuro promissor. Nem ligava para isso naquela época. Só queria poder brincar. As miragens de dias melhores se apagavam com o cansaço físico e mental. Aos poucos, não sonhava mais. Nem dormindo nem acordado.

Contudo, mantinha um sorriso no rosto, bom humor em meio às pessoas, que se transformava em lágrimas ao anoitecer, no convite ameaçador do silêncio de quando o padrasto estava no bar, sabendo o que viria depois. O álcool pode ser um monstro com um poder maquiavélico quando despertado, de outro modo, pode ser ele quem desperta o monstro adormecido no sono do disfarce.

Todos os dias as forças do menino eram renovadas com o nascer do sol e com o beijo de despedida de sua mãe - às vezes, escutava-a chorar após a porta ser fechada. Até que a escuridão emanou na forma mais cruel que ele enfrentara; sua mãe...

Certo de que aquilo não era justo, podia conviver com toda falta de conforto material, mas não saberia lidar com a privação de afeto, daquela que era tudo quanto poderia ser. Queria chorar, mas as lágrimas lhe faltaram naquele momento, com o tempo elas secam.

Mumuzinho fugiu de casa e foi morar na rua. Já não tinha motivos nenhum para ficar. Na calçada da desilusão, via surgir no alto a imagem do Cristo de braços abertos e ouvidos surdos à hipocrisia da humanidade. A vaidade ostentada nas fotos e a miséria que cercava a cidade maravilhosa deixara triste qualquer Divindade. A beleza era ofuscada por armas e medos. Um canto de sereia. É difícil entender o afronte nas riquezas dos pobres de espíritos e a miséria dos afortunados. Os pobres que tocam os tambores para os ricos sambarem. Muitos se esquecem - ou nem sabem - do trabalho que as abelhas têm para compor o mel que adoça as suas bocas. Existem crimes ainda piores do que apertar o gatilho.

Às vezes pensava: será que estava sendo ingrato por desejar, ao menos uma vez, algo mais do que migalhas? Entre ilustrar e justificar, e tudo o mais que agrega à ética e à desgraça, restavam-no somente a consciência em seu íntimo e a fome consolidada em sua barriga. Mumuzinho estava livre de seu padrasto e preso às calçadas da indiferença. Considerava-se como um voo breve dentro de uma gaiola, sem expectativas e frustrante.

O menino decidira agora como passaria os seus últimos dias, já que a notícia era apocalíptica, e desistira de qualquer tentativa de sobreviver ou conseguir tratamentos. Em sua mente havia milhares de opções. Quantos sonhos de infância ainda pairavam em seu coração? Olhou para a cidade deserta e, ao mesmo tempo, cheia de moradores de rua alheios ao triste fim. Talvez fosse melhor assim, refletiu, antes de continuar caminhando. A subida foi de difícil acesso, tempos em tempos o menino parava para respirar melhor. Achou estranha sua condição, mesmo tendo bronquite crônica, nunca se sentira tão mal assim.

Lá em cima, a 709 metros acima do nível do mar, Mumuzinho subiu no parapeito e sentou-se. No íntimo, com todos os fatores adversos, sabia que chegaria a esse desfecho. Mesmo sob as vozes realistas de sua cabeça, acusando o contraste de privilégios ao qual era submetido e a desesperança de uma sorte melhor - salvo paradigmas inatingíveis –, estava ali, para cumprir seu destino. Como um boi a caminho do matadouro, tendo como ilusão: um futuro melhor.

O menino sonhava muitas vezes com aquele momento quando avistava o Corcovado lá de baixo, das camadas subpostas da sociedade, mas não imaginara tamanha beleza. Sob os braços abertos, contemplou a vista panorâmica e toda a imponência do Rio de Janeiro. Do alto via-se o Maracanã, o Pão de açúcar, a ponte Rio-Niterói, as praias... Hoje é meu dia de sorte, pensou Mumuzinho ao perceber o quanto ela realmente era maravilhosa. Nada o abalava e nem tirava a magia daquele momento. Ficou ali, admirando a cidade, até ser presenteado com o magnífico pôr do sol. Entendeu que ele era para todos; às vezes intenso, às vezes fraco; queima ou bronzeia. Entretanto, o calor é maior para aqueles que não têm ar-condicionado. Nem mesmo a falta de ar que insistia depois da subida, seu estado já febril e as constantes tosses eram o suficiente para lhe tirar a empolgação. Compreendeu que tinha a tão sonhada liberdade; além disso, tinha a dignidade, o livre arbítrio e... Nada mais. Decidira ficar ali, para sempre. Pensou em toda a sua vida; em sua mãe; na infância roubada; lembrou-se de seu sonho de criança; e, como um antídoto contra a enfermidade do mundo, sorriu.

O CABOCLO E A QUARENTONA

Januário Guedes

Já fazia muito tempo que Mundico, morador de uma das quarenta e nove ilhas pertencentes ao Município de Belém do Pará, queria conhecer a capital. Embora relativamente próxima, a ilha onde nasceu e cresceu tinha, como muitas outras ao redor, uma natureza intocada, parecendo mais uma floresta distante da civilização. Quando criança, ouvia falar da cidade grande pelo rádio e depois começou a ver imagens pela televisão que um morador da ilha havia instalado em sua casa e, além disso, pelos moradores e atravessadores de mercadorias que chegavam até a ilha. Por medo, e mais ainda por uma grande timidez, nunca quis se arriscar a ir até lá, o que, aliás, era objeto de comentários e zombarias dos conhecidos. Apanhador de açaí, que entregava o produto ao compadre Zé Raimundo que o levava para vender em Belém, sempre se recusou a acompanhá-lo na viagem.

De tanto o compadre insistir, Mundico estava resolvido a encarar a aventura. Pediu ao compadre que comprasse uma roupa e um sapato para que pudesse estar à altura da grande aventura. No dia aprazado, embarca na canoa do Zé Raimundo rumo a Belém. O compadre encosta sua embarcação no Ver-O-Peso, onde Mundico desembarca todo garboso, mas também com certa timidez e medo, para dar uma volta pelo centro comercial popular do entorno. Anda de um lado para outro, com grande espanto pelo vazio das ruas, diferentemente do que havia visto na televisão, e com as lojas quase todas fechadas. Por onde andariam as pessoas que, ao que sabia, se esbarravam em grande quantidade naqueles lugares? Procura daqui e dali até encontrar um homem que caminha na rua vazia. Pergunta ao homem o que estava acontecendo e depois que este responde, sai em desabalada carreira na direção do cais onde desembarcara.

Chega esbaforido, para espanto do compadre Zé Raimundo, surpreso pela volta inesperada do amigo. Mundico grita, quase sem fôlego:

- Cumpadre, vamu embora rápido deste lugar.

Zé Raimundo pergunta, curioso:

- Que aconteceu, compadre? Não se apromou na cidade?

E Mundico responde já saltando para a embarcação e se acocorando embaixo do "tupé":

- Não deu tempo de gostá nem desgostá, cumpadre, porque um homem que encontrei me disse que a cidade tá vazia de gente na rua, porque um tar de coroné de nome esquisito tá na procura de uma quarentona que sumiu, não sei se é a mulher dele, e tá mandando a polícia prender os que tiver andando na rua. Então cumpadre, se avie, que eu quero vortar pra minha ilha e fica sussegado. Égua! A única quarentona que conheço de perto é a Zefa, mas acho que ela nem conhece esse tar coroné".

Aportar para o descanso

Paulo André Viana

- Já vai! Quem é você? Como entrou aqui?
- Chegou sua hora.
- Hora? Não combinei nada com você. Nem recebo visitas e nem saio de casa, só por necessidade.
- Isso não impede a minha visita.
- Já me viu, pode sair.
- Vamos juntos.
- Desculpa: #ficaemcasa.
- Desculpa: #chegousuahora.
- De quê?
- De esquecer tudo isso.
- Quem me dera.

- Um simples abraço. Tudo resolvido. Sem dor. Como você sempre quis.

- Estou tomando todos os cuidados necessários. Aliás, você está muito perto. Um metro de distância, por favor. Melhor, dois metros. Segurança.

- Isso não impedirá nada.

- Prevenção. Sigo as orientações médicas dos jornais, rádio, tv, facebook, twitter, instagram, whatsapp para higiene das mãos e objetos e alimentos e também a limpeza do carro e da casa e patas dos cachorros numa rotina diária com ocupações para o dia, tarde e noite.

- Muitos cuidados. Você acha que tem muito tempo...

- Desde o dia 14 de março que o tempo parou, esticou, endoidou, alguma coisa aconteceu com o tempo. Tem dias que ele é veloz como um bicho procurando vida. Às vezes emperra, estanca, paralisa o corpo e os pensamentos.

- É a quarentena.

- Já conversamos muito.

- Também acho. Vamos. Me dê a mão. Precisamos partir.

- Está com as mãos higienizadas? Fica em casa se puder.

- Eu preciso ir em alguns lugares, obrigações da minha função.

- Sei. Apenas as necessidades me fazem sair.

- Então podemos sair, é necessário que você venha comigo.

- Sair com você? Eu nem te conheço.
- Nem precisa.
- Sabe, hoje tenho muito o que fazer em casa.
- Venha comigo, não precisará fazer mais nada. Descanso eterno.
- Acho que você nunca ficou numa quarentena. Sua proposta é indecente.
- Nunca. Trabalho sem férias.
- Que exploração!
- Não é. São as regras. Solicitações. Hora marcada. Imprevistos. Preciso atender sempre.
- Não se cansa?
-Incansável. É a minha função. Sigo as orientações.
- Sei. Você me acordou antes do relógio. Dormi tarde. Faltavam apenas 5 capítulos para concluir a minissérie. Quando olhei o relógio, o dia estava clareando. Será que acordei? Ou estamos num sonho?
- Quer descobrir? Feche os olhos e venha comigo.
- Já que acordei, não quero mais dormir. Dia de execução: roupa, casa, comida, quintal, padaria, mercadinho, cachorros, redes sociais, tv... Não dá pra ficar de conversa com você. Bom dia. Hora de você partir.
- Não posso ir sem você.
- Pode sim. Não tenho tempo pra você.
- Verdade. Seu tempo está acabando.
- Engano seu. O dia ainda nem começou direito. Hoje eu tenho muito tempo para viver.

- Não se engane.

- Se tem alguém com enganos aqui é você. Bateu na porta errada, no dia errado, na hora errada. Inclusive, está falando com a pessoa errada.

- Sigo as orientações. Me ajude a te ajudar.

- Cismou comigo? Logo eu? Estou na proteção da minha casa. Você não pode invadir e querer me levar assim. Deveria usar de praticidade e rapidez. Muitos ignoram o confinamento, relaxam nos cuidados, grupinhos nas ruas, festinhas, praias, passeios. E vem me tentar para sair de casa com você. Não é justo. Quando não houver mais ninguém desafiando você, me procure, quem sabe entraremos num acordo. Já vivi meio século. Mais alguns dias e, farei cinquenta e um. Quero saber o que vai acontecer com o mundo. Tudo ia acabar em 2000. Chegamos em 2020.

- Você está querendo quebrar a regras.

- As regras mudam. Antes era quarentena, agora isolados com e sem tempo para sair, mascarados amedrontados, circulantes pela vida alheia seguem na arriscada rotina, proliferam-se as barrigas vazias, desencontros humanitários, seguimos rumo ao desconhecido, ávidos para existir, mesmo querendo em alguns momentos sumir.

- Indignação? Venha comigo.

- Não. Prefiro a complexidade terrestre. Lutamos contra o invisível e o tempo. São muito fortes. Somos muitos. Resistiremos? A inteligência humana desafiada em todas as nações e camadas sociais. Convivemos com o ócio destruidor e ócio criativo sociável. Dias caseiros solitários online e convivência social offline. O tempo impõe: bem juntinhos, tolerantes e juntos amigos e distantes. Noites serão dias, ouvidos noticiarão as benditas e malditas palavras, a boca controlará os pensamentos e a mente guiará os movimentos. Tudo tão embaralhado, cartas novas aparecem a todo momento, jogadores inquietos, confusos, na busca da jogada perfeita, esperançosos para última cartada. Momentaneamente integrados. Esquecem do desconhecido e necessário recomeço. E seguem, com as mãos e o cérebro definindo os destinos incertos.

- Tudo acontece no seu tempo e conforme a necessidade. Vamos!

- Não posso. Pessoas dependem de mim. Abandoná-las? Não teriam um descanso confortável.

- Concentre-se no seu momento. Podemos?

- Fique mais um pouco. Sua presença alivia e provoca dores.

- Tenho muitas utilidades. Alegria ou tristeza, depende de cada um.

- No momento estou muito bem. Não desejo nem alegria nem tristeza. Quero apenas continuar o meu dia. Prefiro a incerteza diária do que o seu desconhecido descanso oferecido.

- Tem certeza? Pode estar perdendo uma grande oportunidade.

- Sim. Quero a oportunidade para descobrir o 51, 52, 53, 54, 2024, 2025. 2026, 2027... O que vai acontecer com o mundo?

- Sei apenas que farei muitas visitas.

- Bom dia. Não precisa me tocar. São as regras.

- Poderia quebrar as regras. Sigo incansável. Dia cheio, muitas visitas. Bom descanso.

O relógio parou. O despertador não tocou. Preciso trocar as pilhas.

A vida tem dessas coisas ou a vida com essa coisa

Manoela Lima Pascale Cracel

— Amiga, cê viu a receita da Rita de hoje? Salada de macarrão ao pesto de espinafre. Quero!

— Não vi, Lu. Como é a receita?

— Macarrão al dente em temperatura ambiente regado a um molhinho à base de espinafre acompanhado de cogumelos paris e pimentões amarelos grelhadinhos. Bom demais! Agora, se tem uma coisa que me irrita é essa história de guardar o talo do espinafre pra colocar no arroz ou sei lá aonde. Duvido que ela faça isso, certeza que joga tudo fora. Ai, essas mensagens de práticas corretinhas pra tudo o que há no mundo me enerva. Hipócritas!

— Hahaha! A Rita é ótima, deve guardar o talo sim. Ela me passa credibilidade, vejo nos olhos dela. Cê tá irritada, amiga. Afinal, já são vinte e seis dias, né?

- Quarentena com ares de "duzentena". Não dá pra acreditar e não vai ser assim, somente quarenta dias. Com todos os estudos e previsões dos magos da ciência, essa pandemia vai muito mais longe do que isso. Temos que fortalecer o nosso bunker. A Matemática serve pra alguma coisa, disse a minha única amiga formada em Matemática. Eu curti o post dela. Porque gosto dela e porque gosto de Matemática e porque gosto de saber que tenho uma amiga matemática. Sempre pensei que esse pessoal que tem o cálculo na ponta da língua deve ter uns sonhos bem doidos. Sonho com festas quase que diariamente. Moro sozinha. Nas minhas festas entra todo mundo, gente do passado, gente do presente e gente do futuro. Familiares, amigos, famosos e desconhecidos. Sempre penso que as pessoas que aparecem nos meus sonhos e que eu nunca vi na vida um dia vão aparecer, é uma pena que me esqueço dos seus rostos, mas a sensação fica. Como é bom sonhar.

— Amiga, fui dar um rolê hoje e vi um monte de gente na rua. Me deu pânico. Vi também umas três máscaras largadas no meio-fio. Esquisito, né? A gente vê de tudo nas calçadas, máscara é novidade. E a anta com a máscara no queixo? Mano do céu, dá vontade de dar um croque na cabeça de um desses!

— Essas máscaras podem dar falta de ar, Lu, não é todo mundo que se adapta. Mas tem que usar, tá todo mundo falando.

— Pois é, tá todo mundo falando...

— Aliás, o que você foi fazer na rua?

- Tive sorte. Não, não tive. Tive. Ah, sei lá. Não dá pra dizer que tive sorte por estar quase sem grana, economizando até no busão e em estado de quarentena forçada por circunstâncias que não exatamente esta de agora, forçada por circunstâncias de força maior. Força pra nós. A adaptação foi mais fácil. E me livrei de um emprego numa cafeteria de franquia onde eu teria que usar mangas compridas, faça chuva, faça sol, uma touca ridícula e trabalhar de segunda a sábado tendo que ouvir "o café está gelado" ou "você é burra? Não ouviu que eu pedi chá de hibisco com capim limão?", ou mesmo um elogio ao meu chefe dizendo "as atendentes são maravilhosas", desse jeito, em terceira pessoa, como se eu não estivesse lá ou como se eu fosse uma robô bem programada no quesito educação. É isso que fazem, eu vi nos comentários do Google. Estava quase lá, assinando um contratinho de prestação de serviço, quando o acaso... Espera. Acaso? Lembro da primeira notícia que li sobre o coronavírus no Twitter, ano passado, que me acendeu uma fagulha, mas tá, tudo bem, o primeiro caso dos casos foi um acontecimento imprevisível, não? Não. Se o homem não invadisse o habitat natural dos morcegos, nada disso teria acontecido. E assim sucessivamente. Causas encadeadas. Nada vem à toa. E cá estou eu, no meu já antes isolamento forçado - e, no fundo, desejado, por aversão à submissão voluntária, que agora é obrigação? Muito louco - vendo se consigo ganhar uns trocos com o trabalho informal, o home-office, o trending topics da vez, e tentando me cadastrar na "assistência emergencial" do governo shit pocket. Uma ajudinha para os pobres miseráveis conseguirem pão e água. Malditos!

— Lu, você viu a live da Mônica hoje? Foi muito boa.

— Vi, amiga. "Dicas pra sair da preguiça eterna de escrever alguma coisa que ninguém vai ler", ou "o isolamento forçado é uma oportunidade ímpar pra colocar a criatividade em dia".

— Que mal-humor! Ontem fiz origamis com as crianças e hoje estou tentando tricô. Ah, Lu, se você se ocupar com algo bacana vai ver que será mais fácil.

— Eu sei, amiga, só estava tirando uma pra descontrair.

- Assisti uma transmissão sobre escrita criativa por esses dias, uma poeta que eu gosto bastante deu dicas de como podemos nos inspirar ao executar o simples ato de olhar pela janela. Poético. São Paulo, Centro, Minhocão, 265 prédios à vista de uma quitinete no décimo andar. Poluição visível, audível, tactível, olfatível, degustatível e intuitível. Sinto a poeira grudando na pele. No cabelo. Nas amídalas. Não, não é como o vírus, dá pra ver a poeira. Poético. A intuição chega na hora que estou passando o aspirador de pó. Jorram ideias. Serão as poeiras? Poético. A poesia está naquilo que não se vê. Aspiro a poeira. Não, a poesia está naquilo que se vê. Espalho a poeira. E aparece na janela um bando de maritacas com seu canto veemente cortando o céu alaranjado pela bilionésima despedida do Sol. Poético.

— Oi, Lu. Como estão as coisas? Queria que você me indicasse algum livro, estou tão desnorteada nesses últimos dias.

— Oi, amiga. Claro, o que você está afim de ler? Que gênero?

— Alguma coisa leve, mas que não seja fútil.

— A Paixão Segundo G.H. A metáfora é meio nojenta, mas a essência é transformadora!

Li agora há pouco um meme no Facebook, com a estampa do Dráuzio Varella: "Ainda não leu nenhum livro na quarentena, né, minha filha?". Um monte de gente reagiu com risada. Reagi com a curtida azul mesmo. Não queria ser a única a colocar uma carinha triste. A falta de concentração pra ler me atormenta, desde que inventaram o smartphone. Imagina agora. Fico zapeando nas redes pra tentar me localizar no mundo, participar do que anda acontecendo por aí. As opiniões, recomendações, previsões e informações pululam. Tá um caos. Listei alguns tipos: "estou preocupado com o Coronavírus"; "estou preocupado com o futuro da humanidade"; "estou preocupado com o meu bolso"; "o governo é uma merda"; "não deveria existir Estado"; "faça a sua parte, use máscara e fique em casa"; "se seguir todas as recomendações, não haverá perigo"; "você já fez o estoque de alimentos, remédios e produtos de limpeza?"; "não estoquem papel higiênico"; "o vírus também é transmitido por assintomáticos"; "o vírus se pega pelo contato com objetos tocados por pessoas que podem estar infectadas pelo vírus"; "você deve desinfetar o frasco de álcool com álcool"; "o vírus se espalha no ar"; "vi um monte de gente na rua, desmiolados!"; "não aguento mais tanto latido de cachorro"; "pets não transmitem coronavírus"; "passear com o cachorro? Pode"; "a cena mais emocionante foi a do Papa rezando missa para o vazio"; "foda-se o Papa"; "meu tio me mandou um áudio..."; "isso claramente é uma conspiração"; "o homem é o lobo do homem"; "vamos proteger os idosos"; "vamos proteger os jovens em detrimento dos idosos"; "não puderam se despedir de seus entes queridos"; "a ciência é a salvação da humanidade"; "a água sanitária é a nossa salvação"; "ser mãe é padecer no paraíso"; "ser mãe é a melhor coisa do mundo"; "recomendo tal filme, tal livro, tal música, tal curso"; "quero aprender a fazer tricô"; "a arte é o que nos resta"; "a criatividade é o que nos resta"; "ocupar a mente"; "meditar"; "dançar"; "hoje tem panelaço"; "a filosofia é o que nos resta"; "a informação é o que nos resta"; "a estatística é o que nos resta"; "tantos infectados e tantas mortes no dia de hoje"; "não há materiais de proteção e respiradores nos hospitais"; "a medicina é o que nos resta"; "a solidariedade é o que nos resta"; "vamos valorizar TODOS os profissionais de saúde"; "vamos valorizar não só os profissionais de saúde, mas o lixeiro, a caixa de supermercado, o motorista de aplicativo, o porteiro, a faxineira, o motorista de ônibus, a doméstica, a doceira, a boleira, o feirante e assim por diante"; "os moradores de rua estão passando sede e fome"; "estou deixando sacos plásticos transparentes com atum e bolacha para os moradores de rua"; "na favela vai ser muito pior"; "moradores de periferias estão cumprindo a quarentena"; "a polícia está alertando os transeuntes para que voltem para as suas casas"; "aqui as pessoas têm mais medo da fome do que do vírus"; "o caminhão de polícia está passando nas favelas com a seguinte palavra de ordem: entra em casa, senão morre"; "animais selvagens estão invadindo as cidades"; "um barulho esquisito no ar nesta madrugada: apocalipse, ETs ou gases na atmosfera?"; "influencer digital morre de coronavírus após lamber uma privada pública no Corona Challenge"; "vamos recuperar a camada de ozônio"; "o melhor alimento é tal e tal"; "as vitaminas C e D curam tudo"; "vamos fazer uma live?"; "que tal um Web Bar?"; "há males que vêm para o bem"; "haitiano dispara: acabou, você não é mais presidente"; "presidente sai às ruas contrariando o protocolo mundial"; "presidente é louco"; "presidente não é louco, é jogador"; "não imaginava que nos meus 80 anos eu veria isso"; "o homem é o culpado"; "o morcego é o culpado"; "o presidente é o culpado"; "não há culpados"; "Deus nos protege"; "a humanidade será salva"; "tudo continuará igual"; "haverá mudanças"; "o eterno retorno da diferença". Uma infinidade. Inclusive, a saída de cena. Gosto de observar a reação das pessoas e sentir um pouco o que elas sentem, repelindo ou me solidarizando; concordando, discordando e depois concordando de novo; participando ou só recebendo. E quando chega a crua realidade "um conhecido ou parente faleceu de Coronavírus", aí é baque.

— Você viu as últimas notícias do Equador, amiga?

— Vi, Lu. Que tristeza. Não passei bem o dia todo.

— Pois é, eu também): A gente precisa se desdobrar pra não cair em depressão. A ficção não supera a realidade, amiga.

A reportagem dizia que alguns autores de ficção científica acertaram nas previsões. Bom, escrever sobre um futuro distópico em que uma pandemia dizima mais da metade da população não é lá muito original. Qualquer um sabe (hein?) que esse risco pode ocorrer e que a humanidade não está livre de catástrofes, produzidas ou naturais. As naturais podem muitas vezes ser produzidas. Aquele youtuber microbiologista, tornado famoso em pouquíssimos dias, nos alertou: tudo pode acontecer. Preparem-se. Ebulição. Apocalipse. As ficções científicas entram em cena. A imaginação não tem limites. A ficção não supera a realidade. Os fatos no Equador foram inimagináveis. Conviver com cadáveres infectados, membros de sua família, por quatro, cinco dias. Jogar o corpo na rua. Enterrar em caixão de papelão. Soco no estômago. Angústia imensa. Cenário de guerra. E no dia seguinte crio uma figurinha de Zap pra divertir as amigas. Parece egoísta. Respeito não é marketing. Tá tudo registrado. Aqui no papel. Aqui no meu corpo.

No nosso corpo. Vida. Vida. Vida. "A vida tem dessas coisas, olhe só nós dois aqui. Presos no elevador numa noite sem dormir. Zero hora no relógio, legal você estar aqui. E amanhã pela manhã a gente pode sair". Ritchie criando metáforas de confinamento. Uma boa previsão, com os devidos ajustes no tempo.

trepadas a que ela se permitia, já que cada gozada ela se apaixonava. Ela acreditava que sexo era um lance de trocas de almas. Deve ser alguma espécie de patologia... sei lá...

A mulher menina Dandara tinha a estranha necessidade de mostrar a todos que é independente e depois de ter saído de um casamento infeliz de dois anos, só quis saber da sua carreira, sem tempo para romance... logo, para ela, isso significava pouco sexo.

- É sem tempo, irmão....

- Eita porra, o Zum acabou de me mandar um nudes, eita cara gostoso da porra!

COMO EU IA DIZENDO! Dandara ia sufocando cada paixãozinha que lhe aparecia, só se permitia sonhar com Zum. Aqui nessa parte do conto vamos dar uma breve contextualizada sobre quem é Zum na vida de Dandara. Zum é um cara que trabalha na mesma área dela, mas ela conheceu primeiro na internet, e nunca trabalharam juntos. Ele, o Zum, não escreverei o nome, apenas o apelido, porque a digníssima protagonista desse texto nunca lhe perguntou o nome, soube por terceiros, mas nunca teve a coragem de checar. Então... continuando... o artista a adicionou no Instagram a procura de uma trepada. Aqui fica um dos ensinamentos dessa história, QUEM TEM INSTAGRAM NÃO PRECISA DE TINDER.

Isso aconteceu quando a atriz e o ator estavam cada um em sua temporada fora da capital em que moravam, resultou em dois meses de conversas inbox, antes do primeiro encontro. Dandara, apesar dos esforços, ainda faz sinapses com os filmes da Disney a que assistiu em toda sua infância. Pode-se entender porque já no papo com o Zum ela se envolveu e quando chegou o esperado, desejado e sonhado encontro, ela sentiu fogos de artifícios e até lhe deu o cu.

- Outros nudes, puta que pariu, eu não vou aguentar! Calma, calma... afff, que situação.

Bom, antes da INDEVIDA interrupção, eu ia concluindo a história de Zum, com a informação de que já fazem dois anos que aconteceu esse primeiro encontro. E eles transaram tipo uma vez a cada três, dois meses... Mas Dandara, no primeiro ano, teve uma paixão platônica, dessas que você só tem na adolescência, mas ela padeceu desse mal em vida adulta. Aquilo a consumia noite e dia por meses, ele não estava a fim, ela foi sonhando e acordando, sonhando e acordando... até que esse dia chegou.

Ele acostumado a acompanhar os storys dela, comentou algo numa foto provocante de Dandara. Ela sempre postava em seus storys esse tipo de foto que serve como isca para caçar boys. Zum dessa vez foi fisgado e logo estavam fazendo sexo verbal.

- Eu prometi a mim mesma que não ia mais sair com ele.... Puta que pariu, ele me chamou para ir na casa dele! Sonho meu... Credo, mas quem me dera... Affff, dessa o Corona me livrou... é muito arriscado e não tenho carro, pra Uber não tenho dinheiro e busão é o antro do vírus... caraí, preciso muito trepar...

Mediante essa primeira parte das reflexões, o Zum também se acovardou e sossegou... Passa uma semana e..... Zum desestrutura Dandara com mais um retrato nu... e tinha o trono que Dandara adoraria sentar como rainha. Estava morta de fogo no cu.... resiste!!

Passa mais uma semana, Dandara pensa muito em sexo e nos motivos de sua solidão. Finalmente ela admite que queria um namorado. Lembra de Zum, e sabe que ele não a deseja dessa maneira, teme que ele queira namorar uma mulher branca como ele fez no passado por 8 anos. E ela também se lembra de Ganga que foi uma outra paixão que teve nesse meio tempo de história com Zum. Sobre Ganga posso contar outro dia, mas você precisa entender, que Danda estava super interessada em Ganga, mas ele voltou com sua ex e agora atual namorada branca.

Danda se pesquisa por toda quarentena:

- Por que estou só? Sem esse papo que não chegou a hora. Porque esses dias eu vi uma matéria na televisão que dizia que uma expressa maioria de mulheres solteiras são negras. Porque homens brancos e pretos (como os dois elementos acima) escolhem se casar com mulheres brancas. Mas como amante, pode ser a negra. A preta é para foder. E eu só tenho fodido...É toda essa bosta de herança de pós-colonização escravocrata. Essa coisa que todo mundo sabe e não quer admitir.

Dandara pensou que talvez fosse isso. Ela já faz um tempo que tem conversado com amigas e convivendo sabe que é mais assediada do que elas que são brancas. Ela temeu que todos os homens sejam assim com ela. Ela tem raiva de todos eles. Mas também entende o que a cultura tóxica faz com a gente.

Nesse período de quarentena Dandara teve tempo para revisitar um passado que, mesmo quando ela não tem tempo, sempre lhe passa como um flash em sua cabeça. Ela se lembra das listas que os colegas da escola particular faziam, uma lista que ia das meninas mais bonitas para as mais feias. Dandara era a campeã da feiura sempre. Desde sua meninice ela sabia que ganhava tais votos por conta de sua cor, e por isso evitou o sol por toda a mocidade, para ele não queimar ainda mais a sua pele. Mas hoje Dandara sabe que isso tem a ver com o racismo.

Ela deu uma certa superada, hoje se sente gata e tudo mais... mas no fundo ela se aflige com a ideia que teve durante a sua meninice, a ideia de nunca ser amada por um companheiro...

Zum apenas publicou em seu story aquelas lindas frases poéticas que ele mesmo gera. Zum é poeta voador, beija-flor desgraçado.

Dandara, dessa vez, mais que poeticamente apaixonada, mandou a porra do nudes. Ele agora é um fotógrafo pornográfico. Ela e ele se divertem. Fazem sexo cibernético. Danda acaba por convidá-lo, uma quebra na quarentena, ela o chama para passar uma noite em sua casa. Ele aceita.

No dia, logo pela manhã, manda uma imagem de parte de seu corpo

- EEEE bem a parte!

Ele tá afim. Ela tá com medo do corona e de como ela vai ficar depois desse encontro.

Ela manda uma foto da parte do corpo dela.

Ela tá afim. Ele tá com medo, só do corona no caso.

Ela arruma a casa para recebê-lo.

Ele confirma se ela está a fim.

Ela diz que sim e tira os pelos do corpo, aqueles que ela estava de boas sem tirar por conta da quarentena. Ela se pergunta o quão machista está sendo.... mas ela se lembra de Cleópatra e que é filha de Oxum.

Ele confirma o endereço.

Ela compra no mercado coisas para fazer o jantar

Ele compra o vinho

Ela passa um incenso na casa e passa hidratante, lembrando o quanto ela não gosta daquela meleca de creme no seu corpo, ao mesmo tempo que o cheiro é bom. E deixa a pele macia pra ele.

Ele disse que está se arrumando e vem com fome.

Ela espera que a fome seja relacionada mais a ela do que do macarrão que vai fazer.

Ele avisa que entrou no banho.

Ela limpa a cera do ouvido.

- Tomara que ele lamba meu ouvido.

Ele pergunta se o estacionamento do prédio que ela mora está liberado.

Ela confirma e começa a cozinhar...

Ele, enquanto se veste, escuta as notícias do jornal...

JÁ MORRERAM 1006 pessoas de corona no Brasil...

Ela chora com o cancelamento em cima da hora. E tenta se animar dizendo a si mesma que era o universo que havia decidido... para ela não cair na cilada dele novamente. Ela só pode aceitar. Pelo menos nenhuma varejeira teve que entrar pela janela de seu quarto. Ah, você não sabe? As moscas nos visitam, assim, inesperadamente para nos informar que certas companhias não nos fazem bem.

Uma história sobre seios

Jennifer Perroni

Ouvi certa vez que apenas esgotamos um paradigma após vivê-lo intensamente. Se isso for verdade, então faz sentido que ainda trate do mesmo assunto. E de novo. E de novo. Até que não reste mais nada em mim. Coisa que talvez jamais aconteça. Mas, no momento, ainda estou impregnada pelas histórias de minha família. Mas não é disso que tratam todas as famílias, afinal? Repetições e mais repetições?

Estou na casa da minha avó e isso significa que nunca sei exatamente em que pedaço do tempo estou, pois aqui sou sempre um meio termo entre a criança que brinca no quintal e a senhora de cabelos brancos e cacheados.

Minha avó amamentou doze crianças. E talvez mais, pois naquela época era normal amamentar as crias da vizinhança. E ainda assim ela tem os seios mais lindos que já vi na vida. Hoje ela precisa de ajuda para comer. As mãos tremem, não suportam o peso de um garfo. E também para se vestir. Estamos no quarto e a ajudo a trocar de roupa. Já lhe dei comida na boca como se fosse um bebê grande demais para caber no meu colo.

- Não são caídos! - diz com voz baixa e orgulhosa dos próprios seios.

Tiro a minha própria blusa e fico ao lado dela diante do espelho.

- Você é igual a mim, pode amamentar uma dezena de crianças e seus peitos ainda estarão firmes. Nem todo mundo da família herdou esse peito.

Aparentemente minha avó separa as mulheres da família entre as que possuem ou não o seio firme. Acho graça. Não sei se acharia tanta graça se não fosse eu uma das felizes herdeiras.

- Acho que não amamentarei uma dezena de crianças, vó.

Ela me fita longamente, o arco senil nos olhos denuncia que talvez enxergue mais o outro lado do véu do que este.

- Acho que é melhor assim mesmo!

Minha mãe entra no quarto e ao ver a cena imediatamente se coloca nua ao nosso lado. Somos três gerações de seios firmes. Não sei a quem agradecer pela preciosa herança.

A primeira mulher cujo nome chegou aos meus ouvidos foi Isabel, cuja mãe morreu no parto e o marido, apaixonado, seguiu a amada quinze dias depois. Assim Isabel foi criada por um casal de conhecidos. E com isso rompeu-se o fio da memória e os nomes de meus antepassados foram esquecidos. Isabel que era doce como o nome teve dois filhos. Um morreu.

A vó está contando a história novamente. Todos os dias eu faço as mesmas perguntas e ela repete os mesmos nomes. Eu finjo que faço isso para ajudá-la a exercitar a memória, mas é mentira, é mentira. Eu faço isso por mim.

E nisso uma das minhas muitas tias entra no quarto (é a caçula). Ela prontamente tira a própria blusa e exibe os seios. Estamos todas unidas em nossa herança. E mesmo que eu me encontre rindo, há uma parte em mim que sempre se emociona diante de cenas como essa.

Depois de Isabel veio Demetilde, que era um "demônio em forma de mulher". Viveu mais de cem anos e ainda arrumou um namorado antes de morrer. Dizia que gostava muito de namorar, mas que não casaria nunca mais na vida.

Minha avó chama Nair; todos os seus doze filhos receberam nomes iniciados com a letra A, acho que era moda antigamente. Lógico que, com o tempo, todos receberam apelidos de forma que os nomes reais quase nunca são lembrados. Mas a tradição que foi mantida pelos meus tios (todos os primos mais velhos têm nomes que começam com A). E assim, eu fui a primeira criança de uma série de dezessete nascimentos na família a ter o nome com outra letra do alfabeto. Depois a tradição foi esquecida e outras letras foram utilizadas.

Quebrar tradições é algo que aparentemente faço bem.

Outra tradição que quebrei foi ter nascido branca. Meu avô era racista. Desses que não admitia pessoas negras em casa. Para azar dele, todos os meus tios e tias casaram com pessoas negras e tiveram lindas crianças sarará, morenas, pardas.

Minha mãe se chama Anete, ela não casou, mas pariu a primeira criança branca da nova geração da família. Assim, a brancura de minha pele foi minha redenção. Fez com que eu merecesse o amor de meu avô.

- Você foi mais longe que todas nós - diz minha tia.

E lembro de minha mãe me dizendo para ser forte, desde que sou criança ela diz isso, antes mesmo que eu soubesse o significado da palavra força.

" Seja forte. Seja forte. A vida não é fácil para mulheres!"

Qualquer um que me conheça sabe que ser forte é o oposto da minha natureza. Nunca soube ser forte na vida. Eu era a criança chorona que se escondia no banheiro, a que passava o recreio na biblioteca ou na capela do colégio de freiras. Não é tão fácil aprender a ser forte quando isso é contra seus instintos.

"Seja forte. Seja forte."

Para que ser tão forte? Porque não tive escolha, foi a herança que veio junto com os seios.

Nunca vi faltar comida na casa de minha avó. Nunca. Às vezes no café da manhã comíamos café com farinha de mandioca e açúcar. É só misturar tudo no copo e comer como se fosse mingau. Ou cimento. Não há quem sinta fome depois disso. Engraçado como ainda hoje posso chegar a qualquer hora na casa da vó que alguém sempre vai me empurrar um prato de comida.

Como é possível?

Mas então penso na mulher que amamentou doze crianças e os seios continuam firmes. Ela poderia ensinar Jesus Cristo sobre como alimentar multidões.

Todas estão mortas, Isabel e as que vieram antes e cujos nomes sequer saberei. Demetilde e seus mil demônios. Por isso hoje homenageio os vivos, os que ainda podem me amparar em seus braços calejados e respiram comigo o ar salobro que vem da Guanabara. Homenageio os vivos, os que ainda me reconhecem por trás da névoa da catarata opaca e senil. Homenageio os vivos, os que não levaram parte das histórias ocultas de minha família para o lugar de onde jamais poderão ser resgatadas. Homenageio os vivos, os que caminham com dificuldade o pequeno cortejo do quarto até a mesa de jantar. E respiram aliviados quando chegam. Homenageio os vivos, enquanto estão vivos e podem receber minha homenagem, quem acaricia meus cabelos enquanto as lágrimas invadem meus olhos e eu finjo que é um resfriado que nunca cura.

"Seja forte. Seja forte."

Mas não é verdade, não sou tão forte. Não consigo olhar a cena no quarto da vó sem que meus olhos ardam. Estamos todas unidas. Pelo sangue. Pela força. Pelos seios.

Dizem que a cura do mundo ocorrerá através da cura do feminino. Estamos feridas. Estamos feridas. Será que alguém mais vê isso?

Não posso viver dias como esses sem pensar em tudo que eles implicam, em todas as escolhas que me permitiram estar aqui hoje, representante de um clã muito mais forte do que eu jamais serei. E ainda assim penso que trocaria a firmeza de meus seios pelo direito de não precisar ser tão forte. Mas essa é a resposta para uma pergunta que jamais foi feita. Nem será.

Homenageio os vivos, os que vivem em mim.

Outro mundo, outro corpo

Andressa Barichello

Há quem tenha se adaptado às circunstâncias sem maiores ensaios: abundam as imagens ao vivo, as transmissões vindas diretamente do confinamento alheio. Observo, não sem inveja, a desenvoltura de uns e o talento de outros nas redes sociais: se eu cantasse e tocasse violão ou fosse boa em recitar poemas, eu talvez me sentisse mais útil agora. Vai um tempo até percebermos que a graça de uma vida não precisa estar exatamente ligada a critérios de produtividade (mesmo que em arte).

Tendo desistido de criar algum conteúdo que pudesse justificar o esforço diante das lentes, achei por bem limitar-me a contemplar o movimento das nuvens quando há pano azul de fundo e a seguir o conselho dos psicólogos: não descurar do contato com familiares e amigos.

Para contatar um casal de amigos me dispus a aparecer na tela. Sempre associei chamadas de vídeo a distâncias transatlânticas, como se a imagem do outro (travada e com eventuais picotes na fala) representasse as dificuldades do longo percurso no mapa, quiçá remetendo aos contatos um dia feitos pelos astronautas, pioneiros em fazer-se ver e escutar de muito longe, a partir da solidão das estações espaciais.

A transposição desse recurso para bater papo furado com pessoas que estão na mesma cidade (na solidão de suas estações espaciais) deu à coisa um ar esquisito, como se eu fosse o personagem Lucas Silva e Silva da série Mundo da Lua, sucesso dos anos 90 no Brasil. Aquele menino, diante de um gravador, não cansava de dizer: Alô? Alô? Planeta Terra, Planeta Terra, Planeta Terra chamando...

Lucas criava no gravador histórias de como gostaria que a realidade fosse e essa lembrança me faz pensar que, nesse momento, terei de ser capaz de encontrar qualquer coisa de lúdico nas possibilidades existentes, para que elas se tornem prazerosas e deixem de ser um mero substituto esquisito e insuficiente para aquilo que se perdeu. Perdemos todos.

Felizmente, não é sozinha que enfrento o dilema da suficiência ou da insuficiência: conversa vai, conversa vem... E Maria, a filha de quatro anos dos meus amigos, de repente sentiu-se muito frustrada porque foi interrompida em sua prosa, que já se alongava sem fim, com direito a mímicas e danças...

A mãe interrompeu-a e retomou a palavra, mas a câmera, como hipnotizada, acompanhou suas ações seguintes: cruzar os braços, dirigir-se à cama, deitar de bruços, tapar o rosto e chorar.

A conversa entre os adultos seguiu fingindo normalidade (diante do cenário mundial e doméstico), entrecortada por agudos e protestos. O remédio nesses casos pode ser não dar muita atenção; é o que sinaliza a piscadela da minha amiga, que em momentos de crise sempre diz: Vê lá, isso é uma prévia... Se você decidir ter filhos não vai dar pra fingir que não sabia!

São tempos em que já não podemos fingir que não sabíamos ou que não sabemos: o mundo, tal como o conhecíamos, parece inviável...

Antes de telefonar aos meus amigos, me senti um tanto agradecida por não ter uma criança em tempos de pandemia. Ao mesmo tempo, passaram pela minha cabeça ideias como "que sorte a dos meus amigos, eles não vão precisar decidir se querem ter filhos após essa pandemia, simplesmente porque eles já tiveram".

Afeita a criar dilemas morais para todas as questões da vida, fiquei com a impressão de que se eu tivesse filhos talvez se abatesse sobre mim um *nonsense,* a ideia de que "meu Deus, não fiz filhos para que vivessem uma espécie de guerra biológica" num quase arrependimento por tê-los trazido a esse planeta. Ao mesmo tempo pondero que se tivesse filhos, eu agora me sentiria aliviada por saber que, não sabendo o que seria 2020, eu teria realizado, em tempo, uma incauta aposta de desejo e amor.

A chamada encerrou-se com Maria de rosto ainda vermelho e sorriso no canto da boca; sua cabeça balançando em sim para tudo que eu dizia, numa timidez de menina boazinha incompatível com a desenvoltura do início e o inconformismo do meio.

Ao retornar ao silêncio da minha casa, o mini-mundo onde sou quase-Deus, considerei que brinquedos espalhados pela sala e convites incessantes ao lúdico talvez tornassem a minha quarentena muito mais fácil... Enquanto isso, os meus amigos talvez tenham pensado que uma casa organizada e um mínimo de solidão pudesse ajudá-los a descomprimir...

O mundo, além de continuar bastante precário – e comprimido - continua a ser o espaço onde tudo é relativo. E onde o desejo e o amor, essas apostas, continuam a cobrar seus preços, como tudo.

Enquanto o vírus se reproduz livremente (enquanto escrevo ele já ultrapassou a quantia de um milhão de pessoas infectadas) eu, no fundo, continuo a pensar em filhos. E no poema Enjoadinho, de Vinicius de Moraes:

Filhos, melhor não tê-los...
Mas se não os temos
Como sabê-los?

Que sonho poder agora doer ao modo-Maria: embirrar e descontar a minha raiva no travesseiro, sem pudor.

Por mais que o vírus continuasse a seguir o seu caminho, como a mãe dela continuou ao telefone... Toda raiva será um pouco angústia, esse medo sem objeto?

Que sonho poder agora secar as minhas lágrimas com o antebraço e me sentir refeita, por mais que viesse a carregar, mesmo diante dos outros, uma timidez incompatível com a desenvoltura do início... O início: a vida antes disso tudo.

Quem sabe, Maria, quando tudo isso passar, você ganhe um amiguinho (eu jamais fingirei que não sabia, prometo).

Talvez até lá eu tenha aprendido a gravar coisas a partir do meu sofá, fazendo do meu telefone o gravador do Lucas Silva e Silva e, com isso, a palavra, desde sempre escrita, ganhe um corpo. E um pouco do mundo, grande ainda...

Quem sabe, Maria, tudo isso há de nos fazer acreditar mais na potência do nosso próprio corpo: para combater o vírus, para estar junto aos outros... E, no meu caso, para acreditar mais na potência de gerar outro corpo.

Disse a poeta Alice Ruiz que "depois que um corpo comporta outro corpo, nenhum coração suporta o pouco". Imagino mais democracia, mais justiça social, mais saúde pública, mais solidariedade. E o fascismo no passado.

O interfone toca, como dissesse: Planeta Terra chamando, Planeta Terra chamando... E volto a mim: é o entregador da farmácia, com meu comprimido para cólicas menstruais.

Carta aberta

Martim Butcher

Não me leve a mal. Não foi com má intenção que vim passar essa época junto a teu corpo. Se ora te acaricio, multitudinário, é que tua presença me é francamente agradável; até confio que quando sairmos — se é que sairemos — o tempo fará do nosso encontro uma amável reminiscência, e não duvido que serão ouvidos mútuos suspiros, saudosos do tempo em que as circunstâncias nos fizeram tão próximos, tão íntimos. Mas é ocioso negar que ainda nos aguarda um vasto prazo nesta estreiteza, de modo que vale a pena, se me concede um minuto — desses que te abundam —, aclarar alguns mal-entendidos que recaíram sobre mim e sobre a forma como cheguei até aqui.

O tempo? Ah, nesse aspecto devo dizer que se configura algum embate. Vejo que você de antemão se queixa dos meses vindouros, ou até, vejam só, da oferta desmedida de tempo que agora o destino te oferece enquanto o próprio tempo reluta em transcorrer. Um olhar mais atento a meu lado lhes faria perceber o quão infinitamente maior é o lapso para mim. Tudo se resume à matemática simples: um indivíduo qualquer de vocês, fulano menor, há de viver 80, 70, 60 anos como mínimo. O que é uma porção de semanas para uma vida dessa grandeza? Reles ocasião. Para mim, no entanto, essa miudeza se expande em infindáveis gerações. Vocês, que se refestelam em manobrar ásperos malabarismos algébricos, vocês que façam aí as contas, e terão uma estimativa razoável do quão perpétuo me pesa um milésimo.

Esses meses para mim se estendem a temporadas remotíssimas, a um horizonte nostálgico onde o fato se funde ao mito, e a lembrança mesma vacila entre o sonho inventado e a incerta memória da minha estirpe comensal. Outrora, eu era dormido. Diz-se de Antes de Dezembro que jazíamos em placidez mineral, ou abrigados em corpos outros, mais mansos, mais próximos ao barro. A hagiografia não é consensual quanto a isso, mas o que se sabe é que foi o Pioneiro quem transpassou as fronteiras humanas por primeira vez. Houve quem se opusesse, quem visse no movimento qualquer coisa de desaforado ou indecoroso, ou ainda um afã impudico de exceder o âmbito de nossa jurisdição. Votos vencidos. É que, para além da desmesura do ato, havia-se conflagrado no âmago do herói uma metamorfose que passava ao largo de toda noção de moral (devo dizer que nessa húbris nos aproximamos, nós e vocês). Já não era questão de capricho ou ímpeto vanguardista desbravar-te pele adentro, pois a mudança operara em nós uma irreversível aversão aos seres dóceis que outrora nos nutriam. Bem sei que eles mantinham-se iguais, e foi-se o tempo de culpabilizá-los pela nossa despedida. Mas o fato é que a cada nova geração dilatava-se entre nós o consenso de habitarmos lares estrangeiros. Mais insistíamos na preservação, mais assentava a suspeita de sermos hóspedes azedos, indesejados, e mais todo fluido que nos circundava confessava-se turva atmosfera inimiga. Não é fácil explicar o que passamos. Você, que agora — ainda — detrata a circunscrição de seu claustro, não tardaria em anuir que o faz *a plenos pulmões*. Pergunto, pois: acaso já conheceu o que é sentir-se veramente sufocado? Alguma vez já constatou que o teu asilo é de todo irrespirável? Pois assim éramos nós. De modo que a diáspora, ou antes, o inevitável assalto a teus domínios, divulgou-se como um movimento absolutamente natural — se é que podemos dizer isso a respeito dos vaivéns da História.

Por isso me estranha que justo vocês, cujo currículo é farto em depredações, recebam com tamanha perplexidade um movimento que é, como muito — e aqui estou sendo bastante generoso —, comparável a um desses genocidiozinhos que vocês volta e meia pipocam em nome da "civilidade". Nossa existência simplória, à diferença da de vocês, não permite sofisticações nas atrocidades, já que o que nos move é antes uma intuição ou algo similar à saudade às avessas. E não se deu de outra maneira nosso avanço. Fomos indo, primeiro uns poucos, pingados nas frestas que alguns de vocês deixavam abertas com despercebida ternura; logo, levas acrescidas de comoção pelos precursores mortos sobre as planícies epidérmicas; mais adiante, multidões convictas do acerto da migração, aproveitando toda e qualquer deixa que as mucosas macias nos oferecessem para adentrar essa sorte de eldorado que sua carne figurava. E como foi feliz esse momento! Como era prazeroso deixar-nos levar pelo beijo involuntário que uma língua quente e incauta nos brindava! Como era benfazejo o gesto que nos levava da mão à lágrima, e da lágrima aos córregos purpúreos! Como era comovente, ainda, sermos arrebatados de improviso por um alento que quanto mais imprudente mais generoso se mostrava!

Como vês, nada de projeto de glória, nem nenhuma sede de nomeada me mobilizou. É fato que a necessidade de sobrevivência talvez me tenha levado a uma celebridade maior do que o previsto, mas garanto que nunca pretendi holofotes, ao contrário do que ocorre com certa espécie bípede que ambula orbe afora — se é que me entendem. O curioso é que é essa mesma espécie que, querendo ver nas demais ânsia de soberania igual à que a motiva, pretende atribuir-me veleidades monárquicas, incrustando-me à membrana o nome infâme de "corona". E não para por aí a tendência difamadora. É só bater o olho em qualquer periódico de bairro que já pulula a adjetivação injuriosa: "perigoso", "mortífero", "infeccioso, "destruidor-de-economias", e por aí vai. O ultraje é tanto que chegam a usar sem maiores distinções minha alcunha e o nome do mal que lamentavelmente causo, como se fôssemos a mesma coisa e fenômeno! Ora, como te sentirias se, em vez de "homem", eu te chamasse de "destruição da atmosfera"? E se eu substituísse "humano" por "putrefação de rios e oceanos"? Te parece ofensivo o bastante? Te parece justo? Desde quando cabe a mim culpar-me por tudo quanto é efeito colateral da duplicação desenfreada a que vocês me submeteram? Da minha parte, me resignaria de bom grado a contaminar meia dúzia de países, um continente modesto, vá lá, mas vocês se apressam tanto em carregar-me aos quatro cantos do globo, o que esperavam que eu fizesse? Saísse à francesa? Oferecesse este corpinho para a porcaria da OMS encontrar uma vacina? Sinto muito, mas não é de hoje que vocês vêm andando em uma bela de uma promiscuidade; algum dia a conta cairia. Ademais, beneficiando-me desse jeito com doses diárias de notícias falsas, preferindo de tal forma o excesso de troca ao sucesso da transa, convenhamos que não é de se espantar que eu terminasse, por assim dizer, "viralizando". É por isso que eu digo: quando ouço repetirem 24 horas por dia "corona pra cá, corona pra lá", sinceramente, não me responsabilizo. Ou, como disse o outro: "lavo minhas mãos".

Te fatigo com meu palavrório? Bom, espero que você perceba que despejo tudo isso sem intenção de mágoa. Me ocorre, porém, que nem mesmo o propósito didático daquilo que te falo parece encontrar qualquer serventia. Afinal, como poderia eu pretender que, na sua pequenez individual, você pudesse dar conta de algo mais que o perímetro restrito de sua quarentena? Tudo o que há diante de meus olhos é um ser acuado, ingênuo, buscando amor como quem busca tolerância, o que é bastante lamentável. Aliás, no que se refere a seu precário conceito de bando, devo dizer que o afã com que correm para dar continuidade a essa massa inexata a que chamam "humanidade", tingido aqui de hipocrisia, ali de genuíno amor ao próximo, só faz mostrar o quão escandaloso é o ponto a que chegou a negligência longamente cultivada acerca de noções básicas de plural e singular. Em que momento tomaram por verdade útil o binômio indivíduo-coletivo? Sinceramente acreditaram que basear um projeto de civilização sobre uma ontologia capenga e cindida como essa poderia levar a outro lugar que não ao constrangedor impasse entre confiar a perpetuação da espécie ao deus-dará e despejar as gentes no cadafalso? Antes que me acusem os moralistas de plantão, longe de mim sugerir táticas sacrificiais para aliviar a saia-justa atual. Apenas advirto que a justeza da decisão está atada a um imbróglio mais fundamental, do qual há muito me vi liberto. Explico. A natureza plural do meu ser, condensada no "s" lapidar com que finaliza o nome da minha Ordem — sejamos um, seja eu vário, a flexão é idêntica — tornaria o dilema falso caso fosse eu que me encontrasse na sinuca vexaminosa em que vocês se acham: por um lado, minha condição múltipla faz com que eu desconheça qualquer eventual pudor de desfazer-me de alguns milhões de mims em prol do eu maior; por outro, nem faz sentido vasculhar meu eu além da prófuga pluralidade. Não penso jactanciar-me, mas a verdade é que sou pura profusão. Que posso senão compadecer-me daqueles que ainda tropeçam na suposta singularidade?

Me desculpe se sou por demais enfático. Algo me diz que minha exaltação contribui para a crescente palidez de teu rosto. A propósito, me espanta tremendamente esse desassossego reiterado em torno daquilo que vocês chamam de... como é mesmo? "Vida"? Oh, mas que vocabulozinho desfavorável! É preciso reconhecer que aqui vocês se superaram, ainda que, no que me toca, alegro-me de manter-me razoavelmente à parte desse belo e imundo conceito com que vocês pretendem explicar tudo que é "autossuficiente". Agora, o que sem dúvida é embaraçoso é esse refrão que ultimamente deu para proliferar na panfletagem pretensamente piedosa: "cada vida importa". Santa virose! Não bastava "vida", agora me vêm com "vidas"? Não se encabulam de reproduzir a dor dessa maneira?

Noto que te pesam as pálpebras. Não? Seja como for, antes de deitarmos, quero deixar clara uma coisa: tudo o que disse, tudo o que pode haver soado agressivo foi fruto de um afeto francamente fraternal. Afinal, convenhamos que minha vocação infecciosa obedece ao mesmo imperativo que vocês, pudicos da própria fome, quiseram atribuir a um ser superior: "Amai-vos e multiplicai-vos".

Agora venha.

Agora feche os olhos, que nós precisamos urgentemente te dar um beijo.

A imposição geral da afasia

Vitor Varella

O café lhe desceu rasgando a garganta. Uma sombra de luz fazia caminho pela janela da cozinha espalhando um véu de penumbra. Há trinta dias não tomava um beijo do abrasivo sol, a rua subtraída pelo confinamento. Emilia tossiu e bebeu com avidez um copo de suco de limão. O latejamento da garganta foi aos poucos dando espaço a uma dor persistente, como se houvesse um caco de vidro espetado na amígdala. Estava imersa numa tradução havia dois mesese, desde que o governo decretou o toque de recolher, não saiu de casa uma só vez. Tinha a coluna a reclamar e um desconforto agudo e constante no cérebro.

Quando acordava, manhãzinha, lia umas quantas páginas de literatura brasileira para não perder o frescor da língua pátria. Depois era se debruçar sobre o calhamaço *Why butterflies and not marbles*, romance escrito por Cilian Walsh-Walden, ainda inédito no mundo lusófono.

Emilia deitou fora o *Angústia*, que lia pela terceira vez, e ajeitou-se em frente ao computador ainda sentindo o incômodo na garganta. Andava na parte em que o protagonista, perdido numa floresta nórdica, decide se entregar ao frio e à fome e começa a alucinar:

> *Fragmentos do tempo ainda caíam do céu como chuva e do eco do futuro Simon via o périplo divino rodopiando através dos homens mortos e dos cães putrefatos e via como os deuses comiam migalhas de vidas humanas espalhadas no tecido veicular da existência: esboroava-se.*

O estilo a confundia, o inglês corrido parecia querer quebrar-se em versos. Emilia misturava-se nas construções de Walden de tal forma que quando dava por si era madrugada, o tempo derretia.

Tentou se levantar no breu da sala.

Uma vertigem a fez desabar de volta na cadeira. A imagem de um céu de fogo e sem estrelas invadiu sua mente. Era a cena seguinte do livro. Voltou os olhos para a tela, as manchas negras na branquidão do documento *word* a impeliram a voltar à carga de trabalho. Fechou a página do dicionário e escreveu com os olhos semicerrados.

> *Perdeu-se nas significações incestuosas da finitude como a lágrima que se perde entre duas faces amalgamadas no bojo da interpessoalidade e abraçou a terra espessa e gelada cravando as unhas nos poros da tessitura terrestre envolvido pela certeza quase raivosa de que num fundo de solidão se esconde o verdadeiro semblante divino e na maravilha celeste do subterrâneo vivaz de si entreviu a qualidade cerúlea do espaço transformar-se em sangue escorrendo sobre seu corpo inerme de gente que é mais morte do que homem: matou a parte delicada do seu ser.*

Quando piscou os olhos e voltou à realidade percebeu que um resquício de sol já se insinuava pela janela. O corpo parecia se entregar sem forças. Pegou o telefone celular na mesa e procurou na agenda o número de sua irmã.

– Alô, dizia a voz do outro lado. Alô, Em?

– ...

– Em, tá me ouvindo? Em?, repetia a voz cada vez mais aflita. Quando tentava falar, Emilia era raptada por uma potente dor na garganta e não saía voz alguma. Não conseguia juntar uma sílaba sequer, ensaiava balbucios, quase como sussurros, até que a irmã desligou. Drenada, atravessou a tela do computador com os olhos suspensos, escapando para um estado de letargia absoluta. Nos seus pensamentos ecoavam passagens de Walsh-Walden que era incapaz de pronunciar em voz alta. Unindo sonho, morte e vida, viu-se na floresta junto a Simon, o frio corroendo seus ossos:

> *Entre o desejo inconsciente de ser tudo e a perspectiva concreta de ser resumido a nada Simon viu uma borboleta amarela mosqueada que voava entre os flocos de neve que varriam da terra a sua cor telúrica e viu quando a borboleta pousou a poucos centímetros do seu corpo rígido de hipotermia: teve na mágoa interna de certa vez haver decidido pela partilha de coisas impartilháveis um amolecimento como se a borboleta amarela concentrasse todo o fogo do céu e o devolvesse ao consolo de seu peito perdido e em algum momento antes do rigor mortis sentiu a borboleta pousar no seu rosto e conceder-lhe a última memória da vida: ter sido.*

Já era novamente noite quando ouviu a campainha. Logo depois veio uma batida na porta, depois um estrondo. Emilia mal notou quando umas mãos lhe seguraram o rosto e examinaram seu peito. Uma voz conhecida repetia o seu nome e acariciava seus cabelos. Até que chegou outra pessoa lhe fazendo perguntas que não entendeu e enfiando uma agulha no seu braço. Quando percebeu estava numa cama de hospital, muito barulho ao seu redor. Recomeçou a ver as coisas com nitidez e era sua irmã que estava sentada numa cadeira ao pé da cama. Perguntou como se sentia, Emilia não conseguiu responder. Numa folha de papel, escreveu apenas que estava bem, mas que o café escaldante havia lhe roubado a voz.

JAONARO BOLSAIR (Um bate papo sobre um idiota num dos melhores points da casa do caralho)

Texto publicado originalmente em medium.com/@palavranca blog de minha autoria
Gabriel Lopes Mesquita

...

Parei minha viagem intergaláctica na fronteira da Via Láctea com a Spacebahn. Uns quarenta e cinco anos luz até o planeta Strogz, planeta natal de minha madrasta, que por obra do destino, acabou se casando com meu pai logo após a morte da minha mãe, na capital brasileira, Brasília, Brasil, Planeta Terra. Blá, blá, blá...

Sim, eu sou terráqueo. Vânia, minha madrasta, disse que em Strogz eu conseguiria um soro que curasse o coronavírus que ela contraiu. Infelizmente não funciona em humanos, mas parece que o Covid-19 é extremamente fatal contra strogzianos, que, por suas vezes, são muitíssimo parecidos com os terráqueos, com a diferença que são um pouco mais avançados em alguns aspectos filosóficos, éticos, os carai a quatro que não vêm ao caso. Pentacampeões duvido que eles sejam.

Aqui nessa fronteira no meio do nada espacial, há um bar muito conhecido entre viajantes intergaláticos. Parei para conhecer as bebidas e mulheres que estão acima de nossas cabeças terrestres, enquanto relaxo um pouco do jetleg espacial.

Conheci um sujeito do universo tron 330, muitíssimo parecido com nós humanos (aparentemente etês verdes, cabeçudos e com armas desintegradoras, pilotando discos voadores em formato de prato é coisa de filmes de Hollywood dos anos sessenta). Conversamos sobre a vida, o universo e tudo mais, e ele me contou que a Terra é um lugar muito desejado por muitos extraterrestres para fins de turismo (geralmente nada mais do que isso), mas sempre tem algum humano maluco com papel alumínio na cabeça que acaba criando histórias mirabolantes sobre a chegada deles na Terra e os tratando com visível rispidez, algo que culturalmente é visto como uma extrema falta de educação pela maioria das raças alienígenas que se tem conhecimento. Eles, portanto, esperam o momento em que a humanidade esteja pronta para visitas sem qualquer tipo de preconceito. Enfim, foda-se.

Contei para o viajante que chamarei de Cláudio (pois seu nome é de uma pronúncia muitíssimo complicada, quem dirá a escrita) sobre toda a crise que a Terra passa com o coronavírus. Cláudio então me explicou que o coronavírus é o primeiro vírus inteligente o suficiente para andar pelos confins do espaço.

Sim, você entendeu corretamente. Não somos as primeiras vítimas do coronavírus no universo.

Expliquei para Cláudio que boa parte das autoridades terráqueas estão comprometidas em isolar os humanos em suas casas até que o contágio do vírus seja controlado, com a exceção de alguns líderes birutas que, por algum motivo, acreditam no papo furado de imbecis como o Olavo de Carvalho, esses doidos de fóruns na internet. Cláudio assentiu e explicou que o isolamento e a higiene são as únicas maneiras de combater o vírus, já que a humanidade ainda não tem uma vacina.

Conversamos então sobre Jair Bolsonaro, presidente do Brasil, o quinto maior país do planeta Terra. Expliquei a Cláudio que Bolsonaro menosprezou os efeitos da doença, chamando-a de simples gripezinha, encorajando os brasileiros a saírem de seu isolamento e voltar a trabalhar a fim de não comprometerem a economia do país, excluindo idosos e doentes desse grupo que ele acredita ser completamente imune à doença e saindo, inclusive, na rua, causando aglomerações, quando muito se suspeita entre as boas e más línguas que ele esteja contaminado pela doença.

Cláudio então me explicou que em seu planeta no universo tron 380, que curiosamente chama-se Nova Terra, no ano 4793 do calendário atualmente usado pelos novoterráqueos, um candidato conseguiu votos suficientes para se tornar o novo imperador da década 93-03, utilizando-se de métodos hoje tidos por todos os habitantes (bem como sua ética-política) de Nova Terra como ilegais, imorais e completamente ilícitos, passíveis de prisão perpétua na famosa prisão espelhada do universo 87. Enfim, enfim...

Cláudio me contou que esse imperador, que chamarei de Jaonaro Bolsair, utilizou dos mesmos métodos que Bolsonaro e Trump, no começo do século 21 da Terra, utilizaram para chegar ao poder no Brasil e nos Estados Unidos, respectivamente. Bolsair espalhou notícias mentirosas, financiou a criação de bots na internet local para defender suas abobrinhas e ideias malucas, inventou que a novaterra era plana, que os jornalistas novoterráqueos eram todos de esquerda e até contou sobre mamadeiras de piroca (nos padrões do planeta, é claro), kits-gay e entre outras birutices desses lunáticos que vocês terráqueos como eu conhecem muito bem. Cláudio disse que o cara era doido de pedra, tal qual o nosso presidente, e como acontece na nossa realidade, tinha gente batendo palma pra ele dançar.

Perguntei então como acabou essa história. Como os novoterráqueos se livraram de Bolsair.

Cláudio me disse que foi fácil, já que ele era um completo estúpido. Ele contou que havia um hoax (vulgo caô, na Terra) que Bolsair espalhou por toda Nova

Terra, dizendo que a mídia de esquerda (nos moldes da política local) estava sabotando os cinemas-teatros do planeta com seringas que tinham agulhas contaminadas com o coronavírus que assolou Nova Terra, o Covid-33, muito semelhante ao Covid-19, por sinal.

Cláudio disse que, para tirar o maluco do poder, um grupo de anarquistas, do qual Cláudio fazia parte, sabotou uma poltrona da casa de Bolsair com uma agulha alojada no assento que o sem noção sentava toda noite para encher a cara de uísque alienígena. Perguntei a ele se tinha alguma coisa, alguma substância na tal agulha.

Ele explicou que não havia nada, mas o biruta realmente acreditou que tinham contaminado suas nádegas com o coronavírus, graças a um bilhete que seu grupo escreveu, com erros de ortografia e tudo, para o idiota não pedir a ajuda de algum ministro, caso achasse demasiadamente complexo. No papel tinha algo como "A rede globo (emissora local) agora foi longe demais e comeu seu cu KKKKKK". Tudo foi feito para que ele não suspeitasse de nada. Tudo muito fácil. Um inimigo muito do panaca.

No momento em que Bolsair sentou sua bunda flácida e nojenta na agulha, o imbecil foi parar na televisão com o susto, derrubando miniaturas de carros e armas de papel marchê, e, após ler o bilhete que havia contraído qualquer tipo de aids alienígena, ele correu para avisar a um de seus filhos tão idiotas quanto (qualquer semelhança não é mera coincidência).

O animal veio a toda velocidade dentro do palácio real de Nova Terra e não freou a tempo de descer a grande escadaria do edifício, escorregando em uma embalagem de alumínio qualquer que estava sobre o chão encerado, rolando os degraus abaixo e deixando uma grande mancha de sangue e vermes corrosivos (brincadeira essa parte) no piso. Jaonaro Bolsair faleceu pela noite, às vésperas de um grande feriado local, dando lugar ao seu vice que também era um mané, mas em níveis aceitáveis, ao menos.

Cláudio então sugeriu que montássemos alguma milícia na terra para fazer o mesmo a Jair Bolsonaro. Entretanto, mesmo achando uma excelente ideia, caí na real e pensei que a realidade de Nova Terra certamente era completamente diferente do planeta Terra, e então caí de vez na real, apenas respondendo a Cláudio que essa pica não era minha.

Brindei o último gole de conhaque espacial na presença do extrovertido Cláudio e me despedi, seguindo rumo ao meu destino com uma risada muito gostosa na alma, pensando em como os estúpidos, por pura coincidência atemporal do melindroso destino, souberam aproveitar a onda idiota das espécies inteligentes de todos os espaços siderais existentes.

O condomínio, a reitoria, o castigo

Dédallo Neves

Quando eu era criança, morava num condomínio com dez blocos. Do A1 ao A7, e os B1, B2 e B3. Não entendia duas coisas: por que tantos As e poucos Bs e por que os Bs eram de cores diferentes dos As? Me inquietava, mas dormia tranquilo. Eu morava no A3. No apartamento 13, primeiro andar. Meu apartamento dava para os fundos, não sabia o que acontecia no pátio. Pela lavanderia conseguia ver e ouvir o bicicletário, quando meus amigos apareciam para pegar suas bicicletas entendia que era hora de eu descer. No térreo era o salão de festas. Tínhamos interfone, mas não usávamos.

A comunicação era pela janela. Ouvia meus amigos a me chamar, nem respondia, eles não esperavam respostas. Às vezes nem me esperavam ali embaixo – todos sabiam que o ponto de encontro era a cancha, o campinho. Se eu fui o chamado, sabia que não precisava levar a bola, ninguém me informara com "Traz a bola". Não levava chinelo, não levava tênis. Não levava nada, às vezes, nem camisa. Descia as escadas com os pés vencendo os degraus tão rápido que se não houvesse corrimão teria caído algumas vezes – caí quando tentei descer com a bicicleta que eu ganhara de Natal, carrego a cicatriz.

Longe eu conseguia ouvir a harmonia musical que indicava a brincadeira. Primeiro, o acorde do pé na bola, em seguida, a bola na grade, e repetia-se a sequência. Estavam tirando o time, o objetivo era acertar a trave, a nota fora de lugar. Era tão bom quando a bola explodia no travessão e subia, sentíamos a satisfação do dever cumprido.

Quando as necessidades das brincadeiras exigiam utensílios da casa, eu gritava um longo "manhêêê". Enfezada, minha mãe dizia que era inútil o berro porque todas as crianças tinham o mesmo hábito e não haveria como saber se a mãe em questão era ela. Mentia! Tentou me engarapar para não ter que ceder o favor de jogar minhas chuteiras pela janela ou minhas arminhas de pressão com suas munições coloridas. Foi um acordo de mães, todas falaram o mesmo.

A porta da minha casa estava sempre escancarada, como a da vizinha da frente. Invejava aquele apartamento, a vista permitia monitorar todos os movimentos das crianças, por isso o Luiz sempre sabia a hora de descer. Via alguém saindo lá do A1, ouvia o grito para outro no A2 e, antes que o convocassem, já estava lá embaixo. Embora morasse na frente da minha casa, descia, encontrava nossos amigos, davam a volta no bloco e gritavam na minha janela. A Rose, mãe do Luiz, entrava na minha casa sem pedir licença. Ia à cozinha, perguntava se minha mãe tinha um ingrediente qualquer. A recíproca era verdadeira, apesar de minha mãe ser mais tímida e menos intrusa. Foi num desses vai e vem que surgiu o acordo de tentar suprimir nossos pedintes gritos. Minha mãe avisou a tia Maga pela janela da lavanderia, ambas a estender a roupa. A mãe do Henrique precisaria de um telefonema, pois o B2 era do outro lado do pátio, não havia contato visual. Numa rede as mães avisaram-se.

Eu e meus amigos driblamos a ocasião com gritos nominais: "mãe Adri, joga a chuteira". E agora? As mães irritadas cediam, e também gritavam nossos nomes para voltarmos para casa. A Rose gritava ao Luiz que, por sua vez, me informava que minha mãe estava atrás de mim, o almoço estava pronto. Ou minha mãe ligava para a mãe do Henrique, cuja janela era de frente para o campinho, e ordenava que voltássemos pois já tinha escurecido. Às vezes fingíamos surdez.

O "entra e sai", conceito cunhado pelas mães a partir da primeira entrada em casa, era severamente proibido. Os pés marcados pela sujeira não eram bem-vindos nos carpetes recém-aspirados pela faxina de sábado ou domingo, aprendemos com isso a controlar a bexiga e os goles de água fornecidos pela portaria – uma torneira que esguichava uma pressão gostosa de sentir entre os dentes cerrados e a gengiva. Como era bom quando alguém lembrava de trazer uma garrafa pet de Coca-Cola sem rótulo para realizarmos nossas reservas, o dono sempre dava o primeiro gole - assim como o dono da bola nunca "ficava de próxima" -, não nos preocupávamos com as trocas indiretas de saliva, beijávamos o gargalo com avidez e prazer, naqueles segundos nada mais importava, quem tinha ou quem não tinha bebido, não raras as vezes a garrafa precisava ser arrancada à força com pontapés incisivos.

Era um tempo em que a janela prenunciava movimento. Ora cá, ora lá. Minha cama era do lado da janela, e apesar de não ter a vista do pátio, deitado eu olhava o céu e as nuvens e sentia a sensação dos prédios andando, adorava. Na época das aulas, pontualmente me esparramava na cama, ainda de uniforme, e ouvia o sino da igreja a anunciar a missa (depois percebi que sempre era seis horas). O sino parava e minha mãe me chamava para o lanche antes da janta.

Agora minha janela é a da frente. E igual quando criança, há um pátio. O pátio da Reitoria. Daqui monitoro, como um bedel, todos os movimentos, como o Luiz fazia. Quando não vou à aula, assisto da minha janela a hora do recreio sem salgadinhos, refrigerantes e mãos a jogar bafo com corpos estendidos no chão, mas com a mesma disciplina dos 15 minutos mais cinco. Os mais cinco, hoje, é para queimar rapidamente um último cigarro. Administro também daqui do décimo andar a fila do restaurante universitário, nos minutos finais, sem tanta gente, desço e almoço tranquilo, como se estivesse na minha própria cozinha. Assim como penso o pátio ser meu próprio quintal. Quando vou à aula cuido da direção do vento caso chova para ver se a janela aberta será um problema, pois meu computador está na mesa do escritório.

Minha cama não está encostada na janela, mas ainda assim consigo ver o azul do céu com uma nuvem solitária que dá a impressão do caminhar do prédio, e quando vejo-o desafiando as leis da física, lembro que seis horas haverá missa e meus amigos me chamarão a qualquer minuto para jogar bola. Grito a eles como se a Reitoria fosse o condomínio, digo que há café. Eles também me informam que estão a subir com assovios. São os mesmos gritos infantis. Trato os estudantes da Reitoria como se todos fossem meus amigos, sinto-me asilado daqui de cima quando o pátio está cheio e há um entra e sai, transgredindo o conceito das mães.

Quando estou no pátio também me sinto em casa. De fato é o meu quintal. No dia que terminei de escrever minha dissertação desci para descansar. Depois de passar uma tarde lendo ou trabalhando, vou lá fumar um cigarro. Quando estou estafado do meu sofá, sento em seu banco. E me irrito com comportamentos inadequados dos estudantes recém-chegados.

Hoje eu olho pela janela e vejo o pátio vazio, há um eterno silêncio de domingo, estico meu pescoço para desafiar a fila, mas o restaurante universitário está fechado, é como a solidão do condomínio quando todos estavam viajando. Não tinha porque sair de casa. Ficava trancado, agoniado, vendo os dias passarem. Era o ensaio para o que viria. O ouvido esperançoso me levava até a janela para ver se alguém tinha me chamado. Era o desespero de estar só.

Não estamos de férias. Há alguns dias meus amigos não me chamam para descer, não pedem a bola. Eles devem estar de castigo.

Guanabara, 19 de abril de 2021.

Andre Warwar

Hoje faço 52 anos.

Há mais de um ano que o Covid-19 chegou no que se chamava Brasil. A primeira morte registrada foi de uma mulher de 75 anos, falecida em 23 de janeiro de 2020, em Minas Gerais. Ainda faltavam três meses para meu aniversário de cinquenta e um anos. Quando a data chegou já estava há dezenas de dias sem ver minha família e meus amigos por conta da primeira quarentena, que não durou muito.

Um mês depois dos meus 51 anos, o governo federal e os apoiadores do ex-presidente conseguiram convencer centenas de cidades a relaxar o isolamento.

As fábricas, grandes lojas, cadeias de restaurantes e shopping centers voltaram a funcionar em nome da economia do país e das viagens à Disney dos grandes empresários que não queriam parar o Brasil para não perderem seus mimos. Comunidades inteiras foram infectadas. Todos os dias milhares de pessoas iam para as ruas para trabalharem na limpeza, nos supermercados, como domésticas, porteiros, arrumadeiras, vendedores, entregadores, garçons e funcionários de fábrica. Em transportes lotados, compartilhavam e traziam o vírus de volta para suas casas. Comunidades inteiras foram infectadas. Não havia saneamento básico, a quantidade de pessoas amontoadas em espaços diminutos pouco iluminados e com péssima circulação de ar formavam as incubadoras perfeitas para o vírus. Praticamente cem por cento dos moradores destas comunidades ficaram doentes. Mais da metade morreu. Em alguns lugares, quase quarenta mil pessoas perderam a vida. O efeito foi reverso. Sem o proletariado as empresas faliram.

Os apagões tomaram conta do país. Com a morte em massa dos menos favorecidos, o sistema energético entrou em colapso. Os operários de usina e os técnicos de manutenção de rede elétrica trabalharam dia e noite, enquanto puderam. Muitos passaram a morar nos locais de trabalho. Chegaram ao limite e acabaram abandonando seus postos para lutar pela sobrevivência de suas famílias. Em meio ao caos, os governos estaduais declararam independência. A capital do Rio voltou a ser a Guanabara. Decretou-se, então, a segunda quarentena. Era tarde demais. A contaminação estava fora de controle.

O desabastecimento dos grandes centros era latente. Os poucos caminhoneiros que ainda existiam e tentavam manter o fluxo de alimentos e combustível entre as cidades sofriam constantes ataques. As estradas eram como um filme do "Mad Max". Não só os alimentos e insumos básicos deixaram de chegar. O óleo diesel que abastecia os geradores dos hospitais acabou. Não se tinha energia para os tais respiradores, tão importantes para manutenção da vida. Em julho de 2020 o sistema de saúde já não existia mais. Os poucos médicos que ainda insistiam em cuidar dos doentes tinham pouquíssimos recursos e usavam técnicas do início do século. Amputações para conter as infecções eram comuns. Em setembro de 2020 já não se contabilizavam mais as mortes e nem travam-se os doentes.

O sistema energético acabou morrendo também. Todas as comunicações foram interrompidas. O Brasil em que nasci acabou mais ou menos por aí. Não se usa, aliás, este termo. Não existe mais nenhuma estrutura centralizada de poder. Pouco se sabe sobre o que aconteceu no planalto central. Alguns boatos dizem que parte dos sobreviventes fugiu para outros países enquanto as fronteiras estavam abertas, outros morreram tentando. Contam também que o ex-presidente ainda caminha até a porta do palácio e algumas pessoas acampadas ainda gritam "estou contigo", "isso é uma gripezinha", "fake News" Os poucos de sua comitiva, já com as roupas sujas e amassadas, que de longe lembram aquelas fardas pomposas, fingem estar gravando com celulares. Já não funcionam mais. Aperta algumas mãos, evita sorrir, porque com a mutação do vírus os dentes ficaram enfraquecidos e ele quase não tem mais nenhum na boca.

O antigo Rio de Janeiro se transformou numa cidade horrenda. As praias viraram grandes cemitérios. A areia facilitava a abertura de tumbas coletivas. Finalmente a justiça social: lado a lado o morador da Vieira Souto, a madame, o garçom e a manicure dividiram a beira do mar. Igualmente. O Cristo Redentor ainda usa uma máscara cirúrgica gigante, colocada em uma destas campanhas ridículas de "conscientização" que fizeram no meio do caminho.

Em novembro de 2020 já estava há quase seis meses sem ver minha família. Ficaram no que chamamos hoje de setor sul. A antiga Zona Sul. A cidade ficou partida entre facções criminosas que criaram fronteiras. Para passar do túnel Rebouças ou pela Niemeyer tenho que pagar. Caro. Uma fruta fresca, alguma bebida alcoólica, qualquer tipo de combustível, ou alguma coisa que interessasse aos "guardas". Do apartamento que hoje me escondo até a casas de meus familiares é quase um dia de caminhada. Corre-se o risco de não passar pelas barreiras e não ter como voltar. Dormir na rua é uma roleta russa. Não vale o risco. Consegui me comunicar através de uma carta a alguns meses atrás. Alguns se apoderaram de cavalos no jóquei e transportavam correspondências. O "dinheiro" é algum artigo que consigo explorando os shoppings abandonados. Estão todos relativamente bem. Sobrevivendo. Meu sobrinho Pedro me mandou um desenho. "Retrato" da última vez em que comemos juntos um Cheeseburger no Cabanas do Barra Shopping. Era nosso programa preferido. Coloquei na parede, ao lado de algumas fotos antigas que imprimi quando me dei conta do colapso das "nuvens" de dados. Tudo que era feito de bits e bits deixou de existir.

Formamos aqui no refúgio, que é como chamamos os antigos condomínios (aquelas cidadelas protegidas por seguranças e cancelas) um grupo de sobreviventes, que lidero. Minha arma ainda tem 4 tiros. Os outros dez usei. Alguns para aliviar o sofrimento de idosos que já estavam morrendo de inanição. Outros para me defender. Com tanta morte à nossa volta, não assusta mais atirar em alguém em troca de mais um tempo aqui.

O vírus aqui, por conta da quantidade de infectados, sofreu uma mutação e continua ameaçando o mundo. Mesmo os que sobreviveram ainda correm risco de desenvolver a doença. Agora mais brutal e eficaz. Morre-se em algumas horas. Sufocado. Acredita-se que todos tenham o vírus adormecido e que pode contagiar qualquer um. O Resto do planeta isolou nosso continente. Em novembro de 2020 a OMS começou a lançar folhetos em que pedia para que nos dirigíssemos para o Aterro do Flamengo. Estavam preparando um resgate em massa. Em um mês o parque projetado por Burle Max se transformou num grande acampamento de refugiados de todas os antigos estados. No dia 06 de dezembro de 2020 um grande avião entrou pela baía da Guanabara entre o pão de açúcar e Niterói. Sobrevoou o acampamento e lançou uma bomba. Explodiu a poucos metros do solo. Instantaneamente transformou quilômetros em terra batida. As centenas de milhares de pessoas viraram pó. O objetivo era matar o hospedeiro do vírus. Nós.

No início da primeira quarentena meu filho veio morar comigo. Dei sorte. É a única família que tenho hoje ao meu lado. Como não temos certeza se em algum momento o vírus que carregamos levará nossas vidas, aproveitamos cada instante. Cada minuto. Cada segundo.

Hoje quando acordei recebi dele dois presentes. Um bolo Ana Maria que ele achou numa moto de um Rappi abandonada. Me deu também um abraço. Não lembrava como era. Acabamos perdendo o hábito de abraçar. Foi incrível.

À noite vamos fazer uma fogueira enorme. Estamos planejando há um tempão. Juntamos nos últimos meses quase um litro de gasolina. Aqui perto tem um outdoor, de maneira, enorme e com um cartaz escrito: "O Brasil não pode parar". Uma vela digna dos meus 52 dois anos. Espero que lá do outro lado da cidade minha família veja o clarão, esteja bem e lembre de mim.

Sob o sol de uma quarentena

Leila Madueño Zonzini

O aeroporto Internacional de Maceió estava apinhado de gente, a histeria tomava o lugar do bom senso. Alheias à recomendação de distanciamento social decretada pelo Estado, as pessoas aglutinavam-se nos balcões das companhias aéreas exigindo comprar passagens ou reclamando do atraso dos voos. Algumas subestimavam o perigo da pandemia, outras, pelo contrário, queriam voltar logo para a segurança de suas casas.

Gabriel acabara de saber que seu voo para São Paulo fora cancelado, assim como, pela manhã, soube que seu futuro emprego também. O Coronavírus chegou como um tsunami em sua vida e jogou por terra, em poucas semanas, as aspirações que levou anos para alcançar.

Quando pegou o celular, Gabriel percebeu que estava sem bateria. Precisava encontrar um lugar onde pudesse avaliar sua situação com calma, carregar o celular e definir seu próximo passo. Resolveu voltar ao hotel em que, até aquela manhã, esteve hospedado.

Demorou perto de uma hora para conseguir um táxi que o levasse do aeroporto até o centro da cidade. Quando chegou ao hotel, outra decepção o aguardava; o recepcionista informou que, por ordem do governo, não poderiam mais aceitar novos hóspedes. Tentou argumentar que apenas algumas horas antes ainda estava hospedado naquele mesmo hotel, mas, de nada adiantou.

Controlando-se para não se exaltar, pediu licença para carregar a bateria do celular por alguns minutos. Enquanto o recepcionista colocava o carregador na tomada, Gabriel perguntou se ele conhecia algum hotel, pousada ou mesmo hostel que pudesse hospedá-lo por alguns dias.

- Hotel, o senhor não vai encontrar; hostel, com quartos compartilhados, certamente também não, pousadas, será difícil encontrar alguma que o atenda; a ordem de fechamento foi geral para esse tipo de serviço e o governador quer que os turistas vão embora para que a doença não se espalhe ainda mais.

- Eu gostaria de tentar encontrar uma pousada em algum lugar, se não, o que me resta é dormir no aeroporto até sabe-se lá quando – afirmou Gabriel e depois perguntou: - Você conhece alguém que possa me ajudar a procurar por alguma?

O recepcionista fez silêncio por um instante e, então, falou:

- Acabei de pensar em uma possibilidade: meu irmão, Pedro, que faz serviço de entrega aqui para o hotel já deve estar chegando, como sei que ele está precisando de dinheiro e conhece muito bem a região, talvez possa ajudá-lo. Uma mão lava a outra, o que o senhor acha?

- Acho ótimo! Tomara que ele aceite.

Não demorou muito para Pedro chegar e, depois de uma breve conversa, chegaram a um acordo.

Pedro explicou que só havia uma pousada que talvez o hospedasse, mas não tinha certeza, havia o risco de precisarem voltar. Ficava um tanto isolada, na região do Pontal da Barra, cerca de uns 14 ou 15Km de onde estavam. Gabriel entendeu e, mesmo assim, decidiu arriscar.

Pedro comentou que como não estava chovendo, pegaria uma estradinha de terra que conhecia, pois assim chegariam mais rápido.

Com a mala na caçamba, a caminhonete velha partiu. Naquele momento Gabriel mandou uma mensagem explicando toda a situação para o único amigo em São Paulo que poderia dar por sua falta, depois seguiu viagem ouvindo Pedro, que falava sem parar sobre a própria vida, que estava economizando para trocar sua caminhonete por uma nova, sobre a namorada e família, entre outras coisas. Gabriel ouvia sem prestar muita atenção, tinha problemas demais em sua cabeça para ocupá-la com outro assunto.

De repente, um buraco na estrada fez com que a caminhonete desse um tranco, o solavanco balançou o volante e travou a direção. Naquele momento, irritado, Pedro falou um palavrão e desceu do veículo, em seguida abriu o capô. Como imaginava, a trava de direção estava quebrada.

- Pois é Gabriel... não vai dar para continuar. Vou chamar o guincho, a minha caminhonete 'já era'.

Gabriel respirou fundo e pensou, consternado, que aquele dia definitivamente ficaria marcado como o pior de sua vida. Decidido a não voltar, perguntou:

- Pedro, quantos quilômetros faltam para chegar à pousada?

- Uns 4, mais ou menos. Você não está pensando em seguir a pé, está?!

- Na verdade estou e vou. Tenho como hábito correr duas vezes essa distância todos os dias, é tranquilo. Minha mala é pequena e tem rodinhas, não vai ser problema também.

- Me desculpe Gabriel, nunca imaginei que isso fosse acontecer e não se preocupe com o dinheiro que pagou – enquanto falava, Pedro pegava a carteira no bolso, mas foi impedido por Gabriel, que disse:

- Fique sossegado Pedro, não quero o dinheiro. Vai ser bom caminhar um pouco.

Assim que Pedro explicou o trajeto, Gabriel pegou sua mala, despediu-se e seguiu em frente pela estrada acidentada.

Durante o percurso, refletiu sobre a sua vida até então. Desde menino, sempre foi focado nos estudos, cursou faculdade de Economia na universidade mais conceituada de São Paulo, depois de formado traçou seu plano de vida sempre almejando sucesso profissional. Fez pós-graduação, mestrado, doutorado, tornou-se fluente em inglês e espanhol e já iniciara o estudo de chinês, muito útil no mercado atual. Seus pais já estavam mortos há anos, filho único, não tinha parentes além de uma tia idosa.

Aos 35 anos, Gabriel nunca pensou em se casar, a carreira sempre foi protagonista na história de sua vida.

Dois meses antes, surgiu a oportunidade que tanto buscou na carreira. Depois de várias etapas de rigorosa seleção entre dezenas de candidatos, foi escolhido como superintendente comercial de uma poderosa multinacional com sede em Maceió. Assim que tomou conhecimento do resultado, pediu demissão da empresa que trabalhou por anos, vendeu seu apartamento mobiliado, deixou alguns objetos pessoais na casa do amigo e partiu para Maceió, onde faria treinamento. Foi assim, até a manhã daquele dia, quando recebeu, junto a uma passagem para São Paulo, a notícia de que todas as contratações ainda não efetivadas pela empresa seriam suspensas até segunda ordem. Uma quarentena foi imposta pelo Estado a todos os profissionais e empresas de serviços não essenciais. Só restava a Gabriel aceitar a realidade do momento.

Depois de percorrer metade do caminho mergulhado em pensamentos, um barulho seguido de um grito chamou sua atenção, Gabriel procurou saber de onde vinha o som e percebeu que alguém chorava, parecia uma criança. Apurou a atenção e, observando a lateral do caminho, encontrou uma menina pendurada no galho de uma árvore, num barranco alguns metros abaixo da margem; largou a mala e correu ao seu encontro. Com muito cuidado, desceu alguns passos do barranco, apoiou um pé no solo e o outro na árvore e resgatou a criança. A menina, agarrada ao seu pescoço, chorava copiosamente.

- Calma, calma, já passou... vai ficar tudo bem - disse Gabriel para confortá-la, perguntando em seguida: - Você se machucou?

- Acho que não, só meu coração está pulando muito – respondeu a menina, tremendo ainda.

- É natural, você se assustou. – afirmou, enquanto colocava a menina no chão em segurança. Depois, intrigado, ainda perguntou: - Como isso aconteceu?

A menina falou que saiu para andar de bicicleta e, quando percebeu que estava muito longe de casa, tentou virar de volta, aí a roda da frente entrou num buraco e a bicicleta tombou no barranco; ela conseguiu se agarrar no galho enquanto a bicicleta se quebrava inteira despencando. Por fim, disse que ia levar uma bronca danada da mãe.

- Seus pais devem estar preocupados mesmo, passear sozinha nesse lugar isolado é perigoso. Onde é a sua casa?

- É no Pontal da Barra e eu não tenho pai não, moço, ele foi 'pro' mar e não voltou, quando eu ainda estava na barriga da minha mãe – depois de pensar um pouco, a menina falou: - não vou conversar mais com você não, minha mãe sempre diz que eu não devo falar com quem não conheço.

- Sua mãe está certíssima - disse sorrindo e, então, se apresentou: - Meu nome é Gabriel.

- Seu nome é de um anjo, o meu é Diana, nome de uma princesa.

- Pronto! Agora já nos conhecemos, mas não precisamos conversar, só seguir pelo mesmo caminho, 'tá' bom Diana, nome de princesa?

Gabriel não estava acostumado com crianças, nunca se interessou por elas, no entanto, percebeu que aquela menina trouxe uma certa leveza ao seu dia tão conturbado. Olhou de soslaio para Diana, com certeza não deveria ter mais do que sete anos, morena, miúda, cabelos lisos até a altura do queixo e uma franja reta acima das sobrancelhas; parecia uma indiazinha.

Gabriel começou a prestar atenção à natureza que o cercava, surpreendeu-se com a paisagem do lugar. Naquele momento, Diana pegou em sua mão, queria que ele a seguisse.

- Vem comigo, quero te mostrar uma coisa - disse Diana, enquanto puxava Gabriel para um mirante logo à frente.

- Que maravilha! - exclamou, extasiado com a beleza que via.

- Aqui eu descobri uma coisa muito importante - afirmou a menina, solene.

Gabriel achou graça. "O que uma criança poderia descobrir de tão importante olhando para o mar?", pensou, enquanto ouvia.

- Você se lembra que eu falei que o meu pai foi 'pro' mar e não voltou? Então, foi o que a minha mãe disse, mas outro dia ela falou que ele está no céu. Fiquei pensando como podia isso... nesse lugar, entendi. Gabriel, você está vendo lá longe, bem longe, um risco comprido?

- Sim, o horizonte. – Gabriel ensinou.

- Então... embaixo está o mar, em cima, o céu. Meu pai foi de barco até lá e, quando o mar encostou no céu, meu pai subiu. Não acertei? – Diana concluiu, orgulhosa, seu raciocínio.

Gabriel ficou comovido com a inocência da menina e concordou.

Logo que retomaram o caminho, viram uma moça correndo até eles.

- Diana! Diana! – gritava.

Ao chegar, a moça, aliviada, deu um abraço apertado na filha antes de repreendê-la.

Diana pediu desculpas e explicou tudo o que aconteceu. A moça, que antes olhava desconfiada para Gabriel, acabou agradecendo.

- Obrigada, moço. Meu nome é Elisa, se precisar de alguma coisa...

- O meu é Gabriel. Eu estou à procura de hospedagem, você conhece alguma pousada que me receba?

- Você veio em um péssimo momento! A pousada que daria um jeito, está fechada. Dona Lídia já colocou à venda e foi morar com o filho em Maceió.

- Será que ninguém alugaria um quarto até a situação do aeroporto se normalizar?

- Olha, a minha lojinha de artesanato está fechada, posso ajeitar um canto pra você lá, também vai me ajudar nesse momento difícil. Fica na parte da frente de minha casa, à beira da lagoa Mundaú. Aceita?

- Com certeza. Obrigado.

Os dias foram passando sem nenhum caso de Covid19 no local. Além de Gabriel, ninguém mais chegou de fora.

Com as lojas fechadas, os artesãos produziam peças para quando o comércio fosse liberado. Elisa tecia rendas brancas e do tipo filé.

Gabriel foi se acostumando com a situação, e, se antes fazia questão de privacidade, agora sentia prazer na companhia de Elisa e Diana nas refeições e nos longos passeios ao entardecer. Aprendeu a pescar, livrou-se dos sapatos e de muitas amarras que tolhiam sua verdadeira personalidade.

O contato com pessoas naturais ensinou o que nunca aprendeu em anos de cursos formais. Passou a se enxergar através de olhos que não eram os seus.

Depois de quase 3 meses, com a pandemia sob controle, Gabriel recebeu uma mensagem da empresa em Maceió querendo formalizar sua contratação. Um misto de alegria e pesar mesclaram-se em seu íntimo.

A despedida foi triste, os olhos de Elisa não conseguiam disfarçar sua dor. Diana, agarrada em sua perna, chorava e pedia para ele ficar.

Mesmo com o coração apertado, Gabriel partiu.

Em Maceió, a beleza natural de Elisa e sua voz doce não saíam de sua cabeça, assim como o sorriso de Diana.

Depois de sentir mais do que pensar, Gabriel resolveu dar ouvidos à sua verdadeira voz e decidiu voltar.

Chegou no Pontal da Barra com uma chave na mão. Usou todo o dinheiro da venda de seu apartamento e do acordo do antigo trabalho para comprar a pousada de dona Lídia. Ele veio pra ficar para sempre no abraço que recebeu de Elisa.

A felicidade pode chegar com jeito manso ou vestida de espanto, mas sempre pode chegar. A de Gabriel chegou numa quarentena.

Colofão

João Urban

Trabalhei por vários anos no edifício Tijucas, em Curitiba, e nem assim havia ouvido o famoso trompetista. Diziam que era um dentista muito conhecido, outros diziam que era um advogado, mas todos concordavam em dizer que após encerrar os seus trabalhos brindava a vizinhança com uma apresentação de seu talento musical.

Muitos anos depois de ter trabalhado lá, um dia passava com alguns amigos diante do edifício, não me recordo exatamente de onde a gente vinha, ou para onde íamos, também me parecia que a noite já estava adiantada, também não lembro qual era a música, e sim, lá estava o lendário personagem... e era muito bom ouvir sua música.

Imediatamente me ocorreu registrar a cena e saquei automaticamente a câmara. Vi então que o filme havia acabado, pedi ao Magelinha que me emprestasse um de seus Tri-X. Ele também não tinha, mas ainda tinha filme na sua câmara. Me passou sua F-2 e disse brincalhão: "Tem de ser na primeira! pode ser a última chapa...! É uma ponta..." Troquei a objetiva por uma tele, fotometrei com cuidado. Usando abertura 2,8 com 60, numa 180 mm, tinha que estar com a mão firme.

Fiz uma, duas, a terceira já não deu. Rimos duvidando que houvesse "saído" alguma coisa. Tempos depois o Magela me entregou uma cópia feita por ele, que guardo com carinho, e o fotograma, que na verdade foi o único, pois a chapa seguinte do filme rebobinado, já estava velada. A fotografia não estava tremida, provavelmente a gente ainda não havia bebido...

pólen soft 80 gr/m2
tipologia book antiqua
impresso no outono de 2020

CONTOS DA QUARENTENA

VOLUME II

KOTTER
EDITORIAL

FINALISTAS NO CONCURSO DA TV 247

Coordenação editorial: Sálvio Nienkötter
Editores-executivos: Daniel Osiecki / Raul K. Souza
Editor-adjunto: Isadora M. Castro Custódio
Editora-assistente: Francieli Cunico
Capa: Jussara Salazar
Editoração: Carlos Garcia Fernandes
Produção: Cristiane Nienkötter
Preparação de originais e revisão: Daniel Osiecki

Dados Internacionais de Catalogação na Publicação (CIP)
Angelica Ilacqua CRB-8/7057

Contos da quarentena : volume 2 / organização de Tv Brasil 247, Kotter Editorial. -- Curitiba : Kotter Editorial, 2020.
160p.

ISBN 978-65-86526-26-4

1. Contos brasileiros I. Tv Brasil 247 II. Kotter Editorial

CDD B869.8

20-2455

Kotter Editorial Ltda.
Rua das Cerejeiras, 194
CEP: 82700-510 - Curitiba - PR
Tel. + 55(41) 3585-5161
www.kotter.com.br | contato@kotter.com.br

Feito o depósito legal
1ª Edição
2020

CONTOS DA QUARENTENA

VOLUME II

FINALISTAS NO CONCURSO DA TV 247

Sumário

Munheco

Dudu Sugizaki

Munheco catava caracóis na grama escassa embaixo da mangueira. Criança engraçada, não precisava de companhia, não se entretinha com aparelhos eletrônicos, alheios ao sentimento próprio. Talvez por isso o aceitavam ali. Afável, quase se esqueciam de que existia. Naquela manhã finalmente poderia usar o par de tênis que ganhara do padrinho, no Natal. Yolanda, sua mãe, estranhou que ele não se levantava, ficava sempre ali meio deitado no chão, encantado das pedras. Estranhado, ele respondeu, levantar me desvela, mamãe, uma descrença, nos pés, assim. Eles sempre iam juntos ao mercado, duas mãos a mais para levar as compras, ocasião em que ele tinha de ir calçado, e reclamava do seu jeito miudinho.

Naquele dia não reclamaria, ela sabia, descuido seu, mas o serviço se avolumava, sempre, e mais agora, morando em casa dos patrões, desde o início do confinamento. Parece que de havê-la sempre ali relaxavam-se os donos da casa, e além disso dispensaram Jerônimo, o jardineiro, coitado. No início, Munheco muito se alegrara daquela história. Não precisar estudar, sem hora pra acordar ou dormir. Logo passou o vento do entusiasmo e, modo murmurando, se distraía como sábados.

A patroa, Sandra, estranhava Yolanda gastar tempo útil, baboseira: lavava o calçado velho que o menino deixara, para botá-lo arrumadinho ao lado da caçamba de lixo. É que aqui também tem vida, a senhora esquece, ela dizia. E Munheco volteava, a vida onde estava, no tênis, ou na rua onde ele repousava?

Iam juntos ao mercado, tênis novos, verde brilhante. Munheco pedia: mãe, conta a história do meu nome? A mãe contava. Quando o padrinho começou a criá-lo junto com ela, na casa tudo se confundia: Sebastião! Ela gritava, sem dó, e vinha o irmão, mas ela estava era brigando com o filhote, azedinho, que queria comer caracóis. Cada vez era assim. Logo o menino começou a falar, dava nomes, tudo, mas menos com a boca que com as mãos, apontava, brincava que o mundo estava ali, no vácuo dos dedinhos. Aí logo os vizinhos começaram a falar, esse menino fala com as munhecas, e ficou. Foi assim.

História contada e recontada, dava um gosto no menino, saltavam-lhe estrelas. Yolanda lembrava do irmão, ligava no viva voz pra o menino ouvir, afagar a saudade. Ele tossia, do outro lado, a vida corrida, muitas entregas, sempre acumuladas pertinho. Agora às vezes dormia na rua mesmo, com os companheiros, revezava vigia, e no outro dia já estava pra outra. Não tinha mais pra quem voltar. Por enquanto. É, por enquanto, mas a gente vai levando, né, irmã? Com a graça de Deus.

Os dias passavam, o trabalho sempre muito, agora já sem domingos, sem festa, sempre no barraquinho pequeno, mas tinha tudo. O bairro era diferente do seu, não tinha os moleques na rua pra gente brincar, não tinha pelada, só o gramado, e a piscina muito azul, mas não podia entrar, a mãe tinha medo de não gostarem, afinal estavam ali de favor. Não podia andar de ônibus, porque podia pegar o vírus, e o Sebastião, coitado, ofereceu de levar todo dia, mas e o trabalho dele? Deixaram ela levar o menino, e logo ia passar, né? O menino ouvia e crescia-lhe uma raiva vinda de não sei onde, apesar.

O tio ligava, sempre, a voz parece que ia enfraquecendo, uma tosse esquisita. Munheco amargurado da cara da mãe. Titio vai morrer, mamãe? Nos silêncios, sempre. Chegavam em casa, era estranho, ele queria dizer, vamos voltar pra casa, mas não era. Chegavam e guardavam as compras. O Sebastião, dona Sandra, Yolanda começava. Tá precisando de mim. Eu voltava logo, só até ele melhorar. Yolanda, já falei. E a sua saúde? Você também tem que pensar em si, hipertensa, na idade de risco. E quem vai cuidar do menino? Elas falavam, esqueciam que criança escuta do futuro.

Tia Ermida tá vindo ficar com o Sebastião, meu filho, ele vai ficar bem. Logo. O menino punha sentido, uma amargura. Yolanda nunca lhe escurecia nada. Mentira ingente deforma a gente, ela dizia. Por isso Munheco sabia, embora pequeno pra lembrar, ele via o pai saindo de casa, Munheco na teta da mãe. Mas também, ela, naquela idade, inventar de ter filho!

Ela agora chorava todos os dias, baixinho. Munheco passou a mais silêncios, debaixo daquela mangueira, com os caracóis que comia quando pensava que era um deles, enroladinho no colo da mãe. Apareceram com um videogame. Era velho, ele sabia, era lixo. Olha o que a tia tá te dando, Munhequinho. Sandra sorria, e Yolanda de amargura já nem pedia pra ele agradecer. Ela desapareceu na manhã seguinte, sua mãe. O Carlinho, que nunca aparecia, vinha ensiná-lo a usar o jogo novo. O lixo, agora ele entendia o propósito dele. Ele entendia tudo. Criança, pensavam, não sabia de nada, e não deixaram ele estar onde deveria estar, naquela manhã, se despedindo.

Jazigo

Antonia Baudouin

Metade da minha família já foi dormir. Eu, como um társio, de olhos vidrados, me mantenho sentado à mesa da cozinha a olhar pela janela, o nada. O nada absoluto. Nenhuma alma, nem o vento, nem a chuva. O Estranho chegou em minha cidade e zelou por nós com intensa dedicação. Cobriu-nos com um espesso e transparente véu para nos resguardar das atividades do mundo. Agora, imbuído nessa membrana que filtra o tempo e o dilata, tenho a sensação de que o ar é mais denso. Às vezes tenho de me concentrar pra respirar, como se as ações mais substanciais agora fossem frívolas intenções de um excêntrico; um desprendimento de energia desnecessário para uma vida que já é outra.

Eu tento me manter firme, apegado aos tempos passados de umas semanas atrás. De quando a brisa poluída chiava em meus ouvidos junto às buzinas e xingamentos dos frenéticos transeuntes. A minha rotina era sólida, eu gostava disso. Tinha uma bicicleta e ia cedo trabalhar no mercado, não muito longe. Confesso que eu também xingava... Havia sempre muita gente, muita irresponsabilidade. E era justamente isso que dava as cores do prazer cotidiano e simples de viver a minha vida. O caos organizado da comunidade me entretia. Ouso dizer que nos entretia a todos, por mais que não o soubéssemos. Ou não o quiséssemos admitir. Hoje, morro de vontade de conversar com algum cliente sobre uma nova promoção, de ajudar velhinhas a empacotar os recorrentes produtos semanais; até de brigar com alguém. Surpreenderia meu irmão com um soco se pudesse. Mas ele está lá longe, no quarto de nossos pais. Só de pensar em me levantar fico cansado. Agora meus dias são esta cadeira e os do meu irmão a cama com nossa mãe. A última vez que os vi, formavam uma cena curiosa: dois olhos esbugalhados ao lado das mais serenas pálpebras.

Minha mãe se encontra nas misteriosas profundezas da inatividade já há uma semana; ou um dia. É difícil ter noção do tempo sob as novas regras do éter no qual habitamos. Eu não gosto desta mudança. Porém tenho de confessar que minha mãe parece feliz e finalmente em paz... Eu não gosto mesmo desta mudança. Continuo na luta contra a subjugação ao Estranho. Meus olhos têm medo do mais passageiro pestanejar. Como se, ao ver a escuridão, pudesse cair encantado em sua morada incerta. Será que sonham? Será que acordarão?

Eu lembro da primeira pessoa que vi dormir. Estava sentado no caixa e escutei uma mulher se estressar com minha companheira de trabalho. É comum ver esse tipo de exaspero em minha profissão. Em dado momento nos tornamos imunes às asperezas humanas. Me levantei, pois a mulher insistia em seu descontentamento, e me deparei com algo novo, por mais que minimamente compreensível: minha colega estava dormindo. Os gritos de revolta não a acordavam, pareciam impenetráveis à plenitude de seu sono. Isso foi estranho. Pedi desculpas à impaciente senhora e timidamente chacoalhei a intrépida sonhadora. Ela se recusou a acordar, com toda a serenidade do mundo. Eu não sabia o que fazer, meus movimentos para despertá-la haviam alcançado os limites que ditam minha boa educação. Pedi para que a mulher, e a fila que a sucedia, se dirigissem ao meu caixa enquanto outro funcionário resolveria o assunto. Três iogurtes *diets* e um pão integral. Essa foi a compra da anunciadora do fim do meu mundo.

Minha colega foi retirada em uma ambulância e nunca mais acordou. A partir daí era comum encontrar corpos dormentes nos corredores do mercado. A ambulância vinha, seus funcionários com o olhar cada vez mais incógnito, até que um dia parou de vir. Eu continuava minha rotina enquanto a rua se desesperava. Acordava às seis da manhã e pegava minha bicicleta. Ninguém mais me xingava e eu passei a me envergonhar de minha insistência. Certo dia, um carro furiosamente atentou contra minha vida. Me alegrei em poder insultar o motorista. Porém, me dei conta de que o automóvel não era conduzido por um irresponsável, mas por um infeliz desacordado. Fiquei calado e pedalei perseverante. Quando cheguei no mercado, ele havia sido saqueado. Notei que algumas pessoas caíram dormidas no meio da empreitada. Mexericas, café, latas de tomate e corpos inertes, esparramados pelo chão. Voltei pra casa com uma canseira maior do que a de um dia puxado de trabalho. Ignorei o porquê. Abro a porta e me deparo com a realidade de que minha mãe não acordara. Meu irmão, preocupado, rodeava o seu leito como se pudesse chegar a um diagnóstico se desse a quantidade certa de voltas na cama. Eu torci por ele... Mas acho que é óbvio dizer que nada aconteceu. Até hoje, nada aconteceu. Ela só respira e suspira. A cidade apenas se mantém de pé. E meu irmão virou somente sua inconformidade. O mínimo esforço de tirar uma conclusão de tudo isso lhe pareceu cada vez mais um penoso castigo despropositado. Finalmente, ele cedeu e deitou-se ao lado dela. Já eu, parei de pegar minha bicicleta todas as manhãs para estar condenado ao nada de minha janela. Não quero dormir, mas tenho sono.

Minha memória me exige muito neste momento. Me esforço, pois acho necessário repassar os acontecimentos do domínio do Estranho sobre nossas consciências, pelo menos uma última vez. Depois de minha mãe, meu pai. Ele simplesmente não voltou do trabalho. Confesso que eu e meu irmão demoramos para perceber sua ausência. Toda assimilação já havia ficado confusa e cansativa. Quando compreendemos a falta de nosso pai, nos deparamos com um novo fenômeno: nossos movimentos estavam tolhidos. Por mais que o desânimo já tivesse se apoderado de mim, achava que minha inatividade dependia de minha falta de iniciativa. Porém, não consegui me levantar através do simples pensamento de ir em busca do meu pai. Nós, no entanto, e a duras penas, conseguimos trocar escassas e suspirantes palavras entre as paredes. Lembro do cicio sobre o resgate de nosso pai. Sair às ruas em uma empreitada cuja própria simplicidade de execução era motivo do maior temor? Em nosso desatino, éramos como heróis por embarcar em uma aventura suicida para salvar a humanidade. Obviamente, o caso aqui era completamente outro. A gravidade nem era passível de comparação. E a palavra herói claramente não nos cabia. Estiolados por essa força -- ou falta de força -- que nos acometeu e arrebatou o discernimento, levantar-se significava um dispêndio de energia cuja técnica nos era desconhecida. E mais, significava uma força de vontade que já não tínhamos. Meu irmão se calou. Percebi que o seu momento de letargia se aproximava.

Eu consegui me levantar, depois de mentalizar por muito tempo que o podia fazer. Mas, diferente de uma faísca capaz de avivar toda uma fogueira, minha primeira ação não desencadeou nos movimentos para salvar meu pai. Dar um passo à frente foi tão difícil quanto libertar-me da cadeira. O final desta odisseia foi tão trágico quanto inexpressivo -- diria cômico, se não a tivesse vivido. Cheguei até a porta de saída e percebi que precisava da chave. Lembrei-me que esta se encontrava no meu casaco. Apoiado no sofá da sala. A dois cômodos de distância. Talvez uns 10 ou 100 passos... Impossível. Com o último e vergonhoso fôlego de meu ímpeto, consegui rastejar-me de volta à minha prisão. "Talvez ele queira ficar dormindo", pensei, em um ato quase automático de afastar a culpa -- esse sentimento da minha vida antiga. Quando dei por mim, não sentia nada.

Faz algumas noites desde esse pseudo-evento -- que é para mim, o último evento da história. Hoje, mantenho-me imóvel em minha cadeira, a olhar pela janela do vazio. Os segundos agora parecem degraus volumosos demais para minha existência pesada. Eu penso em chamar por meu irmão, mas é mais fácil permanecer inerte nesta falta de sentido. Meus olhos morosos estão flertando há algum tempo com a constância da imobilidade eterna. Pra que abrir a boca? Proferir sons, escutar seu eco e ser consciente da minha existência? E, pior, da existência de outro, se ele tiver a audácia de também exercitar as cordas vocais? Quanta banalidade. Mesmo assim, o único que consigo sentir, às vezes, por pouco tempo, é uma vagarosa e distante falta de toda essa inconsequência. Mas o agente que me leva a fazer parte dessa amálgama de sonhos tornou-me exangue. Busco, dentro de mim, qualquer ponto, luz, um vértice que seja, ao qual possa me agarrar. Quero fugir da areia movediça que consome meu vigor e, em um último alento de minha humanidade, grito o nome do companheiro de meus anos de vida. É doloroso, mas necessário. Ele também dormiu.

Eu quero sentir desespero, mas já estou muito além disso. É cristalino o derradeiro momento de deitar-me em meu jazigo mental. Quero sentir medo, mas apenas estou em paz. A tediosa porém plácida ausência de tudo… O melífluo sabor da inconsistência. É isso, talvez fosse isso que sempre busquei em minha regrada rotina de dias iguais seguidos de dias passados. Será essa a máxima da virtude? O cume da superação humana? O único apaziguamento que posso dar ao meu espírito é o fenecimento do ímpeto doloroso de acordar uma próxima manhã. Na verdade, acho que gosto disso. Caminho por minhas sinapses à ausência de futuro que me promete a escuridão. O Estranho é bem-vindo e quem sabe, se eu fechar os olhos, consiga mais dessa presença dilatada.

Eu fecho os olhos.

E AS PUTAS?

Lelê Teles

"a mulher-sujeito é a antítese do homem abjeto."
Lelê Teles

confinadas e sem amparo, as prostitutas mostram como o patriarcado é cruel e hipócrita.

não, nenhum cliente quer saber se precisam de uma cesta básica enquanto estão impedidas de trabalhar; ninguém lhes é solidário em sua solidão.

aqueles que comem as putas nem se importam se as putas comem.

sim, falemos de fome, porque esse é o nome.

não digo a fome do homem, esse insaciável desejo do comer metafórico, que deixa claro a visão da mulher como um pedaço de carne.

falo da fome do estômago, esse órgão sensível que, também metaforicamente, tem boca, e que só fala quando não mastiga: "góioioióió..."

daqui, do conforto da minha varanda, onde bebe-rico taças de vinho, eu sempre observo o movimento das meninas lá embaixo, no trottoir.

na penumbra da comercial, elas fazem ponto, seminuas; um frio desgraçado e elas lá, com pernas, busto, bunda, barriga, ombros... tudo de fora.

às vezes, na solidão da madruga, desço pra conversar com elas; já tivemos deliciosas noites gargalhosas.

mas nem tudo é riso, nem tudo é alegria; há lágrimas escorrendo na face do palhaço, é que a maquiagem oculta.

nessas minhas descidas para papear, muitas vezes fui divã de divagações e devaneios tristes, já fui ombro de escombros d'alma, já fui o regaço quente e confortoso de cabeças chorosas...

a mulher, quando confia na outra, desaba.

na minha condição de privilegiada, de quem não vai perder o emprego por conta do coronga, que vai continuar recebendo o salário trabalhando em casa, penso nas sista que sumiram por esses dias.

onde andarão, como estarão se virando?

muitas dessas mulheres têm filhos, umas têm esposos, algumas têm namorados, boa parte delas são arrimo de família e mandam o dinheirinho contado para uma avó doente no interior, outras sustentam os machos parasitas que fingem que as protegem enquanto as espancam.

muitas ainda têm que prestar contas do pouco que ganham com algum rufião da esquina, com o cafetão dono da pousada, com a cafetina do cabaré...

e ainda têm essas roupas de pouco pano pra comprar, a maquiagem, o cabelo, as unhas, os saltos, os cigarros e as drogas pra suportar o cansaço e o desaforo de alguns cretinos suados que não escovam os dentes e nem lavam o pau direito.

né fácil, não, fia!

sei que muitas delas nem têm casa, moram nas pousadas e hotéis onde trabalham, e sofrem com a ameaça de despejo.

as que pagam aluguel e vivem amontoadas com as colegas, para tentar juntar algum trocado, também sofrem a ameaça do despejo.

e, sem trabalho, falta o pão do dia-a-dia; já acabou até o do miojo.

pensar no glamour da garota de programa de luxo, da sugar baby cheia de presentes de homens endinheirados é deixar-se levar pela fantasia.

as prostitutas e travestis são, em sua grande maioria, trabalhadoras exploradas, cujos serviços, em grande parte, se resume em ser xingadas e humilhadas por canalhas na cama, a troco de poucos trocados.

e é um paradoxo, uma vez que muitas delas estão nessa vida porque cansaram da fome no município insípido, enjoaram da vida dura e sem retorno, não suportaram mais apanhar dos pais, dos padrastos, dos namorados e ganharam o mundo.

ganharam o que com isso?

sabia que nas famosas red lights de amsterdam você dificilmente vai encontrar uma holandesa?

elas são, as que se exibem nas vitrines iluminadas, mulheres pobres do leste europeu, ou asiáticas e latinas iludidas com uma vida futura com algum no bolso; o macho branco, você bem o sabe, traz consigo esse prazer atávico de violar mulheres de outras culturas; seus ancestrais sempre o faziam quando invadiam um país estrangeiro.

o tráfico e o sequestro de mulheres para serviços sexuais é uma forma de escravidão.

mas voltemos à fome e à vontade comer.

os homens lamentam que as prostitutas tenham sumido das calçadas, confortam-se com as punhetas guiadas dos serviços sexuais virtuais, mas continuam não se importando se tem ou não uma mulher por dentro daqueles corpos, se sentem frio ou se sentem fome.

a reificação, a objetificação da mulher que trabalha como profissional do sexo, fica mais visível nesses tempos doentes e amendrontosos.

por onde andam, como estão se virando para comer e pagar aluguel, como estão alimentando os filhos?

quem se importa?

palavra da salvação

ACORDO NUPCIAL INCERTO

Adilson Reis

I

Por aqueles dias em que a pandemia do corona vírus começou a assolar a humanidade, numa dessas tantas cidades de porte médio e índice de desenvolvimento humano razoável das Minas Gerais, vivia Alvim, um senhorzinho de 77 anos, que ainda desfrutava de muita vitalidade física e mental naquele corpo de poucas carnes, pele morena, um tanto careca, e que ostentava um sorriso de bela envergadura na prótese dental muito bem adaptada.

Ficou viúvo quando ainda tinha 59 anos, tendo os quatro filhos já criados, e com o patrimônio que amealhou junto com a falecida, uma casa própria modesta, mas muito bem localizada num bairro tradicional da cidade. Durante a sua vida sempre trabalhou em variados serviços, enquanto a mulher servia em casas de família na função de empregada doméstica, legando-lhe ao falecer uma pensão previdenciária, que mesmo tendo o valor de salário mínimo, passou então a ser o principal meio de subsistência de Alvim. Já os filhos, cada um cuidava de si próprio, não lhe dando quase nenhum encargo material.

Quando da viuvez, era uma época em que pela cidade os saraus dançantes noturnos dirigidos especialmente a um público da chamada terceira idade estavam entrando no auge, fazendo assim do recém-viúvo a partir do início do seu novo estado civil, e cada vez mais, personagem de destaque nos salões, uma vez que além da boa aparência e trato maneiro, era o que se podia chamar de pé de valsa na mais completa acepção.

Ali, naqueles bailes, predominava uma grande gama de envolvimentos sentimentais entre os pares, que na maioria das vezes abria um caminho fácil e efêmero para a cama, e por outro lado podia resultar em algo mais profundo e sério, verdadeiras uniões estáveis.

Alvim nunca foi um trabalhador muito qualificado ao longo da vida, se revezando em serviços que exigiam principalmente habilidades manuais ou trabalho braçal, de maneira que a medida que a idade foi avançando, ficou mais difícil conseguir um emprego fixo e fazendo bicos temporários, passou a depender quase que exclusivamente da pensão previdenciária. Quanto a sua própria aposentadoria, não conseguiu completar os 35 anos de contribuição exigidos para se aposentar por tempo de serviço, e aguardava com não oculta ansiedade completar 65 anos, uma vez que contava com mais de 15 anos de registro como empregado, condição que lhe permitiria aposentar-se por idade, e somar os rendimentos da aposentadoria à renda que já auferia, enfim, dobrá-la.

Muito antes de atingir esse porto de maior tranquilidade material, pelos forrós da vida travou conhecimento com uma viúva de carnes exuberantes, Mirtes, por quem de certa maneira perdeu a cabeça. A mesma, também era detentora de pensão de salário mínimo do falecido marido e sem filhos. Meio que viu na paixão desmedida de Alvim uma forma de obter alguns ganhos materiais, uma vez que além da renda fixa, ele ainda deixava o couro no serviço. Juntou os trapos com ele, foi para sua casa, dar-lhe prazer e infernizar a vida dos filhos mais novos, já adultos que ainda moravam por lá. Mas fogosa que era, não levou muito à risca os compromissos de fidelidade. A convivência sob o mesmo teto não durou muito tempo, e ela voltou para seu próprio barraco, para ficar mais à vontade para manipular os chifres de Alvim.

Começou então uma espécie de calvário para o Romeu sessentão. Conhecia muito bem o comportamento assanhado de sua Julieta, às vezes encontrava-se com o rival, cerca de vinte anos mais novo, quando ia rondar-lhe a casa, mas não queria dar o braço a torcer. Enchia-a de presentes, afundava-se nos empréstimos consignados na pensão, que pela época começavam a virar moda, ridículo e desesperado, começou num período de depressão, e para ele não tinha mais nada de bom no mundo.

Um anoitecer daqueles, a neta mais velha chegando na casa do avô parece que por acaso, deparou-se com ele numa tentativa de enforcar-se numa corda não muito grande presa a uma trave do telhado da cozinha. Socorrido, vieram os filhos, e deliberaram em convencê-lo a se encaminhar para o serviço de saúde mental do município. Teve início então longas conversas com a psicóloga.

Mas diz-se que o tempo cura todas as feridas. Pouco tempo depois, Mirtes voltou para sua cidade natal noutro estado da federação, enquanto Alvim finalmente conquistava a renda vitalícia de dois salários mínimos com a própria aposentadoria, suspirando pela perversa de vez em quando. Ao que parece, a viúva nunca gostou muito dele, e não quis firmar compromisso, porque já era pensionista, e uma eventual nova pensão as regras legais não permitiam acumular.

II

Os anos passavam. Alvim seguia tocando a vida de viúvo aposentado, uma cerveja ou uma cachaça com moderação, jogando truco com outros da sua mesma condição na mesa da pracinha, promovendo feijoada para a família e os íntimos em sua casa, e regularmente presente nos finais de semana nos saraus dançantes.

Absorveu-se em alguns envolvimentos ligeiros com as damas que frequentavam aquelas danças, e suas preferências recaíam sempre em mulheres vinte ou mais anos a menos que os seus setenta e apresentava sempre uma bolsa liberal, dentro dos seus recursos, quer em comodidades ou mimos para as parceiras. Nunca foi o que se poderia chamar de um velho "pão duro". Mas não conseguia firmar um compromisso sério, alguém que lhe servisse de companhia constante em sua casa, que diga-se de passagem, não era de se jogar fora.

Até que apareceu Eufemia. Morena de carnes enxutas, altura um pouco além da média, rosto aquilino e decidido, sorriso com muitos dentes naturais ou restaurados, por volta dos cinquenta, com alguns filhos de mais de um relacionamento, nunca fora casada com certidão de casamento. Num dos tantos bailes da vida, conheceram-se, estreitaram o relacionamento, e na cama parece que ela acabou de ganhar Alvim e sua rendinha vitalícia.

Ela vivia num bairro mais afastado com os três filhos, mantendo uma espécie de relacionamento tico--tico-no-fubá com um ou outro namorado, se virando para sobreviver com alguma coisa que eles lhe proporcionavam e fazendo bicos como diarista ou lavadeira para alguma dona que pudesse pagar. Alvim e sua generosidade vieram a calhar no complemento de seus rendimentos um tanto quanto de origens obscuras, e ele, além de par constante nos forrós, passou a frequentar sua casa com alguma assiduidade.

Daí vieram animados almoços domingueiros, vez ou outra ia pernoitar na casa do namorado, a rapaziada que vivia com ela foi se acostumando com a nova presença, principalmente nos comes e bebes que ele proporcionava e sutilmente iam ocupando as suas carências.

O "mocinho" continuava a viver a maior parte do tempo sem ninguém consigo em sua casa, até que um dia, numa festividade de natal, animado pela alegria, muito de leve, chegou a sugerir a Eufemia que ela se fosse morar com ele.

Prontamente, ela respondeu:

- Alvim, gosto muito de você, mas não tem jeito de eu deixar meus filhos sozinhos e nem como levá-los comigo Acho que precisamos continuar como temos feito até agora. É o melhor para nós dois.

A festa continuou a rolar e a conversa caiu no esquecimento.

Alvim, sendo detentor de dois benefícios previdenciários, pensão por morte e aposentadoria por idade, trocava muitas ideias com seus pares, também aposentados nas rodas de truco ou nas conversas jogadas fora nalgum boteco e outros encontros. Assim, formava um pensamento assaz peculiar sobre o uso e destino de suas rendas.

Foi um passo para que um dia, Eufemia, que não possuía nenhuma garantia sobre seu próprio futuro por estar fora do seguro previdenciário simplesmente por nunca ter tido um contrato de trabalho formal, insinuar ao parceiro:

- Então, Alvim, quando você morrer vai deixar sua aposentadoria para o governo. Não vai deixar nada pra ninguém.

Aos poucos esta ideia foi ocupando sua mente, deixando-o de certa maneira inconformado.

Ela sendo solteira, ele viúvo, ambos desimpedidos, acabou convencendo o Romeu setentão a contrair núpcias com todas as formalidades que o cartório de registro civil exigia. Porém convencionou-se que a certidão de casamento seria apenas o instrumento hábil, para um dia, pelo menos passados dois anos na forma da lei, e após a morte de Alvim, ela requerer a pensão vitalícia, continuando entretanto a viver separados, isto é, cada um em sua própria casa.

Mas o que ele mal sabia, ou nunca quis se interessar em saber com toda a plenitude, é que Eufemia sempre mantivera muito escondido e protegido um relacionamento com um Ricardão muito mais jovem e vigoroso. Alvim servia para os gastos, e uma maior aproximação poderia colocar tudo a perder.

A pandemia do início do século do terceiro milênio chegou para eles como chegou para todo o planeta Terra. Cruel, insana, e criando limites nunca dantes imaginados. As regras de isolamento social foram sendo impostas gradativamente. Alvim, a duras penas, foi submetendo-se. Acostumado a bater pernas pelas vizinhanças, costumeiro no ônibus circular para o bairro da amada, mas de início o que mais sentiu falta foi dos saraus dançantes. Em conversas pelo celular, e numa quase última entrevista olhos nos olhos com Eufemia, lembrou-lhe os direitos de marido e exigiu que ela lhe fosse fazer companhia mais constante, indo morar com ele, dando-lhe um prazo de quinze dias para se decidir, e se apresentar em sua casa de mala e cuia.

Não atendeu mais as ligações que ela lhe fez. Exatamente três semanas depois, quando a pandemia já tinha assumido a sua mais alta proporção de mal inevitável atingindo menos quem mais se cuidava e um certo patamar psicológico a que os sobreviventes já se estavam se acostumando, Dr. Adhemir, um advogado que fazia parte das relações de Alvim, foi até a casa de Eufemia apresentar uma proposta de divórcio.

FIM

Maria Estela Neves Correa, 56

Luciana Salazar Salgado

Maria Estela entrou assustada em casa. Não era bem susto, mas uma taquicardia, um nó na garganta, uma pressão no peito. Ficou assim, encostada atrás da porta, com o saquinho de compras na mão, esperando.

Tinha passado por um senhor que lhe pedira dinheiro com uma tristeza imensa nos olhos, há seis dias na rua, atônito... Maria Estela lhe estendeu uma nota de 20 reais enquanto ouvia sua história com calma, mas a certa altura hesitou dois passos, e enfim seguiu adiante sem olhar pra trás. Só que vinha vindo um cachorro aflito, com aquele jeito de quem procura o dono... o que a desconcertou completamente: se os olhos do cão cruzassem os seus, ela o levaria pra casa. Acelerou o passo, melhor assim.

Recobrado o fôlego, largou as compras sobre a mesa e foi até a varanda. Respirou fundo diante da paisagem. Há quanto tempo sonhava mudar pra um apartamento com o horizonte a perder de vista! Pois lá estava. Era um modo de compensar, nos seus cálculos, a aposentadoria precoce, aconselhada aqui e ali diante das mudanças que vinham vindo.

Fez um café, mais pra deixar a casa recendendo a conforto, acendeu um cigarro e voltou à varanda pra contemplar a imensidão.

Até que ouviu baixar uma mensagem: era Bruno mandando fotos, recém-chegado a uma cidadezinha no norte da Itália onde ainda viviam parentes do pai... não lembrava direito o nome... Ele estava todo contente com seu estágio em Milão e com o entusiasmo de Lidiane. Boa moça, diria Maria Estela, ainda que guardasse um certo desprezo pelo modo como computava o tempo todo os números de seu canal, onde falava, agora, sobre o tudo e nada de uma brasileira vivendo na Itália. Mas vá lá, estavam felizes com o bebê que viria e com toda aquela história que vem com a espera de um bebê, etc. Era bom vê-los cheios de planos.

E já que estava ali, no celular, ouviu a música que a irmã tinha mandado, depois leu dois artigos assombrosos sobre o coronavírus na China, apagou um email do Ministério do Planejamento cheio de rosas vermelhas pelo "dia das mulheres", marcou como spam as ofertas da loja de esportes, checou as notificações das contas agendadas... Tudo tão sem importância... Menos o tal vírus. Aquilo ali tinha cara estranha. De noite, sonhou com isso. De manhã, acordou com isso, quando, ao levantar a tampa do note, viu entrar um email de Bruno - que era bem comprido.

Relatava em detalhe o mal-estar de Lidiane e as quarentenas: a dela, no hospital; a dele, em casa. Era um imenso email técnico, mas uma aflição indisfarçável borbulhava num monte de erros de digitação, uma coisa atropelada.

Deu o nó na garganta.

Decidida a prosseguir na rotina, café com pão, sentou-se pra assistir ao jornal da manhã, o Bom Dia. E aí já se misturavam algumas histórias nacionais com as muitas histórias italianas, que agora chegavam em profusão de todas as partes - memes, depoimentos, links, lives, listas de providências e procedimentos. Em algum momento recomendou-se que as pessoas não saíssem de casa. Logo a seguir, as pessoas foram convocadas a ficar a casa. Em questão de dias, informações contraditórias emanavam de instâncias oficiais, oficiosas e também as que, afinal, ocupavam o espaço que era preciso ocupar, tentando dar um rumo às coisas. Veio, enfim, o confinamento, e vieram todas as resistências a ele. Muita confusão.

Dali em diante, um dia entrou no outro meio sem fio. Maria Estela evitava o contato com o rumor público que se avolumava em alta voltagem nas redes digitais. Há mais de ano aquilo tudo lhe parecia tão inservível. Só que agora esse rumor lhe chegava pelas frestas, pelas beiras de cada plataforma que usava, vazava por não sei onde uma quantidade avassaladora de informação sobre o tal coronavírus, que foi perdendo espaço pra virose: COVID-19. Grafada assim, com maiúsculas poderosas, um código no rol de males que assolam a humanidade. Além da China e da Itália, outros países europeus desfilavam em imagens desnorteantes... Também os Estados Unidos chegavam às manchetes.... E os médicos cubanos que se preparavam para sair pelo mundo.... E o problema do álcool em gel altamente inflamável, da falta de luvas descartáveis, da escassez de máscaras cirúrgicas, do número insuficiente de respiradores...

Maria Estela teve uma súbita falta de ar: no meio de tanta coisa dita, nem uma só palavra de Bruno. Girava alucinada a tela com o indicador, depois com o dedão... nada!

Fez contato com os pais de Lidiane, que não sabiam muito também. Uma amiga de uma amiga dela, enfermeira, vinha dando notícias de tempos em tempos, mas o contato tinha rareado, parece que fora transferida pra outro hospital. Lidiane ou a enfermeira? Não sabiam. Com os dias, Lidiane se perderia num mapa múndi enorme que Maria Estela acompanhava, onde os números na Itália cresciam em direção aos da China. Estranha competição diuturna de infectados, mortos e restabelecidos.

Então os dias e as noites se enfiaram uns nos outros, sem hora pra nada. A vida era esperar um contato de Bruno. No meio disso, uma tentativa de seguir as orientações: recebia a feira em casa, calçava as luvas pra buscá-la na portaria, descalçava os sapatos na porta, deixava-os no tanque com as roupas, lavava cada item com afinco inédito. Fazia alongamento, tomava sol, dialogava nos chats, devorava textos sobre o vírus, mandou vir um livro sobre pandemias, releu o Apocalipse, jantou com amigos por duas ou três noites, até que a rede começou a ficar muito instável, e achou chato conversar picado... Mas a questão que latejava no peito era só uma, o tempo todo: Bruno sumido.

Teve dia que sentiu raiva desse jeito dele de não dar notícia. Teve dia que sentiu saudade do jeito dele de dar notícia como se fosse um relatório.

Finalmente um amigo de um amigo que conhecia a empresa onde Bruno estagiava ligou lá. Não se sabia senão que fora posto em quarentena, deram um número de celular... era o número de Bruno, que não respondia.

Teve dia que ela chorou horas. Teve dia que ligou pra quatro, cinco pessoas pra falar de seu desespero. Teve dia que imaginou que Bruno era um dos que tocavam Bella Ciao na janela, e a cada vez que mostravam as imagens da Itália solidária, ela o procurava nas sacadas, com seu acordeom. Era ainda o tempo da fé.

Teve dia que fez bolo, teve dia que jogou quase tudo no lixo, embolorado. Daí parou de comprar tanta fruta, parou de fazer café à noite e se inscreveu num curso de russo, que não frequentou. Percebeu que suas clavículas cavavam buracos: emagrecia.

Uma vizinha, admirada, disse que desse um jeito e fosse até lá procurar o menino, ora. Para o norte da Itália? Venderiam passagem? Fez planos, então. Achou um hotel baratíssimo, mas o próprio hotel cancelou, recomendava que ela não fosse. Quando é que se poderia imaginar que seria impossível ter notícias de alguém na Europa?

Maria Estela se consumia entre gotas de água sanitária, telefonemas aos pais de Lidiane, pesadelos de ensopar lençóis. Tudo isso atravessado pelo Bom dia e pelo Boa Noite, por entrevistas de especialistas, por enunciados inacreditáveis emitidos por autoridades em disputa...

Veio, enfim, o telefonema em que se comunicava que Lidiane já tinha sido cremada, as cinzas aspergidas em um lugar que ela adorava. É preciso ter uma história pra contar quando se chega a este ponto. Maria Estela aceitou a história, ficou em silêncio com a mãe de Lidiane quase duas horas pela tela do celular. E Bruno? Nesta altura já se sabia que fora internado na cidade tal, na hora tal e que seguia em tratamento, havia acesso a boletins pela internet que um grupo de jovens estrangeiros organizou, diligente.

Os dias eram então regidos pelo boletim das 15h, noitinha lá.

Maria Estela almoçava ao meio dia, afetando a recomendada rotina, e se sentava na varanda pra esperar. Coração na boca, abria o site: bene (era algo como "segue na mesma"). Um dia, dois, três... E ela não podia ir até lá, e ela não veria mais Lidiane... Quatro dias, cinco... uma outra vizinha, solidária, lhe sugeriu ânimo, tudo havia de correr bem, e aquele era o dia de fazer o que há muito se queria: vociferar a dor acumulada. Era dia de panelaço.

Então escolheu meticulosa a colher e a caçarola, que deixou estrategicamente depositadas sobre a mesa. Sentou-se no chão numa meditação às avessas: aquela esperança foi subindo pelo seu corpo, golpe por golpe, desde os gritos daquela Copa no Maracanã. Ia lembrando dos últimos anos, tim-tim por tim-tim, inflando seus pulmões sãos, afiando os dentes.

Dez minutos mais tarde, Maria Estela era um poderoso miasma caminhando até a varanda. Postou-se firme, caçarola em punho. Que maldito infinito era aquele?! Queria um fim, um fim pelo amor de Deus!

Pertencimento

Sergio Gustavo

E foi então que eu abri o meu portão, aquele antigo, o portão da minha casa, e encontrei a rua. Burrice nenhuma, eu sei bem o que está acontecendo. Rebeldia alguma, porque a razão que me fez atravessar o portão não foi impactar ninguém dentro ou fora daquela casa, a minha casa. Possivelmente quem está dentro da casa acha que é rebeldia e quem está fora dela, burrice. Cruzei o portão para alcançar quem me olha.

Em casa não sei se lembram meu nome, nem sei se sabem. Acho que para eles eu sou só mamãe e vovó, alguém longevo e sem identidade. E também só me chamam para comer. Isso desde quando passaram a achar que perdi a mão pra cozinhar.

Queimei arroz um dia, me distraí. Esqueci de botar o sal na salmoura... eu sei, é engraçado esquecer justamente do sal quando se prepara uma salmoura, mas qualquer pessoa faz uma coisa assim. Da mesma forma que não conheço quem faça arroz há mais de seis décadas e jamais tenha queimado algum. Mas se queimei o arroz e fiz salmoura sem sal, é porque sou velha. Aconteceu um terceiro equívoco culinário, uma besteira qualquer que não lembro agora. Possivelmente porque tenho oitenta anos e não há ninguém abaixo dos sessenta que esqueça alguma coisa, não é mesmo? Fato é que depois disso começaram a dizer que eu não devia ficar de pé cozinhando, que não me fazia bem.

Fingiram cuidar de mim e acham que não percebi. Eles pensam que eu não sei. Eles pensam que quando a gente fica velha, fica automaticamente demente. E ainda pensam que não sei que para eles eu sou a aposentadoria que recebo. Eu sou aquele valor mensal. E o décimo terceiro também, do qual eles generosamente separam uma parte e me presenteiam com mais um belo pijama de cor suave. Eu tenho um acervo invejável de pijamas. E de meias também, afinal todo velho sente muito frio nos pés. Eles cuidam de mim para adiar a minha morte. É o que está acontecendo agora, quando tentam me impedir de sair pra eu não pegar o vírus. Eles me querem viva porque meu dinheiro fará falta. Mas não fazem nada que me dê sensação de vida, apenas se valem de recursos que adiem a minha morte.

Eu não decidi sair porque quero morrer, não. Decidi sair porque estava há 21 dias em casa sem conversar com ninguém, sem ser ouvida, olhada. Eu sei que é perigoso sair e sei como me preservar. E também sei que há risco mesmo quando a gente se preserva. E não aprendi isso com o surpreendente surgimento do coronavírus. Aprendi com oito décadas de vida e reflexão sobre o andamento do mundo e a minha conduta. E não há reflexão sobre a qual eu mais tenha me debruçado inteira nos últimos anos do que essa a respeito da relação com a minha família. Desde a minha viuvez este é meu assunto interno mais forte. E a pior conclusão é que eles pensam que eu não sinto. Na verdade, eles não sentem por mim o que sinto por eles, então não sentem que eu sinto.

Certa vez, a Fátima viu na internet e me mostrou, porque eu não uso essas coisas e ninguém se surpreende já que sou velha demais. Enfim... a Fátima me mostrou que a Leila botou uma foto minha na internet e escreveu umas coisas que jamais me disse. "Vovó amada, meu exemplo", algo neste sentido. Fiquei emocionada, a princípio. Depois pensei: essa menina não me olha, não pergunta como estou. Eu pergunto se está tudo bem com ela. Ela responde, mas não pergunta se está tudo bem comigo. Continuo perguntando por duas razões: quero saber se ela está bem e sei quanta falta faz alguém perguntar.

Eu sou velha, mas sou mulher. Conheci o Antônio e contei um dia, no almoço. Todos riram. E eu ri também. Não dizem que o palhaço ri de tristeza? É tão triste ficar velha e deixar de ser pessoa. Velha é velha. Para o que serve, ela serve. O que ela sente, tanto faz. Eu senti falta de sair e sentir a vida. Saí para viver, porque dentro de casa eu apenas existo.

O Adubo do Mundo

Carlos Versiani dos Anjos

I

Esta é uma morte lenta. E há aqueles, mais otimistas, que preferem falar em ressurreição. Eu também penso no que pode emergir do abismo, quando os abutres se forem. Mas prefiro dizer da morte, porque detenho, como paciente terminal, todas as dores e sentimentos do mundo, que vivenciei à miúdo, desde o primeiro momento, da chegada sorrateira da doença até a progressão geométrica da sua propagação.

Muitos veem na peste o estigma da China, que fez reverberar sobre todos os povos, no apagar das luzes da segunda década do século XXI, sua genética viral. Mas tenho para mim que o vetor deste vírus foi concebido antes, no outro lado do planeta. Foi quando se viu emergir, nos dois hemisférios do continente americano, os monstros horrendos. Paridos das profundezas fétidas das grotas, onde o sangue se mistura aos cifrões, assaltaram o poder. E integrados numa rede de interconexão universal, fizeram expandir sua mortal infecção, através do comando virtual de milhões de seres acéfalos e viróticos.

Eu tinha 80 anos e corria no Brasil o ano da graça de Nosso Senhor Jesus Cristo de 2016, quando o vírus, estrategicamente armazenado nos laboratórios subterrâneos, para quando o momento se fizesse propício, foi liberado e propagado num só golpe, corroendo todos os alicerces sobre os quais sobreviviam remediadamente os povos dessa nação. E o contágio então seguiu, com a mesma carga viral, levando pouco depois ao surgimento da besta apocalíptica na América setentrional.

Hoje, aos 84, preso a um aparelho que me ajuda a sugar as últimas moléculas de oxigênio, entre um espasmo e outro me indago, se alguém no mundo, além deste velho comunista, percebe a ligação entre o vírus do fascismo neoliberal e a pandemia que hoje se alastra, como reação, através de um ser microscópico que impede a comunicação entre os alvéolos e os capilares sanguíneos do meu pulmão.

Tornei-me um octogenário em outubro de 2015, com grande pompa e circunstância. Entre os mais velhos camaradas, sobreviventes de muitas guerras anteriores, e a vida recém-nascida dos bisnetos, uma centena de familiares e amigos me fizeram outra vez irradiante e feliz. Depois de décadas sem empunhar um instrumento, fui presentado pelos amigos com um belo saxofone dourado, encontrando ainda ar para soprar, no ouvido das crianças, a Pavana de Ravel, e para o delírio dos camaradas, a Internacional socialista.

Mas acabada a festa, cerrados todos os abraços e aplausos, passado o torpor prazeroso do vinho e da música, meus olhos voltaram aos prenúncios e profecias, que anunciavam como esperança e libertação aquilo que já antevia ser a chegada de um vírus terrível. Que contaminaria igualmente os poderes da lei, do mercado e da mídia, e se manifestaria contra o que sempre deu ânimo à minha vida, a eterna e cotidiana crença em um outro mundo possível, uma doce utopia, que também embalava as conversas fiadas no intervalo do jogo de cartas com os velhos camaradas comunistas.

Um vírus que colocaria em risco fatal a sobrevivência daqueles que protagonizavam minha utopia: os seres guardiães da natureza, os marginalizados, os discriminados, os reprimidos, os empobrecidos... Vírus que transitava em correntes do norte ao sul, e que se utilizava das mais modernas e sofisticadas tecnologias para se expandir. Penetrando na sequência algorítmica dos dados que alimentam as redes de conexão virtual, atingiam, como poder onipresente e invisível, em um segundo, milhões de internautas, então imediatamente acometidos de uma acefalia, transformando-se em novos vetores propagadores do que expeliam os monstros horrendos que pariram o vírus.

II

Foi no quarto de Helena, minha mais jovem neta, à época com 16 anos, que comecei a conhecer coisas como internet e celular. Incomodava-me, sempre que visitava minha filha, encontrar a neta fechada no quarto, com um grande fone nos ouvidos, dedilhando o celular ou com o rosto enfiado na tela de um computador. Quase nem conversava comigo. Mas decidi que aquele dia ia ser diferente.

- Oi, vô (respondeu Helena ao meu cumprimento, virando o rosto por um segundo).

- Oi, Helena.

Sem dizer nada, puxei uma cadeira e fiquei em silêncio, observando-a, a uma distância suficiente para que não pensasse que eu estivesse bisbilhotando, só queria incomodá-la. Depois de algum tempo ela se virou e percebeu que eu ainda permanecia ali, quieto, calado.

- Que foi, vô? Tá tudo bem?

- Tá, querida, tá tudo tranquilo (levantei e levei a cadeira, sentando-me ao seu lado. Passei a mão pelos seus cabelos, o que a fez, meio sem graça, retirar o fone). Você está bonita, Helena... Faz tempão que não te vejo assim de pertinho, logo você, a netinha caçula, minha preferida...

- Eu também te amo, vô... (disse sorrindo e me dando um abraço).

- Eu posso te perguntar uma coisa, Helena?

- Claro, vô.

- O que você tanto vê nesse celular e nesse computador?

- Vô, o senhor não tem celular?

- Não.

- Nuu! Em que mundo cê tá, vô?

- No mesmo que você, Helena, no planeta terra.

- Vô, todo mundo hoje usa computador e celular... Sem celular ninguém vive, vô...

- Uai, que eu saiba, ainda estou vivo. Mas sabia que tenho até alguma curiosidade de conhecer dessas coisas da internet...

- Se você quiser eu te ensino, vô. Você vem aqui e eu posso te ensinar a mexer com computador, internet... Mas com uma condição. Trata de comprar um celular. Não aparece aqui sem um celular.

- Bem, se é pra ficar mais tempo perto da minha netinha, até que posso fazer o sacrifício. Com outra condição...

- Ih, que condição, vô?

- Vem comigo, sem preguiça.

Na área externa da casa da minha filha tem um bonito e simpático jardim, muito florido, em que sempre se ouve o piado de algum passarinho. Passei a mão num velho violão que fica encostado num canto da sala e nos sentamos lá fora, no banquinho do jardim.

- Senta aí, filha. Vamos ficar um minutinho em silêncio, só sentindo o vento e escutando os passarinhos.

- Aff...

- Schhhh!... Você se lembra dessa música?

Cantei então ao violão uma modinha que usava para fazê-la ninar, quando tinha uns 4 ou 5 anos. Ela escutou caladinha e até lembrou um pedaço do refrão.

- Tá bom, vô, qual a condição?

- Você me ensina coisas da internet, do celular, e eu te ensino a tocar violão, uma aula por semana neste jardim... Acabou a aula de computador lá no seu quarto, imediatamente para o jardim, ouvir os pássaros e tocar violão.

- Violão, vô?... Não tem coisa melhor, não?

- É, violão.

Hoje minha neta tem 25 anos, é bióloga, com mestrado em Ciências do Ambiente, e militante em uma organização não governamental que atua em defesa das florestas amazônicas. Nas noites de solidão - disse-me uma vez pelo whatsapp - dedilha as cordas do seu violão, lembrando meio chorosa do nosso jardim.

Quando vim para o hospital, trouxe no bolso um retrato que tiramos juntos quando era ainda um bebê, além do celular de última geração, com que Helena me presenteou no aniversário de 80 anos. Agora não cabe nada no meu avental de paciente terminal. Lembro da minha netinha, e uma gota de lágrima cai sobre o respirador. Quero abraçar a enfermeira, que me traz os olhos de Helena. Mal posso mover a ponta dos dedos, e a enfermeira, longe, também indefesa, me olha com paixão. São os olhos de Helena, eu não duvido, e uma segunda lágrima cai sobre o respirador.

III

Estava tão imerso na tentativa de resistência contra o vírus que desde 2016 assolava o povo do meu país, que mal cuidei das notícias vindas da China. Foi no uso das redes sociais, aprendidas nas aulas de Helena, que comecei a perceber, estarrecido, a nova epidemia se alastrando em velocidade descomunal, atingindo violentamente a Itália, a Espanha, e aos poucos se propagando pela América e pelo Brasil. Mas quando o velho Francisco faltou ao jogo de cartas, pressenti que o vírus também me atingiria. Primeiro foi o Francisco, depois o Tales, o Dimas e o Fabrício. Deste último, sequer pude acompanhar o enterro.

Sobramos eu e Tonhão, que há duas semanas veio em casa fazer uma visita, para chorarmos os nossos amigos. O meu velho comandante Tonhão, que um dia vi derrubar três soldados e erguer com um só braço o chefe da milícia, que tentava prender-nos como subversivos, quando lutávamos contra outra devastadora epidemia. Hoje, com 90, magro e encurvado, caminha a passos lentos, mas conserva a altivez do olhar e a energia da fala.

- Salve!

- Salve, comandante! (Adiantei-me para abraçá-lo, mas fui contido).

- Alto lá, soldado! Dois metros de distância, em tempos de vírus.

Foi uma conversa triste, mas esperançosa. Lembramos dos tempos de guerrilha, em que formávamos, junto com os amigos que sucumbiram, um disciplinado, mas também divertido batalhão. Não abandonávamos, nem no auge da vida clandestina e da repressão, o jogo de cartas, um bom vinho e uma boa música. Marta, minha fiel ajudante portuguesa, herança do exílio em Portugal, providenciou então um legítimo do Alentejo e o disco original da orquestra Buena Vista Social Club, de Cuba. Entre muitas lágrimas, risadas e discursos, Tonhão, como bom comandante, não deixou de levantar a moral do último sobrevivente da tropa.

- E então, camarada, estão mortos nossos companheiros de toda a vida...

- Mas não estão mortos em vão.

- E nós, Tonhão, estamos mortos ou vivos?

- Vivemos, amigo, e talvez vivamos ainda, para ver um pouco da morte do sistema que sempre combatemos.

- Não, vivemos só a nossa morte, a morte dos velhos combatentes...

- Adubo, soldado. Semente. Nós morremos e a terra respira, o capital fenece, o estado cresce. Um vírus mata o outro. É o início do fim do vírus fascista do cão.

- Um brinde então, aos velhos camaradas, que adubaram o chão da revolução!

Três dias depois da visita do Tonhão começaram as dores e a febre. E quando a respiração faltou, Martha nem avisou a família, me levou direto para o hospital. No táxi, vi a mensagem enviada por Helena, ignorante das minhas dores. Era uma foto da terra vista de cima, pela imagem do satélite, limpa, sadia, despoluída... E abaixo o discurso da minha ecologista, que me fez esquecer a dor:

- O vírus, vô, é uma interpelação da mãe natureza, em sua sagrada condição, impondo aos seres que a violentam todos os dias um outro padrão de vida, que possa eliminar a destruição que hoje impera, através dos desmatamentos, das queimadas, da poluição.... Se cuide!

IV

A enfermeira estava ali. Mas a falta de ar e a dor aguda no peito não permitiam fixar a visão. Ainda assim pude ver o jardim, e Helena menina mostrando a fotografia da terra, e sussurrando no meu ouvido sua mensagem de esperança...

- Sim, querida, hoje também acredito, e o vírus fez do seu avô adubo para o planeta, em sua ressurreição.

Entre a frieza dos números e o calor da confusão

Monica Gonçalves

Oitenta e três anos. Velho! Dizem alguns. Serve para mais nada, dizem muitos. Outros dizem que é a idade da sabedoria, a pessoa que guarda a cultura familiar. Vinte e seis de março de 2020. Morre um idoso. Oitenta e seis anos. Foi o dezenove, dizem os jornais! São mais trinta idosos na casa, noticia a TV. Uma senhora de 83 anos sai de ambulância com falta de ar, diarreia e tosse. É o dezenove! Minha mãe, Dona Domingas! Choque. O corona agora tem rosto, nome, sobrenome. Mas não é o corona, afirmam. Testagem em trinta idosos e vinte funcionários. Isola tudo. Vinte mensagens em um minuto. Quatro irmãos e suas famílias com netos e bisnetos, exatamente 24 pessoas. Medo! Quem vai lá? Todos isolados. Pneumonia dupla. Ufa! Não é o dezenove. Primeiro teste, dia vinte e seis do mês três. Primeiro dia de internação. Duzentas mensagens em uma manhã. Não pode entrar, diz o hospital, nem ligar, nós que ligamos para a família das 14h às 18h, dizem eles. Seis da manhã, olho aberto. Oito horas se passam... 14h, nada, 15h, nada. Vinte mensagens. Esporro! Por que você ligou?, pergunta o médico. Aguardar é a ordem. Dezoito horas, nada. Segundo dia. Ligamos de tarde, aguarde, ligaremos das 14h às 18h. Dezessete horas: por que vocês ainda não ligaram? Já vamos ligar. Mas não podem ver nada. Calma, não sei de nada. Vou transferir. Quem fala? A filha da paciente. Ela está com pneumonia dupla. Mas é corona? Não sabemos, não temos resultado do teste. Foi feito teste? Sim, fizemos um aqui no dia 27 de março. Terceiro dia. Aguarde, ligaremos das 14h às 18h. A sensação de que eles estão completamente perdidos e loucos. Quarto dia. Aguarde, ligaremos das 14h às 18h. Dezoito horas, nada. Duzentas mensagens. Vamos trocá-la de hospital. Mas e se for o dezenove? Eles não vão permitir. E os testes, por que não se tem o resultado? Por que não dão informações? Eles estão sobrecarregados. Uma amiga falou que ela está melhor, foi para o segundo andar. Mas qual segundo andar? O que ela quis dizer com isto? Seria o céu o segundo andar? Morreu? Foi para UTI? Para um quarto? Vocês estão sentindo algum sintoma? Mas não é o dezenove. Acho que é. Não é. Acho que é. E o teste? E se ela sair de lá, para onde levá-la? Poderá ficar com as pessoas? Volta para a clínica? Mas não é o dezenove, não temos o teste. E assim seguiram mais sete dias. Telefone. Dez da manhã. Hospital. Sua mãe está na hemodiálise, o rim parou e está se alimentando por sonda e também no respirador. Trezentas mensagens. Meu Deus! Respirador? Que estado grave que está. Oitenta e três anos, morte. Facebook, Whatsapp, Instagram, mais de 500 pessoas orando. Morrer de velhice e nenhum velório? Acabou a esperança. Voltou. Muita atitude. Meu querido terceiro sobrinho. Vou atrás. Mil voltas, mil contatos. Segundo teste, aquele feito no hospital. NEGATIVO. Ufa! Duzentas mensagens, vamos aguardar até amanhã. Coitada, que tristeza, somos fortes como ela, sendo que quem vai dar um show e vencer só pode ser uma espécie de highlander... Dois dias a mais. Telefone: sua mãe terá provável alta amanhã. Espanto. Silêncio nas mensagens. Mas não estava fazendo hemodiálise? Como assim? Que bom! Facebook, Whatsapp, Instagram: obrigada gente, minha mãe sairá amanhã. Para onde levamos? Ela teve contato com o dezenove. E agora? Calma. Vamos pensar amanhã. Amanhã chegou. Mensagens: ligar para ambulância para levá-la de volta, comprar comida da sonda, ver colchão melhor. Dez da manhã. Telefone: diz para sua esposa que o irmão dela pegou o resultado do primeiro exame - POSITIVO. Tremedeira, raiva, choradeira, dor de barriga. Suspende a alta. As irmãs e cunhados que tiveram contato... Doze horas. O hospital ligou para passar o boletim da mamãe, o mesmo de uma semana atrás. Não estão sabendo nem de alta nem da suspensão. Treze horas, mensagem: Oi. Estão sentados? A mamãe está de alta. Ninguém sabe deste exame. Procura o teu irmão para ver com quem ele conseguiu o resultado. Confirmado - POSITIVO. Telefone. Hospital. Ela pode sair. Mas precisa ser de ambulância. Todo o tratamento será escrito. Mas ela pode sair? Não vai contaminar os outros? Ah, ela já foi tratada e agora é imune. Sei... Mas ela tinha então o tratamento do dezenove? Vamos detalhar o tratamento por escrito. Duzentas mensagens. Quem liga para ambulância? 600 reais, 400 reais, todo mundo ligando ao mesmo tempo. Parem de ligar, um só liga. Vamos nós quatro (irmãs e cunhados). Ambulância, clínica, paciente abatida, sonda para alimentação, mas em casa. Mensagem: deixa eu contar para vocês uma coisa para terminar o dia, disse uma irmã. Ela, a outra irmã, queria ver os documentos que nos deram no hospital, para ver como foi tudo e se compramos todas as medicações. Mas deixou para olhar quando chegou em casa. Surpresa! Paciente: Dona Maria Cecília, 70 anos, Leito 23, pressão 15 por 10, convênio. Meu Deus! Como vou acreditar q o tratamento da minha mãe e da dona Maria não foram trocados? Calma, muita calma. Tenha fé. Vou acreditar que não foi trocado porque acredito na mão de Deus. Mas Deus não é a mão do médico, nem das enfermeiras. Calma, Deus no comando. Então, Deus, posso te pedir uma coisa? Faça com que eles não esqueçam que a dona Maria não é a dona Domingas, faça que eles lembrem que são pessoas diferentes e não apenas o número do leito ou do prontuário, afinal, como a minha mãe, ela também deve ter família. Bom, vou dormir. Telefone. Hospital. Queremos saber por que vocês não vieram buscar a dona Domingas?

Garotinha do papai

Laila Ferreira

Eu não estava pronta para não ver mais o seu rosto, mesmo que eu tivesse passado tanto tempo sem vê-lo, você parecia sempre tão forte e eu me perguntava se um dia teria metade da sua força.

Olho sua foto daquele nosso passeio. Foi bem quando me dei conta de que não tínhamos todo o tempo do mundo, ainda bem que pude perceber isso antes do fim. Foi um pouco tarde, eu sei, mas ao menos guardo comigo nossa primeira e única viagem.

Cheguei de surpresa te mostrando na tela do celular que tinha comprado duas passagens para a Bahia. Você ficou tão feliz.

- É sério? - Você me perguntava de um jeito empolgado que nunca vi antes. Ou, se vi, nunca prestei atenção.

- Claro!

Mas tenho que trabalhar nesse fim de semana.

- Liga, explica. Vamos, por favor?!

Segurei sua mão pela primeira vez desde que eu tinha uns 7 anos e você me contava a mesma história antes de dormir. Você ficou sem saber como agir.

Eu posso conhecer qualquer lugar do mundo, mas nenhuma viagem será como aquela. Nenhum lugar será tão importante como a Bahia. Porque você estava lá comigo.

Fomos para um hotel e no caminho você foi me contando sobre os lugares que já havia ido por ali. Falou da sua juventude, o que era uma novidade já que quase nunca falava desse tempo. Eu também nunca perguntei.

E pela primeira vez perdemos as horas conversando sobre a situação do país, sobre como a Bahia era diferente do Rio de Janeiro e sobre meus planos para mim; mestrado, carreira acadêmica, meu futuro casamento fictício no qual eu esperava que você entrasse comigo.

- Tá difícil, acho que nunca vou casar se continuar assim.

- É, o mundo anda muito difícil. Muito homem pilantra!

Pilantra era uma palavra que eu sempre ria quando você dizia. E eu respondia: é, só tem homem babaca!

Pelo menos tenho sonhos. Alguns vão ficando pelo caminho, certamente. Falando nisso, eu nunca te perguntei qual era seu sonho. Será que estava nos planos ter uma filha como eu?

Levantamos cedo e eu te disse para colocar uma roupa para sairmos. O café da manhã do hotel era maravilhoso, não sei se pela fome, pelo próprio sabor, ou pela alegria de termos esse tempo para nós. Lembro de pensar: que sorte a nossa.

Você tomando seu café e eu no meu mate seguido de suco de laranja. Nunca conseguia me decidir. Seu café era mais certo que carnaval em Salvador. Tinha que ter. E depois do café tinha o cigarro. Essas são as coisas que nem preciso perguntar para saber, mas tinha tantas outras que eu devia ter perguntado.

- Você já foi ao cinema na sua vida?

- Eu não.

- Então vamos!

- Agora?

- Que tipo de filme você gosta?

É um pouco bizarro a quantidade de coisas que não sabemos sobre nossos pais. Nos escondemos deles um pouco e eles da gente. Muitas das vezes, uma única pergunta desvendaria todo o mistério, mas a gente nem pergunta por motivos que provavelmente fazem tanto sentido quanto tentar apagar caneta com borracha.

Lembro da nossa ida ao cinema. É comum os pais observarem ao longo da vida as descobertas dos filhos. No entanto, naquele momento era minha vez de ver sua descoberta. Por que em 28 anos nunca fizemos isso? Eu me perguntava na fila da pipoca. Quantas são as primeiras vezes que deixamos de ter juntos?

Você adorou o telão. O filme era de ação, como você disse que gostava, assim como também gostava de filmes com cachorros e dramas. Deve ser por ter uma filha dramática toda vida. Se bem que nem sei se você sabia que eu era dramática. Nunca perguntei o que achava de mim.

Talvez devessem inventar um quiz para famílias, será que daria certo ou ficaríamos olhando a tela do celular de minuto em minuto para disfarçar o constrangimento de não acertar quase nada?

Não entendo o porquê de deixarmos de fazer tanta coisa com as pessoas que nos amaram primeiro nessa vida. Tudo bem, nem todos são amados pelos pais. Isso não é regra. Mas na nossa família, apesar de toda confusão, tinha amor.

Estamos na Bahia, num cinema. Tanto ponto turístico e eu te trouxe aqui, eu precisava fazer isso, porque eu não sabia quanto tempo mais teríamos. Eu esperava que muito, mas eu não sabia. A vida tem uma maneira muito singular de nos fazer ver o que não queremos ver ou não conseguimos. Mas ela não erra. É um senhora cheia de si e muito sábia. É uma anciã de cabelos brancos, respeitada e temida por alguns.

Depois do cinema outra primeira vez.

- Já foi a um restaurante japonês?

- Eu não! Peixe cru é bom?

- Vamos e tire suas próprias conclusões.

Te levei para experimentar minha comida favorita no mundo. Uma das minhas pessoas favoritas comendo minha comida favorita. Era uma noite muito feliz para mim.

Tive um insight enquanto comia meu temaki: eu estava te levando para fazer tudo que eu gostava. Eu queria que a gente se conhecesse melhor, mas só estava te levando onde eu queria.

- O que você gostava de fazer?

- Como assim?

- Quais são as coisas que gosta de fazer?

- Hum... ah, eu gosto de tomar minha cervejinha, você sabe...

- E mais o quê?

- Eu costumava jogar futebol quando você era uma tripinha de gente.

- E por que parou?

- Você está perguntadeira que nem fazia quando criança.

- Eu era uma tripinha muito da curiosa.

Rimos. Meus olhos se encheram de lágrimas que eu contive. A Bahia me deixou muito emotiva. Ainda mais pela pergunta que rondava na minha mente: em que ponto nos perdemos um do outro?

- Eu gosto de churrasco em casa, cerveja e de ter crianças por perto. Gosto de casa cheia.

- E ultimamente ela anda tão vazia. Não é? Me desculpa.

- Pelo quê?

- Por deixar todo esse vazio

- Mas você não tem culpa de nada.

- Se eu tivesse construído uma família, se eu tivesse com minhas crianças e um marido, talvez fizéssemos churrasco todo domingo.

- Podemos fazer, ué!

- É, mas a casa vai estar vazia.

- A gente chama as crianças dos vizinhos.

Eu ri e deixei uma lágrima cair. Terminamos de comer em silêncio. Não deveríamos ficar sem saber o que dizer, mas a falta de intimidade faz isso. E ela não se justifica pela ausência porque é possível não ser íntimo de alguém mesmo morando na mesma casa.

Intimidade é tipo um presente com embrulho bonito, desses que a gente vai abrindo um pouco a cada dia. E presentes não devem ser pedidos. Entregamos a alguém em quem confiamos. Fazemos por vontade própria. Pode dar um medo, mas a recompensa é abrir o presente e amá - lo. Sabendo de cada partezinha ruim, irritante e sorrindo pelas partes boas. As partes admiráveis.

- Depois do japa você disse que queria ver tv e descansar. Tomei banho e lembrei de quando você penteava meu cabelo. Desembolava parte por parte. Quis te pedir para fazer isso de novo. Mas seria estranho eu estando tão crescida ter os cabelos penteados. Te olhei da porta do banheiro, você estava deitado vendo a novela das 20h que passa às 21h. Das coisas que nunca entendi, essa era uma delas. Mas sobre você tinha tanto que eu sequer sabia.

- Pai.

- Oi.

- Você lembra quando quando penteava o meu cabelo?

- Claro que lembro, você chorava toda vez.

- Lembra quando eu enrolei a escova na minha franja e você teve que cortar com a faca porque não tinha tesoura?

- Sim, ficou tudo torto e você chorou mais ainda.

- É!

Rimos mais e fizemos silêncio novamente. Respirei fundo e tomei coragem:

- Será que você podia pentear meu cabelo mais uma vezinha?

- Será que ainda sei?

- Então, mas você nunca soube bem.

Rimos. Você sentou na beira da cama, eu sentei no chão na sua frente e te dei a escova.

Foi como eu pensei. Você não tinha mais jeito, perdeu o pouco que sabia, mas eu queria ficar ali por horas. Sempre achei um ato lindo de amor e cuidado que penteassem meu cabelo. Repeti a tradição com alguns namorados, mas você sabe, eles não penteavam tão mal quanto você.

- Agora vamos lá... vou pegar uma xuxinha e você vai ter que prender.

- É um penteado que você quer, princesa?

Princesa. Eu nem lembro a última vez que me chamou assim. "A princesa do papai".

Eu me afastei de você na adolescência. Menstruação, meninos, pelos crescendo. Eu já não sabia como ser a princesa do papai. Você já não sabia como ser o papai da princesa adolescente. E veio a vida.

Dormi tão bem naquela noite. Você passou aquela escova no meu cabelo mais vezes do que precisava. Fez um rabo todo torto, mas o mais lindo de todos.

Essas lembranças são tudo que ficou em mim de você. Desde sempre você me salvou nas horas mais improváveis. Sinto muito não ter te salvado na única vez que precisou. Você sempre se fez de forte, eu sempre acreditei. Na verdade eu nunca soube questionar sua falta de jeito de pedir ajuda.

Essa falta que herdei.

Mas sabe, pai, essa mania de dizer que está tudo bem não me deixou te ajudar a tempo. Quem diria que uma pandemia te roubaria de mim. Logo você que passou por ditadura, Collor, desemprego em massa na época do Fernando Henrique e tantas outras coisas.

Acho que o vírus não poderia saber a história de cada pessoa. Ele não seleciona. Ele chega e se apodera. Adoece aos poucos e os mais frágeis sucumbem.

Queria ter me isolado com você, mesmo você dizendo que não precisava. Eu devia ter feito assim mesmo. Puxei a sua teimosia, papai. Mas esse vazio que ficou no meu coração me ensinou que o tempo é mesmo precioso. Não as horas que passamos no trabalho, falo do tempo que doamos. Queria ter te doado mais tempo. Tudo que tenho foi o que ficou. Tudo que ficou foi o que te dei de tempo. Nunca seria o suficiente.

Agora revivo nossos dias na Bahia como se eles fossem os únicos. Porque a Bahia presenciou nosso encontro mais verdadeiro. Irei levar esses momentos nas minhas mochilas para sempre.

Falando nisso, preciso de uma mala de rodinhas para carregar a quantidade de amor que sinto por cada pessoa. Agora eu as amo mais do que nas palavras, amo nas ações.

É nas ações que amamos mais genuinamente. Eu acho. Funciona para mim e pesa menos depois que partem.

AMOR EM TEMPOS DE CORONAVÍRUS

Jadson Jesus Meneses Nobre

Manaus fica localizada a apenas alguns quilômetros do sol, então, o calor, como de costume, estava infernal. De repente, as luzes apagaram. Silêncio. A tv saiu do ar. O sinal do wi-fi sumiu. Desgraça. Liguei os dados móveis. Nos grupos, informaram que havia sido um apagão em toda a região. O tédio começava a se instalar. Raios crepitavam no horizonte. Por um instante, pensei no Apocalipse. As crianças inquietas reclamavam. Sem internet a vida parecia não ter nenhum sentido.

Era domingo e mais um dia de quarentena. Eu já começava a apresentar sintomas excêntricos. O confinamento prolongado despertava nas pessoas medo e desconfiança exagerados. Em cada olhar eu via o risco do contágio. O vírus podia estar escondido em uma breve palavra, à espera de um simples espirro ou em uma tosse camuflada. Todos eram suspeitos, os filhos, a esposa, o cachorro e até os insetos eram ameaçadores.

Os noticiários reportavam a quantidade de mortes. Milhares. Mesmo jovem e saudável, seria eu a próxima vítima? E se o vírus sofresse uma mutação ou tudo não passasse de uma grande conspiração global para vender remédios? Dias atrás, eu havia lido uma publicação do presidente da República, numa rede social, na qual afirmava que os chineses haviam criado o vírus para destruir o nosso país e instalar o comunismo. Havia, inclusive, a foto de um asiático; portanto, talvez fosse verdade, não sei. Afinal, era o presidente. Tudo parecia fazer sentido, embora me faltasse a certeza. Passei um pouco de álcool em gel nas mãos só para ficar mais calmo. Lavei as mãos com sabão. Mesmo não tendo tocado em nada, nem ninguém, não podia dar mole. O inimigo era invisível, traiçoeiro. Poderia estar em qualquer canto da casa, escondido, pronto para dar o bote fatal e infectar meu corpo. Não. Todo cuidado era pouco. Passei mais álcool em gel, só para garantir e lavei as mãos novamente com sabão, em água corrente. Vesti as luvas, pus a máscara de volta. Sem internet, sem energia elétrica, e o pior de tudo, cercado pelo inimigo sedento de sangue. Pelo menos o calor era um aliado.

O pavor a germes e à sujeira aumentava. O isolamento social trazia um estranho alívio. Sem abraços, sem beijos, sem afagos. Dois metros de distância. Dentro de casa, cada qual no seu quadrado. Apenas prevenção. Ana rezingava. Eu pedia calma. As meninas queriam ver vídeos de um youtuber famoso via streaming. Os relâmpagos aumentavam. Então a chuva desabou sobre a cidade. Trouxe o frio e o perigo. Saudade da pipoca, das noites de maratona de séries, do calor humano, do aconchego. Olhei para as mãos, senti o ketchup, a manteiga escorrendo pelos dedos, um exército de bactérias entrando por debaixo das unhas, instalando suas hordas impuras. Arranquei as luvas imediatamente, depois a máscara, e corri para o banheiro. Duas horas e estava limpo novamente, ou quase, afinal o chuveiro elétrico, sem energia, não podia matar os possíveis micróbios existentes na água. A chuva continuava torrencial, embaçando o basculante fechado. O lixo nas ruas, os esgotos entupidos, os doentes nos hospitais, a poeira no ar, tudo poluía minha cabeça.

Onze dias sem sair de casa. Um estoque razoável de comida, água mineral e remédios, muitos remédios. Cloroquina, paracetamol, vitamina C, e, claro, sabão líquido, luvas e máscaras descartáveis, litros e mais litros de álcool em gel. Apenas o suficiente para passar três meses. Mas nada afastava o temor das notícias. Os rumores aumentavam. Desabastecimento. Desobediência civil. Conferi a fresta da porta de entrada do apartamento, estava vedada. Passei um pouco de álcool na maçaneta para fortalecer a barreira biológica. Ana sem luvas teclava ao telefone.

Meia hora depois, uma sirene se aproximou e parou em frente ao nosso prédio. Homens vestindo trajes brancos, parecendo astronautas, desceram, abriram a parte detrás da ambulância, retiraram equipamentos e uma maca. Olhos se amontoaram nas sacadas. Curiosidade. Espanto. O pânico subiu as escadas. Ana havia deixado a sala. No apartamento de cima, os vizinhos arrastavam os móveis. Lembrei da arma no cofre. Me adiantei, mas a porta do quarto estava trancada. Bati com força. Nada. Gritei pelas crianças, mas sem resposta.

Voltei para a sala. No desespero, encostei o ouvido na parede. Passos cada vez mais perto. Removi a proteção da porta e vi sombras no tapete de fora. Cochichavam, mas era impossível saber o que diziam. Seriam os chineses, ou traficantes de órgãos? Na melhor das hipóteses, guerrilheiros cubanos disfarçados de médicos. Não iria me entregar sem lutar. Fui à lavanderia, peguei alguns lençóis sujos. Amarrei uns nos outros e fiz uma corda. Ouvi batidas na porta. Amarrei uma ponta da corda de lençóis na varanda e desci furtivamente. Ana me olhava pela janela, escondida atrás das cortinas. Alcancei a grama e ganhei a rua. Corri desesperadamente.

O vazio da cidade era avassalador.

O forçoso quarentenar para viver

Izilda Braga

De repente, perdida no tempo pela total e súbita disponibilidade de um tempo que me foi imposto a fórceps, sem que precisasse mexer um músculo sequer, sou tomada por uma ociosidade marginal. Como a exercitar o cérebro, ponho-me a pensar em uma palavra: quarentena. Resolvo ver o que nosso velho e querido Aurélio nos ensina: um substantivo feminino, composto por dez letras, quatro sílabas, designação para um período de quarenta dias de reclusão de indivíduos ou animais sadios pelo período máximo de incubação de uma doença.

Quarentena, uma flexão do verbo intransitivo quarentenar. Hum, o verbo! Aí está ele! Sempre ele!

Como se clarividente fosse passear e se divertir em nosso presente, passado e futuro, expressando os acontecimentos, as ações, os estados, os processos, os fenômenos, nas pessoas, no modo, no tempo. O tempo, um substantivo masculino, aqui sem qualquer discriminação de gênero, tão cheio de "im e in": implacável, impiedoso, inflexível, incomplacente, inclemente, inexorável, inabalável, infindável. Assim como esses intermináveis e intoleráveis dias a quarentenar em nossas casas, em nossas vidas, abruptamente, paradas, no sentido exato e contrário ao movimento.

Quantos de nós não gostaríamos de parar o tempo ou fazê-lo voltar àqueles momentos em que achamos que fomos mais felizes, que mais amamos ou que fomos amados, que mais sorrimos ou que fizemos sorrir? Trazer de volta aquelas situações e seres que o tempo levou, mas que mantêm suas cadeiras cativas no tempo presente de nosso coração? Não, não está em nosso poder tamanha façanha!

E, como controlar o tempo não está em nosso poder, por maior que seja nosso equilíbrio e racionalidade, deixar de sentir os efeitos do quarentenar é esforço impossível, sozinhos ou acompanhados, é pungente. É a dialética demasiadamente humana pulsando nas veias, expurgando nos poros e confrontando nossa razão.

Assim também, intermináveis e intoleráveis, às vezes, são nossos pensamentos, com uma particularidade, desses, volta e meia tentamos fugir, forçando-nos a desviá-los com lembranças de outras coisas, pessoas, desejos, tristezas, alegrias, situações reais ou imaginárias. Mas ele, o pensamento, sem que percebamos, sorrateiramente, pega-nos de surpresa. Repentinamente flagramo-nos novamente a pensar sem que tenhamos tomado a decisão de pensar, sem termos escolhido em que, como ou quando pensar.

Salvo qualquer engano de tempo ou pensamento, acredito que tenha sido em meados de dezembro passado que começamos a tomar conhecimento das agruras que acometiam o povo chinês, através de um vírus desconhecido, vindo da natureza e disseminado por morcegos hospedeiros. Logo, pensamos em nossos problemas tropicais como o Aedes, o Zika que, infelizmente, acometem muitas pessoas, mas ao final se controla. O importante era natal, os presentes, o amigo secreto, a comilança. O reveillon que traria os brindes e com ele, um ano novo, cheio de projetos e esperanças, de saúde, conquistas, dinheiro, amores e, tudo o mais nessa linha que tratamos por felicidade.

Mas, à medida que os dias do novo ano iam passando, paulatinamente, íamos sendo informados do agravamento da situação no país asiático, até que começamos a ser bombardeados pelos noticiários com informações de que a situação se agravava, assustadoramente. Prenúncio de que o novo ano não seria exatamente o que tínhamos desejado. O que era um problema virou uma epidemia, na sequência uma pandemia. De repente, nós, brasileiros - um povo alegre, feliz, amante do futebol, que não desiste nunca - estávamos envolvidos no problema! - Não, não, aqui não vai acontecer nada! Isso tudo é mentira! Deus é brasileiro, esqueceram?!

Estarrecidos, começamos a ver os chineses construírem hospitais do dia para a noite, pessoas e mais pessoas sucumbindo a um vírus chamado Corona. Governo, autoridades e profissionais se digladiando em opiniões contrárias e desconexas, demonstrando que os ensinamentos contidos nos analectos do confucionismo há muito estavam esquecidos. Os especialistas chamando a atenção para o fato de o mundo estar globalizado, de estarmos mais próximos uns dos outros e com isso estarmos em fila indiana, que um após o outro seríamos acometidos pelo Corona.

Aos poucos, fomos vendo o velho mundo se curvar à dor de assistir caminhões e caminhões através de modernas Vias Ápias, entre ponta e o cano da bota, levarem o que restava de seus romanos cidadãos. Tampouco, o inimigo, respeitou a linha de sucessão ao trono e reinou absoluto entre a Coroa e súditos britânicos. Uma força invisível aos olhos, que nem mesmo a poderosa Bastilha poderia conter, forçando o pico mais alto da cidade luz, iluminar o vazio. Na península ibérica, os "oléééés" das touradas eram sons tímidos e impotentes na triste realidade que se apontava para o mundo. Assim, pouco a pouco, como Ícaros invisíveis, o Corona se pôs a viajar a países e continentes. Chegando ao novo mundo, alastrando-se, ignorando a curvatura e as garras da velha águia e bem se instalou como a parafrasear os grandes monstros das fantásticas produções "hollywoodianas".

Diante de tamanho assombro, na terra do carnaval, não cabiam mais fantasias, samba no pé ou requebrados cadenciados, o movimento era outro e começamos a ver que talvez Deus não fosse tão brasileiro como se pensava. Ou que apesar da bufante utopia reinante, Deus não tenha nacionalidade definida. Talvez, seja um apátrida, assustadoramente imparcial aos nossos padrões!

Entre especulações, negações, desencontros e informações, fomos sendo preparados para o enfrentam[illegible] ou até a aceitação do que seria viver um desastre e[illegible]cial, só imaginável nos livros de histór[illegible]nas bibliotecas, porque em um mundo [illegible]ntas distrações, ninguém perde tempo [illegible]er das intempéries do passado. Os espe[illegible]lidade nas televisões e nas redes sociais [illegible]n infinitamente mais interessantes.

[illegible]aneamente, pensamos que isso seria coi[illegible]orque só quem viajava contraía o vírus. O [illegible]viaja - gostaria, claro, mas não o faz! Não [illegible]azê-lo. Logo, não seria contagiado. Mas, [illegible]o pobre não trabalha para o rico? O pobre [illegible]ve com o pobre? O pobre não anda na condução [illegible]ada? O pobre não vai à feira, ao mercado? Nossa população não é composta por milhões e milhões de pobres? Vixe! A ficha caiu! Isso vai se alastrar como rastilho de pólvora, sem respeitar classes sociais, econômicas ou políticas! Será que temos um plano de contingenciamento? Contingenciamento? O que é isso? Mas o que tem a ver com o tal coronavírus?

Que triste o descaso promovido anos a fio contra o povo por essas mesmas classes sociais, econômicas e políticas. O mesmo povo que sem saber o que é uma contingência, estará em uma relação de dependência daqueles que supõem acreditar que tudo o que se fala nesse mundo pandêmico não é real e que isso poderá nos ocorrer ou não, mas que não se tem como controlar. Será uma questão de sorte. Então, vamos deixar o vírus circular, ele somente será letal para idosos e os problemáticos patogênicos. Fazer o quê, assim é a vida!

Se a questão será de sorte, os que não querem se colocar, a si e aos outros, a mercê do acaso, acreditam nas autoridades locais de que o quarentenar será o remédio necessário para apagar o pavio da pólvora que já queima há meses pelo mundo. Assim, acatam e aceitam se fecharem em seus lares, reclusos de seus familiares, de seus amigos, de seus amores. Iniciando um período sabático forçado, indeterminado e sem nenhum preparo ou projeto à vista. Dessa forma, como tudo que não é planejado, surpresas, sentimentos e consequências se espreitam.

Nos primeiros dias, o relaxamento de viver sem horários, em plena segunda feira, no dia mais útil dos dias úteis existentes, sem relógio, com direito a acordar e, na cama, virar para o lado e para outro lado e voltar para o mesmo lado. Levantando a hora que quiser, sem pressa de tirar o pijama. Comendo somente quando a fome chegasse, tomando banho quando fosse preciso, assistindo a milhares de filmes e documentários, ouvindo músicas, tantas que já nem lembrava que existiam, lendo livros e gibis. Que delícia, fazendo tudo como sempre quis e quando quis. Isso que é vida!

Animada, penso em ser uma 'inglesa" por uma tarde. Fazer um bolo, tomar um chá às cinco horas. De chocolate ou cenoura? Espera, de chocolate fiz na quinta feira! De cenoura foi na terça, então, hoje, pode ser de baunilha! E o chá? Do que será o chá que os ingleses tomam às cinco horas? Hum, não tenho essa informação, mas como tenho tempo, estou de quarentena, posso pesquisar na internet!

Pensando em aproveitar o tempo no bem estar do lar, cheia de coragem, lavo tapetes, cortinas, limpo armários. Ufa, o dia passou e nem percebi! Nos dias seguintes ainda no desejo incontrolável de limpar, limpar, limpar, a casa fica um brinco, como dizia a vovó. No fim da semana, ao olhar o resultado de minha empreitada penso que a avó ficaria orgulhosa da neta, tão prestimosa, tão organizada, tão recatada e do lar. Afinal, já estávamos há duas semanas sem sair às ruas.

Novamente uma segunda feira, a terceira desde que começamos a quarentenar. Nesse dia, toda a euforia de ter o tempo à minha disposição cede espaço ao desânimo, às preocupações e consequências de nossas vidas paradas, sobre nossos negócios, nossos dinheiros, nossos empregos, nossas pessoas, nossas comemorações, nossos abraços e apertos de mãos, nossas conversas, nossos sorrisos e gargalhadas, nossas relações diárias. Sinto saudades das pessoas do dia a dia, do balconista que me servia o café nas manhãs da padoca, da caixa do supermercado, do frentista do posto de gasolina, do motorista e cobrador do ônibus em dias de rodízio, do vendedor de balas no semáforo, da moça que todos os dias me oferecia um novo prospecto de um novo empreendimento imobiliário. O que estará fazendo o malabares que engolia fogo no semáforo todo fim de tarde?

Pessoas que tinham de mim apenas um bom dia ou muito obrigado, nada além. Pessoas que faziam parte da minha vida e eu nem percebia. Elas, pelas atividades que desenvolviam, não estão a quarentenar e, certamente, não estão se lembrando de minha pessoa, entre tantas que tinham contato diariamente. Mas, eu estou aqui, saudosa delas, saudosa de nossas vidas livres, desejando fervorosamente encontra-las novamente. E, o pior dos pensamentos me passa pela cabeça, através de uma pergunta: Quem de nós reencontrará ou será reencontrado quando pudermos sair de casa? Como saber? Só o tempo dirá! Um proverbio português diz que ele é o senhor da razão! Logo, responderá, porque o tempo vai passar!

E com o tempo passando, especialistas dizem que o mundo não sairá o mesmo dessa pandemia e que nós, pessoas, não seremos as mesmas após tirarmos as trancas de nossos portões. Seremos "pós quarentenados", não sabem se sairemos melhores ou piores do que entramos. O que temos de verdade é que, enquanto seres humanos, passamos por muitas situações extremamente ruins ao longo de nossa história, doenças, guerras, intempéries, perturbações naturais. Ainda, assim, somos beligerantes, egoístas, segregadores, racistas, sexistas, homofóbicos e outros que tais. Mesmo não mais nos regozijando nos circos romanos, torcendo pelos leões, vale lembrar que melhores ou piores, ainda somos humanos, o que faz atuais as palavras do velho pai de Laura há quase duzentos anos, "Nihil humani a me alienum puto"- Nada do que é humano me é estranho!

Verdadeiramente, não sei dizer se estou "quarentenando" por concordar com as medidas propaladas pelas autoridades, se por sugestão do que vejo diariamente na imprensa, se para não correr o risco de ter a mim ou aos meus inscritos nas estatísticas sanitárias diárias. Vejo que especialistas falam, analisam e não chegam a um consenso que mostre como solução para essa grande questão de saúde, custo social e econômico que nos assola e que não sabemos até quando. Questão essa que deveria ser isenta de todo e qualquer interesse pessoal ou político, mas que infelizmente serve de ringue a mequetrefes institucionais que não enxergam pessoas e sim números, que mudam e atualizam seus discursos de acordo com pesquisas favoráveis ou não, camuflando, assim, a gana que lhes vai n`alma.

Nas incertezas que o quarentenar se nos apresenta, imagino uma viagem às áreas mais profundas de nosso equilíbrio, da nossa sanidade mental, do nosso ser, em razão do medo do vírus, da preocupação com as pessoas, com as coisas que deixamos pendentes, da incerteza do que vamos encontrar ao voltar às nossas atividades. Até porque é um isolamento forçado, isso nunca foi um sonho, está mais para um pesadelo daqueles em que acordamos no escuro de nossos quartos, assustados e suados, porém, com a realidade nos mostrando que nem todos nós teremos as mãos amorosas de nossas mães a nos acariciar e acalmar, dizendo que foi um sonho e que tudo vai passar.

O Edital

Andréa Moraes da Costa

Comissão formada.

Inscrições homologadas.

Por certo que, a partir desse momento, o trabalho seria intenso. Algumas dezenas de papeletas foram inseridas em envelopes brancos, imaculados... que durante a jornada até o destino desconfiguraram-se... vieram dos mais distintos lugares do mundo. Agora, seguindo as orientações descritas no item quatro, três avaliadores passariam a examinar as papeletas e dar seguimento ao processo.

"Algumas candidaturas serão descartadas." - Conjecturou o avaliador novato.

Seis restaram indeferidas. No entanto, isso não servia de remediação para o que teriam que enfrentar na sequência. E, obedecendo com rigor o horário estipulado no Edital, representantes de mais de quarenta nações se posicionaram na grande sala. Suas paredes reluzentes, recobertas de ouro dos tolos, agiam magneticamente sobre a visão de seus visitantes.

"Lembrem-se, senhoras e senhores, ao final desta etapa será anunciado um único vencedor." - alertou o avaliador mais experiente.

"Selecionaremos aquela nação que atender na íntegra aos requisitos elencados em nosso Edital. Quanto maior a qualificação, o alcance, a proliferação exponencial do mal causado, a ruína econômica, seu poder de erradicação, enfim, quanto mais significativo for seu impacto, mais se aproximará dos requisitos desejáveis desta seleção - Continuou o avaliador.

"Portanto, esmerem-se em suas arguições." - finalizou o anfitrião.

Cada nação deveria expor com objetividade seu currículo na área solicitada, a argumentação seria um grande trunfo para aqueles que detivessem o poder da oratória. Seria um grande prestígio levar para casa o brasão que chancelaria a vitória, a honra de compor o *Nationalkomitee.*

"Pois bem, eu vos digo que em nossa nação - afastada das intempéries de catástrofes climáticas - organizamos o maior comitê já visto nos últimos tempos e, assim, garantimos que o apetite de nosso povo não encontrasse refúgio nas ações populares promovidas por gestores inconsequentes. Na década de 1970, nossa participação na Conferência em terras papais teve prodigiosa representação apocalíptica a partir de dados que superaram, até mesmo, os da África." - o terceiro representante conduzia com imponência suas argumentações, até que o tempo se esgotara. Fora engolido pelo tempo como aquela representação de Goya.

Seu sucessor, considerando-se mais astuto, tomou a palavra com garbo. Sabedor do contexto explanado pelo seu oponente, propeliu: "Preferimos armar nosso front em outra direção. As estatísticas em nosso país apontavam para o grande número de obesos empilhados nos hospitais. Estávamos à beira de um colapso. Extraímos-lhes o direito à saúde. Com isso, poupamos os hospitais e, como um efeito dominó, alavancamos o Comitê *Post-mortem*, beneficiando, por exemplo, todo o setor funerário, que nos retorna com seus impostos..."

Passadas algumas horas, seguiam-se os falatórios... "Tentamos atingir a massa populacional de modo sorrateiro, promovemos uma queda brusca no âmbito do trabalho. Deixamos à mercê da sorte um contingente populacional que, sem trabalho, morreria de fome. Entretanto, com a propagação da desgraça em nosso país, surgiram Organizações não Governamentais do outro lado do continente. Fato que nos ocupou mais tempo, mas que nos trouxe também mais experiência. E nesse jogo, a experiência é um grande aliado. O que fizemos para atingirmos o êxito que figura agora nos mais importantes meios de comunicação global? Ampliamos os benefícios dos membros do Comitê Popular em uma proporção que não há brechas para investimento em saúde, educação e segurança."

"Um dos nossos mais importantes feitos ocorreu no século XIV". - Expunha um dos últimos representantes - "Tratou-se de uma jogada de mestre. Contamos com ratos e pulgas para espalhar uma peste jamais esquecida. A disseminação tomou conta de algumas nações vizinhas... contou com a via marítima e alguns países do norte da África sentiram o reflexo dessa peste. Mas as fronteiras geográficas não foram suficientes para que ela parasse de prosseguir com sua contaminação. Com a pandemia instalada, contabilizamos mais de setenta milhões de mortos em algumas partes do mundo. Algumas nações perderam a metade da sua população. O feito foi avassalador." - Uma luz azul acendera anunciando a troca de representante.

"Para iniciar a lista que pontua a favor de minha nação, talvez seja interessante eleger uma pandemia, assim como o caro colega o fez, ao final de sua oratória. Não nos aprazia o final da I Grande Guerra. Esse período, de maneira extraordinária, conseguiu arrecadar riquezas globais, incluindo as oriundas daquelas nações que pouco tinham a oferecer... como o Congo que teve seu cobre sugado em prol da guerra." - Tomou fôlego, elevando o mais que pode seu tronco para dar continuidade à sua fala.

"Para que entendam melhor, a guerra apresentava resultados pouco compatíveis com nossos objetivos. O balanço de mortos, ao seu final, não foi o suficiente para que pudéssemos encerrar nossas planilhas com sucesso. Contudo, o Comitê Geral - um dos comitês mais conceituados do globo - se ocupou de incrementar o cenário pouco caótico à época. Eis que fabricantes de caixões ficaram afortunados do dia para a noite, milhões de caixões saltitavam diretamente para covas rasas... corolário da providência emergencial decretada pelo nosso C.G. Ah, senhores, devo acrescentar aqui que tal façanha jogou à cova, até mesmo, um chefe de Estado."... - Seguiram-se mais alguns pares de minutos com significativas ilustrações, na tentativa de convencer a comissão julgadora, e, então, era momento de passar a palavra. Deviam-se cumprir as normas do Edital.

Como previsto nas regras, o avaliador mais velho anunciou o intervalo. Todos abandonaram a sala e seus mobiliários do século XVIII. Eram peças, esculpidas à mão, que com sua encorpadura ostentavam à altura as eloquências proferidas naquele ambiente e que se manteriam ali por muito tempo.

Após a absorção de uma porção considerável de monóxido de carbono, emanada de seus cigarros e charutos, todos retornaram à suntuosa sala, encaminhando-se à audição das últimas exposições. Enquanto o avaliador experiente se acomodava na confortável poltrona ao lado do outro avaliador, o novato registrava o horário em ata.

Concluídas as falas introdutórias para a retomada do processo e decorridas três exposições, subiu ao púlpito o penúltimo candidato. Avaliadores e participantes esgotados.

"O que ouvi aqui, senhoras e senhores, deixa-me satisfeito e crente de que estamos todos rumo ao caminho certo. Aqui somos todos iguais. É claro, devo admitir, alguns mais iguais do que outros, mas todos imbuídos de um mesmo desejo, ter o privilégio de ser um membro do *Nationalkomitee*. E, assim, traçar o rumo das próximas décadas, para que nosso venerado comitê maior se mantenha no controle. Perante isso, é com orgulho que vos digo que o feito maior dos dirigentes de minha nação foi terem se apropriado de todos os seus feitos. Enquanto a população de suas nações se multiplicava miseravelmente; enquanto vocês alimentavam seus arsenais bélicos, enquanto faziam brotar a fome, enquanto punham seus mais renomados engenheiros a projetar o mais veloz dos transportes, enquanto se voltavam à exploração de outros planetas, desviaram os olhos do mundo do que estávamos a preparar." – Na plateia, pupilas dilataram, lábios foram serrados, sobrancelhas rígidas se ergueram.

O orador continuava – "Conseguimos paralisar todo o planeta, de norte a sul, do Ocidente ao Oriente. Com um surto invisível, trancafiamos toda a humanidade. Esvaziamos templos. Plantamos o silêncio nas mais agitadas das metrópoles. Colapsamos, não só a saúde, mas a economia. Ao fomentarem a política global que tornou o tempo e o espaço manipuláveis, vocês nos forneceram os recursos necessários para que mais uma pandemia assolasse a população mundial. O vírus alastrou-se pelo mundo a uma escala jamais registrada, porque vocês criaram as condições necessárias e nós, de maneira magnânima, gerenciamos a oportunidade a nós concebida. Sim, esta nova pandemia que está a assolar o mundo foi arquitetada por nós, mas patrocinada por todos vocês."

O orador postou-se em seu lugar para aguardar o momento de glória. Estava convicto de que sua atuação fora brilhante. Sem nuvem alguma, julgava que o conteúdo de sua performance resultaria na conquista do brasão.

Assumindo o púlpito, o último orador assumia o turno de fala.

"O que posso eu falar, senhoras e senhores, mediante a argumentos contornados por tão expressiva perspicácia? Os fatos que foram narrados pelo meu antecessor mostram o quão longe foi sua nação. Resta-me, portanto, como representante de meu povo, aceitar sua derrota." E certo de ter representado a nação fracassada, retirou-se do ambiente.

A breve delonga dos avaliadores encontrou razão apenas no ato de lavrar a ata. Não lhes restava dúvida. O resultado deveria ser divulgado, imediatamente, ao final daquela etapa, sem direito a recursos. Assim rezava o Edital.

O penúltimo representante, irrequieto e desolado, parabenizou o último candidato, que já se encontrava de posse do brasão.

Na ata, a justificativa: Uma nação que, imóvel, se aceita fracassada, pratica o pior dos males. Nem fome, guerra ou pandemia conseguem com ela competir.

Sala vazia.

Processo seletivo encerrado.

As esperas

Carlos Alberto Lobão Cunha

Ficava olhando fixamente para a porta. Em algum momento ela seria aberta. O ouvido ficava mais alerta quando eu desviava o olhar da porta. Até hoje não sei como não houve músculo ou osso trincado. O pescoço e os músculos do entorno tinham virado metal. Até o cérebro estava retesado!

Estava sentado em um banco almofadado e alongado. Olhava para a porta. Estava somente com sunga e esperava sentado no calcanhar esquerdo e com a perna direita alongada para frente. Tanto as pernas quanto os braços doíam. Muito. Uma leve mexida em qualquer lugar do corpo e as dores aumentavam. A porta continuava fechada. Talvez houvesse barulho lá fora.

O doutor gosta de conversar sobre velejar e barcos. A longínqua voz da atendente trouxe à lembrança o que me falou lá longe para puxar assunto. Ou para puxar o saco... "o doutor gosta..." Agora, devia estar falando alguma coisa com minha acompanhante. Foda-se do que gosta o doutor! Como se fosse conversar com ele naquela situação. A porta fechada.

Só havia a porta! Não! Havia mais coisa naquela saleta onde eu olhava a porta. Uma cama de clínica era acompanhada de vários aparelhos e inúmeros fios elétricos. Um horror! Tudo era um horror. Inclusive as palavras do doutor, que a atendente chamou de conversa. A porta foi aberta e o doutor entrou com alguns papéis nas mãos. Pode colocar a roupa! O exame acabou!

Não havia necessidade de repetir o exame em qualquer dos membros. O doutor disse que os resultados seriam confiáveis. Quaisquer que fossem eles! Tudo tinha dado certo! Sim, dado certo e custado longas e longas dezenas de minutos de choques elétricos nos meus braços e pernas. A designação do exame é longa e sequer lembro direito. Tenho a impressão que os choques voltariam se pronunciasse o nome do exame.

Algum tempo depois daquele exame, encontrei um amigo que esteve preso na ditadura empresarial-militar de 1964-85, e ele ficou visivelmente incomodado. Vai daí que combinamos de nos encontrar amiúde para que eu tentasse entender um pouco do que me seria relatado. Preso pela Operação Bandeirantes, foi barbaramente torturado por dias e dias - em especial com choques elétricos e colocado no pau de arara por tempos não mensuráveis.

Uma das coisas que mais havia chamado sua atenção era o fato de eu ter tido o olhar fixado na porta. O mesmo tinha acontecido com ele. Não havia nada que prenunciasse uma sessão de tortura! Logo, eles ficavam sempre esperando por ela. Na OBAN ele ficara em um xadrez de porta gradeada. A qualquer momento os torturadores poderiam entrar e levá-lo para mais uma sessão. Assim, a expectativa, a espera, fazia parte da própria tortura.

O mesmo se deu na delegacia há décadas especializada em torturas, o DOPS, onde as grandes portas de madeira maciça tinham um retângulo gradeado na altura dos olhos, para verem e serem vistos. Mais profundas que largas, as celas tinham beliches de alvenaria nas paredes laterais. A porta ficava no meio e havia um pequeno basculante próximo ao teto da alta cela. Havia cinco celas com paredes contíguas e, transversalmente, com pequenas celas solitárias, o "fundão".

Eram nas celas, no térreo, que começavam as torturas. E em todos ao mesmo tempo. Explico: alguns torturadores desciam ao começo do corredor e gritavam: "Fulano de Tal! Prepara pra subir!!" Era a tortura que viria para o Fulano de Tal e para todos, que sempre estavam na expectativa de serem chamados, e que se preparavam para, dali a algum tempo, receber e cuidar do companheiro que voltaria arrebentado.

A espera da tortura existia sempre, com maior ou menor intensidade. Em qualquer lugar do país, mesmo já cumprindo sentença nos presídios, os condenados poderiam voltar para as masmorras e serem novamente torturados. Meu amigo lembrava-se de um senhor de cabeça totalmente branca que esteve preso na ditadura do Estado Novo. O conselho era simples: lembre-se muito bem de quais declarações suas foram anotadas. No tempo do Getúlio, mesmo depois de anos, eles chamavam para conferir as declarações. A tortura é um processo longo!

"Que notícias me dão dos amigos?/ Que notícias me dão de você?/ Alvoroço em meu coração/ Amanhã ou depois de amanhã/..." Há mais de quarenta anos, Milton Nascimento e Ronaldo Bastos já chamavam atenção - os amigos, os amigos... E eis que uma amiga liga para um desabafo: estava no sofá, exausta depois de lavar as compras de supermercado. Ao final, tinha esfregado tanto com água e sabão um pacote de batata palha que devia tê-lo transformado em pacote de farofa. "E esses filhos da puta desses..."

Não havia mais a espera da porta se abrir. O inimigo já estava dentro de casa! Havia chegado pelos aeroportos. Em casa poderia ter vindo pelas entradas laterais, em qualquer embalagem de comida, pelo entregador de pizza, as próprias mãos que eventualmente foram mal lavadas. Os interruptores e tomadas, as maçanetas, o telefone fixo, os jornais recém chegados... todos podem não estar completamente limpos.

***

A cada dia o reino isolado da Moldânia fornecia, e fornece, informações tão inverossímeis e disparatadas que muitos duvidam de sua veracidade e até do próprio reino. Como os dezessete leais leitores do escritor Luis Fernando Veríssimo sabem perfeitamente, o reino existe sim. Alguns afirmam até que é um local que já foi designado Pindorama. Pode até ser que exista lá por trás das brumas. Os setores dirigentes do reino pensam e falam por pequenos impulsos. As ideias são fixas, curtas e violentas - não necessariamente nessa ordem. Há centenas de anos mantém o povo submetido às suas vontades. Os ventos sempre trazem notícias de lutas lá pelo reino.

Uma pandemia perigosíssima, e nunca vista, alcança agora o planeta todo. Em todos os lugares por onde passava, a pandemia matava aos milhares! Logo logo atingiu a Moldânia. Como esperado, a corte de lá fez uma sólida aliança... com o vírus!! Perceberam de pronto que havia chegado um grande aliado. A doença faria uma varrição geral nos pobres, nortistas e nordestinos, negros e pardos, torcedores dos times adversários, enfim, todos esses setores que eram discriminados havia tempo lá na Moldânia. A euforia foi tal que fizeram um, não tão longo, corso de carruagens para receber o vírus e lhe desejar vida longa e boa permanência. Só na Moldânia...

Ondas e ondas de desinformações tomaram conta do reino. Os sinais conduziam à corte. E o vírus se instalando! O grão-vizir da saúde e seus acólitos faziam questão de mostrar que não tinham sido pegos de surpresa. Eram bons falantes e ficaram explicando que o material hospitalar iria chegar logo, que estava sendo adquirido, mas era um processo lento. Havia uma burocracia enorme, que essas coisas para o público eram muito vagarosas etc. Mas pelo menos em uma coisa eles falavam a verdade: fiquem dentro de casa! Não saiam às ruas! As aglomerações favorecem a propagação do vírus!

A corte se aproveitou para executar um amplo e monstruoso plano de tortura. Isso é uma gripezinha! Temos que trabalhar, não podemos prejudicar a economia! E os empregos de vocês?! De tanto as crianças brincarem nos esgotos, o povo já está vacinado! Estão querendo levar o pânico a vocês! O grão-vizir da saúde vai ser exilado! Ohhh!! Agora não vai ser mais! Ohhh!! E a população ficava submetida a um enxame de informações conflitantes, e que só interessava ao sadismo da corte! Talvez nunca um deliberado processo de tortura tenha sido tão amplamente aplicado! A população não sabia mais o que esperar e em quem acreditar! Sem vagas e leitos, e sem material nos hospitais, morreriam como moscas!

***

Confinado, me preparei para assistir ao aparecimento da superlua rosada. Só consegui vê-la já no meio da noite. Saí de casa para ver na praça, mas sem ir muito longe. Estava belíssima! Voltava quando fui alcançado pela vizinha. Aí do seu terraço deve ser legal! Posso ir ver?! Guardamos uma distância aceitável. Entramos no corredor lateral. A vizinha estava com um vestido grená que ia alargando a partir do busto. Era geógrafa, pesquisadora e professora, e dava aulas exaustivamente. Certa vez, ao correr aqui perto de casa, deu um mau jeito no ombro e a socorri fazendo rápida massagem.

A lua exigiu uma taça de vinho para brindar o seu aparecimento. Foi o que fizemos. "Se você fizer aquela massagem que me aliviou, a qual distância ficam as nossas cabeças?!" Creio que a uns 80 centímetros, foi o que respondi. Ela preferiu semi deitar-se na mesa com as costas para cima. Explicou que trocasse o tipo de massagem, assim que colocou a testa sobre as mãos entrelaçadas. Entendi. Mesmo porque não havia qualquer peça sob o vestido grená. Não havia peça de roupa, e o espetáculo era inigualável!

Voltei correndo do banheiro, onde coloquei a devida proteção. Tensos e nervosos conseguimos aos poucos, engrenar o físico e as emoções. Nem tanto, em certo momento ela deu um ligeiro solavanco e falou: vai assim mesmo! Obedeci. Quando separamos os corpos, notei uma oncinha tatuada na panturrilha direita. Aos poucos fomos recompondo a respiração e as batidas dos corações. Agora éramos nós que merecíamos uma taça de vinho. O Milton Nascimento e o Caetano Veloso já disseram que "qualquer maneira de amor vale a pena/ qualquer maneira de amor valerá!!", foi o que falei. Ela sorriu, ficou um pouco em silêncio, e disse: conforme o Chico "amou daquela vez como se fosse a única... como se fosse a última!" e aí faz sentido o Milton e o Caetano. Era a mais pura verdade.

Sempre teremos a lua cheia, foi o que falou. Nos despedimos com tudo o que os olhares podem dizer quando o contato corporal já se expressou. Lá do canto da praça, apontou para a Lua e deu um aceno de adeus. Por essa noite eu não esperava.

Ao fechar o computador deu ainda para ver a notícia, com fotos, sobre um casal de pandas gigantes, em um zoológico de Hong Kong, que acasalou pela primeira vez, após dez anos de indiferença mútua no mesmo ambiente. Pandas, pela primeira vez após dez anos, em Hong Kong... isso deve querer dizer alguma coisa. Ou não?!

O operário

Ronaldo Bontempo

Trabalhe 12 horas por dia e terá uma casa igual a minha!

Disse-me o patrão.

E eu trabalhei.

Faça hora-extra todos os dias e um dia terá um carro como o que eu tenho!

Disse-me o patrão.

E eu fiz.

Trabalhe todos os fins de semana e um dia seus filhos poderão estudar nas melhores escolas como os meus estudam!

Disse-me o patrão.
E eu trabalhei.

Não faça greve e nem seja sindicalizado, pois são todos vagabundos e, assim, você poderá comprar roupas novas para sua esposa!
Disse-me o patrão.
E eu não fiz greve.

Diminua o horário de almoço e trabalhe mais e um dia poderá comprar calçados novos para seus filhos!
Disse-me o patrão.
E eu trabalhei mais.

E foi assim, anos após anos.
Envelheci sem perceber.
Calejei minhas mãos.
Mas o dinheiro nunca dava.
Quando pensava em desistir, trabalhava mais e mais.

Meu Patrão era sábio. Sabia o que falava.
Aparecia nos jornais, revistas.
Era o empresário do ano.

Meus filhos (um lindo casal) cresceram sem que eu notasse.
Minha esposa, que um dia fora muito linda, estava irreconhecível.
O rosto abatido, calado, irradiava tristeza.

A casa era a mesma de 30 anos atrás.

Um pequeno casebre, com paredes rachadas. No centro da sala, o mesmo sofá que ganhamos no dia do nosso casamento. Nosso retrato, amarelado e empoeirado, enfeitava a parede velha.

Envelheci rapidamente.

Já não conseguia trabalhar 12 horas por dia.

Já não conseguia fazer horas-extras.

Certo dia, assistindo ao jornal diário, escuto o apresentador falar algo sobre um novo vírus que estava matando muitas pessoas na Europa. Nas ruas, as pessoas diziam que era culpa dos "malditos" chineses, pois o novo vírus havia surgido em uma cidade chinesa, de nome engraçado e difícil. Eu não entendia nada de política, muito menos de vírus. Eu aceitava tudo que o apresentador do horário nobre dizia. Afinal, ele era "estudado".

Meus filhos até começaram a faculdade, mas tiveram que parar, pois o governador suspendeu todas as atividade educacionais, fechou lojas, fábricas, para evitar que mais pessoas se contaminassem. "Isso vai acabar com a economia, desempregar milhares de trabalhadores pais de família", dizia o meu patrão de forma raivosa, em uma reunião transmitida por um telão. Engraçado, era a primeira vez que eu via meu patrão por uma tela de televisão gigante.

Minha menina perdeu o estágio e foi ajudar a mãe como diarista, isto é, nas poucas diárias que ainda conseguia.

Meu menino foi trabalhar comigo como ajudante de servente.

Um dia, de repente, o fiscal da obra me chama em sua sala para uma conversa. Ele usava uma máscara, dizia que era para se proteger do vírus.

"João - engraçado, era a primeira vez que ele me chamava pelo nome- são novos tempos. E você sabe, novos tempos exigem novas mãos." Não conseguia entender. O que havia de errado com minhas mãos calejadas? Calejadas de tantos prédios que ergui para ele!

Ele continuou...

"João - segunda vez que ele me chamava pelo nome e cada vez doía um pouco - agradecemos tudo que você fez por nossa empresa e seremos eternamente gratos pelo seu trabalho. Mas não temos mais espaço para você, aqui. Precisamos de pessoas dedicadas, que se doam pela empresa. Infelizmente, você tem mais de 60 anos, já não tem mais tanta saúde, não podemos correr o risco do senhor se contaminar com esse novo vírus e sua família acabar processando nossa empresa."

Retruquei, argumentei que doei minha vida ao trabalho. Abri mão do convívio com minha esposa e meus filhos. Meus cabelos embranqueceram, perdi anos em dias.

Nada adiantou.

Fui apenas estatística em um Brasil desempregado.

Saí da sala com o peso do mundo em minhas costas.

Cabeça baixa, olhos semicerrados inundados por lágrimas, minha boca soltava um grito silencioso.

Caminhei, sem perceber, em direção ao canteiro de obras.

Olhos curiosos me buscavam.

Olhos amigos me consolavam.

Companheiros de labuta falavam sem parar. Eu não conseguia compreender. Minha mente estava turva, mas sabia que eram palavras de conforto.

Parei em frente ao lugar da sesta. Onde descansávamos depois do almoço requentado, em um fogãozinho improvisado.

Sacos de cimentos serviam de travesseiro.

Tijolos eram a minha cadeira.

As paredes o meu encosto.

Caminhei para casa como um zumbi.

As ruas vazias como nunca, pareciam intermináveis.

Parei a uma quadra da minha casa. Minhas pernas tremeram.

Após anos como mantenedor da família, não sabia lidar com a situação.

Estava envergonhado. O que pensariam minha esposa, meus filhos?

Ergui a cabeça e continuei a caminhada. Minha esposa estava à porta como se já imaginasse.

Estava linda como há 30 anos atrás, foi então que percebi os dias perdidos. Eu estava sempre ocupado, trabalhando e trabalhando.

O tempo passou, eu e minha esposa envelhecemos, meus filhos cresceram e eu nem percebi.

Como a adivinhar meu desespero, minha esposa abre os braços e me acolhe num longo abraço.

Chorei como nunca chorei em minha vida. Eu soluçava sem parar. Eu deveria estar parecendo um louco para ela, mas ela continuava em silêncio.

Com um gesto de sua mão em meu queixo, minha amada esposa ergue meu rosto e diz:

"Vai dar tudo certo, meu velho, somos uma família, eu, você e as crianças".

Ocupação em Quarentena

Estevan Palma

"Ei, senhora! Não saia para rua! Fique no seu lar."

Disse o policial, no momento em que eu me dirigia para fora da ocupação que moro na avenida São João. Há muito tempo vivo por aqui e pela primeira vez alguém chamou esse lugar de "lar". Me surpreende ainda mais a palavra ter saído da boca de quem costuma vir nos expulsar.

Então entendi que algo sério estava acontecendo. O mundo passou a girar ao contrário.

Era Páscoa, iria comprar um saco de feijão, mas depois do aviso do policial dei meia volta e pedi que minha filha fosse por mim. Meus netos não são muito chegados a doce. Um tempo atrás a coisa ficou realmente feia e os pequenos tiveram que vender doces no farol. Dias amargos. Desde então passaram a preferir arroz com feijão.

Somos em cinco. Eu, minha filha, meus dois netos e uma neta já moça, esta muito bonita e inteligente. Passou na universidade pública e fazia estágio. Foi dispensada na última semana, das aulas e do emprego. Por ser obrigada a lidar com a dor muito cedo, não era de demonstrar emoções, mas eu a vi chorando nos últimos dias, entre uma tentativa ou outra de ler um livro. Não se encontra tranquilidade dividindo um espaço de dois cômodos e um banheiro. Chora breve. Deve pensar de que em nada adiantam as lágrimas. Apesar de nova é respeitada na ocupação. Informada, orientou a todos os moradores que ficassem isolados e explicou toda situação da pandemia. O discurso é aceito, mas impossível de ser praticado com a realidade das famílias que aqui se aglomeram em poucos espaços.

Somos habituados a outro tipo de isolamento. Estamos no centro, porém indesejados nesta localização, hoje de ruas vazias, sem "boa gente" desfilando por aqui. Gente com medos distintos. Eles temem o investimento que derrete e nós de acordar sem saber se vamos almoçar.

Agora este isolamento nos une em parte. O desejo de sair para fora é primitivo, instintivo, animal. Infelizmente a sociedade tem nos entregado mais à animalidade.

Na televisão o governante fala e me lembra Seu Jaime, o único guarda de Tremedal (cidade pacata do interior da Bahia, em que nasci), adorava passear pelas ruas exibindo sua arma enquanto comia pamonha. Certo dia foi avisado que o mercadinho da cidade estava sendo roubado, ignorou o alerta, achou que era brincadeira, quando se deparou com os assaltantes fugindo não soube usar a arma e atirou no próprio pé. O mercadinho fechou e descobrimos que Seu Jaime era uma farsa. Ficou sem emprego e sem pamonha.

Eis um governo com a cara de Seu Jaime, que esqueceu para que serve ou realmente não sabe.

Os dias passam e chega a notícia: Um dos moradores da ocupação foi infectado. Não qualquer um, era Ana, do primeiro andar, minha amiga.

Um desespero toma conta de todos.

A preocupação aqui não é só pelos idosos e grávidas. Por conta das paredes mofadas do prédio muitos desenvolveram problemas respiratórios.

Antes da notícia nosso reservatório de água durava até sexta. Ainda é quarta e ela já acabou. Reabastecimento só no sábado.

A culpa me invadiu. Minha proximidade com Ana colocou em risco não somente a mim, mas minha filha, minha neta e netos. Eles veem que estou triste, o consolo não é possível, não quero que ninguém chegue perto de mim. Não sei se estou, não sei se transmiti, não sei se minha amiga sobreviverá. Sou refém do imprevisível.

Agarro com força meu terço. Um conforto. Neste momento a fé, minha vacina.

Permaneço por dias no canto do cômodo, perto da janela. Na janela crescem minhas mudas de coração-magoado.

As plantas não correm perigo, posso me aproximar. Elas não se importam se o mundo hoje está em pânico, se a economia vai bem, se as prioridades da sociedade vão mudar ou se os prejuízos disso tudo serão transferidos aos mais vulneráveis. Elas apenas continuam seguindo seu ciclo desde o início dos tempos, com suas variadas formas, cores e tons, trazendo beleza e esperança ao mundo dos homens.

Entre as folhas de coração-magoado vejo o vulto de alguém conhecido. É Ana. Voltando com vida, para ela e para mim.

Naquele momento foi como se tudo estivesse consumado, a doença foi vencida, nossa dor esquecida, a ocupação se alegrava e aplaudia. Reparo que ali, do outro lado da rua, também se alegrava, discreto, o policial.

Vírus

Renata Ferri

Luciana nunca soube como foi infectada, afinal, seguiu à risca orientações de ficar dentro de casa, não sair para nada. Mas eu, narradora, deusa onisciente, sei. A vizinha do andar de cima, com preguiça de buscar uma tesourinha, roeu grandes lascas de unhas e depois as cuspiu do parapeito da varanda. Algumas das unhas caíram na varanda que ficava logo abaixo, sendo que um pedaço bem pequenininho, quase tão invisível quanto o vírus, foi parar dentro da xícara de café com leite de Luciana. A vizinha, por sua vez, se infectou em uma festa de casamento, onde dias antes dançou, suou, apareceu em fotos desfigurada pela alegria breve da embriaguez. Tirou os sapatos para se livrar do incômodo dos saltos altos e acabou cortando os pés em um caco de vidro que há pouco pertencera ao copo no qual a boca de um amigo do noivo tocou. Ele tinha vindo de longe especialmente para a celebração. Dias antes, este amigo, para tirar um cochilo, tinha encostado o rosto no vidro da janela do metrô pouco depois da mesma superfície ter recebido também o rosto sonolento de um idoso, que voltava para casa sozinho depois de ir ao centro da cidade, pois só lá havia uma loja de carimbos. O idoso se infectou quando permitiu que sua netinha de dois anos passasse nos lábios dele, o mesmo batom que havia percorrido o seu próprio rosto pequenino e o de todas as bonecas. Ele nunca tinha sequer segurado um brinquedo quando os filhos eram crianças, mas agora aquilo parecia muito aceitável e divertido. A menina coçou o olho depois de enfiar as mãos dentro da bolsa da irmã adolescente, querendo encontrar balas. Dentro da bolsa havia um lenço de papel embolado onde a mais velha havia assoado o nariz e que, sem ver lixeiras por perto, guardou. A adolescente de 15 anos tinha passado o recreio trancada na sala reservada aos funcionários da escola a sós com o professor de matemática. Lá eles se beijaram e ele insistiu em acariciar o umbigo dela, algo de que a aluna não sabia muito bem se estava gostando ou não. O professor, que era casado com uma enfermeira, tinha enfiado a mão na máquina de lavar roupa para colocar a camisa que estava com cheiro do perfume de outra mulher, mas, ao fazer isso, encostou no uniforme que a esposa tinha usado no hospital e já estava lá dentro para lavar. Logo depois ele passou o dedo no conteúdo de uma lata aberta de doce de leite que estava na geladeira e levou à boca. A enfermeira sempre usava todo o equipamento necessário para que o contágio pelos pacientes infectados não acontecesse, e realmente ela não chegou a contrair o vírus no hospital, apenas seu uniforme teve contato com gotículas de sangue e muco que estavam na superfície metálica lateral do leito que um paciente com tosse aguda havia ocupado e no qual ela se encostou ao examiná-lo. A enfermeira, no entanto, depois pegou o vírus do marido, por causa das escovas de dentes que ficavam lado a lado no banheiro. O doente da tosse aguda tinha ido à praia sentar-se debaixo do píer para fumar um cigarro de maconha enquanto olhava o mar. Apareceu uma garota bonita de cabelos muito compridos a quem ele ofereceu um trago. Ela fumou, devolveu o baseado, agradeceu e foi embora. Era uma mochileira que não tinha casa, vivia viajando pelo mundo levando nas costas seus poucos pertences. Ela tinha passado as últimas semanas hospedada na casa de uma outra garota, que ofereceu, pela internet, a sua cama por um preço simbólico enquanto estaria, por sua vez, viajando também. Nenhuma das duas pareceu se importar com o fato de que os lençóis não tinham sido trocados há meses. A dona dos lençóis sujos tinha beijado na boca do DJ em uma festa de música eletrônica. Ele se apresentou naquela noite com seu novo sucesso, uma composição psicodélica que falava de viagens astrais a outros planetas. Pouco antes de voltar à ativa trabalhando com música, o DJ tinha passado uma temporada em uma clínica de reabilitação para tratar alcoolismo e vício em drogas. Lá também funcionava um asilo psiquiátrico e o DJ desenvolveu amizade próxima com um senhor que já estava internado há mais de uma década. Certa vez eles dividiram uma toalha de rosto, mesmo sendo recomendado pela administração que cada um que estava em tratamento deveria ter a sua própria. O senhor não era muito velho, apesar dos cabelos brancos. Seus familiares o enviaram para lá quando não aguentavam mais ouvi-lo falar sobre o fato de que todas as noites os seres perfurados vinham buscá-lo.

Silêncio de morte

Adenildo Lima

Em tempos difíceis o ser se fecha em si, aprisiona-se como se fosse um casulo em sua autodefesa, pensou Lavínia diante do caos que assusta o mundo. E em poucos dias as ruas perderam a voz, o tom e o sentido de sentir os pés no chão diante de corpos que se distanciam, afastam-se com olhares entrecortados, como se o outro fosse o seu maior inimigo.

Mas o inimigo é invisível e dificulta a defesa, o abate, levando milhares de corpos aos túmulos.

Lavínia só não esperava que seria tirado o direito inalienável, o das pessoas poderem enterrar seus mortos, o de poder se despedir de um ente querido. Não, isso ela não esperava que em pleno século 21 fosse preciso se fechar em casa, ausentar-se ainda mais do outro refletido em seu olhar; enquanto isso Lila não conseguia se conformar com a ausência de sua avó.

Mãe, onde está vovó?, perguntava ela entre lágrimas. Ao ouvir, aquela mãe sentia um nó na garganta, tentava falar, falar, e a voz não saía, pois dona Ismália já não se encontrava mais entre os vivos feito mortos taciturnos naquele silêncio fúnebre, levando a casa também a perder o sentido de vida, porque em cada parede estava refletido o sentimento de solidão, de um vazio em busca de preencher a cama forrada com um corpo não mais existente.

E o pior, pensava Lavínia, ao refletir a morte de sua mãe, ela não teve velório e o sepultamento durou apenas dez minutos, e sem poder ultrapassar a quantidade de dez pessoas ali presentes, dentre amigos e familiares. Por outro lado, a dor aumentava ainda mais, pois ela não conseguia falar para a filha que a vovó Ismália tinha morrido, vítima da pandemia que atinge o mundo em toda esfera.

Já em casa, ao viver sua quarentena, não podia mais ligar o aparelho de televisão, porque o verme que foi escolhido para governar o Brasil, como presidente, a cada fala, a cada atitude tomada, era de incentivo para que as pessoas saíssem às ruas e fossem contaminadas com o vírus da morte, com o objetivo que os idosos morressem para não lhes pagar mais benefícios ou aposentadorias e, assim, o dinheiro ficasse para arcar os bancos e empresários; e que morressem principalmente os pobres, pensava ele, ao incentivar o avanço da pandemia, levando até um ícone da música universal a cuspir, quando pronunciou seu nome, ao cantar um hino versificado num tom harmônico pelo direito de viver em paz.

Por outro lado, Lila, ainda em sua inocência, não conseguia entender todo esse caos, mas queria saber o que tinha acontecido com sua avó, por que ela não estava mais em casa?, questionava, e sua mãe procurava meios para falar, porém lhe faltavam forças, por estar abatida, sentindo-se impotente diante de todo o caos instalado no mundo e visível no olhar e no andar de cada pessoa.

Principalmente no olhar das pessoas mais pobres que, vítimas do descaso social, agora viam seus empregos, isto é, quem tinha, serem retirados, tirando assim o alimento de crianças, jovens e adultos em seus lares desprovidos de bem-estar para habitar uma família, refletia Lavínia. Sentimentos esses que ultrapassavam as paredes e janelas vazias de sua casa, como se fossem de encontro ao outro para levar um acalento, um sorriso interfaceado na poesia do existir de cada um.

E assim os dias foram passando sem saber quando chegariam ao fim: a leitura de um livro, um filme, um telefonema de uma pessoa próxima, dentre as demais rotinas construídas no decorrer cotidiano.

Já Lila, à busca de uma resposta que pudesse levá-la ao conhecimento do que tinha acontecido com dona Ismália, saiu rua afora em pleno anoitecer, enquanto Lavínia adormeceu no sofá. E cada passo dado no chão de concreto era como se fosse um alerta para acordar as almas taciturnas, em pleno silêncio acasaladas em suas casas, para responder à sua pergunta.

Mas só as luzes da rua lhe perceberam, formando um contraste de cores onde o verde e o branco fundiram-se, deixando assim um tom de esperança visto pelos orifícios noturnos das janelas que espiavam as ruas, feito bailarina a olho nu de quem estivesse ali diante da imagem da menina Lila, na expectativa que tudo voltasse à normalidade e, assim, os corpos metamorfoseados das pessoas pudessem se abraçar, se olhar sem o receio da morte.

E mesmo sem Lila saber, a rua ganhou um tom de vida com sua presença refletida nas cores, como se dona Ismália estivesse viva ali diante de seus olhos. O que levou Lavínia a abrir um sorriso repleto de esperanças vindouras, ao vê-la, porque a vida, pensou ela, não pode ser apenas um detalhe.

A Quaresma de Epaminondas Reis

Juan Blanco Prada

Dia 1

Essa noite não choveu. Dormi melhor na areia da praia do que no concreto debaixo da marquise do banco. Passei na padaria e ganhei um café. Achei os restos de um lanche. Hambúrguer. Comi o resto de pão, alface e tomate. O pedacinho de carne dei pro Tom Cruz.

Dia 2

Tá chovendo. Faz dois dias. Eu aqui, debaixo da marquise do banco, e Tom Cruz comigo. Pouca gente no banco. Deve ser a chuva.

Dia 3

Entrou uma pessoa de máscara no banco e o guarda nem deu bola. Uma senhora falou que não ia mais sair de casa até passar o vírus das coroas. Quis perguntar pra senhora que vírus era esse, mas fiquei invisível. A senhora passou reto, sem me ver nem ouvir.

Dia 4

Esse negócio de ficar invisível me deixa doido. Só funciona quando eu não quero. Aproveitando que estava invisível tentei entrar no banco pra pegar um cafezinho. Claro que fiquei visível de novo. O guarda me enxotou.

Dia 5

Passou um carro de som falando que é pra todo mundo ficar em casa e não sair de jeito nenhum por causa do vírus das coroas. Logo hoje que parou de chover. Vou ter que ficar aqui, debaixo da marquise.

Dia 6

O pessoal do banco tá todo de máscara, e alguns clientes também. Será que é um jeito novo de prevenir assalto? O ladrão entra no banco e vai achar que tem muito bandido na fila?

Dia 7

O Tom Cruz trouxe uma sacola com uma marmita quase inteira e enquanto a gente comia eu perguntei pra ele o que ele achava. Ele não respondeu. Ele nunca responde, mas sempre me escuta e me vê. Até quando estou invisível.

Dia 8

Faz dois dias que não se acham bitucas na rua. Tô a dois dias sem fumar.

Dia 9

Acordei invisível, mas com sorte: tinha um resto de café num descartável. Engasguei no café. Tossi, e de repente tava visível de novo. E TODO MUNDO olhando pra mim.

Dia 10

Acordei e pensei que tava morto. Tinham colocado aquela fita de polícia fechando o meu canto da marquise e aí pensei, eita, será que mataram eu? Cadê o Tom Cruz?

Dia 11

Tom Cruz voltou e trouxe um cara fantasiado de astronauta com ele. Deve ser o fim do carnaval, porque o astronauta falou que ia trazer comida pra mim e pro Tom Cruz todo dia, mas que a gente tinha que ficar do lado de cá da fita até acabar a quaresma. Falei que se ele também trouxesse café, eu ficava até o natal , ou pelo menos até parar de chover, que vai ser é nunca.

Dia 12

Taí, eu pensei que o astronauta não ia voltar depois do carnaval, por causa da quaresma. Mas ele veio todo dia. Duas vezes. Trouxe comida.

Dia 13

O banco só abre duas horas por dia. Mesmo assim quase nunca tem ninguém. Acho que deve ser porque mandaram todo mundo usar máscara, mas acabaram as máscaras porque o astronauta tinha me dito que ia trazer máscara pra mim mas tava em falta.

Dia 14

A quaresma agora é diferente. É como o carnaval: tem que usar máscara e fantasia de astronauta.

Dia 15

Hoje veio uma moça astronauta trazer minha comida. Falou que o Reginaldo tava em isolamento porque pegou a coroa do vírus. Eu nem sabia que o nome do primeiro astronauta era Reginaldo. Fiquei triste porque eu gostava do Reginaldo. Mas fiquei contente porque agora ela tem que ficar trancado em casa com a tal da coroa que ele pegou. Sempre gostei de ver as pessoas se querendo bem.

Dia 16

A moça astronauta perguntou meu nome. Só aí que eu reparei que faz muito tempo que o único nome que tem serventia pra mim é Tom Cruz. Além de invisível, fiquei sem nome e as pessoas ficaram sem nome pra mim. Eu ia explicar isso pra moça, mas achei melhor não. Então escolhi um nome que tinha visto numa novela daquelas que conta uma história de tempos antigos e que achei bonito e pomposo: Epaminondas Reis.

Dia 17

Agora que tenho nome de novo, achei que era importante saber outros nomes também. Comecei pela astronauta: Iolanda. O guarda não quis falar, então batizei ele de Termineitor.

Dia 18

O Tom Cruz não gosta do Termineitor. Perguntei pra Iolanda se no filme o Tom Cruz tinha treta com o Termineitor, porque eu não lembro, mas ela disse que o Tom Cruz não aparecia no Termineitor. A treta deles deve ser de outro filme.

Dia 19

A Iolanda falou que ainda não saiu o resultado do meu teste pra saber se eu tava com alguma coroa. Eu falei pra ela que não tinha ficado com coroa nenhuma, nem no carnaval nem antes, que aliás fazia muito tempo que eu só tinha o carinho do Tom Cruz mesmo. Mas ela disse que eu tinha que ficar aqui de qualquer jeito pra completar a quaresma.

Dia 20

Fiquei com vergonha de perguntar pra Iolanda se podia pegar o vírus por causa de punheta. Porque, tem isso, né. Na solidão eu pensava bastante numa coroa sim, que eu via todo dia porque trabalha aqui no banco. Mas faz tempo que ela não vem.

Dia 21

A Iolanda falou que não vai poder vir mais, porque agora tem muita gente doente por causa do vírus das coroas e ela não tá dando conta. Falou pra eu ficar aqui na marquise.

Dia 22

Agora que a Iolanda foi embora estou ficando invisível e sem nome de novo. Se pelo menos ficando invisível não fosse passar fome.

Dia 23

Hoje passei por debaixo da fita da quaresma e dei uma saidinha. Fui procurar comida mas o comércio tava todo fechado e os lixos vazios.Tive que tentar um prédio de moradia. Lixo de prédio sempre tem comida, mas os porteiros gritam comigo. Mas a quaresma me deixou mais invisível, porque o porteiro do prédio olhou pra mim e não se importou. Uma marmita, um pedaço de pizza, uma fruta quase boa.

Dia 24

Dei pra pensar mais na coroa do banco. Preciso achar um nome pra ela porque desde que veio a quaresma eu estou cismando com nomes. Eulália. Ela tem quadril de Eulália.

Dia 25

Tinha uma mulher ajoelhada na frente do banco gritando pra Deus expulsar as coroas do Brasil e que o lugar de coroa é com Satanás. Estranhei, porque ela era bem coroa.

Dia 26

Tinha uma fogueira enorme na praia e quando fui ver tinha vários astronautas jogando gente na fogueira.

Dia 27

Tinha um caminhão de mudança no prédio onde eu vou almoçar.

Tinha astronautas trazendo uma pessoa morta pra dentro do caminhão.

Tinha muita gente morta dentro do caminhão.

Fui chegar perto e um astronauta gritou: "Se afaste, Epaminondas. São os mortos da coroa." Era a voz da Iolanda.

Dia 30

Tinha um cara pelado na praça da matriz pedindo pra pessoas abraçarem ele.

Dia 32

Tinha uma família dormindo na marquise do banco. No meu lado. Peguei a fita de quaresma e fui com o Tom Cruz pro outro lado.

Dia 35

Segurei a Eulália por aquele quadril dela, me empurrei pra dentro e perdi a noção de quem era eu e quem era ela. Acordei com febre e a Eulália não estava lá.

Dia 37

Devo continuar com febre porque a noite passada sonhei com a Eulália outra vez. Ela sentada embaixo da marquise e eu com a cabeça no colo dela. Ela me beijou a testa e eu acordei com o Tom Cruz me lambendo.

Dia 38

Outra noite sonhando com a Eulália. Ela deitada por cima de mim. Pesada, porque não consigo respirar.

Dia 39

Então a minha coroa é a Eulália? Eu peguei ela ou ela me pegou?

Dia 40

Deve estar chovendo ainda, tanta água no meu peito, não consigo respirar. Vou me afogar com a Eulália. Espero que o Tom Cruz fique bem.

PARASITISMO – ENSAIO DE UMA PÓS-FICÇÃO

Ana Elísia da Costa

A epidemia do coronavírus eclodiu no norte da China no final de 2019. Na vizinha Coreia do Sul, no mesmo período, o diretor de cinema Bong Joon-ho comemorava a premiação do seu filme Parasita. A microbiologia e a arte, naquele momento, tramavam estranhos paralelos. Quando a pandemia foi decretada, o fascínio de Joon-ho pelo tema o levou a deslocar os seus personagens do Parasita, com seu trágico final, para o dilema das condições desiguais de enfrentamento da crise - como ela seria vivenciada por aqueles personagens na Coreia do Sul? Como eles se comportariam em suas casas? E assim escreveu:

20 de janeiro de 2020

Sr. Park toma seu café na bancada da cozinha, iluminada pela luz do sol. Dali, ele vê a sala e, através da sua grande janela, o pátio. Pelo smartphone, toma conhecimento do primeiro registro do coronavírus na Coreia do Sul e nos Estados Unidos, ambos no mesmo dia! A mensagem também chega ao smartphone da filha dos Kim que, sentada no vaso sanitário do banheiro do seu apartamento, rouba sinais de conexão com a internet do vizinho. Democraticamente, a informação chega aos dois que reagem com certa indiferença: ele, por acreditar na imunidade do poder financeiro; ela, pela certeza daquilo ser só mais um de muitos riscos na sua vida. Ele toma um gole da xícara de café e embarca no carro com motorista que o espera. Ela desenrola o papel higiênico, se limpa, dá descarga e não lava as mãos.

25 de janeiro de 2020

Sr. e Sra. Kim embarcam no metrô que cheira limpeza, mais uma das medidas do governo de combate ao vírus, contrastando com o odor que exala de seus corpos e roupas. A testagem negativa de ambos, feita ali na mesma estação, não exala, é inodora e silenciosa.

No outro extremo da cidade, Sra. Park pinga duas gotas de Chanel no pulso. Após contratar um pacote de viagem para recuperar o ânimo do marido e, talvez, o sentido do casamento, ordena o jantar à governanta e embarca no carro com os filhos para fazer uma testagem rápida num dos muitos postos móveis da cidade. Com resultados negativados, todos seguem aliviados. Caso contrário, o aplicativo governamental corona-app imporia o constrangimento da notificação do contágio a parentes e, ainda, da intimação dos mesmos a também testar.

02 de março de 2020

Enquanto faz compras on-line, Sra. Park recebe mensagem informando que o epicentro do vírus no país está entre fiéis da Igreja de Jesus Shincheonji. Seus olhos lacrimejam - é a igreja de sua governanta. Atônita, procura os filhos pela casa com um ilusório sentimento de imunizá-los com a sua presença. Com as aulas suspensas, os filhos estão, provavelmente, reclusos no microcosmo de seus quartos - a filha adolescente, em conflitos existenciais; o filho, numa espécie de autismo; ambos, ignorados pelo rígido sistema educacional coreano que molda indivíduos competentes e infelizes.O fato da possível contaminação da governanta deve ser, a qualquer custo, omitido do marido que se isola no confortável escritório da casa, de onde controla remotamente empregados da sua empresa de informática. Com nervos à flor da pele, ele estuda os impactos da crise sobre as metas de crescimento da empresa e alternativas para fazer da crise uma oportunidade. Vislumbra desenvolver um software de vigilância digital, já que esta é uma das estratégias do governo para o controle epidêmico.

Sorrateiramente, Sra. Park atravessa o corredor que comunica com porta do escritório, desce a escada e encontra a governanta na cozinha. Mantendo a distância e um certo olhar de pavor, dispensa seus serviços. A governanta implora por uma quarentena remunerada, por um retorno, mas em vão. Servil e resignada, curva-se e sai. Sra. Park paramenta-se com luvas e máscaras e higieniza tudo com álcool gel. A casa parece pequena para comportar o seu medo. Naquela noite, sem jantar, iriam chamar uma pizza pelo Uber Eats.

Sem luvas e máscaras, os filhos da família Kim trabalham em casa num serviço temporário, dobrando embalagens para pizza, a mesma que irá ser servida mais tarde na casa dos Park. Apinham-se na pequena sala do "banjiha", apartamento semienterrado típico da periferia de Seul, iluminada pela janela que se abre no nível da rua. Escuta-se um k-pop em alto volume, vindo do apartamento vizinho. Com pouca ventilação e entulhado de pertences, o apartamento cheira roupas guardadas-mofo-sujeira, com tons aromáticos de comida e suor.

Sem testagem, à noite, os filhos Kim interagem com amigos do bairro, excitados por um exercício simbólico de desobediência civil. O governo não proibiu propriamente as pessoas saudáveis de saírem durante a epidemia, nem ordenou que o comércio fosse fechado, mas eles sentem uma vigilância social em curso, um constrangimento coletivo. Eles saem às ruas mascarados, menos para ocultar uma identidade e mais para corresponder ao que os sul-coreanos fazem cotidianamente. Sabem que a máscara não impedirá de serem descobertos pela vídeo-vigilância do governo ou pelo rastreio do cartão de crédito e celular. Sentado na calçada em frente a uma pizzaria, o filho dos Kim recebe mais um alarme do "corona-app" que notifica casos de vizinhos contaminados. Desta vez, é delatado um senhor que insistentemente fuma e urina junto à janela da sua sala. Endurecido, deseja-lhe a morte, mas, ao mesmo tempo, teme ser o próximo a perder liberdade e privacidade.

Dia 11 de março de 2020

Os Park e os Kim recebem a notícia que a OMS decretou o coronavírus como pandemia. Pronunciamentos do presidente, com máscara de nanofiltros, são feitos com mais frequência. Sra. Park já enfrenta jornadas domésticas sem serviçais. Sem habilidades para cozinhar, é criticada pela família e se cobre de culpas. O isolamento do marido é social, doméstico e conjugal. Não partilha as atividades de casa e, na partilha de corpos, deixa a desejar. Ela, carente, tem desejos obscenos, impensáveis, impronunciáveis, para uma senhora recatada. Ele deambula pela casa. Sua cabeça está nos dados de provedores de internet e de telefonia móvel que alimentarão o seu aplicativo de vigilância. Através do teletrabalho, finge-se de vivo e sublima desejos. O único desejo verdadeiro remete-o ao seu amante, um menino de 20 anos agora prisioneiro da periferia sob o sombrio medo de contaminação. A distância entre o casal e a habitual frieza na relação com os filhos alarga ainda mais a metragem quadrada dos espaços que ela limpa diariamente. Sente saudades da governanta que, segundo o "corona-app", morreu em decorrência do vírus. Percebe que não sabia nada sobre a família da governanta, se tinha marido e filhos. A casa cheira mal, por mais que a limpe. Algum animal morto?

A família Kim, em quarentena depois da testagem positiva da filha, vive dias de pânico. Tosse e calafrios definem o ritmo da casa, envolto no medo de agravamento do quadro. Na sala, os corpos desobedecem a distanciamentos sanitaristas. Dois metros, ali, é luxo. Não há espaço para estabelecer quaisquer protocolos, de entrada-saída da casa, de isolamento de corpos contaminados; não há espaço para respirar e, tão pouco, nariz para cheirar; não há espaço para caber tamanho medo da morte; mas, contraditoriamente, cabe ali alguma cumplicidade afetiva. Resignados, sabem que, provavelmente, todos vão se contaminar. Na urgência do agora, contudo, o único contágio certeiro é o da fome! Sem receberem doações de cestas, o esvaziamento da geladeira leva o filho dos Kim, mais uma vez, à rua. Desta vez, ele não é movido pelo desejo rebelde de desobediência civil, mas pela necessidade primitiva de sobrevivência. Vai buscar trabalho, esmolar, o que for...

Ele atravessa o pobre gueto Ahyeon-dong, onde vivem, correndo. Tem urgência. Atravessa áridas pontes, viadutos, escadarias, avenidas. Como sempre, ninguém no caminho. No distrito de

Seongbuk-dong, onde ricos se isolam e talvez ofereçam alguma oportunidade, encontra poucas pessoas na rua. O "corona-app" alerta para edifícios em que há registro de infectados. O vírus contamina ali também e ele afasta-se. Teme, em breve, ser detectado pela vigilância virtual. Algo nas ruas mudou, seja no pobre Ahyeon-dong, seja no rico Seongbuk-dong. É como se o espaço árido que atravessou correndo estivesse contaminando, aos poucos, os espaços adjacentes. Ofegante, chora!

Há nuvens no céu. Se chover, a casa dos Kim poderá sofrer alagamento, como já ocorreu outras vezes. Ele clama por algo próximo a Deus e, ao mesmo tempo, num impulso profundo, deseja a própria morte, a morte do mundo, um apocalipse, um fim.

27 de março de 2020

Depois do controle relativo da epidemia, Sr. e Sra. Park entram com pedido de separação. O isolamento desvelava o que o cotidiano encobria. Enterram um casamento. A família Kim também enterra um amor, a filha que, num caixão lacrado, desapareceu deste mundo sem velório, padecendo ao que ela mesma subestimou no dia 20 de janeiro. A morte se naturaliza entre todos, exigindo cuidados dos vivos ou dos restos-dos-vivos. Nessa urgência, perde-se a percepção do real inimigo, se o "vírus", se o "eu", se o "outro". O "outro", por certo, não lhes é a salvação. Isolados e vigiados, cada um busca garantir sua própria sobrevivência, sem desejos de ressignificar o vivido, sem desejos de outras formas de viver e habitar.

******

O "corona-app" notifica - "Estuda-se a possibilidade de retomar o isolamento, pois novos casos de contaminação e morte são registrados". A mensagem é emitida já com o temor de lidar com a resistência da população para se isolar novamente. A primavera chegou e as flores estão desabrochando.

OLOR

Cesar Wolf

Duas semanas de quarentena, mas com gosto de mil anos. A princípio eu me achava imune aos seus efeitos, mas agora os meus nervos já estão dando sinais de desgaste, na forma de um estranho sonho recorrente, sempre igual, até nos detalhes, que tenho tido durante os últimos cinco dias. Algo em mim parece que deseja me dizer algo, mas não sei o quê. Sem saber direito o que pensar sobre este mundo real e aquele dos sonhos, agora igualados pelo absurdo, aqui me calo, limitando-me a registrar o que tenho sonhado, da melhor forma que me foi possível.

O sonho:

Sem que ninguém se desse conta de como ou por qual motivo, e sem que fosse possível precisar o dia e a hora em que ele veio, o fato é que um cheiro se espraiou pelo mundo como uma nuvem de náusea tomando cada pequeno canto da Terra. E ele chegou firme como se, dotado de vontade própria, viesse decidido a não permitir que houvesse algum lugar sob o céu que servisse de refúgio para os miseráveis narizes agredidos pela sua manifestação pestilenta e onipresente.

Era um cheiro forte de enxofre ou coisa pior, um cheiro sólido de alguma podridão jamais havida antes, despencando sobre o mundo. Narinas desavisadas se chocavam contra aquele miasma invisível, não como se ele fosse um vapor misterioso, mas sim um sólido muro de vidro contra o qual os pedestres desavisados davam de cara.

Por causa do mau cheiro todos passaram a tapar narizes e bocas, em desesperada e inútil tentativa de evitar os efeitos nauseantes daquilo. Já não respiravam com naturalidade, pois cada inspiração e expiração passou a ser pensada como se houvesse alguma opção além da de respirar.

Às vezes, sobretudo durante os primeiros dias, acontecia de uns vomitarem sobre os outros. Com o passar do tempo isso diminuiu bastante, mas se acontecesse, ninguém já sentia necessidade de se desculpar pelo acidente. Nada poderia ser pior do que o cheiro, e nada que fosse causado pela sua presença era capaz de lhe agregar um asco maior do que já havia nele normalmente.

Com o passar do tempo o cheiro acabou mudando profundamente os hábitos de todos. As pessoas já não saíam às ruas sem que fosse estritamente necessário fazê-lo. Quando deixavam suas casas, hermeticamente fechadas e guarnecidas com potentes filtros de ar, que mesmo assim deixam algum resquício da fedentina espalhada pelos cômodos, as pessoas andavam ensimesmadas. Quase não havia contato de olhares enquanto os corpos caminhavam quietos e cabisbaixos, como se intimidados. Jamais alguém ousava comentar o cheiro, como se não dizê-lo pudesse diminuir o seu efeito. Cada indivíduo caminhava solitário pelas ruas, com incômodas mãos entocadas nos bolsos ou, no máximo, com uma delas amparando um inócuo lenço sobre o nariz.

Olhares caídos se arrastavam pelo chão por causa do insustentável sentimento de vergonha. Essa timidez generalizada tinha uma explicação: cada pessoa acreditava que era dela, e apenas dela, a origem daquele cheiro de coisa morta que se decompunha. Cada pessoa, invariavelmente, estava certa de que era ela que continha aquele segredo que empesteava tudo, como se fosse o seu corpo um túmulo que falhara na sua missão de esconder dos vivos a miséria da finitude humana. Todos se achavam a causa do cheiro, mas o pensamento parava por aí. Como uma espécie de autoproteção inconsciente, ninguém ousava tentar descobrir a sua causa, pois tinham medo daquilo que uma investigação mais profunda pudesse revelar sobre si mesmas.

A indústria de perfumes, num primeiro momento, viu suas ações crescerem vertiginosamente na bolsa de valores, para, logo em seguida, despencarem até o ponto da falência, já que, além de não resolverem o problema, o uso comum de perfumes perdera totalmente a sua aplicação. Acreditaram que ela teria condições de lutar contra aquele odor, mas não tinha. Tentaram, e muito. Até abdicaram heroicamente da intenção de lucro, e assim fizeram, pois os proprietários e seus entes queridos também eram vítimas diretas do cheiro. Centenas de produtos foram criados por químicos e renomados perfumistas para combater o invasor invisível, mas nada do que produziram foi além da condição de simples promessa.

O cheiro pesava, chegando a envergar ombros, costas, e até corpos completos, nos casos mais extremos. Esmagadas pelo seu efeito, as pessoas se deitavam no chão, incapazes de suportar o desânimo de se manterem como bípedes eretos. Deprimidos, todos se perdiam entre movimentos nervosos de quem não sabe o que fazer com o próprio corpo, e desajeitados gestos de quem finge agir com naturalidade.

O mundo cheirava como se alguém houvesse aberto, sobre o céu, uma lata de câncer cuja data de validade vencera já há muito. Alguns narizes, poucos, apenas os mais sensíveis, afetados pelo miasma, caíam do rosto. Murchavam e secavam como folhas de árvore e então despencavam como fruta podre. Para quem sofria esse fenômeno, ao contrário do que se poderia pensar, a queda não era vista como tragédia, mas como bênção, já que assim estavam livres daquele horror vaporoso. Parecia que a humanidade precisava que Deus lhe trocasse as fraldas.

Com o passar do tempo algumas pessoas acabaram desenvolvendo dispositivos mentais de autoproteção que as permitiam se livrar do peso insuportável do sentimento de culpa exclusiva pelo odor. Desse modo, deixaram de sentir a culpa sozinhas, passando a dividi-la com toda a humanidade. Algumas delas até radicalizaram o discurso e, adotando um tom apocalíptico, chegavam a aventar a possibilidade de que se fizesse uma eutanásia universal, pois acreditavam que aquele cheiro era um último sintoma do estado terminal em que o mundo se encontrava. Sendo assim, diziam, melhor abreviar de vez o sofrimento, atual e futuro, dando um fim rápido e digno para o corpo moribundo tomado pela peste do inevitável.

Mas, embora o mundo parecesse um inferno, não era um, de fato, ao menos não ainda. Portanto, havia sempre um pouco de esperança impulsionando as coisas para a vida. Tomada pela expectativa de que um dia as janelas pudessem se abrir novamente, trazendo de novo um ar inodoro e indolor para preencher pulmões alegres e redimidos, a massa humana aguardava alguma redenção.

Fosse ainda vivo, talvez Lázaro caminhasse com mais desenvoltura do que os outros, sobre aquele chão recendendo a coisas mortas. Dos outros humanos, daqueles que nunca sentiram o hálito do beijo da

Morte, ninguém era capaz de sentir sequer os prazeres mais comuns, como a alegria de comer, sentindo do alimento a festa do gosto e do aroma. As camas também ficaram desertas de prazeres, tornando-se meros espaços para amparar o corpo. Como era possível alguém se alimentar, ou amar outro corpo, sendo obrigado a fazer isso sobre o cadáver insepulto do mundo? Não era possível, e logo todos se resignaram sobre esse fato.

Passados tantos anos, a humanidade acabou por aceitar, ou, pelo menos, deixaram de lutar contra aquilo que o intelecto não era capaz de digerir pelo entendimento. O fedor, de certa forma, acabou se naturalizando entre as pessoas, embora ainda fosse motivo de forte desagrado e repulsa. Corpos caminhavam perdidos em pensamentos influenciados pelo cheiro, como se suas partículas se agarrassem aos neurônios e passassem a viver ali em perfeita simbiose. As pessoas se tornaram, ao menos um pouco, o odor que tomara o mundo, como passa a fazer parte do indivíduo alguma deformação física que o estigmatiza. Desse modo, o cheiro passou a fazer parte de todos, assim como todos se tornaram parte do cheiro.

O fato é que, apesar de supostamente envolto em mistério, a sua causa não tinha nada de misterioso. Bastaria que as pessoas olhassem para o céu e descobririam facilmente a causa daquele efeito que tomara suas vidas. Se fossem desgrudados do chão e mirados para o alto, os olhos poderiam ver, principalmente nos dias mais quentes e sem nuvens, o Sol correndo pelo céu diurno com sua forma de enorme bola amarela que, nada mais era do que uma gigante gema de ovo que apodrecera.

O condomínio Marquês

Marcella dos Santos Abreu

Marquês, uma vila de vinte edifícios na vista da minha varanda. Torres de quinze andares das quais já se ouviram vozes femininas tripudiando uma mulher no poder. Janelas que já se ornaram de verde e amarelo para celebrar o mito anunciador dos seus últimos dias.

Como parasita federal designada a teletrabalhar freneticamente, contemplo desde 23 de março o cenário da morte. Todos os dias volto meu olhar confinado para essa massa de concreto desbotada, conceito arquitetônico dos anos 70. A modesta moradia popular de um fundo de vale se converteu em antro da classe pretensamente média dos anos 2000.

Quando ainda parasitava presencialmente, conheci um colega no trabalho dito ex-morador do Marquês. "Fui criado ali, seu prédio nem existia". Antes, nada além de esquadrias de alumínio e um espaço ao redor agora disputado por automóveis que se espremem uns diante dos outros - aquisições da era do financiamento a perder de vista.

Numa noite, sobressalto. Panelas, gritos. De um lado, "fora"; de outro, "mito". A janela defronte estendeu a bandeira de uma pátria na antessala do necrotério. Mais um pronunciamento e foi reaberta a temporada de caminhadas entre os carros do condomínio. Na rua, os amigos da praça retomaram o jogo de damas interrompido, e a betoneira do operário voltou a vibrar em seu trabalho infindável de cuidar do esgoto, águas da Veneza brasileira.

Vagas presas começaram a se libertar. O vizinho de trás entra no carro da frente. Libera passagem e entra no seu. Maçanetas, volantes, câmbios e muitas gotículas. O Brasil que não pode parar. Com a bengala numa mão e a sacola da padaria na outra, um idoso negro entrou há vinte minutos pela portaria principal e segue em direção à longínqua morada. Entre as suas inúmeras paradas de exaustão, vizinhos em roupas de ginástica o observam com o distanciamento que lhes convêm em algumas circunstâncias da pandemia.

As cenas se desenrolam ao som do carro da coleta de óleo que chama a dona de casa, a única responsável por cozinhar e salvar o meio ambiente no patriarcado genocida. A voz que chama para a rua é incisiva: "a senhora, que tem qualquer quantia de óleo usado ou de gordura vegetal usada, traga aqui. Vamos juntos fazer nossa parte. O planeta agradece". A gratidão de um planeta que anseia pelo adubo brasileiro em seus cemitérios.

Rumo à terceira semana como voyeur do Marquês, o misto de temor e atração por cenas fúnebres invade minha pequena varanda. Antevejo urnas carregadas por pessoas não paramentadas e impregnadas de um vírus. Não, não é só esse novo propalado pelos cientistas, aqueles colegas de parasitagem. Trata-se principalmente de um vírus antigo, capaz de manter em cativeiro todo um povo há pelo menos cinco séculos.

A vacina e o remédio para a doença que assola esta Veneza pútrida não estão liberados pela agência de vigilância do rentismo. Como o jejum não os substituem, do condomínio caiado saem mais corpos que um dia se julgaram livres a despeito de carregarem mentes enclausuradas pela ignorância e manipulação. Vá em paz, Marquês. Esta é a parte que te cabe neste vale fundo.

Contágio

Leide Fuzeto Gameiro

Era o quadragésimo dia da quarentena. Ela riscava os dias num calendário pequeno na porta da geladeira.

- Mãe, como fala quarenta?

- Como assim?

- O um a gente fala primeiro, o dois, segundo... e o quarenta? Eu contei aqui e já tem quarenta. Como fala?

- Quadragésimo.

- Quadragésimo dia! Então acabou a quarentena, mãe?

Resmungou que não, enquanto, agachada no chão, de calcinha e camiseta, procurava no fundo do armário alguma coisa que servisse de café da manhã. A criança foi para a sala indignada pela falta de sentido nas coisas dos adultos. Se chamava quarentena tinha que acabar hoje. Ligou a TV e demorou para achar um canal onde tivesse um desenho animado e não notícias sobre a pandemia lá fora.

A mãe conseguiu improvisar uma panqueca e chá. A menina pediu suco. Frutas não tinha mais, nem legumes, nada fresco. Só uns restos de farinhas. Precisaria sair para comprar. Sentou para ver desenho com a filha e olhava para a tela enquanto rabiscava uma lista num pedaço de papel. Melhor anotar tudo para não esquecer de nada, pois não poderia sair de novo tão cedo.

- Mãe, deixa eu ir com você?

- Não.

Não era de explicar muito as coisas para a filha. Voltou a se concentrar na lista. Se a levasse poderia ser presa. Não eram permitidas crianças na rua há mais de um mês. Mas não tinha paciência para explicar. Revisou a lista quatro vezes. Pensou em tudo o que poderia precisar e que tivesse no supermercado. Não sabia quando poderia sair novamente.

Pegou a chave do carro, despediu-se da filha e recomendou que ficasse vendo tv até ela voltar. O corredor do prédio estava vazio e silencioso. Fazia um mês que não abria a porta, por medo de contágio. Por sorte sua janela dava para a calçada onde tinha um ponto de coleta de lixo e ela arremessava o saco do quarto andar.

As ruas estavam mais vazias do que ela imaginava. Não via ninguém andando e do prédio até o supermercado avistou apenas dois carros. O mercado misteriosamente parecia vazio de longe. Ao chegar viu que realmente estava. Vazio e abandonado. As prateleiras todas no chão, tudo empoeirado, vidros quebrados. Devia ter falido por causa da pandemia, o que não fazia muito sentido, pois supermercados eram uns dos poucos comércios a funcionar ainda.

Dirigiu até o próximo. Ruas totalmente desertas. Era o maior mercado da cidade, não poderia ter falido. Já no estacionamento percebeu algo estranho, só tinham alguns carros. Pegou o frasco de álcool gel, que por sorte ainda tinha, e passou na alça do carrinho. O barulho de suas rodas sobre o chão era o único som que ouvia.

Dentro do mercado tinha duas caixas, com roupas de proteção e luvas e caras assustadas e alguns poucos clientes nos corredores pegando itens bem depressa. Um segurança desconfiado olhou para ela demoradamente enquanto entrava. Pediu que parasse, perguntou se estava bem mas sem olhar para o seu rosto. Assentiu com a cabeça e entrou.

Algumas prateleiras já vazias. Poucos itens frescos. Pegou o que pôde, dirigiu-se ao caixa. Não era muito de conversar, mas tentou saber da moça do caixa o que estava acontecendo. Ela fez um sinal que não podia ouvir por causa do capacete e que escrevesse suas dúvidas numa lousinha branca com uma caneta. Desistiu. Pagou pelas compras e voltou para o carro.

Aproveitou a saída e deu uma volta pelo centro da cidade. Estava completamente vazio e depredado.

Todos os prédios pareciam ter sido apedrejados. Não tinha visto nada sobre isso na tv. Não sabia o que realmente estava acontecendo em sua cidade.

Freou bruscamente quando quase atropelou um gatinho. Sem pensar muito, desceu do carro para resgatá-lo, pois não teria como sobreviver ali. Quando se abaixou algo acertou suas costas. Era uma pedra. Olhou rapidamente para trás e viu um grupo se aproximando. Com certeza estavam atrás de comida. Um deles segurou seu braço e ela agradeceu a si mesma pela ideia de sair com uma blusa bem grossa, mesmo não estando tão frio. Empurrou o sujeito com força, ele caiu no chão e os outros se aproximaram e ficaram olhando. Pareciam estar em algum tipo de transe. Devia ser fome. Mas infelizmente não poderia salvar todo mundo, já salvara o gato.

Dirigiu de volta para casa. Ao passar em frente à igreja matriz viu o crucifixo grande, que ficava no altar, quebrado na escadaria. E lá dentro havia um grupo grande reunido, contrariando a regra de isolamento social. Era o único lugar na cidade toda que parecia habitado.

Na garagem do prédio tirou as luvas e deixou no lixo do carro. Passou álcool gel nas mãos e guardou as compras em sacos de lixo. Tirou a roupa e deixou no porta malas. Subiu as escadas só de calcinha e camiseta, carregando dois sacos e um gato. Na área de serviço depositou os sacos, pediu para a filha não chegar perto antes que ela descontaminasse tudo e foi para o banheiro com o gato, onde os dois tomaram banho.

Voltou para a sala dizendo para a filha não ficar muito perto do gato até terem certeza que ele não estava doente.

- Mãe, o que é isso?

- Deve ter sido o gato.- nem tinha notado que tinha um arranhão no braço.

Comeram uma salada. Depois foram horas descontaminando e armazenando a comida para os próximos dias. Não sabia como conseguiria comida novamente. Ligou a tv e viu que em outras cidades do mundo o contágio crescia, muita gente morria, mas não falava nada sobre cidades sendo evacuadas. Pensando melhor, lembrou que não ouvia barulho de vizinhos fazia tempo. E nem notara que o lixo não era recolhido há dias. O que estaria acontecendo? Será que em sua cidade o número de contaminados era tão grande que sobraram poucas pessoas?

Adormeceu no sofá com a filha. Levou-a para a cama e viu que já era madrugada. Nem percebeu quanto tempo dormiram no sofá. Agora estava sem sono e o silêncio do apartamento e da rua era enlouquecedor. Precisava de algum som. Olhou as músicas no celular mas não sentia vontade de ouvir nada que tinha ali. Parecia não gostar mais daquelas músicas que antes adorava. Melhor ver tv.

Preparou um chá e sentou de volta no sofá. Se enrolou num edredom e com a xícara numa das mãos e o controle na outra começou a pular de canal em canal. Esqueceu que tinha a lista de favoritos e percorreu todos os canais disponíveis, entre os quais havia os que nem deixava a filha saber que existiam, como os evangélicos. E passou por um deles, o maior e mais assistido. Tinha um pastor falando sobre a pandemia. Por curiosidade resolveu ver por uns minutos. Talvez fosse divertido.

Soltou o controle remoto, se aconchegou com o chá quente nas mãos e relaxou. Um pastor, de terno e testa suada, falava ferozmente contra o que ele chamava de plano maligno comunista contra o povo de Deus. Era divertido até, grotesco. Riu e se desenrolou do edredom para pegar o controle de volta e mudar o canal. Achou um filme qualquer e assistiu até quase amanhecer.

Acordou novamente com a filha chamando. O braço para fora do sofá estava coçando. Percebeu que sangrava um pouco. Devia ter coçado enquanto dormia. Levantou e foi preparar o café da manhã. Ao sentar na mesa se irritou um pouco com a filha porque ela estava vestida com um pijama azul.

- Azul é de menino, filha!

A filha não entendeu. Nem ela entendeu porque disse aquilo. Voltou ao café. Devia estar meio dormindo ainda. Bebeu bastante e em seguida tomou outro banho. Estava precisando mesmo tomar um banho, fazer as unhas, raspar as pernas, essas coisas de mulher. A filha estranhou quando a viu voltar para a sala toda maquiada e feminina, coisa que nunca fora.

- Mãe, já posso brincar com o gato?

- Pode sim.

- Ele não está com a doença?

- Que doença?
- Ué, a da pandemia...
- Não está, não. Nem sei se essa doença existe mesmo.
- O que, mãe?
- Nada.

Na noite seguinte botou a filha na cama cedo e a fez rezar. Mas antes teve que explicar o que era rezar. A filha nunca tinha ouvido falar de Deus e reza. Achou que fosse uma nova brincadeira e até que gostou.

Voltou para sala ansiosa para ligar a tv de novo no canal evangélico. Outro pastor falava dessa vez. Ordenava, em nome de Deus, que os telespectadores saíssem às ruas, que quebrassem o isolamento imposto pelo mal. Eram o povo de Deus e juntos com o escolhido, o presidente, iriam curar o mundo do comunismo e satanismo que dominavam o planeta.

Ela sorriu. O braço sangrava, os olhos brilhavam. Era isso! Enfim tudo fazia sentido. Levantou do sofá e saiu do apartamento, desceu as escadas de salto alto e perambulou pelas ruas até encontrar a igreja matriz. Foi recebida pelas pessoas que faziam vigília em volta do altar. No lugar do Cristo crucificado tinha uma estátua mal feita do presidente esfaqueado. Do corte desenhado em seu abdome escorria um líquido vermelho. Ela molhou o dedo indicador no líquido e passou sobre a ferida do braço. Estava curada. Estava curada de uma vida toda errada. Sentia-se livre.

Enfim o Messias voltara e iria redimir o mundo. Inventaram uma doença falsa, fizeram o mundo todo parar só para impedir que o seu presidente salvasse o mundo do complô globalista. Mas não eram todos idiotas. As pessoas ali reunidas entendiam que a pandemia era uma farsa. Iriam instaurar a verdade. A guerra santa das pessoas de bem estava só começando.

Saiu com eles pelas ruas para procurar mais pessoas a serem salvas. Fora instruída que era preciso arranhar ou morder para curar os doentes.

Um produto de nome pessoa

Juliana Andrikonis

Com os olhos pesados, a jovem passava a mão forte no copo. Era dessa forma que ela tentava encontrar distração para tudo isso. Quarentena. A doença que cobriu o mundo, quando não contamina, testa sua sanidade. Presa com uma senhora de idade que não quer a obedecer, não é pouca provação. Ela poderia estar em uma situação que tornasse as coisas menos difíceis. Quem sabe se ao menos tivesse um quintal, uma boa companhia, animais... Não. Ela sequer tinha dinheiro até o final do mês. A melhor amiga que ela pode ter nesse momento é a louça suja, porque ela traz uma sensação de pausa. Congelamento do tempo, ou pelo menos só por quanto tempo a quarentena durar.

O barulho no portão surge como uma volta pra realidade. A denúncia de um ato desordeiro. Sua avó estava tentando passar por debaixo do portão. Lá estava a senhora, naquele chão frio de cimento rachado, estirada como um tapete. Olhou para cima e com algum esforço e gemidos tentou se levantar. Sem ajuda.

A relação das duas não era lá das melhores. De um lado, encontramos uma jovem universitária, residente de uma moradia estudantil que por hora retornou à sua cidade, na qual foi criada pela sua avó. Agora que está aqui, deparou-se com alguma porção de contas não pagas e por isso nas noites dos finais de semana ela realiza os bicos que a vida lhe oferecia: nada além de garçonete e fritar hambúrgueres. Do outro lado, temos uma idosa religiosa não muito praticante, mas com grande medo da morte que lhe parece cada vez mais próxima. Ela criou sua neta sozinha, enquanto também era babá de um marido que pouco ajudava-a nas contas, lhe batia e de brinde lhe rendeu alguns medos e inseguranças, que somados ao seu medo da morte nos dá a boa garantia de diversas crises existenciais.

Não conversam, apenas o necessário. Ambas funcionam como um baú de memórias, mágoas e remorsos. Quanto menos mexer, melhor. Jogando palavras obscenas no ar e fazendo gestos pouco educados, entra na casa a senhora derrotada. Ela poderia jurar que se não fossem seus músculos enfraquecidos pelo tempo, ela teria conseguido fugir para respirar um pouco. Um pouco não faria mal, ela que já estava cansada de ver os velhos andando sozinhos na rua com máscaras, achava que também merecia um pouco de liberdade. Entretanto, a passagem por debaixo do portão é nitidamente menor do que ela e não é porque uma peste com a vontade de roubar o sapatos de seu marido tinha passado por ali, que ela passaria.

Irritada, vai diante da imagem de Cristo na sala e pede para que a desalmada da sua neta seja tocada e deixe ela sair um pouco, nem que para buscar pão. Mas ela sabe que isso nunca aconteceria. Afinal, a doença que causara o isolamento não é de Deus. Pois Deus é justo e se Ele decidisse criar alguma doença, criaria como a um meteoro que não escolhe a quem matar. Preto, branco, pobre e donos de banco iriam pro mesmo lugar. Por isso Deus fez a morte, que leva a todos por igual, mas o diabo fez o dinheiro e com isso, as riquezas acumuladas e sistema de heranças. A morte era a sua única certeza de que ela teria um tratamento justo na vida.

A moça pega o celular para ver se saiu o auxílio do governo. Parece que não. Situação em análise. Infelizmente os computadores dos órgãos públicos demoram muito para declarar a pobreza. Se eles tivessem ajuda das pessoas seria uma atividade muito mais rápida, pois qualquer um numa simples descarga neural sabe que se o sapato não é novo, óculos estão quebrados, a roupa está desbotada e as vestimentas fora de moda, a pessoa pode ser até classe média, mas se somado a isso temos uma pessoa negra, estamos diante de um pobre.

Ela sabe que o seu valor está em seu bolso, mas nele só há contas atrasadas. A primeira notícia não tinha sido muito boa, então restava gastar o dia rolando a tela do celular até alguém da lanchonete mandar mensagem. Imóvel ao lado da porta, ela daria um bom mancebo. No Facebook um grupo de meninas se voluntaria para fazer compras para idosos desconhecidos. Encantadora essa relação de cumplicidade sem vínculos, estorvos, ofensas e facilmente cortada. Curtiu.

A senhora sentada com cheiro e gosto de poltrona olha o discurso do pastor pela televisão. Lembrou-se do tempo em que sua mãe católica colocava ela e sua irmã para rezar o terço toda hora santa do dia. Um dia ela se cansou, cuspiu em seu terço e acusou sua irmã, só para mudar a rotina. Jurou com fervor por Cristo preso na cruz que não tinha sido ela, mesmo na frente de sua irmã que havia visto tudo. Desde então ela percebeu que Deus a protegia e que o nome Dele abria caminhos.

Sim, Deus a protegia, principalmente mantendo-a viva como um sequestrador que cuida de seu refém para ganhar o que pede. Ela sabia que, se morresse, não poderia ir para o céu, pois lá encontraria seus piores demônios. Sim, todos seus demônios estariam no céu, pois todos eles eram igualmente fervorosos a Deus. Por esse motivo, às vezes lhe interessava os pensamentos da sua neta sobre o mundo, que era ateia. Apenas numa morte sem remorso, culpa, trabalho e companhia ela teria a paz eterna. Entretanto, por hora ela era uma refém.

Era quaresma e na T.V. o pastor falava dos desafios de Jesus no deserto sendo tentado pelo diabo, concluindo que para que o vírus fosse embora, todos deveriam fazer jejum e orar. Ela mudou de canal. Já estava cansada. Comeu um pão com ovo e chá. Passou o resto do dia passando roupa presa como um cadarço ao tênis no número de pecados que tivera na vida.

O dia se pôs e a moça ainda estava com o celular na mão. Interrompendo o vídeo de um gato se lambendo, recebeu a mensagem da lanchonete pedindo que fosse trabalhar naquela noite. Confirmou e saiu correndo se arrumar. Notou que estava sem dinheiro para o ônibus, nesse caso ela teria que mandar mensagem pro rapaz da rua debaixo que tinha moto e um grande interesse sexual nela para conseguir ir até o trabalho. Ela sabia que talvez esse fosse o dia que teria que dar um beijo nele ou algo a mais só para o caso de precisar manter o vínculo para futuros favores.

Chegando no trabalho ela já foi direto para a chapa. Os pedidos de entrega estavam altos nessa temporada. Pouco a fundo ela escuta uma conversa na qual uma moça dizia que fazia parte de um grupo espiritual no Facebook e que lá todos estavam felizes com o grande número de casos e mortes. Pois elas na verdade mostravam que o planeta estava em um processo de transição e que apenas almas pouco evoluídas e que não estivessem voltadas à caridade é que estariam morrendo. Afinal, tudo tem um propósito para Deus.

Provavelmente se lembraria dessa conversa quando em um dia próximo, quando sua avó fosse diagnosticada com o COVID-19. Talvez também se lembraria do beijo que deu no moço que ela não sabia se estava cumprindo ou não com a quarentena. Mas por hora ela só pensava nos riscos que estava tendo para cuidar daquela mulher que a criou. Aquela mulher tão horrível e amável que havia cuidado dela quando nem sua mãe o pôde fazer. Olhando aqueles hambúrgueres, ela percebe que a economia não iria parar para esperar ninguém, como sempre foi. Olhando cada ponto de óleo queimado sob a carne ela vê que o preço que a avó dela tem é menor do que se paga no lanche produzido por ela.

Quando chega em casa, ela vai até o quarto de sua avó, ela estava dormindo. Cansada, percebe nos quadros da parede que sua avó é um espelho que mostra aquilo que ela vai ser um dia. Ato e potência. Renda e dívida.

Colofão

João Urban

Trabalhei por vários anos no edifício Tijucas, em Curitiba, e nem assim havia ouvido o famoso trompetista. Diziam que era um dentista muito conhecido, outros diziam que era um advogado, mas todos concordavam em dizer que após encerrar os seus trabalhos brindava a vizinhança com uma apresentação de seu talento musical.

Muitos anos depois de ter trabalhado lá, um dia passava com alguns amigos diante do edifício, não me recordo exatamente de onde a gente vinha, ou para onde íamos, também me parecia que a noite já estava adiantada, também não lembro qual era a música, e sim, lá estava o lendário personagem... e era muito bom ouvir sua música.

Imediatamente me ocorreu registrar a cena e saquei automaticamente a câmara. Vi então que o filme havia acabado, pedi ao Magelinha que me emprestasse um de seus Tri-X. Ele também não tinha, mas ainda tinha filme na sua câmara. Me passou sua F-2 e disse brincalhão: "Tem de ser na primeira! pode ser a última chapa...! É uma ponta..." Troquei a objetiva por uma tele, fotometrei com cuidado. Usando abertura 2,8 com 60, numa 180 mm, tinha que estar com a mão firme.

Fiz uma, duas, a terceira já não deu. Rimos duvidando que houvesse "saído" alguma coisa. Tempos depois o Magela me entregou uma cópia feita por ele, que guardo com carinho, e o fotograma, que na verdade foi o único, pois a chapa seguinte do filme rebobinado, já estava velada. A fotografia não estava tremida, provavelmente a gente ainda não havia bebido...

pólen soft 80 gr/m2
tipologia book antiqua
impresso no outono de 2020

CONTOS DA QUARENTENA

VOLUME III

KOTTER EDITORIAL

FINALISTAS NO CONCURSO DA TV 247

Coordenação editorial: Sálvio Nienkötter
Editores-executivos: Daniel Osiecki / Raul K. Souza
Editor-adjunto: Isadora M. Castro Custódio
Editora-assistente: Francieli Cunico
Capa: Jussara Salazar
Editoração: Carlos Garcia Fernandes
Produção: Cristiane Nienkötter
Preparação de originais e revisão: Daniel Osiecki

Dados Internacionais de Catalogação na Publicação (CIP)
Angelica Ilacqua CRB-8/7057

Contos da quarentena : volume 3 / organização de Tv Brasil 247, Kotter Editorial. -- Curitiba : Kotter Editorial, 2020.
200p.

ISBN 978-65-86526-28-8

1. Contos brasileiros I. Tv Brasil 247 II. Kotter Editorial

CDD B869.8

20-2456

KOTTER EDITORIAL

Kotter Editorial Ltda.
Rua das Cerejeiras, 194
CEP: 82700-510 - Curitiba - PR
Tel. + 55(41) 3585-5161
www.kotter.com.br | contato@kotter.com.br

Feito o depósito legal
1ª Edição
2020

CONTOS DA QUARENTENA

VOLUME III

FINALISTAS NO CONCURSO DA TV 247

Sumário

Santa Rosa

Gustavo Maia

Tudo o que eu notava ao desviar dos carros na Mário Viana eram aqueles olhos imensos que me acompanhavam. Confinamento, isolamento, quarentena... sabe-se lá o nome exato desse regime em que vivemos agora, mas os carros estão a cada dia em maior número nas ruas. Enquanto eu ultrapassava o caminhão da loja de construção do Gomes, eles continuavam a me seguir, não os veículos, mas os olhos, imensos, em sua tez negra como ônix, não o Lorenzoni, Lorenzeti, esse aí. Logo em frente, na esquina do supermercado Mundial, uma multidão aguardava os medicamentos que a Prefeitura de Niterói prometera distribuir. Primeiro entregaram num desses drive-thru, que agora é assim: para os pobres as aglomerações e todo o ecossistema do lixo; mas se você tiver um carro, vão criar uma porra de um drive-thru para atendê-lo no conforto da sua poltrona com ar refrigerado. Foi então que me dei conta de que todas as emissoras de TV estavam na porta do Mundial! Eu não podia correr o risco de sair na reportagem porque não tinha ido trabalhar. Estava mal, de verdade, mas quem iria acreditar se eu passasse de bicicleta na televisão? Dei meia volta, pela calçada mesmo, e acabei seguindo rumo aos olhos dela.

– Você também não quer aparecer na TV, não é mesmo? – ela me perguntou, com a voz embaçada pela máscara que a protegia da pandemia. – Eu não vou me arriscar. Tem muita gente atrás de mim – contava sem deixar nenhuma pista no olhar sobre a veracidade daquela afirmação. – Mas agora eu só preciso tomar um banho. Tem um chuveiro no Mundial, você sabia? – ela me sondava, percebendo que eu duvidava de suas palavras.

Não era da minha conta o que aquela mulher pretendia fazer no mercado, de forma que resolvi seguir meu caminho. Mas, alguns passos adiante, ouvi tiros e a gritaria da multidão. A mulher correu em minha direção.

– Você pode usar o meu banheiro se quiser – ofereci, ainda sem entender o motivo da gentileza. – Eu moro aqui perto, você não precisa passar a tarde esperando os jornalistas irem embora. São como urubus, você não sabe disso?

Ela carregava uma valise vermelha, surpreendentemente asseada para uma pessoa que vivia nas ruas de Santa Rosa, pensei. Quis levar seus pertences no porta-embrulho, mas ela recusou. A certa altura do percurso, deixou-me seguir adiante. "Eu não vou insistir", disse para mim mesmo. Bastaram alguns passos meus para que ela mudasse de ideia. Talvez não tivesse nada a perder, pensei, e eu fosse apenas mais uma pessoa inofensivamente estranha a atravessar seu caminho.

Zaquia era o seu nome. Assim que ouvi, comecei a cantar instintivamente, à procura da primeira reação em seus olhos: "Brilhando num imenso cenário num turbilhão de luz". Ela largou a maleta ali mesmo, no chão da sala, e girou com a desenvoltura de uma porta-bandeira: "Surge a imagem daquela que o meu samba traduz", e nós vivemos cada verso do hino do Império como a trilha das nossas vidas.

Enquanto Zaquia se lavava, eu arrumei a mesa para um café bem mais caprichado que o habitual. Receei que ela recusasse a delicadeza. E se eu estivesse passando do limite da esquisitice? As paranoias voltaram a me ameaçar. Será que a mulher estava carregando sua arma no banheiro? Decerto tinha ao menos uma navalha na mala. Revisei minhas estratégias de defesa: facas coladas com fita em vários pontos da casa, debaixo da mesa, atrás da geladeira.

A porta do banheiro se abriu. Zaquia apenas perguntou onde poderia colocar a toalha. Vestia a mesma roupa com que chegara, só mudara a máscara, que continuava a realçar seus olhos gigantes.

Sentamo-nos à mesa burocraticamente. A intimidade de minutos atrás se esvaíra. Já não nos reconhecíamos. Olhamo-nos cara a cara, quando lhe implorei, impulsivamente:

- E se você ficasse? Até o fim da quarentena... essa casa é grande, tem dois quartos, o verão já passou, você pode ser contaminada na rua, a gente não sabe o que vai ser do mundo, a gente não faz ideia do que vem por aí, você pode ser contaminada na rua, talvez pudesse ficar - eu dizia, atropelando pensamentos e palavras.

- Eu preciso mesmo ir. Agradeço pelo banho - despediu-se.

- Ao menos toma o café - pedi.

Zaquia pegou o copo como se me devesse um favor. Caminhou até a porta da sala sem que eu pudesse vê-la sem a máscara e deixou da bebida um resto, como se não aprovasse o sabor. Ameaçou abrir a porta, enquanto eu a observava. Antes que ela mudasse de ideia, antecipei-me à sua condição:

- Prometo que nunca vou perguntar nada da sua vida, tá bem? E você pode ir embora a hora que quiser.

- Eu não gosto do café assim tão forte - ela respondeu. - Mas fico até o fim da quarentena, já que você insiste - decidiu.

Passávamos a maior parte do tempo compartilhando nosso silêncio. Aos poucos nossos corpos e anticorpos foram se chegando. Eu me deitava em seu colo e deixava que alisasse meus cabelos. E, como era um desperdício que eu ocupasse uma cama tão grande, passamos a dividi-la, sem que a intimidade ultrapassasse o afeto.

Ficávamos horas na janela observando a espera dos gatos pelos camundongos obrigados a vir à tona em busca de comida. Contei a Zaquia que os vizinhos da frente esqueciam a janela aberta quando notavam que eu me escondia na cortina para apreciá-los. Ela se juntou a mim para assistir àquele espetáculo noturno. Eles eram bolsonaristas odiáveis, desses que tocam o hino nacional às alturas a cada discurso do presidente. Ainda assim, eu os amava secretamente.

Com o tempo, as restrições impostas pela pandemia se intensificaram. As pessoas se dividiram em dois grupos: de um lado nós, os comunistas - bastava discordar do governo para ser considerado um comunista; do outro, os cloroquinas, como chamávamos os adoradores do presidente, ou mito, como diziam. Nas ruas começamos uma guerra que se tornava a cada dia mais apocalíptica.

À noite eu e Zaquia nos uníamos a pequenos grupos saqueadores, especialmente em busca de medicamentos e comida durável. Nosso maior medo não eram os policiais e seguranças que nos seguiam, mas a violenta patrulha cloroquina. Vimos vários dos nossos serem mortos e arrastados no asfalto por eles. Os carros também eram nossos inimigos. Não era justo sermos perseguidos a motor enquanto desviávamos dos buracos no asfalto em bicicletas surradas.

Toda semana, nós, comunistas, nos encontrávamos no Clube Naval, onde antes os casais se aproveitavam da escuridão e do anonimato garantido pelos veículos. Agora, nadávamos até às embarcações milionárias fundeadas na Guanabara para batizá-las com o nosso gozo.

No quarto mês de isolamento, eu e Zaquia já não éramos aquelas pessoas que conversavam com estranhos nas ruas de Santa Rosa e dançavam pela sala. Nossa amizade foi se apagando até findar de vez numa manhã em que ela saíra para nadar na Boa Viagem, o que me encheu de preocupações.

Enquanto esperava por ela, a campainha tocou. Era o vizinho, aquele que se exibia com a mulher. Ele passou as mãos no meu joelho, pela minha coxa tesa. Eu nunca o vira de tão perto. Não tinha um pelo fora do lugar, marca de espinha, uma estria sequer. E por isso a cicatriz que cobria sua vara dos sacos à cabeça rosada tornava aquela visão ainda mais extasiante.

- O que é que você quer de mim? - perguntei-lhe na certeza de que aquela visita tinha um propósito.

Eu não me enganara. A mulher dele estava infectada e ele tinha que tirá-la da casa. Não queria que os filhos a vissem definhar. E se os cloroquinas desconfiassem, a sentença de morte era decretada na hora. Eu, ao contrário dele, poderia correr o risco. E, além do mais, ele me explicou, Zaquia era médica, ninguém melhor do que nós naquele momento para cuidar de sua mulher.

A última revelação me deixou à beira do atordoamento. Aquele cloroquina desprezível sabia da vida de Zaquia mais do que eu. Mandei que ele se vestisse e saísse logo da minha casa. Sua visita indecente tinha me deixado sem prumo.

- Você sabe que eu não gosto que passe o dia todo fora, ainda mais quando diz que vai nadar - repreendi Zaquia antes mesmo que ela chegasse à porta. - Os cloroquinas estão por aí... - eu tentava alertar, quando ela me interrompeu.

- O que ele queria com você? Aposto que veio lhe pedir alguma coisa e ofereceu a pica como pagamento, não foi? Linda, não é? Aquela cicatriz... - ela provocava, aumentando minha surpresa e desconcerto. - Para ele se oferecer pra você, é porque precisa de alguma coisa muito importante. Quando é só maconha, eu sirvo - continuava. - Por que essa cara de surpresa? Você nunca sabe de nada mesmo, não é? Nunca desconfiou que eu te botava pra dormir e corria pra cama deles? Como é irritante essa sua cara estúpida!

Eu não precisei dizer nada. Ela juntou suas coisas na mala vermelha e partiu, soltando palavras como cães famintos:

- Você tem é que me agradecer - berrou Zaquia. - Não era nada antes de eu chegar aqui: uma criatura mais morta que viva. Sua única alegria era vigiar os vizinhos por trás da cortina. Você é doente, é pior que um vírus - sentenciou.

Depois de me certificar de que Zaquia sumira na rua com sua mala vermelha, bati na porta do vizinho e me ofereci para tratar da mulher dele. Cuidei dela como se fosse uma irmã. Chás, ervas, medicamentos, banhos. Eu era melhor do que Zaquia podia pensar. Ela não me conhecia. Não mesmo.

Por maiores que fossem meus esforços, porém, a vizinha perdia o ar a cada dia e lutava para se agarrar a qualquer fiapo de vida. Mas nunca deixei que o marido a visse naquele estado. Depois de uma semana de cuidados, ouvi Zaquia me chamar na rua.

– Eu queria lhe pedir desculpas – ela começou, mas exigi que fosse direto ao ponto. – Teve uma briga feia, com tiro e tudo, gente morta, eu nem sei quando foi a última vez que tomei um banho, meus medicamentos acabaram... – ela contava.

– Eu não vou deixar você morrer na rua – eu a abracei. – Agora chega de choro, Zaquia, vamos recomeçar, tá bem? Vai direto tomar seu banho enquanto eu passo um café bem fraquinho, do jeito que você gosta.

Zaquia tomou o café no sofá da sala, guardando seu rosto sob a máscara. Eu sempre ficava só na cozinha, mas as coisas tinham mudado: resolvi me sentar de frente a ela e olhar mais uma vez aqueles olhos imensos. Ela tentou emitir algumas palavras, mas as sílabas se embolaram.

– Era esse remédio aqui que você colocava no meu café, não era? – mostrei-lhe o frasco. – Você agora é só um palco apagado e sem brilho, Zaquia. – Sob seus protestos inúteis, arranquei-lhe a máscara. – Era isso que você escondia de mim? – eu perguntava enquanto a examinava com a lanterna do telefone celular. – Metanfetamina, não é?

Zaquia afundava no sofá. Suas últimas lágrimas rolaram quando lhe violei a mala vermelha. Fotos, cartas, recortes de jornal, carteira de trabalho. Esvaziei sua valise rubra, desinfetei-a com álcool e guardei nela tudo o que me seria útil.

Bati na porta do vizinho. Era a hora de cobrar pelos cuidados com a mulher dele.

- Tenho certeza de que nos próximos dias você vai poder vê-la novamente. Zaquia está cuidando dela com todo carinho! Amanhã vamos fazer um sacrifício por sua esposa - prometi. - Zaquia vai colher o meu sangue, que, você sabe, tem os anticorpos contra a infecção. Vamos injetar o plasma na sua mulher. Em três dias estará curada! Você ama demais aquela mulher, não é mesmo? Você já me mostrou que seria capaz de fazer qualquer coisa por ela.

Ele não teve escolha. Trancou as crianças e os cachorros num quarto e me pagou com seu corpo por toda a humilhação a que me submetera naqueles anos. Eu não sabia que o amava tanto! Beijei o seu rabo liso e rosado e deixei minha língua despetalar sua flor sagrada. Lambi cada um dos músculos de suas costas, os dedos dos pés, seus sovacos. Fizemos coisas que envergonhariam cães no cio.

Segui pela Mário Viana na minha bicicleta. Ao passar pelo Colégio Salesiano, notei um Alfa Romeo azul marinho abandonado. Carros italianos me levavam à loucura! Cruzei a Ponte Rio-Niterói na velocidade máxima. No vão central, parei para apreciar a baía deserta ao pôr do sol. Àquela hora Zaquia estaria despertando de seu sono vespertino e descobrindo que todo o seu corpo estava muito bem amarrado ao defunto fresco da vizinha.

41 DIAS

Marcelo S Pontes

Começou a chover. Vocês assistiram àquele filme antigo em que o cara fica preso no mesmo dia para sempre? A rotina sempre me esmagou.

#1

Comecei a quarentena! Sexta é sinônimo de faxina. Mas dispensamos a diarista (com vencimentos). Então, lá vou eu, vestido de máscara, luvas e avental, parecendo um ninja de filme B. Desinfetar a casa deixa a gente um pouco paranoico, cheguei a caminhar de costas apagando minhas pegadas contaminadas. Minha Shih-Tzu me olha desconfiada enquanto esfrego as maçanetas, interruptores, puxadores dos armários da cozinha, e de repente, puff... esbarro em alguma coisa e começo a limpeza de novo, me sinto uma bomba química contaminante. Nem terminei o andar de baixo e já estou exausto, serão sintomas? Ou será que esse trabalho é pesado assim mesmo? Meço a temperatura, 35, tem alguma coisa errada nesse termômetro. Desinfeto o termômetro, mas acho que ao pegá-lo na caixa de remédios encostei na Neosaldina, desinfeto ela e todos os outros remédios. Será que eles entraram em contato com a pia? Eu já tinha lavado a pia ou não? E lá vou eu outra vez, parece que isso não acaba. Se sobrar algum vírus aqui em casa, certamente será o vírus mais cheiroso do mundo.

#6

Estou postergando algumas coisas que tenho que fazer. Colocar duas luminárias, arrumar as portas do armário da churrasqueira, pendurar um quadro, ajustar a torneira da cozinha. Li em algum lugar que a gente deve aproveitar para revisar as caixas de documentos. Se eu tiver que fazer isso vou parar de chamar de quarentena e chamar de prisão domiciliar. Parece que tudo o que tem para fazer é chato ou inútil. Nem percebo e estou de novo deitado no sofá olhando para o vazio, vou arrumar a cama e ela fica tão aconchegante que me deito. Não sei mais o que fazer para fazer alguma coisa, até não fazer nada ficou chato. Para tentar me animar, criei um método: dividi a casa em territórios. A parte de baixo será mantida cotidianamente, cada um usa um banheiro. A cozinha é o território mais selvagem, as compras entram por lá, são desembaladas, desinfetadas e vão para seus lugares, depois da operação de distribuição começa a desinfecção da bancada. Se pudesse, esperava cinco dias para voltar a comer e mexer nos pacotes de comida. Qualquer coisa é melhor do que organizar a gaveta da bagunça. No fim, sempre acabo me aterrorizando e lá vou eu desinfetar os interruptores por todo apartamento de novo.

#10

Dia de arrumar a casa...de novo. Janelas bem abertas, arrumando a cama de manhã. Nós dois de máscara parece que vamos fazer um assalto, "mãos ao alto!", eu digo e recebo uma cara feia em resposta. Minha função na operação é retirar as roupas usadas (me voluntariei para correr o risco maior) e ela é encarregada de colocar a roupa limpa. Movimentos perfeitos, fomos feitos um para o outro. Mecânicos de Fórmula Um ficariam orgulhosos da gente trocando a cama. Mas sempre tem imprevisto. Um dos travesseiros cai no chão. Juro que se tivesse um alarme aqui em casa disparava: pé pé pé pé! Ela grita, eu levo um enorme susto com o grito e grito também quando vejo o travesseiro lentamente rodar sobre ele mesmo e se jogar naquele chão cheio de coroninhas com suas boquinhas de vírus abertas. A regra dos cinco segundos acabou, não dá mais para aplicar. Travesseiro estatelado no chão, ficamos os dois olhando para ele como se fosse um corpo estendido aos pés da cama. Se fosse antes, uns tapinhas resolviam. O que fazer agora? Sugiro isolamento do travesseiro por sete dias no quartinho do isolamento. Ela é mais pragmática e menos branda, quer eliminação total, um paredão do BBB. Chegamos a um acordo de isolamento por tempo indeterminado, o que em palavras cotidianas em tempos de paranoia significa "até a gente esquecer que esse travesseiro caiu no chão".

#15

Preciso ir ao supermercado. Coisa que a gente detestava fazer, agora dá tesão. Coloquei o tênis de status "usar somente da porta para fora" e saí. Já de cara fiquei em dúvida do que fazer para chamar o elevador, acabei decidindo descer seis andares de escada. E já vem outro desafio, abrir a porta do prédio para a rua. Fazer o quê? Tem que apertar o botão e empurrar a porta, começa o desafio de abrir a porta sem usar as mãos. Não deu, a partir de agora é não tocar no rosto, mas por que será que é só a gente pensar nisso e vem um raio de coceira no olho? E coceira no nariz, e na bochecha? Na rua, vejo um furgão branco de entregas com dois caras de máscaras e luvas, Chernobyl me vem à cabeça. Relembro a cena das pessoas sendo enfiadas no furgão e levadas para um centro de detenção. O devaneio passa, mas fica a sensação de que sou o único cara desprotegido da cidade, estou sem máscara! Volto correndo para o prédio, mais seis andares para cima, exausto, tiro o tênis na porta e memorizo em quais quadrados do piso eu pisei para ter certeza de desinfetá-los. Assim que volto com a água sanitária, já esqueci quais são os quadrados e decido limpar a sala toda, e a maçaneta, claro. Mas será que acionei o interruptor e acendi a luz ou ela estava acesa? Lá vou eu outra vez.

#19

De hoje não escapa, preciso buscar comida no supermercado. Um vídeo na internet me assustou, todo mundo tem comida estocada, menos nós. Droga de vírus... Vírus, maldita palavra que me dá coceira no rosto. Lá vou eu: tênis "usar somente da porta para fora", escadas pra descer, desafio de abrir a porta do condomínio sem usar as mãos, ninguém na rua, ufa! E se fosse uma infecção de zumbis? Fico arrepiado, se aparecesse alguém mancando agora na minha frente dava uma voadora e saía correndo. No supermercado, o dilema: carrinho ou carregar tudo na mão? Vou de carrinho e com nojo. Tem um velho perto de mim na prateleira das massas, será que ele não sabe que tem que ficar em casa? Sinto que ele me olha pensando a mesma coisa, devo estar com cara de velho em quarentena. Vou tirar a barba amanhã. No caixa, a atendente grita para outra, "Você tem paracetamol? Tou me sentindo meio mole". Pronto! Vontade de sair correndo, me afasto os dois metros regulamentares. No final, ela pergunta se quero os selos da promoção, nunca quero os selos, mas justo hoje decido colecionar a porra dos selos. Ela me estende o papelzinho e fico olhando aquela mão contaminada, imaginando os corona com suas mãozinhas de vírus esticadas em minha direção, finjo que não é comigo, pego a sacola e fujo sem olhar pra trás.

#19

Cheguei do supermercado com as tão esperadas compras. Mais uma vez numa operação sincronizada, alcanço as sacolas para ela que deposita na bancada da cozinha, desinfecção vem depois. Declaro a cozinha como território em DEFCON 1 ("guerra nuclear iminente ou iniciada"). Terminado o trabalho, ela sugere que eu tire a roupa no corredor do prédio, entre dentro de um saco de lixo preto de 100 litros e vá pulando nu até o banheiro para tomar banho. Fico em silêncio por alguns segundos e quando começo a tirar a camisa ela me impede, era brincadeira. Reclamo que a gente não deve brincar com coisas sérias. Sigo para a lavagem do que comprei para matar os Coronas-Comunas com água e sabão. Álcool em gel e o uísque escocês 24 anos que ganhei no Natal só podem ser usados em casos extremos. Lavo o pacote do pão Seven Boys, do pão de sanduíche, a bandeja de queijo, pacote de bolacha, mistura para bolo. Não fazem mais nada em embalagens de papel? Chega a vez dos líquidos. Tetrapak de leite sem lactose (que tipo de vaca seria essa? Foco!), Tetrapak de suco de laranja, Tetrapak de leite integral. Seguindo os 20 segundos do regulamento, não aguento mais cantar Parabéns a Você. Estou preso num pesadelo de aniversário. Se um extraterrestre me visse na cozinha de máscara, óculos e luvas lavando uma caixa de leite e cantando Parabéns a Você, ia retornar a espaçonave e carimbar na sua tabela: Terra: Nível de desenvolvimento intelectual = zero. Retornar em mil anos.

#28

Hoje, na décima segunda vez em que fui passar álcool em gel na mão, senti arder meu dedo. Um corte! Um corte! Lâminas afiadas e falta de atenção são meu ponto fraco. Era só o que faltava, como será que me cortei? Além de ter todos os nove furos normais para um vírus entrar, ainda tenho um portão extra no dedo. Quando o pânico está ainda no nível 8 de 10, corro para o banheiro, se tivesse material suturava esse corte agora mesmo. Sem anestesia, mas de preferência com umas três doses de vodka para compensar o contratempo. Lavo na água corrente como minha sobrinha médica ensinou, depois seco. Seco? Quando foi mesmo que troquei essa toalha? Ontem ou antes de ontem? Já sei, Papel Higiênico, o nome ajuda: higiênico. Esse rolo foi aquele que deixei cair no chão? Acho que foi do outro banheiro, e se não for? Secar na roupa, jamais! Sabe-se lá quantos coronas de bracinhos abertos tem nessa roupa. Lá estou eu, o dedo molhado e sem opções de secar ele sem me infectar. Assoprar? Nãããão! Assoprar não! Lavo outra vez. Desisto, vai ficar assim mesmo, não existe mais nada seguro nesse mundo. Volto para o álcool em gel na esperança que as coisas ainda funcionem como quando eu era criança, e a gente usava mertiolato. Se arder é porque matou tudo.

#32

O tédio está me consumindo. Ninguém me chama para brincar. Abro a internet e os vírus caem das manchetes. Nas redes sociais a mesma coisa: vírus ou verme. Você sabe que está no limbo da humanidade quando as brincadeiras do Instagram não chegam em você. Nem corrente de "uma coisa incrível vai acontecer com você nos próximos minutos se você marcar setenta pessoas" chega em mim. Que dirá "Diga o nome de um amigo com J", "Tire uma foto sua e marque seus amigos", "Onde eu estava nessa foto". E eu...eu, de fora. Ninguém me marca. Bem feito. Quem mandou nunca questionar essa falsa fama de intelectual? Ler vinte livros por ano, onde você estava com a cabeça? Ser de esquerda e ainda acreditar em um país com justiça social, SUS e essas bobagens? Campanha para eleger um professor...imagina! Bem feito, isoladão de Coronentena. Sorte que ainda posso jogar jogos de tabuleiro pela internet com meninos que nem conheço. Devo ser o cara mais velho do planeta jogando Zumbicide on line. Imagino aqueles chinesinhos, italianinhos, canadenses de doze anos achando muito engraçado minha falta de aptidão e demora para decidir minha jogada. Nesse tempo tão escuro e distópico tá valendo. Enquanto o Instagram não brinca comigo, brinco de menino com os meninos isolados no mundo.

#35

Sem ser convidado para nada na internet, vou pelo caminho mais difícil. Para relaxar, eu pensei, resolvi encarar a caixa de cabos e fios do Quartinho do Isolamento. Depois de retirar a caixa cuidadosamente para não acordar nenhum Gripezinha-Corona, começo o trabalho. Dois minutos depois já estou arrependido. Aos dez minutos penso que seria melhor ter lixado o gesso do teto de todo o apartamento, mais divertido. Tem alguma coisa de cruel em cabos soltos numa caixa. Eles se misturam, enrolam, enozam, embaraçam. Descubro que tenho nove cabos de rede, seis carregadores de celulares (sem os celulares), dezenas de cartões de memória com fotos de viagens, inúmeros pedaços de plástico aparentemente sem utilidade, cem metros de cabos RCA, vários fones de ouvido de avião com dois plugues, um HD, dois pentes de memória que não servem em nenhum computador fabricado depois de 1998, um controle de vídeo game (sem o videogame) e outras dúzias de adaptadores, plugues, fiozinhos e sei lá mais o quê. Muito trabalho e arrependimento depois, tudo enrolado e separado em montinhos (com alguma lógica), meu irmão me liga. Ficamos uma hora ao telefone. Na volta, penso em jogar tudo pra dentro da caixa de novo e dar um belo foda-se. Mas ela me desafia dizendo que achou que era isso mesmo que eu ia fazer. Não sou de competir, mas não posso perder essa! Retomo o trabalho. Na pilha de "coisas que eu tenho e que nunca mais vou usar" descubro um Palm Top circa 1996, um Mini Projetor de imagens para celular com mofo e um divisor de sinal HDMI para ligar duas TVs ao mesmo tempo (?). Relíquias ou lixo eletrônico? Na dúvida, elas voltam para a caixa largadas por cima de tudo. Quem sabe que tipo de equipamento eletrônico vou precisar no apocalipse que nos espera? Convém ser cauteloso.

#40

Lembrei do Chico... "todo dia ela faz tudo sempre igual", só que agora, eu sou aquela "ela" da música. Todo dia igual. Será que sempre foi assim e a gente não percebia? Às vezes dá medo de pensar que sempre foi assim, e que só agora estamos notando. Será que eu devia ter feito coisas que eu não fiz? Sei lá. Na época não parecia boa ideia, mas agora, até frequentar academia parece legal. Outro dia o dentista mandou um lembrete que estava na época da revisão e fiquei feliz. Pode? Você sabe que está com um problema quando acha legal ir ao dentista. Já estou até imaginando quando vou começar a ter saudade da fila do caixa do banco no quinto dia útil do mês. O limite do isolamento deve ser quando a gente começa a sonhar em ir ao Detran. Mas estou longe disso, ainda preciso passar pela fase de ter saudade de refazer a Carteira de Identidade, resolver uma pendência presencialmente na Receita Federal, ficar preso num aeroporto cercado de gente esperando quatro horas pelo voo ou cancelar a assinatura da TV a cabo por telefone! Em breve vou ter saudades dessas coisas divertidas?

#41

Começou a chover. Vocês assistiram àquele filme antigo em que o cara fica preso no mesmo dia para sempre? A rotina sempre me esmagou.

Felizmente tarde demais

Flavio da Silveira Bruno

"O problema, meu amigo, é essa incapacidade de fundir coisas que se opõem", murmurou, interrompendo a ida do copo para a boca, olhando vesgo para as pedras de âmbar que o fitavam de volta. A voz lhe saíra rouca, grave, baixa. Derramado o whisky sob a língua, o silêncio da sala esperou que as mucosas se acostumassem ao frio e ao álcool para ser mais uma vez perturbado: "é essa a nossa condição, saber que as coisas nunca se encaixam, mas aí, não ter um sentimento para uni-las". Voltou a atenção para o drama do gelo, que perdia, aos poucos e cada vez mais depressa, a sua integridade, dissolvida pela energia oculta da bebida. O cuco rangeu e gritou duas vezes e ele engoliu de uma os dois contendores.

Permaneceu no sofá, inclinado, com os pés sobre a mesinha de centro. "Sempre indignados. Nem ódio, nem amor, nem compaixão, nem crueldade. Estamos todos indignados o tempo todo, sob qualquer ponto de vista, qualquer questão. Uns indignados, isso é o que somos!", seu pensamento girava acelerado como se fosse sugado por um tufão. "Ser um animal indignado era nossa predestinação", concluiu sua tese, com um suspiro de indignação, antes de se deixar cair de lado.

A manhã já estava aquecida quando acordou, com a face direita suada. Precisava comprar alguma coisa para fazer o almoço, "se for ligar, vão levar horas", resmungou aos chinelos gastos. Perto de casa havia uma barraca de verdureiro cravada na calçada. No canto da bancada de madeira, ao lado da balança, amontoavam-se cartõezinhos ilustrados de um hortifruti, com fotos de frutas e verduras bem mais atraentes do que as que se exibiam sem pudor nos cestos, cobertas da poeira do asfalto. Na última compra, custara a entender que os dois negócios existiam no mesmo lugar, ao mesmo tempo. Na fila, uma senhora de uns setenta anos estendera-lhe a mão. Ficou sem entender, por um instante, o gesto íntimo que não concordava com a expressão contraída do rosto, mas logo se deu conta: era preciso manter a "distância social". "Puta merda, mais distância social ainda?" Pouco mais à sua frente, uma dupla de sexagenários conversava sobre um Fulano de Tal do bairro que havia morrido ontem:

- "Dizem que foi o Covid..."

- "A Covid!" - emendou o outro.

- "Isso! O zelador, que lhe entregava as compras, me falou que, no fim, reclamava que ninguém se importava, choramingava que tinha memórias, que tinha amado, lido romances, escrito poesias. Ora, sua história, suas manias, suas coisas, suas opiniões, sei lá; sua vida! Só ele sabia! Pra que ficar remoendo? Ainda mais na hora de morrer. Se alguém o tivesse amado, poderia confirmar o que dizia que iria perder. Mas, sozinho do jeito que terminou, abandonado, duvido. Bom, pelo menos que eu saiba. Dois quilos de batatas e uma dúzia de bananas d'água, por favor".

- "É..., quando a morte arrasta um, assim, de repente, é que a gente se dá conta de que a nossa vida só vale pelo que conhecem dela. E que a morte transforma todo mundo em Fulano".

Ouvia tudo de cabeça baixa, esperando a sua vez. A febre persistente e o cansaço dissipavam sua atenção. Queria ir logo para casa, tomar seu whisky enquanto preparava uns legumes cozidos. Não tinha fome já há um bom tempo, mas a bebida ainda descia bem.

O apartamento submergiu na noite sem lua. Havia tomado um banho quente e se arrumado para dar uma volta. Uma brisa fresca invadiu seus pulmões no último degrau da portaria e foi como se sua saúde tivesse sido integralmente restabelecida naquele instante. Caminhou devagar.

Um grupo de amigos reunidos na varanda da casa de esquina da praia discutia, euforicamente, os efeitos da doença. Parou para fumar um cigarro, enquanto olhava as linhas brancas das ondas se fundirem. Não passavam carros. Os vira-latas tinham sumido. Se pôs a ouvir.

- "Quando não podemos nos esconder e nos proteger com os recursos que dispomos, a morte nos iguala, e o mais distante e diferente de nós passa a ter toda a importância do mundo."

- " A Internet disseminou a doença."

De certo, se consideravam intelectuais.

- "Tudo se entrelaça. Nossa compreensão é ampliada a todo instante, disse outro."

- "Antes, os líderes influíam mais na seleção das informações. Só nos restava acreditar nos super-homens que traçavam nosso destino", completou o quarto.

Todos pareciam concordar uns com os outros. Devia ser algum tipo de efeito colateral da doença.

- "É isso mesmo, hoje, as pessoas influem nas decisões que estão sendo tomadas. É porque eles não conseguem mais monopolizar a informação", retrucou o segundo.

- "Não concordo. Criar barreiras para a livre circulação da informação é o que mais fazem as grandes corporações de tecnologia digital" - voltou o primeiro e o quarto complementou: "E também não é verdade que as coisas sejam tão acessíveis assim. Tem que pagar a Internet, a luz, os equipamentos..."

Virou os olhos, que estavam perdidos no mar. "Ué, discordaram, agora. Não devem estar tão doentes assim".

- "Sei, tem esses lados. Mas e a quantidade de informações que a gente compartilha de graça?" E encerrou: "Fluindo livremente pelas artérias da sociedade, a informação é a vacina contra a mais antiga das doenças: a obediência cega à autoridade."

Os outros três concordaram, ou discordaram, não reparou. Deu a última tragada, jogou a ponta de cigarro próxima ao pé direito e esmagou a brasa que explodiu em fagulhas. Sua cabeça doía. A falta de ar o deixara um pouco tonto. Resolveu voltar pra casa. Sabia que estava doente, devia ser essa maldita doença que havia contaminado todas as conversas. Fazer o quê? Ir a um hospital? Chegar lá e dizer 'acho que estou com essa Covid aí'. Iam mandar ele de volta. Os hospitais estavam repletos de moribundos. "Procure ficar isolado!", lhe diriam. "Não vai mudar nada. Só vou me cansar à toa." Melhor esperar.

Abriu a gaveta da cômoda pra procurar uma novalgina. Tinha certeza de que havia sobrado uma da última vez que tomara. "Foi ontem? Anteontem?" Fuçou a gaveta. Um maço de alguns papeizinhos dobrados em quatro estava debaixo de uma latinha de Vic. Sabia o que era. Mas havia tempo que não o abria. Eram poemas. Um amigo poeta, desses que só a gente conhece, porque gosta, tinha lhe dado para ler. Nunca o devolvera. Ele também nunca o pedira de volta. Abriu as folhas. Ajeitou-as. E leu logo o primeiro.

A Esperança

Coitada, está escondida.
Está lá, no fundo do vaso quebrado,
Enfiadinha num canto, tá vendo?
Ali, na dobra do barro,
A Esperança.

Saíram todos,
Os Males se enfumaçaram,
Pelos quatro cantos.
Mas ela ficou,
Escondidinha pra não sair.

Mas o que é que
A Dona Esperança
Estava fazendo ali,
Com tantas más companhias,
Me pergunto eu?

Esperança talvez não fosse mesmo boa companhia. Deitou. Dormiu, na cama, dessa vez. Acordou cedo, umas sete. Um sonho estranho, uma viagem ao interior do próprio crânio. Voltou a dormir. Na sala, a TV ligada mostrava imagens das cidades. Inicialmente, alguns governantes haviam se rebelado contra a doença. Mas o vírus se mostrara forte e intolerante. O resultado foi que, pela primeira vez na história, o poder tivera de assumir, diante de todo o mundo, a racionalidade viciosa com que sempre subjugara o conhecimento que estava à sua frente.

O locutor de um anúncio de uma rede de supermercados entrou pelo quarto e gritou em seus dois ouvidos desprotegidos. Levantou dolorido. "Filho de uma puta, desgraçado". Desligou a TV. O céu claro o hipnotizou e o levou até a varanda. As ruas pareciam leitos secos que desembocavam seu vazio no mar. Resolveu ir até a cozinha, mas parou no corredor ofegante. Apoiou-se na parede. Olhou para a mão que o sustentava com carinho. As mãos eram suas companheiras dedicadas, cooperativas, trabalhadoras. Não tinha dúvidas, possuíam livre arbítrio; apenas abriam mão dele. Chegou até a geladeira. Mais uma vez suas mãos tiveram de ajudá-lo e abriu a porta, no segundo puxão, agora usando o corpo para vencer a força magnética. "Modernidade e Civilização eram jovens crianças brilhantes que ficaram órfãs de Humanidade e que foram adotadas pelos Gradgrind. Tempos difíceis!", concluiu. Encheu o copo, recolocou a garrafa quase vazia de volta. Deu um gole farto. A dor aguda lhe fechou a goela. Abaixou o queixo, segurou o pescoço quente. Bebeu o restante com mais cuidado. Voltou para o quarto. Sentia-se mal. Deitou e desfaleceu.

Na mesinha de cabeceira, um caderno de notas, adquirido na Gilbert Jeune por doze francos, em 1970, jazia aberto. Havia escrito muito sobre o que vinha acontecendo, antes de ser acometido pela febre e pela tosse, que respingava o papel e criava pontos borrados nas anotações, como se a infestação contaminasse até as suas letras, tão cuidadosamente desenhadas com a Parker que herdara de um tio. O heroísmo daqueles que arriscavam suas vidas para tratar dos doentes criara uma onda de enaltecimento dos bons sentimentos e, de certa forma, de orgulho de se sentir humano também. Muitos que condenavam mais do que aprovavam o mundo, se deram conta de que era porque pouco faziam para o bem e pouco reconheciam do bem que era feito, escrevera.

Dezoito horas depois, despertou em sobressalto. Faltava-lhe ar. A tarde se ia no horizonte sem lhe dar adeus. Sentou-se na borda da cama. Uma súbita amargura ardeu-lhe a traqueia. Como se tornara ato reflexo, levou a mão direita ao peito e comprimiu-a com o queixo. O pescoço estava mais quente agora. Pegou o maço de poemas. Leu:

Novelo

Enquanto o céu se desloca,
Nosso tempo se desfaz.
Como um novelo que se desenrola,
Nossa vida é o meio,
Que liga a ponta ao fim.

Enquanto corremos em busca do que lá está,
Fingimos não saber o que vamos encontrar.
E corremos, corremos e corremos,
Enquanto nossa descrença é sã
E nosso coração é jovem.

Então, um dia, nos deparamos
Com a visão da outra ponta,
Que já treme e se sacode aos nossos passos.
E freamos, freamos e freamos,
Tentando evitar o inevitável.

Voltamo-nos, então, para trás.
Mas os pés correm para frente,
No terreno íngreme,
Escorregadio e vertiginoso,
Que desemboca só Deus sabe onde.

Vemos agora com a alma
O que os olhos jovens não percebiam:
Que a vida é um sonho,
Em que tudo o que está à frente
É apenas o que veremos lá atrás.

Ouvia a voz do amigo, como se ele estivesse ali, ao seu lado, com aquele jeito franco, inseguro, fitando-o com seus olhos meigos de cachorro fiel, prestes a dizer "Então, o que achou?" Deitou os poemas ao seu lado. Deitou-se. Sentia suas forças tragadas dos dedos, como o recuo inexorável das marés. A cada instante, o futuro se aproximava mais depressa. Para onde iria sua vida? Influenciado pelo amigo, olhou para ela. Estava toda lá. Se havia partes que faltavam, estavam em algum lugar. Com alguém. Que o havia amado. Tudo que viu, tudo que pensou, tudo que sentiu estava lá. Ele sabia, enquanto o tempo lhe tragava as últimas forças. Nada se perdera. Nada se perderia quando o mar enfim arrastasse para o centro de si todos os fluxos.

Agora estava longe, seus pulmões pouco lhe demandavam. "Sem ar e sem necessidade dele". Tinha pavor do sufocamento. "Como os outros se deixam morrer, se lhes falta ar no instante final?" Mas agora entendera. Quando o recuo das marés cessa, levando as energias, não há precisão de combustível. "É isso!", ecoou no vazio silencioso do peito. Feliz por ainda estar sua vida consigo, teve forças para entreabrir os olhos e ver o quarto povoado de suas coisas, prova cabal da eternidade, da roda da fantasia que se renova. Através das paredes, olhou para o céu, agora estrelado como no campo. E de lá se viu. E viu a tudo e a todos, de todos os tempos. E viu que se fundia aos poucos ao movimento e às forças, aos maiores movimentos e às maiores forças. E às coisas que eram só matéria. E que eram mais do que matéria; que se destruíam e se criavam; que eram violentas, mas que eram pacíficas; que eram corajosas e criativas; que eram invisíveis e silenciosas; que significavam tudo, que explicavam tudo porque eram tudo e sempre foram. Tudo que só agora, nesse último átimo, já sem respirar, sem se mover, já sem pensar, sem sentir, quisera para si! Um sentimentozinho pequeno e escondido, murmurou: eu te amo, e a luz se desfez.

Desolação Cornífera

Maira Nobre

Começava como uma espécie de coceira, seguida de uma pequena vermelhidão na testa a indicar uma erupção de uma acne. No entanto, o processo demorava alguns dias para chegar ao ápice: dois chifres pontiagudos de puro osso, branco, cônicos se projetavam para fora da cabeça em cada lado. Algumas pessoas começaram a adotar bonés ou chapéus, as mulheres imaginavam franjas curvas, bandanas, lenços; em todo caso tratava-se de uma epidemia que se alastrara por todas as cidades do país. Na verdade, era uma praga silenciosa. As idas aos consultórios de dermatologistas não resolviam e os cremes prescritos não surtiam qualquer efeito a não ser, é claro, comportavam o aspecto bem oneroso de tal iniciativa. Com o passar do tempo, a demanda aumentou e os preços seguiram o caminho. Por outro lado, os consultórios de psicanálise lotaram. A disseminação cornígera era democrática, pois assolava as gentes de todas as classes, etnias, gêneros e gostos.

As pessoas começaram a exibir os novos ornamentos na testa, uns pequenos tocos, enquanto outros ganhavam formas exuberantes, contorciam-se a imitar um festival caprino e bovino inimaginável. O deus grego Dionísio teria gostado de se ver refletido na imagem de milhares ou teria se indignado em não lhe prestarem homenagens com tragédias e comédias. A certa altura, se todos começavam a exibir cornos, então, esse seria o novo padrão estético e a sociedade caminharia, portanto, mais enfeitada. Em breve, as pilhérias encerrariam e tudo seria banalizado. A ciência explicaria a provável (in)volução devido à camada de ozônio ou a alguma picada de um Aedes aegypti corniferus ou a um experimento bioquímico saído do controle de algum laboratório de segurança. Procurar-se-ia por uma vacina e se houvesse êxito, teria sido mais uma página rasgada da história; se houvesse insucesso, outras hipóteses seriam levantadas.

Contudo, para que se estabelecesse a normalidade era imprescindível que todos deixassem de ostentar o pacto diabólico, impensável para um povo cristão e conservador. Além disso, o enfeitado era alguém sob suspeita, pois havia pessoas sem chifres. Incólumes. Nenhum vestígio protuberancial, nenhuma mancha rubra, nenhum sinal de erupções.

Algumas se assustavam diante de uma simples espinha que, quando comprovada, suspiravam aliviados, pois que o ser humano é assim: sente o agravamento se não houver outro agravamento maior. Donde se conclui que o agravamento é uma questão de prioridade a ser medido, pesado e compensado: se for acne, e todos são normais, logo, que horrível; se for acne, e todos são chifrudos, logo, que bom. Desses relativismos se configuram os tempos e as sociedades.

Havia, portanto, um compasso de espera. Nos percursos de ônibus se ouvia:

- Ela parecia que não ia ter chifres, mas, ontem, apareceu lá no trabalho com um enorme!

- Um cara falou que na casa dele todo mundo tá com chifre, menos ele!

No elevador, se comentava:

- O seu chifre dói?

- O meu incomoda à noite, quando eu me viro para dormir.

No metrô, alguns para entrarem à força e afastarem os outros passageiros, abaixavam a cabeça e impunham os cornos como bodes indóceis. Por causa disso, uma mensagem bilíngue gravada avisava em voz feminina metálica:

- Não use os chifres, respeito é bom e todos merecem.

- Não deixe os chifres ultrapassarem a faixa amarela, ela é sua garantia de segurança.

Desenhos com chifrudos foram espalhados pelos vagões, enquanto nos pequenos televisores artistas vendiam a imagem de que ter chifre era bom e o creme usado para poli-los. As pessoas sem chifres ignoravam solenemente a pseudoabsurdafarsa da banalização chifresca.

Um importante hotel de luxo recebia celebridades de todo o mundo. À noite, o que se perdia nos jogos era um montante maior do que o correspondente à diária de hospedagem por um ano. Todos que por ali transitavam exibiam pares imensos de cornos, alguns os adornaram com pedrarias preciosas e havia aqueles que os banharam em ouro, mas o peso se mostrou demasiado e a coluna cobrou o preço. Dessa forma, submeteram-se à penosa extração nas mãos exímias de cirurgiões plásticos cientes de que, logo, outros nasceriam de maneira mais imperiosa do que o anterior, sem que esperassem sequer a cicatrização. A carne tenra se via exposta ao tormento do chifre, a crescer com dor calcinante amortecida por analgésicos potentes. Com a febre de chifres, o movimento hoteleiro decaiu a níveis inimagináveis, embora chefes de estado e alguns políticos não se importassem com o que consideravam um pequeno detalhe nas testas, os negócios prosseguiam e os membros do corpo diplomático atuavam sem quaisquer problemas. Até onde se sabia, os estrangeiros eram imunes aos cornos.

A partir disso, um projeto de pesquisa de uma renomada universidade resolveu desenvolver uma vacina com o DNA estrangeiro, alguns voluntários assinaram o Termo de Compromisso e começaram a ser separados em grupos sob a análise de L., que não possuía o tal chifre e era neta de uma portuguesa. No laboratório da pesquisadora, O., C. e T. não possuíam chifres, enquanto H. S. e H. T., ambos descendentes diretos de estrangeiros, ela possuía e ele não.

Curiosamente os anciãos, em sua maioria, não desenvolveram cornos, ao que o povo, sarcasticamente, atribuía os chifres a pessoas com vida sexual plena, desmentido pelo fato de que embora crianças e jovens de 15 anos não desenvolvessem chifres, era sabido que a sexualidade começa na adolescência e, mesmo assim, não desenvolveram cornículos. Para onde quer que o senso comum apontasse não havia justificativa plausível para a ocorrência destes.

Em uma igreja, um pastor recebia milhares de fiéis cornígeros atraídos, sobretudo, por sua fama. Constatou-se que envergavam cornos de todos os diâmetros, sentiam-se acolhidos, participavam da assembleia e saíam revigorados. Alguém perguntou sorrateiramente se os chifres eram de deus, por que as crianças não os teriam? O pastor sabiamente esclareceu a manifestação tardia como escolha do espírito esquecido da figura de satanás, tão recorrente neste tipo de culto. Outros, em uma igreja menor, prestavam culto com um pastor sem chifres e nenhum deles sofria do mal cornífero, oravam sem compreender o fenômeno ímpar.

Um médium cornudo presidia a sessão em um centro espírita onde as mensagens eram canalizadas para saber se existiam chifrudos entre os irmãos desencarnados. Aproveitou-se o ensejo para indagar a respeito de um cornudo recentemente falecido, mas ainda se encontrava em estado de perturbação. Em sua maioria, os presentes ostentavam chifres, viam-nos como um carma por qual precisavam passar a fim de resgatar erros pretéritos. Sendo todos nós devedores dever-se-ia praticar a caridade para se obter a salvação. A sopa continuaria a ser distribuída e não era raro ver um bando de chifrudos servindo aos irmãos em situação de rua descornudos. Isso deixava alguns revoltosos, uma frequentadora da casa havia trinta anos, ministrava passes, assistia às palestras e, mesmo assim, nasceram-lhes chifres. Decidiu largar tudo, começou a beber e, segundo dizem, atraiu companhias espirituais indesejáveis que já estavam à espreita havia muito tempo.

Nas missas de domingo, um padre sem chifres na homília sequer mencionava o que estava visível diante de todos, enquanto a maioria dos católicos envergava guampas indisfarçáveis, e outros, em menor quantidade, sem cornos, compadeciam-se. A imagem diabólica que atravessou os séculos se tornara presente na casa de Deus. Sem dúvida, respirava-se certo desconforto, mas a compaixão deveria tocar o coração de todos os fiéis. O antigo confessionário recebeu reforço com modelos novos para que o fiel com chifre, principalmente as senhoras, pudesse entrar e se sentar com comodidade. Houve um aumento considerável do dízimo; não se sabia se a culpa aumentara devido ao medo de ter feito um pacto com o demônio e disso não se lembrar ou se o rentismo havia dado frutos e era justo reparti-lo com a igreja.

As religiões de matriz africana se comportaram também de forma acolhedora, era onde havia menor ocorrência de corníferos. Na Umbanda, o chifre tem um caráter diferente do ritual judaico-cristão, representa a vitalidade, a fertilidade, a sabedoria e o vínculo e com as energias cósmicas. Ao contrário do signo demoníaco, simboliza a honra e o respeito. Apesar de poucos envergarem chifres, os que o possuíam recebiam certa deferência. No candomblé, questionou-se o oferecimento do sacrifício de bodes, houve uma cisão, uns defendiam que deveriam continuar com a prática, enquanto outros alegavam que seria desrespeitoso com a manifestação dos irmãos chifrudos ali presentes. Por via da dúvida, estabeleceu-se o consenso de que a decisão caberia aos fiéis cornígeros que, democraticamente, decidiram perpetuar a religião conforme os ancestrais.

Algumas seitas assumiram-se como cultuadoras do chifrudo; enquanto outras explicaram que eram reptilianos com a forma humana com chifres; outras que eram seres extraterrestres que, na adaptação terráquea, tinham sofrido uma mutação biológica; outras defendiam ser o momento da divisão do joio e do trigo, conforme apregoada pela Bíblia. Isso gerava calorosas discussões, pois que o número de cornudos era idêntico ao de não cornudos nas seitas urbanas.

Havia poucos municípios sem ocorrência de corníferos que assistiam abismados na TV e no Youtube. As selfies naturalmente diminuíram de intensidade não só porque era um fenômeno superado e cujo fascínio estava em franca decadência, assim como os narcisistas de plantão não se sentiam à vontade ainda para exibirem cornos. Os desejosos de aprovação postavam apenas a foto do pet ou do local em que estavam a fim de se mostrarem descolados, serem admirados ou alimentarem a inveja alheia. Quanto ao chifre, recebiam invertidas desde fotos de cruz e terço, outros rompiam amizades de infância. Na maior parte havia medo por parte dos não corníferos, pois acreditavam na existência de um pacto demoníaco e os que tinham chifres viam no outro o próprio fracasso fosse estético ou espiritual. A matéria e o espírito nunca haviam estado tanto na ordem do dia como se fosse algo binário e não complementar.

Entre os casais se vivenciava o ineditismo daquela situação e os consultórios de terapia começaram a criar pacotes especificados para os grupos: casais chifrudos ou apenas um dos parceiros. O objetivo era destinar um espaço de escuta para que o casal pudesse sobreviver ao grande abalo psicológico, sexual e pessoal. O curso de psicologia se viu obrigado a abrir disciplina para tratar a síndrome do chifrudo como algo materialmente presente, o significado anterior se esvaziara e exigia-se que novas proposições fossem ressignificadas, a sexualidade adquiriu novo enfoque e o chifre feminino foi revisto como a inveja do pênis manifestada para além do simbólico. O conceito fálico revisitado incorporou novas adjetivações e o formato do chifre recebeu tratamento antropológico no resgate das culturas originárias.

Um artista conceituadíssimo adotou cornos falsos em sua indumentária, invadiu a cena e, em sua mostra, abriu o salão vazio com uma cornucópia absoluta no meio, centrada, a espalhar anjos endiabrados. Na sala seguinte, o visitante entrava num grande chifre e ao término era surpreendido com uma imagem no espelho e um par de chifres, aqueles que já o possuíam eram confrontados com o par duplicado. Todos saíam dali plenos de chifres. A pretensão do artista era demonstrar que todos os homens são iguais independente de possuírem chifres. A amostra atingiu um sucesso retumbante, mas incomodou a ala conservadora - cornuda - que entrou com uma ação junto ao MP para censurar o que foi considerado a apologia ao chifre quando o grande incômodo tinha sido alertar para a igualdade dos homens. O MP presidido por um chifrudo classificou a mostra como degenerada e lacrou a porta do Centro Cultural.

Manifestantes indignados com o ataque feito à cultura saíram às ruas e a maioria, embora não possuísse chifres, aderiu ao adorno e colocou chifres de papelão, e seguiram munidos de cartazes. O número de participantes não passou de dois mil, pois o evento divulgado por Whatsapp e pelo Facebook e, como todos já sabem, o ciberativismo não basta para levar o povo às ruas. Para derrubarem a Bastilha em 1789, organizaram-se fora do ambiente da web e a derrubaram para pegar as armas que lá estavam - algo geralmente esquecido - e, assim, empreenderam a revolução que, no entanto, jogou o país nas mãos de um ditador, como diria Hobsbawn. Para variar, na manifestação, a polícia militar agiu com truculência e capacetes adaptados já que todos os seus componentes sem exceção eram chifrudos. Uma liminar havia proibido no último minuto que eles fossem cornúpetos, pois os direitos humanos alegaram que o uso de chifres para ferir seres humanos era ilegal. Outra liminar pró-cornúpetos alegava as touradas espanholas como tradição. Os pró-direitos humanos responderam que pertenciam a uma cultura diferente e, assim, desrespeitavam os princípios ético-morais e a Constituição.

Nos dias seguintes, a mostra cornígera foi recepcionada no MoMA, imagens foram divulgadas e a #somostodoschifrudos dominou o cenário. A mídia alternativa comentou muitíssimo e a oficial insinuou o desrespeito do artista com a família que tem um chifrudo, calando-se sobre o sucesso da exposição. Um mês depois todos haviam se esquecido e foi a vez da classe artística se posicionar a favor de um cantor que numa apresentação musical arrancara os falsos chifres. Naquele dia, o trend mais popular era #forachifrônios.

Cientistas cogitavam que elementos químicos teriam causado no país o nascimento do Cornu brasilienses, a hipótese que a onda cornígera era proveniente da água de esgoto. Os estudos realizados com o mosquito Aedes aegypti corniferus deram em falso positivo sem ocorrências em outros países. O fato de ser circunscrito a um território demográfico fez com que surgissem inúmeras hipóteses de cunho interdisciplinar, inclusive cientistas políticos desenvolveram premissas baseadas em neofascismo, nazismo revisitado, fake news...

Os literatos estabeleciam *A Peste* de Camus, *O ensaio sobre a cegueira* de Saramago para compreenderem a praga com o nascimento dos cones cerebrais. *1984* de Orwell lembrava que os dois minutos de ódio por dia desencadearam na população sentimentos antagônicos capazes de desencadearem o demoníaco dando, portanto, na aparição em boa parcela da população, mas não na maioria, de cornos de diferentes calibres. Os cineastas se fixaram nos cult movies que iam desde Orson Wells com The Trial, filme baseado n'O Processo de Franz Kafka, até a distopia d'A Laranja Mecânica, outros preceituavam o Joker como forma de eliminar os chifrudos demoníacos que emperravam a liberdade da nação.

Passado um ano, a revolução cornífera se instalara por completo - quem tinha de tê-los já os tinha e quem não manifestou a cornicidade não a manifestaria mais. Os proprietários e funcionários da mídia televisiva envergavam cones robustos, aqueles que não os tinham foram obrigados por contrato a portarem-nos nas aparições públicas. Alguns receosos de perderem o emprego chegaram a se submeter a cirurgias para implantes turbinados, noticiado com tanta empolgação que alguns jovens começaram a pedir o mesmo aos pais.

Um grupo de pesquisa aventou a hipótese surreal de que o surgimento de chifres ocorrera depois da forte febre amarela que assolara o país. As pessoas se fantasiaram de amarelo e vociferavam com ódio sintomático. O ódio havia sido inoculado virulentamente por doses homeopáticas diárias e onipresentes. De acordo com o grupo, as pessoas que haviam contraído a tal febre amarela assumiram cornos e ostentavam agora publicamente vigorosos chifres. A hipótese foi escarnecida pela banca composta de renomados cientistas a exigir comprovação científica, o grupo ficou sem apoio financeiro e as instituições de fomento inviabilizaram bolsas de estudo, houve cortes severos nas ciências com ou sem fronteiras. Qualquer ideia esclarecedora era demonizada (para manter o campo semântico cornífero), pois quem tinha chifres não queria ter dor de cabeça.

Após dois anos, as guampas desapareceram misteriosamente, sem coceira e sem ardor, apenas uma ausência, um pequeno rosado e logo, a cor da pele original. Entre corníferos e não chifrudos, sem dúvida, ficaram marcados até que apareceu uma nova epidemia que colocou todos em casa...

imp

EPÍLOGO A MINHAS OBRAS COMPLETAS

Alysson Siffert

Posso afirmar que vivi um milagre ao ter conseguido concluir meus escritos, que se mostraram cada vez mais numerosos e cujo termo definitivo cheguei a crer inalcançável. Esse mal das obras inacabadas sem dúvida acomete todos os acadêmicos e intelectuais que galgaram algum posto de prestígio, como eu, e que por isso passaram a se dedicar mais a eventos corporativos, reuniões e palestras do que à efetiva finalização de artigos e livros anteriormente planejados. Era essa minha exata situação até março de 2020, quando a vida deu uma cambalhota e tudo subitamente mudou.

O planeta inteiro havia paralisado por uma nova pandemia, que a princípio interpretei como algo apenas catastrófico, pois com a queda drástica das cotações das bolsas perdi um dinheiro incalculável em ações que se depreciaram. E logo depois iniciou-se um isolamento forçado que me privava, sem adequado aviso prévio, do livre mercado dos prazeres do mundo. Com isso parecia se delinear o pior dos pesadelos.

Mas felizmente pertenço à exceção otimista e clarividente entre as pessoas, ao 1% que enxerga a melhor oportunidade até de situações de guerra e que tem plena fé nos poderes supremos da própria vontade. Resolvi aproveitar a quarentena para escrever igual a uma locomotiva e terminar todos os textos e livros que eu já havia começado. De início deixei de lado os meros rascunhos de ideias para me dedicar aos *papers* que se encontravam quase no fim ou pelas metades. Raciocinei que o mesmo pragmatismo que me trouxera o sucesso no mundo real dos negócios deveria ser aplicado ao mundo de papel das teorias, e fui atacando texto a texto, do mais concluído ao menos, no intuito de eliminar rápido esse problema do inacabamento.

De quando em quando precisei interromper o ritmo frenético da escrita a fim de voltar a estudar algum ponto meio esquecido, mas esses desvios foram raros, pois já domino bem as fórmulas que aplico aos meus argumentos. Tenho sempre em dia e na ponta da língua toda a matemática necessária para se equacionar os problemas supostamente difíceis do passado, do presente e do futuro, que, na verdade, são bem fáceis e banais. Tudo se resume a equilibrar algumas curvas após o cálculo das variáveis em jogo, e *voilà*. É coisa elementar, que a gente só estende em mil repetições porque os demais custam a entender o óbvio.

A missão de publicar tais arrazoados explicativos só se impõe pela conclusão de que as teorias que são evidentes para mim costumam ser obscuras e complicadas para meus colegas, sócios e alunos, e mais ainda para os políticos incumbidos em aplicá-las. Já me disseram que eu talvez seja um *savant*, isto é, uma mente excepcional, e de fato há indícios que me permitem suspeitar disso. Por exemplo, não esqueço quase número nenhum que leio, ou melhor, que vejo, pois os números na minha cabeça se movem como pinturas vivas, como animais fantásticos de um mundo ideal, e não como sinais inertes e sem graça, que é o que imagino que eles devem ser para a maioria das pessoas, com base nos seus tristes testemunhos. De todo jeito, a mim meu cérebro me parece normalíssimo, afinal de contas, só estou acostumado a ele e a nenhum outro, e então essa história de *savant* não sei se é real ou se é apenas uma suspeita exagerada.

Seja como for, para que eu prosseguisse em meus escritos de micro e macroeconomia sem indignar meu habitual apetite, era preciso conduzir até meu estômago uma parcela da produção nacional e importada, mais precisamente, 0,00000037%

do consumo de alimentos e bebidas do país. Com a generalização da quarentena, me suprir disso passou a ser tarefa da minha esposa, sobretudo após dispensarmos a doméstica, que já não queria pegar seus quatro ônibus diários - os dois da vinda e os outros dois da volta. A princípio minha mulher também se mostrou histérica: só fazia compras por telefone, borrifando com álcool tudo o que era entregue em casa e depois lavando as mãos por cinco minutos seguidos. Mas após eu insistir que ela estava com exageros, e que até o presidente da República havia garantido que a ameaça não ia além de uma gripezinha, pude de novo comer frutas e verduras frescas, pois ela voltou a frequentar os supermercados na sua própria pessoa física.

Focado em concluir minha obra, eu não podia me dar ao luxo de perder tempo com ladainhas apavoradas, e então foi um alívio quando minha esposa, por convicção própria, passou a fazer parte do coro que criticava o absolutismo da suspensão do comércio. Ao notar alguma descoloração nos cabelos e pequenas rachaduras nas unhas, ela sentiu que voltar a ir ao salão de beleza era uma necessidade tão premente quanto antes fora lavar as mãos por cinco minutos. A única coisa que a segurava firme em casa era a possibilidade de riscar todos os itens de suas listas de desejos com compras online, isso enquanto eu riscava os títulos dos textos finalizados e, distraído em novas revisões, aprovava tudo o que ela dizia que iria encomendar em seu próximo click.

Contudo, chegou uma hora que ela se cansou de comprar via internet, sem sair de casa - hora que coincidiu com o momento no qual eu havia acabado meu artigo mais incompleto e já começava a escrever outro novíssimo, que eu mal tinha imaginado antes. Sem paciência com as preocupações miúdas da minha esposa, continuei a fomentar a redução de seu medo inicial, explicando até com os gráficos dos meus artigos que a economia poderia entrar em colapso e que seria pior para todo mundo caso não houvesse algum tipo de atividade subterrânea, como ir escondida à manicure e ao cabeleireiro, como ela tanto almejava. E ela foi. Voltou toda alegre, dizendo que se sentia bem mais leve por ter finalmente superado um temor insensato que antes a oprimia como uma corrente de ferro.

E efetivamente, ainda que não se tratasse de uma mera gripe, pelos meus cálculos não correríamos grandes perigos em caso de contágio. Minha mulher, sobretudo, estava 100% fora dos chamados "grupos de risco": era relativamente jovem, em seus quarenta anos, e andava muito bem cuidada, sempre em dia com a ginástica e com a nutrição. O meu caso era um pouco pior, em termos estatísticos, pois eu já havia alcançado os sessenta anos e não me cuidava tão bem. Mesmo assim apostava no triunfo da matemática, que me predicava uns 5% de azar fatal, contra uns 25% de algum sintoma superável e 70% de possibilidade de sair ileso e assintomático. Além do mais, eu não havia saído de casa desde que começara o isolamento, mergulhado que estava em meus escritos.

No início de abril pegamos algum resfriado. Minha esposa, cujas saidinhas clandestinas a comerciantes que lhe abriam um vão de porta haviam se tornado frequentes, voltou a ficar preocupada. Queria que fizéssemos testes para o Covid-19, mas eu então andava tão absorto com um argumento sobre a lucratividade marginal dos títulos de médio prazo em épocas de crise - algo com potencial de me render um livro digno de prêmio, ou gordos dividendos próprios - que achei besteira quebrar o ritmo dos meus raciocínios a fim de ir fazer qualquer teste que fosse. Disse então à minha mulher que preferia usar meus últimos dias, se fosse o caso, para terminar esse aludido livro de notório valor, ao invés de ir morrer frustrado num apartamento de hospital.

Se chegamos a adoecer pelo coronavírus, não passou de uma gripezinha de nada, como bem disse o presidente. Minha mulher sarou rápido, e em mim só lembro vagamente de alguma febre e falta de ar, mas que eu nem reparei tanto, porque me sentia naquele estado de suspensão intelectual máxima em que o sujeito vira mais espírito que corpo, mais alma focada do que pele sensível. E nisso encetei meu livro, e depois outro, e outro, quiçá com a vantagem de já ter sido imunizado para sempre sem sofrer o incômodo de enfiar aquele longo cotonete de teste do vírus pelo meu nariz, sob o risco de atingir meu cérebro de *savant* - que agora eu vejo ser um bem até mais precioso do que minha tão invejada conta bancária.

Parei de ler os jornais; entretanto, pelo silêncio de morte em meu entorno, imagino que a quarentena tenha continuado lá fora, enquanto eu cá dentro continuei a ter ideias sublimes e a escrever sem parar. Até a fome eu fui perdendo, e talvez, no meio de algum parágrafo conclusivo, eu tenha me exaltado e dito para minha esposa não me interromper nunca mais, pois há um bom tempo ela entra muda e sai calada no meu escritório, sem avisar nem mesmo se fez o almoço. Finge não me ver, e provavelmente para evitar me distrair sequer com as cores de suas roupas ou com mudanças de humor, só a tenho visto vestida de preto e sempre com o mesmo semblante fechado, como se estivesse de luto por alguém. Pode ser também que algum conhecido nosso tenha morrido e ela não quis me dizer nada para não me importunar com sentimentalismos, embora eu não tenha flagrado nenhuma lágrima em seus olhos.

Em breve tentarei me reconciliar com ela, já que agora minhas obras, finalmente, me parecem 100% concluídas. O nível de concentração que atingi, para levá-las ao cabo e revisá-las, deve ter sido um feito único na história universal, pois não consigo recordar quantos meses ou anos se passaram nem quantos volumes acabei por escrever, após ir concebendo ideias atrás de ideias. Quando todos os meus arquivos privados forem publicados na íntegra, as prateleiras de um extenso corredor de biblioteca não terão espaço suficiente nem para um único exemplar de cada título.

Jamais gostei de prefácios, muito menos os de cunho pessoal, mas autorizo meu futuro editor a publicar estas palavras como posfácio, ou como epílogo, que é termo mais poético e assim mais adequado a tais memórias sobre a época mágica em que escrevi meus livros. Já dos eventuais leitores, se ao menos um também viver essa experiência mística de ver seu ócio produtivo se esticar *ad infinitum,* quem sabe leia minhas obras completas e consiga decifrar a única variável que eu não havia previsto: esse mistério do tempo que se multiplica pela eternidade afora.

Improvável Mundo Novo

Laís Amaral Jr

Quarentena, 23º dia. Preparo o café da manhã reforçado, Jandira vai para o hospital daqui a pouco. Minha mulher é enfermeira. Está na linha de frente, coitada. Estamos casados há oito anos. Sem filhos, porque além de hipertenso, sou estéril. Ela ficou abalada no início, mas com o tempo aceitou a ideia de ser mãe de filho adotivo. Planejamos para este ano. Agora teremos que esperar o fim dessa agonia.

No escritório improvisado leio os relatórios e mais tarde vou enviar e-mail com ajustes e propostas para encaminhamento de negociações com os clientes. Acesso o YouTube para acompanhar as últimas notícias. Os números assustam. Nos Estados Unidos a coisa despirocou. E como a mídia gosta de dizer, é o epicentro da pandemia no mundo. Nós aqui já ultrapassamos as três mil mortes. O comentário geral é que os números reais estão muito acima dos números oficiais. O resultado dos exames demoram dez dias ou mais. Estamos com indicadores aquém dos verdadeiros.

Da sala vem a musiquinha que antecede o telejornal da manhã. A âncora fala do número de mortes no mundo. Sepultamentos em covas coletivas na cidade de Nova Iorque. Os números crescentes no Brasil, a subnotificação dos casos e um presidente idiota e sanguinário nadando contra a corrente, contra a ciência. Uma notícia nova é o sinal de que o caldo começou a entornar. A apresentadora, com uma expressão menos teatral do que em outras ocasiões, expõe que o descontrole social mostrou, enfim, suas garras: uma mercearia localizada nas proximidades da favela 'Grande Felicidade' foi saqueada.

O estabelecimento, que fica entre um açougue e um boteco, próximo à subida principal do morro, foi invadido por uma horda formada majoritariamente por idosos, mulheres e crianças. Foram levados gêneros essenciais, como feijão, arroz, macarrão, farinha, sabão, água mineral e barras de chocolate. A polícia custou a chegar. "O saque bem sucedido pode significar um temerário precedente na Cidade Maravilhosa", destaca a âncora. Foi a senha. O rastilho fora aceso.

- Jandira, vem ver isso.

Por trás dos óculos de grossos aros pretos - agora com um estudado ar de preocupação a apresentadora diz:

- Começaram a pipocar saques no comércio em vários estados do país. A maioria, em comunidades mais pobres, nas periferias das grandes cidades. Em alguns casos houve confronto com a polícia que tentou rechaçar os saqueadores.

Aparece a imagem de policiais prendendo saqueadores. O confronto. Bombas de gás, cacetadas e até tiros. De borracha? As ações foram definidas pelas autoridades de segurança, como iniciativas de bandidos e drogados que se aproveitaram, de forma oportunista, da situação. Nada se falou de reações ocorridas em alguns locais, como em favelas paulistas, por exemplo, nas quais policiais foram rechaçados a tiros. Com mortes no local.

- Nossa! Se já não bastasse tudo o que está aí...

- Mas estava na cara que isso iria acontecer, né? As pessoas estão sem dinheiro e sem trabalho... Com fome.

- Mas isso é coisa de bandido, Cláudio.

- Jandira, amor, a situação é melindrosa e pra coisa não melar de vez nas periferias, as autoridades vão ter que negociar com o crime. Em São Paulo o PCC deve ser ouvido.

- Que isso, Cláudio? Tratar com bandido?

- É duque na mesma linha, amor, e o mundo do crime é uma realidade. Na ausência do Estado o espaço é ocupado. Não dá pra fugir disso.

- Nossa! Não concordo, não. E o governo está dando dinheiro.

- Merreca, Jandira. É muita burocracia pra pegar a grana.

- Mas o governo não tem dinheiro pra bancar tudo, Cláudio!

- Tem sim, Jandira. Pros bancos já saiu muita grana.

- Complicado tudo isso...

- Jandira, você está vivendo isso na carne, amor. Na linha de frente dessa guerra. A estrutura é frágil. Os equipamentos são insuficientes, falta tudo pra vocês no hospital.

- O Delano disse que nesta semana chegam mais máscaras. E estão falando de respiradores consertados, que vão entrar em ação também. E a demanda é grande. A cada dia mais gente. Os laboratórios demoram a liberar o resultado dos exames. Tem gente que não tem a doença, mas tem outros problemas, e faltam leitos. Uma merda. Uma merda! Bem, chegou minha hora. Já estou indo, amor. O plantão vai ser brabo. Só volto daqui a dois dias.

Acompanho Jandira até a porta. Um beijo. Pouco depois vejo seu carro seguindo pela rua mais ou menos vazia.

Minha rotina nesses dias, além do computador para o home office, é televisão e Youtube. Tenho lido muito pouco e nunca assisti tanto televisão. Zapeio e paro num inusitado programa de debate. Lembra os programas esportivos desses dias, com a tela dividida.

O mediador é um jornalista que não conheço e nos outros quatro quadriláteros, estão: um direitista, um esquerdista (a classificação vem na legenda), um padre e um youtuber que se diz anarquista. A pergunta para todos era sobre a pandemia. "A origem e as consequências do Covid-19 para a humanidade". Cada um tinha até um minuto para falar. Começou com o empresário direitista, dono de locadora de automóveis:

- Acredito, ou melhor, tenho certeza que esse vírus, é uma estratégia da China para se tornar a maior potência do planeta. Ultrapassar os Estados Unidos. Todo mundo sabe que a coisa começou lá. E não foi nada de morcego. Eles não comem morcego. Eles produziram, sim, esse vírus modificado em laboratório que depois foi espalhado por milhares de chineses que circulam pelo mundo. Tanto é isso, que lá praticamente a situação está dominada e as previsões são de que a economia deles vai ser a única a crescer pós-pandemia. Foi uma estratégia sutil do comunismo e o mundo livre tem que se dar conta disso e se unir contra essas forças do mal.

Depois foi o esquerdista, um professor universitário de Brasília.

- Eu concordo com meu antecessor. O vírus foi criado. É uma arma biológica, sim, mas certamente, foi produzida em Fort Detrick em Maryland, uma instalação do comando médico do exército americano, fechada ano passado por ser insegura. E foi realizada na China, em Wuhan, em outubro passado uma competição esportiva militar da qual participaram

300 militares norte-americanos. Eles passearam pela cidade. O caso zero foi um soldado desse grupo. Só não esperavam que a epidemia se tornasse uma pandemia e que a China agisse com tanta eficiência. Foi um tiro no pé.

O terceiro foi o youtuber, sensível a teorias da conspiração.

- Da mesma forma que a Gripe Espanhola se originou nos Estados Unidos e não na Espanha, o Covid-19, conhecido por pensadores da área biomédica, pode ter nascido também nos States. Concordo com meu antecessor. Mas não foi para ferrar a China. Creio que os chineses estão juntos com americanos, ingleses, russos e outros na criação de um governo único para o mundo. O próprio Papa já sugeriu algo assim. A Microsoft e a Big Pharma estão nessa. A ferramenta é o ID 2020. A vacina vai inocular um nano chip criando um banco de dados com mais de um bilhão de pessoas. Um colosso a ser monitorado e manobrado pelo tal consórcio que será o dono do mundo. Mais ou menos um 1984.

E a rodada terminou com o padre:

- Em Apocalipse poderíamos dizer que o quarto selo aberto revela o cavalo amarelo que traz a guerra, as doenças e desastres naturais. O Krakatoa e os recentes tornados e terremoto nos Estados Unidos nada têm a ver com isso. Já ocorreram guerras, desastres e outras doenças, como a própria Espanhola, aqui citada. Não estamos no fim do mundo. O sentido de muitas profecias é geral e não específico. O Coronavírus não é o cumprimento de uma profecia e, Deus está no seu trono no Céu, fazendo o que é necessário para sua glória e para o nosso bem. É tempo de oração. Esse mal vai passar e um mundo novo nascerá. Será melhor. Mais solidário e mais humano.

O mediador então pediu ao público, o uso da #1minuto para votarem na melhor tese. Depois do comercial o mediador falou e exibiu o resultado no rodapé do vídeo, com um equilíbrio impressionante: 25% para cada posicionamento. E comentou o resultado insinuando o quanto estamos perdidos.

- Eu discordo dos convidados. Em minha opinião estamos às vésperas da terceira guerra mundial. Vivemos o perfect stormy para isso. E o inimigo, certamente é resultado de um desequilíbrio planetário, provocado pelo homem. A natureza se vinga e logo estaremos diante de um novo mundo. Mas nada legal. Mad Max está chegando, meus amigos. Até amanhã com mais um: Apenas um minuto". Desliguei.

Afundei-me no sofá e era como se me afogasse em conjecturas. Conclusões sombrias. Nosso país jamais será uma nação. Parece que agora sabemos disso. O mundo passará por mudança de paradigmas e não dá para vislumbrar onde estaremos ou, o que seremos depois da pandemia.

Acordei no dia seguinte menos pra baixo do que ao deitar. As teses derrotistas, até fantasiosas, expostas no programa de ontem, me pareciam menos contundentes e factíveis agora. Têm muito a ver com o desejo de entender o que está por vir. Mas têm muito de sonhos, também. Talvez o mundo real e presente esteja assustador além do suficiente. Sonhar, mesmo sonhos estranhos, deve ser melhor. Lembrei que certa vez, certamente brincando, Jandira disse que achava que o Covid-19 é uma arma usada por extraterrenos, que desejam vir morar aqui, mas, precisam do planeta vazio. Usam armas invisíveis, disse ela, séria. Eu ri. Ligam do hospital. A realidade está de volta. Jandira contaminada com fortes sintomas está na UTI. Um tranco. Estava assintomática, eu pensei, e se já estava com a coisa, certamente passou pra mim. E eu, grupo de risco!

Liguei nos três dias seguintes e ela na mesma. No quarto dia ligaram pra marcar exame domiciliar. No dia seguinte, a pancada. Eu agora sou mais um viúvo, destroçado, e Jandira, mais um dígito na estatística.

Na Itália, 70% dos mortos com o vírus eram homens. As mulheres têm a imunidade mais forte, está nos cromossomas. O mundo não será o mesmo. Terá muito mais mulheres. Mas pressinto que não conhecerei esse novo mundo.

As divindades sequestradas

Nuno G.

Descumprimos as prescrições, esquecemos as oferendas, rompemos as interdições. O céu se fez vermelho de sangue e a água dos rios ferveu como nos primórdios da criação. Foi longo o caminho que levou os decaídos ao poder e durante este tempo nós estivemos festejando. Nos distraímos, deixamos de lado nossas abluções. Eles foram crescendo, ganhando espaço a pulso, infestando o labirinto de pulgas, piolhos e ratos. Quando acordamos já era tarde e não havia ar que não estivesse contaminado e então nos demos conta que nosso fogo estava apagado e enquanto dançávamos esquecemos de alimentá-lo. Dormimos em demasia, não acendemos as velas necessárias e deixamos o incenso mofar. Eles procriaram em tempo hábil, cumpriram todas as normas e os prazos, se apossaram do pouco que havíamos guardado e nos olharam com olhos de escárnio. Invocamos a chuva e a chuva não veio, desaprendemos a extrair o sal das pedras, dos vegetais e das águas do mar. Eles nos ofereceram risadas de escárnio. Foram apagando as luzes do labirinto até que tudo estivesse em completa escuridão. E nós, encurralados pela quantidade excepcional de feras, baixamos as cabeças e fomos desfazendo nossos pactos antigos. Entregamos tudo. Nossas roupas, nossos alimentos, nossos utensílios de higiene e, por último, nossa preciosa dor. Eles queimaram nossas flores, escarraram em nosso jardim e pisotearam nossa horta. Eram muitos e traziam no semblante a memória da peste. Eles eram rudes e gravaram em nossa pele a memória da peste. Eles sabiam à morte e foram implacáveis com os nossos anos de descaso. Nossos membros estavam atrofiados e nada havia para colher nos campos que não havíamos semeado. A voracidade com que se apossaram de tudo não nos permitiu reação, estávamos atônitos e o único que nos restava era uma inútil catarse. Vimos os faróis de seus automóveis cruzando as avenidas. Vimos os faróis de seus automóveis se alastrando pelas ruas menores. E quando os mais violentos deles se espalharam como brasas pelos becos de nossas vilas e aldeias, entendemos que já era demasiado tarde e não nos restava mais nada além das mãos com as quais escrevíamos palavras confusas e versos desconexos no ar gelado que escapava da boca deles e dominava a atmosfera. O preço da nossa distração estava sendo cobrado com mais juros e correção do que havíamos imaginado. A chuva não chegava. Nada crescia nos campos. A peste se propagava entristecendo todos nossos animais. Entregamos tudo enquanto dançávamos. Deixamos de orar e de vigiar quando orar e vigiar era o que mais necessitávamos. Nossas casas estavam tomadas pela umidade e pelo musgo e não mais nos servia de abrigo. Estávamos nus caminhando sobre a terra arrasada e o único que víamos era uma que outra catarse desnecessária. Eles exibiam nos cumes das montanhas suas novas habilidades. Eles executavam com perfeição seus malabarismos obedecendo a exatas equações matemáticas que desconhecíamos as fórmulas e as composições. Quando um de nós caía, exausto pela jornada, eles se limitavam a escarrar sobre o cadáver. Quando um de nós chorava, tomado pelo clamor ante a certeza do insuportável, eles se limitavam a escarrar sobre estas lágrimas. Fomos fúteis e o preço de nossa futilidade estava sendo cobrado. Eles vinham de longe e traziam a força que acumularam enquanto nós deixávamos escapar entre os dedos as sementes que nos foram ofertadas. Vimos as máquinas metálicas chegando e destroçando os gravetos de nossas barricadas. A nossa língua, reduzida à máxima vulgaridade, se revelava incapaz de comunicar o que sentíamos e o que pensávamos. O labirinto era deles e os minotauros dominavam toda a terra. Não havia onde se esconder, não havia onde se ocultar. Nossos pensamentos estavam congelados, nossos músculos estavam paralisados, nossos desejos estavam enfermos e nossos sonhos haviam se convertido irremediavelmente em pesadelos que não conseguíamos decifrar. Escrevíamos frases sem sentido no ar e essas frases se convertiam em nossos novos e imprevistos algozes. Escutávamos o ressoar dos chicotes que açoitavam a tristeza de nossos pequeninos animais domésticos abatidos sobre a terra arrasada. Eles imprimiram seus selos esotéricos por todas as partes. Eles ofereciam nosso sangue à sede das perversas entidades que lhe acompanhavam. E a sede era infinita, assim como infinito era o séquito dos seres decaídos que lhe acompanhavam. Nossos dedos atrofiados queimavam antes de tocar o ar onde pretendiam escrever qualquer coisa que nos salvasse. Todos os roteiros haviam sido queimados. Todas as bússolas estavam desnorteadas. Eles davam o compasso. Eles imprimiam o ritmo. Eles zombavam de todo o tempo em que distraídos assistimos à dissolução dos reinos circulares. Buscávamos ervas para cozinhar um chá e não as encontrávamos. Buscávamos chão para enterrar os náufragos e chão não havia. Eles eram muitos e estavam por toda a terra. A nossa aflição era imensa e o sol não dava conta de evaporar o mar de lágrimas em que estávamos mergulhados. Nossas crianças nos olhavam com olhares de súplica e nenhuma reação nossa era capaz de aplacar tanto desespero. Tamanha era a ferida que não cicatrizava. Não havia remédio, não havia consolo, não havia estação onde repousar nossa tormenta. Eles estavam dentro de nós, circulavam por nossas veias e artérias e se apossavam de nossas múltiplas terminações nervosas. Eram falanges e falanges e falanges incontáveis. Traziam a memória sem-fim de nossos crimes, de nossos pecados, de nossas inércias. Conheciam nossos pontos fracos e atacavam sem trégua ou piedade. Cortaram nossos cabelos, deceparam nossas cabeças e ofereceram nosso sangue aos bastardos de todas as eras. O futuro era deles e isso nos ensinavam enfiando a estocadas espinhos afiados em nossos corações aquáticos. Desaprendemos a dançar. Desaprendemos a rezar. Desaprendemos a simplicidade de nossas primeiras brincadeiras. A peste se espalhava. Os piolhos nos devoravam. Nossa carne, inflamada por tudo que não havíamos feito a tempo, fedia como fedem os esgotos das grandes cidades. Eles sequestraram nossas divindades. Era a última parte do plano que com a frieza de um dramaturgo perverso e audaz executavam à luz do dia. Nada tinham a esconder. Nada temiam. O mundo era deles e só nos restava ajoelhar perante a obscuridade que os sustentava. Nossas mãos tremiam como varas verdes. Nosso umbral de areia movediça nos tragava sem que pudéssemos sequer assimilar as desrazões e as suspeitas que nos conduziram até agora. Os incensos não ardiam. As velas não queimavam. As canoas não se sustentavam sobre as lâminas de água. O veneno não aderia às flechas. Nossos animais não mais brincavam em nossos jardins. Eles haviam sequestrado nossos deuses e agora era tarde. Eles haviam sequestrado nossos deuses e o aqui se convertera num campo próspero e fértil à proliferação de toda a miséria. A tristeza corroía nossas almas e a cegueira em que nossa distração nos mergulhara se desfazia junto às ilusões que nos permitiram seguir vivos. A embriaguez passara rápido demais e a realidade se apresentava com uma crueza inédita e uma crueldade despovoada de qualquer máscara ou disfarce e isso nos parecia insuportável. O labirinto era deles e apagados foram todos os fios que poderiam nos conduzir para além do vale de medo, culpa e lágrimas em que estávamos mergulhados. O que estava acontecendo não podia ser real, mas sabíamos que se tratava da única realidade possível. Nossa angústia os alimentava. Nossa paralisia os enchia de gozo e prazer. Todas as possibilidades estavam reduzidas a nada. Todas as esferas imaginárias que abasteceram nossas necessidades energéticas se desfizeram no ar ao simples contato com o bafo deles. A descrença povoou nossos reinos circulares e toda nossa fé se revelou ser um amontoado de quimeras tolas e fantasias inúteis. Eles sorriam. Eles cuspiam. Eles esbravejavam. Tudo era escárnio. Tudo apodrecia. Tudo se dissolvia. Tudo nos aniquilava. Já havíamos passado por tudo aquilo, mas havíamos nos esquecido. Não era a primeira vez que eles venciam a batalha. Não era a primeira vez que nos despojavam de tudo o que nós éramos. Não era a primeira vez que nos víamos reduzidos a nada. Mas havíamos nos esquecido de tudo isso. Havíamos esquecido da façanha do Alecrim. Havíamos esquecido da chuva de asteroides. Havíamos esquecido das memoráveis batalhas. Estávamos em transe e eles estavam dentro de nossos corpos. Estávamos em transe e eles estavam dentro de nossos sonhos mais íntimos. Estávamos em transe e as trombetas deles não nos permitiam escutar nenhuma canção de ninar. As ondas do mar de fogo chegavam aos nossos pés como outrora chegava a alegria de nossos doces animais domésticos. A ira deles era maior que nossa esperança. As feras estavam soltas e o campo tornara-se um lugar terrivelmente perigoso. As borboletas sucumbiam à bestialidade dos indevassáveis. O silêncio de nossas divindades nos evaporava e cada segundo se estendia ao infinito e prolongava o terror que nos açoitava. Nossas armas não funcionavam. Nossas preces voltavam ao lugar de origem como bumerangues enfeitiçados. Nossos cotovelos estavam mergulhados em lagos de ácidos e os mais perversos e insensatos demônios circulavam sem resistências ou obstáculos pelas ruínas do que outrora foi nossa floresta sagrada e nossos templos adoráveis. Implorávamos por chuva e a chuva não chegava. Implorávamos por um lugar de descanso e lugares de descanso não se apresentavam. Desejávamos um instante de trégua, mas instantes de trégua no horizonte não surgiam. Éramos cada vez mais-menos e estávamos acossados. Nossos pés estropiados pelos paralelepípedos não encontravam forças para seguir. Não havia para onde ir. Não havia onde se esconder. Nossa jornada chegara ao fim. Eles venceram. Eles dominaram o labirinto. Eles nos impuseram suas sentenças e as executaram com a frieza de um dramaturgo amaldiçoado e ressentido. Nossos caminhos estavam fechados e nossas oferendas não eram recebidas pelo senhor de todas as encruzilhadas. Nossas mãos tremiam. Nossa carne queimava em brasas. Nossos sonhos estavam convertidos em pesadelos indecifráveis. Nossas crianças nos olhavam com aflição e nós não encontrávamos reação que as apaziguasse. Nossos animais estavam enfermos e morriam sem que encontrássemos maneira de confortá-los. Tudo nos recordava que era tarde demais e que todo nosso otimismo se perdera irremediavelmente no coração das trevas. Tudo nos recordava que era tarde demais e que nossa terra prometida se perdera na fugacidade do vento. Tudo nos recordava que só nos restava o vale de lágrimas das antigas profecias. Tudo nos recordava a supremacia deles. Tudo nos recordava a nova hegemonia. Tudo nos recordava o tempo que desperdiçamos celebrando o que ainda não possuíamos. Tudo nos açoitava e a aflição de nossas crianças multiplicava a nossa dor. O selo deles estava impresso em cada sinal da peste que se abatia sobre nossos animais. A nossa horta estava morta. O nosso campo se transformara num piscar de olhos numa terra árida e a sequidão dela se entranhava em cada célula dos novos corpos que habitávamos agora. Fazia frio e não encontrávamos agasalhos. Tínhamos fome e não encontrávamos alimentos. Queríamos orar e vigiar, mas nos foram roubadas as palavras e os gestos. Nossa jornada chegara ao fim e sequer podíamos recordar dos apocalipses anteriores pelos quais havíamos passado. Tudo estava reduzido a cinzas. A nossa dor era imensa, a nossa devoção não encontrava alvo. Como um bumerangue, o nosso descaso e as nossas pretensões retornavam ao vazio onde floresceram. Eles sequestraram o que éramos. Roubaram de nós o que fomos. Apossaram-se de nossos corpos e alteraram irremediavelmente nossa capacidade de sentir. Eles se fizeram à matéria com a qual poderíamos moldar o que viríamos a ser. Eles se tornaram o que somos. Nossa distração os fez crescer. Nosso esquecimento os alimentou. As brasas do ódio que trouxeram consumiram nossa imaginação. Eles eram muitos e se reproduziam como vermes sob a lama. Nossa impotência se fez maior que a nossa capacidade de veneração. E as doenças se alastraram por nossas vilas e aldeias sem que sequer chegássemos a compreender as desrazões do que ocorria. Era tarde demais. Queríamos morrer e a morte não chegava. Queríamos desistir e os nossos corpos já não obedeciam. Queríamos descer uma terceira vez aos infernos e as portas dos infernos não se abriam. Nossos desejos estavam distantes demais da realidade e eles haviam se convertido em realidade numa velocidade rápida demais. Andamos distraídos por muito tempo e isso era imperdoável. Eles eram implacáveis e aprendemos isso da pior maneira possível. Eles eram senhores das nossas náuseas moribundas e nossas náuseas eram tudo o que nos restava. Nossos corações sangravam e não havia remédio que estancasse a sangria desatada. A noite seria longa e tenebrosa, só a inércia movia nossos passos pelos caminhos de trevas que adentrávamos. Não havia estrelas no céu. Não havia ciclos lunares a nos orientar. Não havia astros se movendo na abóbada celeste. Nossas velas não acendiam. Nossos incensos não perfumavam. Nossa distração e nosso esquecimento não eram perdoados. O vale de lágrimas se expandia sobre a terra prometida como um buraco negro se expande num universo recém-parido por uma divindade sequestrada. Nossos membros não obedeciam a nossos comandos. Nossos sentimentos não correspondiam às nossas necessidades. Nosso espírito não habitava nosso corpo e nossas mentes se dispersavam como uma boiada que atravessa uma terrível tempestade. As feridas não cicatrizavam. Não tínhamos ervas para cozinhar os chás. O nosso medo alimentava a voracidade dos que nos consumiam. Estávamos enferrujando e nossos ouvidos não suportavam os ruídos que produziam o movimento de nossos corpos oxidados. Era tarde demais. Eles beberam nosso sangue. Eles comeram nossa carne. Eles torturaram o nosso sol até a morte. Eles nos deixaram vivos apenas pelo sádico prazer de assistir a nossa procissão se arrastar eternamente nessa árida terra que nos ofertaram. Fomos nos transformando em escamas de um lagarto sem órgãos. Fomos nos transformando numa serpente inútil que vaga sem direção buscando as asas que lhe foram decepadas. Fomos transformados em esqueletos descarnados que com suas pupilas dilatadas vociferam às margens de ilhas brutalmente dissecadas. E como desejando com incalculável avidez romper de maneira total e irreversível qualquer elo entre nós e nossas expectativas chegaram os cavaleiros leprosos das galáxias ocidentais e montaram seus acampamentos e ceifaram os vestígios da última e mais primitiva de todas as constelações que por séculos e séculos houvera sido nosso acalanto, nossa promessa, nossa aprazível morada.

A resposta de tudo

Rafael Tellini

Dezesseis horas. Troca de turno. Moretti já me esperava na porta da lan-house.

- Vou meter o pé nisso aqui – dizia ele.

Depois montava na sua bicicleta e sumia. Vivia dizendo que ia meter o pé no emprego porque tinha vaga garantida numa loja de um real que estava para abrir. A gente se agarrava nessas promessas vazias e deprimentes de empregos como se fossem potes de ouro. Sempre uma loja que ia abrir, uma fábrica que ia contratar. E, de um jeito ou de outro, com ou sem emprego, a gente continuava na merda.

- O homem tá uma fera hoje – avisou-me Moretti antes de pedalar rumo à periferia.

E estava mesmo. Dei uma espiada e vi que o lugar estava vazio e o chefe desligava os computadores. Mal botei os pés naquele buraco fedorento e ele veio me cuspindo marimbondos.

- Vicente Bonanni – disse ele.

Eu conhecia aquele tom de voz. Assenti com a cabeça, sem demonstrar qualquer expressão.

- Vou ter que fechar a lan-house.

- Já?

- Não sei quando reabrirei e se conseguirei. Fui multado, estou fodido, quebrado, e vou ter que te dispensar.

- Tá – respondi.

- Desculpa, mas essa crise...

- Quem rola bosta é carrapato.

- O quê?

- Esquece.

Ele enfiou a mão no bolso e me pagou o mês trabalhado. Nenhum centavo a mais. Então trancafiou as portas da loja, entrou no carro e se foi.

Meu turno era das dezesseis horas até meia-noite. O turno dos punheteiros, dos pedófilos, dos golpistas, dos assassinos e dos nerds idiotas. O lugar fedia, naturalmente. Raramente aparecia uma coisinha boa de olhar, vestindo uma minissaia, um decote, e quando aparecia não ficava muito tempo – não eram loucas.

Enfim, eu estava livre outra vez. Sensação maravilhosa, livre e desempregado – e completamente fodido, sem a menor perspectiva. Afinal, a pandemia havia quebrado a banca e ninguém podia prever o que viria pela frente. Uma coisa era certa: nós, pobres e fodidos, continuaríamos pobres e fodidos. Então pra que esquentar?

Parei num boteco imundo da 14 de Julho, bebi uns goles de cachaça e duas garrafas de cerveja. O bar estava cheio de bebuns. Eles não tinham medo de se contaminar e morrer - corria álcool em suas veias.

Calibrado, comprei uma garrafa de vinho barato e resolvi visitar Gisele, que morava ali perto, ao lado do cemitério. E parecia ter metido o pé na tampa de uma sepultura e pulado o muro. Coitada, era feia demais, mas era muito simpática, muito gente boa. Pernas finas, loira tingida, dentes de cavalo, óculos de fundo de garrafa, cara toda esquisita, pele estropiada e corpo magro e desengonçado. Não tinha bunda. Mas tinha uns peitões - e quem sabe uma coisa muito louca entre as pernas. Às vezes ela aparecia naquele buraco fedorento que eu trabalhava e ficava por lá me fazendo companhia. Era engraçada, tinha bom papo. Eu gostava dela, deixava ela usar os computadores de graça. Passei pelo cemitério, senti a brisa calma e perfumada que vinha de lá. A resposta de tudo estava ali. Achei a casa. Toquei a campainha. Ela abriu o portão e pareceu feliz em me ver.

- Bonanni! Que surpresa!

- Você tá ocupada?

- Não! Tava vendo televisão.

- Tá a fim de beber um pouco?

- Claro! Vamos entrar!

O muquifo era agradável, à sua maneira. Cheiro de bolor, telha de zinco e paredes no chapisco. Sofá estropiado com capa colorida. Televisão antiga, de tubo.

- Senta aí, vou pegar um saca-rolha.

Sentei. Tive a sensação de que acabaria transando com ela. Fiquei apreensivo, mas gostei da ideia. Subitamente, fiquei curioso para descobrir os segredos sob aquela carapuça. Podia ser legal.

- Olha esses idiotas - disse ela, referindo-se aos carros que buzinavam e balançavam bandeiras do Brasil, na televisão.

- Quem são eles? - perguntei, enquanto socava aquele troço na rolha do vinho.

- Comerciantes protestando. Querem que o comércio volte a funcionar. Bando de filhos da puta. Estão cagando se os funcionários vão morrer ou não.

- O negócio deles é lucro, só - consegui, enfim, arrancar a porcaria da rolha. Gisele apresentou dois copos, despejei vinho neles enquanto ela acendia um cigarro.

- Sei lá, Bonanni, tenho medo de morrer com esse vírus.

- Me dá um cigarro. Todo mundo vai morrer, de um jeito ou de outro.

- Você não tem medo?

- Tenho medo de ficar entrevado numa cadeira de rodas, esperando alguém limpar meu rabo.

- Tem gente pirando com esse negócio de ficar confinado em casa.

- Eu não ligo. Quanto menos contato com a humanidade, melhor. O problema é ficar sem grana pra comer.

Dei uma bicada no vinho, estava bem bom, apesar de barato. Acendi um cigarro dela e assoprei a fumaça, fazendo cara de despreocupado.

- Meu amigo Paulo surtou. Foi fritar um ovo, aí não ficou como ele queria, atirou a frigideira na parede.

- Acontece - respondi com indiferença, pensando na trepada, em como dar o pontapé inicial.

- Fez isso três vezes. Aí desistiu do ovo.

- Aí é desperdício.

- E a Júlia que mandou todo mundo tomar no rabo, no Facebook, alegando que colocavam olho gordo nas fotos dela, que faziam macumba e o caralho.

- Detesto essas merdas da internet.

- O povo está pirando, Bonanni – disse ela reabastecendo os copos.

- O povo está pirando porque está tendo que olhar pra própria vida.

- Como assim?

- Estão descobrindo que suas vidas são uma merda. Porque trocam suas vidas pelas migalhas que os patrões atiram.

- É foda.

- Quero.

- O quê?

- Você não perguntou se eu queria foda? – eu já estava alto.

- Não! – espantou-se Gisele, porém, gargalhando. - Mas, de repente, quem sabe...

Acariciei a orelha dela. E num movimento brusco passei meu braço esquerdo por trás do pescoço dela e a puxei pra mim. Esmaguei minha boca na dela e enfiei a língua. Ela se entregou, abriu aquela boca enorme e quase me engoliu. A língua dela era fria e mole e parecia uma serpente enlouquecida na minha boca. Parti para os dentes. Chupei aqueles dentes de cavalo enquanto minha mão direita tentava arrancar os peitos do decote. Ela não usava sutiã. Brinquei um pouco com os mamilos e desci a mão, enfiei na calcinha dela. Senti os pentelhos. Ela segurou meu pulso e se afastou de mim, arfando.

- Deus do céu... Vai com calma, homem...

- O mundo vai acabar, todo mundo vai morrer, vamos trepar!

Gisele recuperou o fôlego, reabasteceu os copos e acendeu outro cigarro. No amasso, seus óculos fundos de garrafa caíram e seus olhos verdes se destacaram – verdes e loucos, cada um numa direção, buscando sei lá o que.

- Bonanni, infelizmente, não posso trepar.

Não disse nada. Entornei meu vinho, bem frustrado.

- A não ser que você goste de sangue – disse ela.

- Não sou muito chegado.

Ela deu uma olhada no volume na minha calça e riu.

- Não esquenta, não vou deixar você na mão.

Gisele matou seu vinho, enfiou seu cigarro na minha boca e atacou minha braguilha. Fiquei com receio daqueles dentes de cavalo, mas ela sabia o que fazia e fazia muito bem. Traguei o cigarro, assoprei a fumaça, relaxei e embromei minha mão nos cabelos dela. O mundo estava abalado, todo mundo louco, desesperado, com medo. Só restava esperar. Fazer o quê? Quem sabe, a humanidade daria mais valor ao que é realmente essencial. Quem sabe... Não adiantava pirar. Relaxei, assoprei mais fumaça, bebi mais vinho e enchi a boca dela.

O VÍRUS E O MUNDO: DUELO DA DÉCADA (06/04/2020)

Gecílio Pereira de Souza

01. Se fosse um campeonato
Com narração transmitida
Seria em toda a história
A mais gigantesca partida
Os dois times concorrentes
Impressionando a torcida
Mas não é qualquer disputa
É um jogo fratricida
Duelo grave e profundo
Entre um vírus e o mundo
Colocando em risco a vida

02. Luta igual ou parecida
E com força equivalente
Apenas na mitologia
Lá do velho continente
Mas esta é superior
Vista metaforicamente
Na prática é uma ameaça
Que não tem equivalente
Repleta de simbolismo
O mundo é o capitalismo
Que o vírus peitou de frente

03. Com a humanidade presente
O duelo começou
Corona muito sutil
Para o mundo assim falou
Não era para eu ter nascido
Mas sua teima precipitou
O meu aparecimento
E por isso aqui estou
A fim de desmascará-lo
Em último caso derrotá-lo
Porque você exagerou

04. O mundo lhe indagou
Mas em que me exagerei?
Como pode me acusar
De algo que nem eu sei?
Sou um simples convidado
Que ao convite aceitei

Fale logo e seja claro
Onde, como e quando errei
Do contrário não aceito
Aponte em mim um defeito
Ou um crime que pratiquei

05. Ainda não lhe acusei
Disse o vírus em resposta
O farei daqui a pouco
Que a oportunidade volta
E o assunto não sairá
Nem um milímetro da rota
Exijo que me responda
Sem tapeação nem lorota
Os meus questionamentos
Lhe causam aborrecimentos
E disto você não gosta

06. O mundo deu uma cambota
Com o microfone na mão
Falou ao Coronavírus
Faça logo a acusação
Para de fazer chantagem
Repudio qualquer pressão
Ou cale-se, vírus atrevido
Você é uma aberração
Este minúsculo organismo
Desafiar o liberalismo
Que ousada pretensão

07. O vírus chamou atenção
E disse com bastante clareza
Mundo, você é o maior
Inimigo da natureza
Devasta, queima e destrói
Com ânsia e indelicadeza
Fala que isto é progresso
Mesmo tendo a certeza
Que é o começo do fim
Continua agindo assim
Em nome da tal riqueza

08. O mundo caçou destreza
Ficou muito indignado
Respondeu ao Coronavírus
Um tanto desajeitado
Se existem microrganismos
Por favor, não sou culpado
O meu único objetivo
É diminuir o Estado
Sou moderno e liberal
Represento o capital
E a economia de mercado

09. O Corona impressionado
Respondeu em baixo tom
Você destrói o Planeta
Deixando-o cinza, marrom
Transforma o ecossistema
E fala que isso é bom

Destruir para lucrar
Este é o seu único dom
Tenta amenizar o assunto
É como passar num defunto
Maquiagem e batom

10. Feito uma caixa de som
O mundo então reagiu
Seu vírus mal educado
De onde você surgiu?
Como é que apareceu
E como se difundiu?
O seu berço é a China
Ou alguém lhe construiu?
Fale, organismo nojento
Por que até o momento
Ninguém aqui descobriu?

11. O Corona reproduziu
Ali sua própria matriz
Dirigindo-se ao mundo
Pode baixar o nariz
Você ofende a terra
Tenta ocultar a cicatriz
Engana a humanidade
Que aspira ser feliz
E não me venha com essa
Você sabe e não confessa
Onde está minha raiz

12. O mundo disse: não fiz
Nada do que me atribui
Desconheço a sua origem
E como você se evolui
Talvez seja um castigo
Que Deus do céu distribui
O culpado não sou eu
Irresponsável não fui
Não tenho que esclarecer
Porque não tem nada a ver
A poluição não influi

13. O Corona que possui
O poder da mutação
Virou para o mundo e disse
Você é a contradição
Promete a felicidade
E causa a destruição
Envenena o ar e a água
Contamina todo o chão
Surgem vírus e bactérias
Doenças e outras misérias
Quase que sem solução

14. Sem muita convicção
O mundo tentou explicar
Que proporciona a todos
O econômico bem estar
E a existência da pobreza
Ninguém consegue evitar

Os impactos ambientais
Existem em qualquer lugar
Riqueza requer sacrifícios
Merece os seus benefícios
Somente quem trabalhar

15. Se multiplicando no ar
As réplicas do vírus falaram
Mundo, você é maluco
Seus malefícios provaram
Investiram contra o campo
Na cidade amontoaram
Milhões de seres humanos
Que na miséria ficaram
Favelas, guetos e rincões
Lá em cima os aviões
Daqueles que os segregaram

16. Seus ataques acertaram
A base da minha estrutura
Disse o mundo ao Corona
Com as duas mãos na cintura
Você causa desespero
E bagunça a conjuntura
Meu prestígio está em jogo
Já prevejo a ruptura
Da minha onipotência
Mas confio na ciência
Que encontraremos a cura

17. É um choque na cultura
Na civilização também
O vírus disse ao mundo
Com ameaça e desdém
Você vai se ver comigo
E há um outro porém
Sou um vírus democrático
Não discrimino ninguém
Qualquer classe é bem-vinda
Todos estão na berlinda
Viajando no mesmo trem

18. Você me fez de refém
Disse o mundo a tremer
Vírus, você é uma desgraça
Que veio me surpreender
Microrganismo invisível
Quem lhe deu este poder?
As bolsas se desabaram
Riquezas vão derreter
O dólar está disparado
Já pedi socorro ao Estado
Para tentar lhe conter

19. O pior vai acontecer
Falou o microrganismo
Vim quebrar o paradigma
Sua ganância e egoísmo
A humanidade terá
Um choque de realismo

Vou abalar a estrutura
Do próprio cristianismo
Mundo, você já perdeu
Porque negou e esqueceu
Os valores do humanismo

20. Estou à beira do abismo
Explicou o mundo aflito
Jamais pensei ser vencido
Por algum vírus maldito
Sempre me considerei
Autossuficiente e benquisto
Você me quebrou no meio
Reconheço e admito
Ou o Estado me socorre
Ou o meu projeto morre
Por causa do seu veredito

21. Pensou que fosse infinito
O seu projeto maluco
Mas ele está esgotado
Ultrapassado e caduco
O vírus acusou o mundo
De reprodutor eunuco
Aquele touro valente
Porém castrado e cumbuco
Fracassou na artimanha
Tal qual aquela montanha
Que se degenera em suco

22. Me sinto um falcão suruco
Que se despencou do pico
Fraturei as duas asas
E ainda perdi o bico
Quanta ousadia de um vírus
Peitar a mim que sou rico
Mas fui pego de surpresa
E agora, como fico?
O mundo falou nervoso
Você, Corona maldoso
É mais rápido que fuxico

23. Sou forte e me multiplico
Como ninguém imagina
Meu nome é Coronavírus
De tendência assassina
Tenho o formato de coroa
Espessura ultrafina
Vou obrigá-lo a parar
Para uma autofaxina
Irei atacar multidões
E você gastará trilhões
Até desenvolver a vacina

24. O mundo cuspiu resina
Resmungou e fez careta
Dirigiu-se ao Corona
Coçando a costeleta
Com a ajuda de um assessor

Exibiu uma prancheta
Microrganismo abusado
Você quebrou a etiqueta
Colocou em risco a Terra
Mas agora será guerra
Para salvar o planeta

25. Você anda de lambreta
Atrasado e devagar
Viajo de supersônico
Quero ver me alcançar
Contará milhões de mortos
Cemitérios vão lotar
Sou Coronavírus mutante
Minha natureza é mudar
Causo pânico e histeria
Interdito a economia
E faço a Terra parar

26. O mundo quis se disfarçar
Falou com a voz embargada
Percebo que a minha doutrina
Está sendo questionada
Do que me adianta o luxo
Se a Terra está parada?
A agricultura e comércio
E até a indústria avançada
Nunca vi tamanha pena
O planeta em quarentena
A humanidade isolada

27. Corona deu uma risada
De deboche e ironia
E dirigiu-se ao mundo
Sem nenhuma cortesia
O advertiu com dureza
Muito tenso o mundo ouvia
Vê se leva mais a sério
Esta minha pandemia
Irei infectar animais
Há tempo emito os sinais
Mas você nunca ouvia

28. O mundo se contorcia
Do soco que recebeu
Era nítido o desespero
Estampado no rosto seu
Falou ao Coronavírus
A natureza se enfureceu
Com o meu comportamento
Você então resolveu
Atacar a humanidade
Com pavor e mortandade
Pois ela se corrompeu

29. O Corona respondeu
Seus sucessos são à toa
Para impressionar os tolos
Faz algumas coisas "boas"
E oculta as próprias garras
Como fazem as leoas

Em nome da economia
Suga o sangue das pessoas
Mas cheguei para mostrar
Você terá que lidar
Com um turbilhão de coroas

30. Corona citou umas loas
Que o próprio mundo fez
Provérbios capitalistas
Repetiu mais de uma vez
O mundo ficou confuso
No labirinto do xadrez
O vírus lhe questionou
Com viródica rispidez
Por que pousou de inocente
Ao passo que muita gente
Mergulha-se na escassez?

31. Foi falta de lucidez
Disse o mundo, resignado
A fortuna sempre deixa
Qualquer um entusiasmado
Lhe confesso que não fiz
Uma análise com cuidado
Defendi de unhas e dentes
A economia de mercado
No meu código liberal
Tudo que for estatal
Deve ser privatizado

32. O vírus repetiu o recado
E ainda acrescentou
Oh, capitalismo selvagem
Quantos danos já causou
Você não é inocente
E a natureza se cansou
Hoje na minha presença
Sem argumentos ficou
Depois que destrói e apronta
Assume que não dá conta
E do Estado se lembrou

33. O mundo se esquivou
E deu o braço a torcer
Você é um vírus potente
Difícil de se combater
Sem a força do Estado
Toda a gente irá morrer
Fui contra o serviço público
Mas devo reconhecer
Que ele é indispensável
Ao rico e ao miserável
Como todos podem ver

34. Corona então quis saber
E ao mundo se dirigiu
Será que você realmente
Desta vez se redimiu?
Porque pelo seu histórico
Em momento algum se viu

Você pensar nas pessoas
Sempre enganou e mentiu
Pensa apenas no mercado
Mas sempre sugou o Estado
Quando o sistema faliu

35. O mundo escarrou e cuspiu
Visivelmente assustado
Chamou o seu assessor
Que é o próprio mercado
Lhe revelou bem baixinho
Estou muito preocupado
Quando cheguei ao debate
Eu não estava gripado
O vírus é mais que ameaça
Tomara que esta desgraça
Não tenha me infectado

36. Corona olhou de lado
E soltou outro torpedo
Bem no estômago do mundo
Que arrotou ar azedo
O vírus lhe advertiu
É bom que esteja com medo
Se fosse esperto teria
Percebido bem mais cedo
Que sou micro e invisível
Forte, rápido e terrível
E lhe pus neste enredo

37. Odeio este seu segredo
Disse o mundo, ressentido
Corona, você me acertou
Confesso que fui atingido
Vou convocar os governos
Deste ou daquele partido
Vamos lhe declarar guerra
Você será combatido
Serão rios de dinheiro
Porém o planeta inteiro
Na luta estará unido

38. O vírus falou: querido
Em forma de gozação
Mundo, você está perdido
Não vejo tanta união
Há países decretando
Quarentena e prevenção
Mas existe um tal Brasil
Onde reina a confusão
Porque a tal excelência
Não considera a ciência
E ameaça a população

39. O mundo ergueu a mão
Demonstrou solicitude
E disse ao Coronavírus
Há pessoas sem virtude
Tomara o tal governante
Reveja a sua atitude

E invista o que puder
No sistema de saúde
Você não tem piedade
Quem nega a realidade
Além de maldoso é rude

40. Mato os velhos e a juventude
Quem eu topar pela frente
Meu nome é Coronavírus
Me espalho rapidamente
Pelos olhos e pela boca
Pelo nariz principalmente
Qualquer lugar me acomoda
Contamino o ambiente
Não escolho classe ou cor
Levo logo o portador
De doença pré-existente

41. O mundo imediatamente
Acionou o pisca-alerta
E disse ao Coronavírus
Tanta coisa que não presta
Já sou muito questionado
Por filósofo e até poeta
Não quero responsabilidade
E agora só me resta
Transferir para o Estado
Porque não estou preparado
Para uma coisa desta

42. O vírus franziu a testa
Reforçou as acusações
Mundo, você é uma vítima
Das próprias contradições
Lhe faço neste momento
Outras admoestações
Em cada gota de saliva
Estou presente aos milhões
Tão simples o meu contágio
E este é o primeiro estágio
De outras contaminações

43. Ao ouvir as revelações
O mundo entrou em pânico
Reclamou desesperado
Este vírus é satânico
Vou acionar minha sirene
Um alarme transoceânico
Aviso intercontinental
Do Pacífico ao Atlântico
Para que os governantes
Se organizem o quanto antes
Que o Corona é tirânico

44. Tenho um ímpeto vulcânico
Em velocidade e perigo
Se prepare, mundo louco
Você vai se ver comigo
Infectarei multidões
Não sou o divino castigo

Sou a voz da natureza
Ouça bem o que lhe digo
Sem essa de Satanás
Volte os olhos para trás
Você é o maior inimigo

45. Como um tiro no umbigo
Que provoca hemorragia
O mundo sentiu o impacto
Da viródica pandemia
Pediu trégua ao Corona
Mas Corona não ouvia
E o mundo preocupado
Muito mais com a economia
Negou que despreza a vida
Disse que não há saída
Sem ciência e tecnologia

46. O vírus se repro
Para os lados e par
De novo indagou a
Cadê a sua presun
E os seus filhos ba
Que adoram a ost
Escondem atrás d
E com álcool em
Podem até ter ca
Mas para mim s
A quem não ten

47. O mundo chorou em vão
Com certo arrependimento
Pensativo e cabisbaixo
Solicitou um assento
Mas permaneceu sentado
Apenas por um momento
Ao retomar a palavra
Falou meio sem alento
Que a prevenção do Corona
Não se faz com dipirona
Mas com água e isolamento

48. O vírus ouviu atento
E respondeu com firmeza
Agora você decidiu
Usar parte da riqueza
Para tentar me conter
Mas não tem muita certeza
Vai decretar quarentena
Por receio ou esperteza
Você age tardiamente
Já assassinei tanta gente
Aprofundou-se a pobreza

49. O mundo sentiu fraqueza
Não conseguia falar mais
Fez em rápidas palavras
As considerações finais
Com o semblante abatido
Sem dinâmicas corporais

Fez menções elogiosas
Aos donos dos capitais
Desta forma concluiu
Se desculpou e saiu
À procura de hospitais

50. O vírus sujou os quintais
Dos palácios e das mansões
Pôs a faca na garganta
Da classe dos tubarões
E prossegue incontrolável
Com novas contaminações
Emparedou o liberalismo
Com profundas indagações
A tormenta vai passar
E que todos possam tirar
Duradoras e boas lições

51. São essas as conclusões
Sobre o tema refletido
A simulação de um duelo
Pelo cordel traduzido
É óbvio que o capitalismo
Desta vez não foi vencido
Oportunista e maldoso
E se faz de comovido
O catecismo do mercado
Está sendo questionado
Pelo Corona temido.

De dentro da bruma que veio da China

Tânia Martins

Bons dias andam meio praxe, convenção fria, mas estou com outros 15 dias de vida anteriores a hoje entalados numa espécie de prólogo de algo que ainda desconheço forma e gênero em ebulição desde ontem.

O celular está me perdoando por acorrer a uma escrita que comece com o espírito das coisas, de mãos dadas com Spinoza, aquela energia invisível que alguns sentem, outros, não, então, não acreditam que exista.

Agora ancorada num coisinha químico, uma micropartícula, morta em si que, por uma gota líquida, ataca os corpos humanos numa avidez alucinada para se tornar um ser vivo (bioquímico), provisoriamente originado na China, mas que também pode ter sido importado de 'Blade Runner", ou de um mundo que este filme antecipou e ninguém percebeu e muito menos evitou.

Mutante como soem ser em todo e qualquer lugar, sob pena de nos asfixiar até a morte rapidamente hoje em mais de 100 países.

Alguém me ensina a teclar uma crase sem contorcer os dedos, por favor, porque eles doem e não estou aqui para perfeitices que não sejam as de uma vacina.

Cada tempo tem sua arma, a de agora é este Smartphone em mãos assim aflitas, mas como em qualquer batalha, de antemão, não se sabe nada sobre como e onde tudo isso vai terminar, até porque traz em si uma mistura triste de ilusão com solidão.

E o inimigo agora, tão inescrutável quanto o fim de tudo isso, é um vírus, o Covid19, que está nos comendo por aí e eu nem tinha criado essa parassíntese, mas estava mesmo com a intenção de começar a escrever livremente sobre ele e o que estou vivendo há 15 dias sobre comida, isso mesmo, alimento, a comida que sei que está faltando a muitos por aí e ocupa uma muito justa e tardia cena no centro do palco da vida neste planeta.

Vacina, supermercado. Há 15 dias não me ocorreu empregar assim esse meu tempo de isolamento social, ao risco dos 65 anos, escrevendo em primeira pessoa. Eu que adoro sintaxes com discurso indireto livre... Decerto me submeto por medo de ficar sem ar nos pulmões afogados em pus por mais de 4 minutos. Vai, danada, quem mandou você ser um você.

O perdão do celular com internet de R$99,00 mensais é solar: antes dele bem sei que escritoras davam um duro danado (eu inclusive, conhecida numa rodinha de pessoas próximas de três quase microedições, comecei isso numa Remington e sei bem do que estou falando) para "cortar" a "distância temporal e intelectual" do texto, torná-lo vivo aos olhos do leitor, porque também a literatura, como os vírus, precisa do calor do sangue, da dor e da gargalhada dos mortais para ser ouvida por um instante, tanto por eles - nós, quanto pelos seus (nosso) Deus ou deuses para todo o sempre.

Quero dizer que o perdão via celular é objetivo: escrevo enquanto salto de um grupo de WhatsApp a outro fazendo algo que comecei há quase 7 anos: Discutir a política local, estadual, nacional e mundial. Com muito orgulho porque isso aconteceu, na maioria das vezes, no meio de uma luta que extrapolou as redes virtuais - ocupação de escolas estaduais, passeatas Fora Temer, greve nacional desse e daquele setor, ou tais bandeiras incandescentes e, sim, perdidas até aqui, e agora no pandemônio de uma pandemia acumulando duas urgências - numa Babel de vozes sem que uma ou algumas se façam ouvir por todas, porque desde o princípio dos tempos a nossa alma, tão grande, se apequena corpo a corpo, como os vírus. Que são: Derrotar o império virótico e por fim ao bonapartista governo Bolsonaro no Brasil que, eleito, nos traz pelas costas uma ditadura como castigo por nossas antigas promiscuidades interclasses poupando mentirosos e que maus poetas chamam de bondade nacional. Um, que até agora não se sabe se parasita ou é parasitado por Trump, esse outro, saído de um desenho animado antigo em topete e estreitezas. Trump, o barney.

Os dois lideram os destruidores de euzinha e de tudo o mais que consigo imaginar. E o duro é pensar que quando eles passarem, substitutos tenderão a ocupar os seus postos como eles, sem passarinhos. Não quero estar viva para ver isso acontecer, deixo claro.

Hoje são 28 grupos de WhatsApp nessa toada de discussão política e priorizo 5, nos demais passo voando. Registro que voo igual pelo Facebook e praticamente desprezo os testículos do Twitter e do Instagram. E o You Tube ainda me parece um buraco negro. O WhatsApp, que prefiro, me traz uma proximidade de duas comadres trocando prosa cada qual de dentro de uma área de serviço sobre uma cerca de flores de São Caetano. Sabemos que essas conversas mantêm famílias e mundos na linha, só os tolos as jogam fora.

Estou desesperada também porque 61 páginas de um outro texto que mescla algo de 1997 com os tempos de hoje me gritam: "Você vai morrer sem me terminar?!". Eu respiro. Uai, talvez, mas, você, inascido, fará companhia a outros 4 talvez natimortos, console-se, pois, não estarão sozinhos, como vocês, muitas pessoas de carne e osso estão morrendo e seus corpos estão sendo queimados no meio das ruas.

Agora, 12h16, preciso ir ali esquentar arroz, feijão, carne moída, salada de repolho e banana, que providenciei às 7h30, mas preciso dizer que na casa provisória em que estou de favor, vou ter dificuldades de fazer isto porque seus moradores entraram em cegueira, ou loucura, espero que momentânea, e já compraram em torno de uns 30 itens de alimentos, muitos tão raros que nunca vi na vida e essa coisa travou a minha libido, tenho emagrecido de constrangimento, o que em si é ótimo pois estava precisando, e descobrindo que, enquanto não criarmos um Planeta Terra que não faça com a comida o que faz com corrida de cavalo, estaremos mesmo sujeitos a estas fúrias, que, tanto podem vir de dentro da bruma que agora veio da China, quanto daquela que vem da porta automática de um drone que há alguns dias extinguiu em minutos uma cidade inteira na Líbia ou na Turquia... Tão logo passe, ou concomitantemente, com o vírus e a fome, até que alguma inteligência quântica nos permita ir morrer dentro de uma das bilhões de estrelas de algum outro sistema solar menos comatoso e em paz.

HOMEM DE GELO

Vinícius Canhoto

"Não adianta fugir, nem mentir pra si mesmo
Agora há tanta vida lá fora
Aqui dentro sempre
Como uma onda no mar"
Lulu Santos, *Como uma Onda no Mar*

"Escuta bem, vou repetir no teu ouvido, muitas vezes:
a única coisa que posso fazer é escrever,
a única coisa que posso fazer é escrever".
Caio Fernando Abreu, *Primeira Carta para Além do Muro*

Derretia, embora todo o seu corpo estivesse frio. Uma febre com quase 40 graus de pico. De repente começava o sinal do corpo que subia. As luzes do sol riscavam a pele pálida e toda transpiração seria uma despedida. Se ao invés dos raios solares viesse o brilho noturno da Via Láctea, das lâmpadas fluorescentes, da escuridão, que não vinha de fora, mas de dentro, pouco importaria: derreteria da mesma forma. Uma descrição simples de sua face demonstraria seus olhos como dois grandes cacos de derrotas, resignação e desistência, uma boca que naquele momento era apenas silêncio. E isso não era tristeza, era a morte, e ele sabia disso.

Um vento gelado impregnado de maus presságios invadia o recinto. "O vento gelado dá vida a gente – pensou – O sol saindo de novo de seu esconderijo". Apesar da manhã de agosto, era tarde demais. Tudo aquilo que via era branco: asas, roupas, paredes, os esparadrapos nas suas veias inchadas e feridas, cheias de fios e tubos plásticos ligados às agulhas que escorriam líquidos que, diziam, iriam lhe salvar a vida. *"Last year, last week, last day?"* Não fez muitas perguntas, não havia muito que perguntar. As luzes fosforescentes despertariam o desejo de sair ao sol: *"Devo ter me desabituado daquele brilho! Logo eu que amo tanto o vento no litoral, catar conchas, construir castelos de areia que, na mudança da maré, serão desmantelados pelo mar. Por que tudo se desfaz? Se ao menos soubesse como fazer para me mexer, para fugir, escapar! Gostaria tanto de poder andar. Se pudesse, deslizaria por aí abaixo como gelo que, imprevisto, escapa do copo, mas não sei mais correr!"* Estava amarrado às grades frias e metálicas da cama. Os anjos guardavam o silêncio: os do período da manhã usavam uniforme branco, máscaras, toucas, luvas contra infecções, havia também os querubins que carregavam vassouras, baldes com desinfetantes. Recolhiam as asas e esfregavam o chão, trocavam lençóis, serviam as refeições, enquanto outros mediam pressão, temperatura, auscultavam todo o peito. À esquerda da entrada da estrada para o inferno, o caminho estava ladrilhado por arcanjos, que formaram uma rede de asas, que amparou sua queda. Seu corpo não lhe pertencia mais. E, assim, o homem de gelo adentrou o mundo branco, carregado como um Ícaro moderno ou como um anacrônico super-herói que se esqueceu de como voar, caiu de cara, mais magro e derretido que nunca: *"A alma não pesa, mas o corpo dói"*.

Fragmentos tão descontínuos quanto um filme de longa-metragem que ainda não foi montado. Naquele momento tudo era apenas peça de um quebra-cabeça que ninguém queria montar. De repente, tudo se tornara tão infantil novamente, tudo se tornara tão tatibitate: não se sujar, não colocar a mão no amiguinho, o medo de beijar na boca para não pegar sapinho. Talvez ele tivesse gritado, falado coisas sem sentido, jogado coisas para todos os lados, da mesma forma que já havia jogado tantas coisas que foram escritas porque era o testemunho daquilo que não queria deixar. Velhas cartas que queria descartar, queimar para transformar em cinzas o passado e as lembranças daqueles dias de cárcere em que esteve só e agonizante a cada sopro da cadeira do dragão, através dos eletrochoques, acionados pela campainha do telefone, que não chamava por ninguém, mas adentrava em suas entranhas pelos fios de cobre atados ao pênis, penetrados em seu ânus, enroscados em sua língua e ouvidos. Ele fechava seus olhos com pavor dos gritos alucinógenos, estridentes e ensurdecedores, que ouvia de dentro da geladeira à espera de ser novamente levado pelos verdugos ao pau-de-arara, ao afogamento numa toalha molhada. Ninguém viu, mas naqueles dias sombrios, ele quis morrer, chorou e, para sempre, a sua carne e alma sangraram. Não apagam na memória as marcas na pele. Não apagam na pele as marcas da memória. Imagens do mundo passado que repentinamente voltam à reminiscência têm alguma explicação? Naquela época, ele merecia a visita não de militares, mas de bailarinos. Enodoada a bandeira idolatrada, maculada de sangue, só as cores escuras ainda eram verdadeiras. Uma toalha bordada por sua irmã teria menos sofrimento que a bandeira brasileira. Talvez os espartilhos e os corpetes de sua mãe prostituta fossem mais limpos que os uniformes militares, que causavam frenesi nas filhas das mães católicas. Uma gaveta secreta, com segredos de adultérios, de embaixadores sequestrados, de torturadores, tudo aquilo que o perturbava em nostalgia e terror ainda estava aberto, ainda não seria arquivo morto enquanto ele ainda vivesse. *"Não me farão regressar, vou resistir"* pensou muitas vezes.

Por enquanto todos são discretos, mas e depois? Depois que a vida estiver derretida, depois que a súmula de entrega e renúncia à vida estiver redigida e a biografia pronta para ser notícia de jornal ao lado das manchetes de crises econômicas, políticos em *mise-en-scène*, contabilidade de genocídios, modernas máquinas nucleares e de destruição em massa, tradicionais liturgias religiosas, bacanais entre famosos, execuções capitais, acidentes aeroviários, novas doenças incuráveis, águas escorridas pelas faces dos miseráveis fãs fecundando campos de melancolia? Nossas explicações morrem com a gente: *"Que importa a má fama depois que estamos mortos? Que importa a eternidade quando estamos mortos?"* Falar de sua vida como um réquiem ou um obituário de seus exílios e prisões e anistias e amores e apoteoses e carnavais e melodias e brigas e abraços e romances e disputas e rivalidades e vertigens e obras de arte e críticas e rompimentos e reconciliações e erros e falhas?

Vírus levados pelo vento, concreto armado, quatro paredes. Onde estão os escombros? Quando se olhava no espelho, via apenas pó-de-arroz para esconder fungos e bolor na superfície da face, seu corpo esmaecido pela vida venturosa e devassa, daquele que uniu a boca à boca impura, embebida em bruma e brahma gelada. Na idade dos enganos quem não há de se enganar? Os mortos-vivos em sua vida, o beijo salgado, o satânico sorriso: *"Lembra que em nossa bandeira vermelha dormia a foice e a flor?"*

O concreto do prédio corroía-o. Calor, calor, calor. O verão no Trópico de Câncer. Talvez se sentisse melhor se estivesse no inverno do Trópico de Capricórnio, celebrando todos os dias a vida, a família e os amigos. "É tão gostoso a gente se entregar de vez pra alguém, ir fundo até que alguma coisa mude. Por que tudo se desfaz?" perguntou-se novamente. Ele foi um amante inconstante, que traiu a si mesmo no amor por apenas uma questão de vaidade. Foi uma estrela ébria que perdeu os céus quando o mercado comprava sexo, fantasia e companhia. Por isso, nem o vinagre, o fel, o ópio, o paracetamol, a morfina, aliviariam sua dor nestes dias desleais. Porque ele andou dentre os homens e voltou menos humano. Fragmentos descontínuos das recordações. Sua voz era a única arma para se defender daqueles que em delírio o acusavam:

- Lave suas mãos que será à sua porta que eles virão bater!

- Eles?

- Fingir que não vê, provoca câncer!

- Mas quem são eles?

- Os guardiões da entrada e da permanência, os guardas das cidades, dos limiares e das fronteiras. Não aprendeu com Kant a não fazer com os outros, o que não quer que seja feito contra você?

- Eu não sei mais do que sou capaz... Mas eu não sei de nada e continuo limpo! - gritou.

Antes do anoitecer, antes mesmo do entardecer, tentando ver as púrpuras do crepúsculo que lhe ofereciam a morte como única alternativa, sentia que a voragem o tragava para um labirinto vivo, onde as alucinações o levavam ao rio do esquecimento, onde a água era pura e fresca, para pensar em todas as escolhas erradas que o conduziram àquele momento: os exageros, os caminhos não tomados e as bebidas tomadas em excesso, as decisões equivocadas e as indecisões fatais, o excesso de sal e de açúcar, a falta de juízo e de moderação. De súbito, o inesquecível aflorou à mente em gestos e olhares, conferindo a tudo o que lhe dizia respeito aquela autoridade que até mesmo o mendigo mais faminto, da rua mais miserável, adquire à beira da morte. Na modernidade, enquanto o Moulin Rouge se move e la Goulue dança, se tornou tão medieval morrer devagar, da peste negra ou d´algum mal d'amor. Morrer na Idade Média era antes de tudo um episódio público na vida do indivíduo, agora se tornou um espetáculo privado, solitário, escondido e sequer mencionado. Hoje a morte é expulsa do universo dos vivos como se ela não vivesse mais entre nós.

Em vão, o homem de gelo gritou para as enfermeiras: *"Marie Heléne, dai-me de beber, que tenho uma sede sem fim!"* - *"Rose Marie, daqui dá pra ver a Torre Eiffel!"* - *"Esperanza, meus lençóis têm cheiro de doença e morte!"* - *"Camille Claudel, me tira essa vergonha, me liberta dessa culpa!"* - *"Monalisa, olhe nos meus olhos, sou o homem-tocha que se apaga!"*

Da janela, além dos muros, dava para ver os ciprestes do cemitério e os túmulos, mas o homem de gelo sabia que não haveria nada romântico morrer em Paris, como um poeta, que não seria enterrado em Montparnasse, ao lado de Sartre & Simone de Beauvoir. "Fronteira é o corpo. Fronteira é a pele. Sou filho da Terra e do Céu" - dizia para si mesmo como se rezasse, embora soubesse que quando saísse ao sol derreteria e se não derretesse, seria extraditado, porque uma vez contraído o vírus, o visto de permanência e a *carte de séjour* seriam imediatamente negados.

SUCUMBIR PARA RENASCER

Gilmar Rogerio Wendel

Assim como esta experiência que a humanidade vive, no sentido de rever sua forma de organização - diria até da própria vida - em função da pandemia causada pelo coronavírus, cada ser humano certamente terá como necessidade transcender sua postura, suas crenças, gestos e atitudes. Caso não refletirmos nesta perspectiva, certamente estaremos vulneráveis a novas catástrofes vindouras, tanto coletivas como pessoais.

Dito isto, na minha perspectiva individual, além do isolamento social a que estou submetido por questões de prevenção à saúde, estou passando por uma situação inusitada nestes dias. Trata-se de uma tentativa de extorsão virtual e agora começa o conto / reflexão, objetivo deste intento.

A madrugada do dia 14 de abril de 2020 estava transcorrendo como tantas outras. Já tinha postado as tarefas no ambiente virtual da faculdade de Sociologia que estou fazendo; tinha lido várias notícias em diversos sites; já tinha assistido a verdadeiras "aulas" transmitidas pela pós TV 247. Do ponto de vista informativo até que estava bem abastecido. Havia ainda um pouco de energia para alguns contatos via rede social. Tinha que cumprir a honrosa tarefa de desmontar fake news dos "bolsominions", tinha que fazer o embate, na rede, aos bolsonaristas abestados que postam merda incessantemente... Rapidamente alguns contatos mandando mensagens de otimismo, querendo saber como estava a família, trocas de informações, diria normais. Eis que aquele contato altamente qualificado chama para conversa. Moça solteira, 28 anos, brasileira residindo há 11 anos em Paris, currículo abrilhantado pela Sorbonne Université… encanto de mulher, a fim de atenuar o tédio do isolamento e as angústias da situação desta pandemia que se agravou também na inspiradora França.

Conversa muito bacana, ainda que alguns erros de concordância, de conjugação estivessem aparecendo. Tudo bem, pressa de digitação, acontece… E a sexualidade como vai? Ufa! Tema quente… e veio a pergunta / proposta mágica e sempre esperada, dadas as condições do momento: Você gosta de fazer sexo virtual? Quer fazer comigo, para apimentarmos a madrugada? Consultei Foucault: ela é maior de idade, eu também; ela quer e eu também quero. Soma-se a isto o fato que tenho esta questão bem consolidada com minha esposa, ou seja, liberdade no âmbito virtual, desde que respeitadas as duas primeiras condicionantes. Será um prazer lhe fazer companhia, minha doce brasileira quase francesa! Poucos minutos de êxtase! Quisera ter tido apenas um doce sonho com aquele encanto de mulher. Ou, por outro lado, quisera ter raciocinado a partir das sinapses e não pelo predomínio da testosterona que me fez ignorar os erros de concordância e conjugação verbal.

E veio o golpe: Muito bem, senhor Gilmar! Eu gravei um vídeo da sua performance e caso não cheguemos a um acordo razoável, ele será disponibilizado no seu trabalho - Prefeitura Municipal de Gramado-RS - para sua família, para seus amigos e sua vida será um inferno a partir de hoje! Faça uma transação internacional de R$ 6.000,00, seguindo as determinações que eu vou lhe passando... Do céu ao inferno em questão de minutos.

Enfim, a conscientização da importância de usar as sinapses para raciocinar corretamente e administrar a situação. Certo é que o vídeo estará sempre a um click de uma mente mal intencionada, independentemente de quantas transações financeiras tenham que ser feitas. Por outro lado, qual seria o impacto aos amigos, familiares, colegas e chefes no trabalho vendo aquela cena? Bom, a cena é aquela típica que todo mundo normal pratica, uma masturbação, inspirada por uma linda mulher, embalados pela tecnologia que possibilita estas situações virtualmente. Mas pode não ser somente isto. Certamente haverá associação à prostituição, pedofilia... tantas possibilidades para potencializar a utilização do vídeo em favor do golpista. Situação tensa, na fria madrugada! Só há uma estratégia, ganhar tempo, estudar o opositor, mapear fragilidades, raciocinar uma possível saída menos traumática.

Tarefa número um: manter a postura de diálogo aberto, verdadeiro com a esposa sobre as questões virtuais, como sempre tem sido nestas questões voltadas à sexualidade. E assim, longa conversa detalhada sobre o ocorrido. Nesta tarefa, missão cumprida! Não que a esposa aprecie este tipo de situação em si, mas aprecia a forma que conduzimos no sentido do diálogo, dos limites bem como da liberdade que temos em termos virtuais, reciprocamente.

Tarefa número dois: comunicar às autoridades policiais sobre o ocorrido, afinal eu não cometi crime. De novo, era maior de idade, a proposta partiu dela, então foi consensual, em ambiente reservado. Toda a conversação printada, documentado anexado ao Registro de Ocorrência na Polícia.

Tarefa número três: ser plenamente honesto com amigos, familiares, colegas e chefes no trabalho, sobre o que eu fiz e sobretudo a respeito da tentativa de extorsão que estava sofrendo. Não que eu seja vítima passiva, ou seja, eu participei ativamente de uma situação, mas a intenção da interlocutora ou interlocutores, aí é que reside o problema, objetivando tirar proveito financeiro da situação.

Decisão tomada: não compactuar com golpistas. Só haverá espertinhos enquanto houver bobos. Fui ingênuo, bobo por ter caído tão facilmente em um golpe. Sim, há que se reconhecer isto. Mas não vou compactuar, alimentar este sistema imundo que faz milhares de vítimas constantemente. Minha imagem, minha conduta poderão estar em jogo, caso algum vídeo venha a ser divulgado na rede, ou seja, endereçado a algumas pessoas queridas... paciência! É o preço a ser pago pela ingenuidade, pela bobice cometida.

Momentos tensos causados por toda esta situação de pandemia do novo coronavírus, potencializados por este contexto pessoal quase dramático. Eis um resumo do confinamento / quarentena que estou vivenciando. Cair chorando pelos cantos? Não, definitivamente não... Algumas reflexões são pertinentes neste isolamento social.

A vida certamente será diferente depois que atravessarmos a pandemia. Numa perspectiva macro - ainda que não entrando profundamente - espera-se que uma nova sociedade surja após tudo isto. O capitalismo mostrou mais uma vez sua fragilidade, sua prepotência, seus malefícios à sociedade, pois continua a beneficiar uma minoria em detrimento e sofrimento de uma ampla maioria... necessariamente será diferente. O desafio é darmos o rumo, pelo protagonismo do povo, pelas demandas da população e não dos capitalistas.

No âmbito pessoal, resistir à pressão dos golpistas, ainda que danos sejam causados, ainda que a imagem vá para o beleléu. Ainda que tenha que sucumbir à velha matéria, há de ressurgir uma nova, revigorada, energizada, mais sábia. Em outras palavras, esta situação vivida pela pressão das chantagens do golpe relatado, causa desconforto, joga por terra muitas certezas, quebra convicções, traz um choque de realidade, do quanto somos vulneráveis, do quão importante são os vínculos verdadeiros com as pessoas verdadeiras que nos dão suporte, que nos estendem a mão na hora da dificuldade.

Esta transcendência, no sentido de que novos homens, novas mulheres ressurjam depois desta realidade, edificando uma nova sociedade; eis aí a esperança de dias melhores pela frente, ainda que muita luta seja necessário empreendermos. E assim, em isolamento social, apesar das "dores do parto", tanto um novo Gilmar como uma nova humanidade irão ressurgir. Das cinzas da velha matéria, uma matéria revigorada há de florescer, esperançosos por dias melhores e vida em abundância. Golpistas, não passarão!

Isolados

Rafael Lima

- Ainda não conseguiu acessar a sua rede de dados móveis?

- Não. Agora não sei o que vou fazer daqui em diante. Não bastasse estar isolado nesta cidade provinciana. Pacata? Eu diria entediante. Minha mãe continua lá, em São Paulo, e eu tenho que cumprir quarentena aqui. Os exilados sempre fizeram algo pra ter que deixar suas pátrias. Já eu, sou apenas um estudante.

- Acalme-se, garoto. Queira acreditar em seu avô. Já houve um tempo em que vivíamos sem internet e smartphones. E, para seu espanto, era ordinariamente possível viver!

- Ah, não; outra vez a ladainha do saudosismo. Por favor, vô, velhice não é uma questão de idade – é um comportamento que nega as transformações.

O riso irrompe o diálogo. Um efeito hilariante mitigador de um desentendimento de visões de mundo formadas em tempos historicamente distintos. Rubens, professor aposentado, no alvorecer de sua maturidade existencial revela sua aptidão de mestre para conduzir em bom tom a conversa com Danilo, seu neto adolescente. A "quarentena no interior será de menor risco"; ao menos no pensamento da mãe do relutante garoto. Dezessete anos corridos na capital paulista, Danilo fora o primeiro filho nascido em São Paulo de uma família que migrou do interior do Estado para lá. E assim, inesperadamente, tal como os sonâmbulos que fogem de suas camas apavorados por pesadelos, chega Danilo na casa de seu avô.

- Antes epidemia.. Agora a droga de pandemia! Como poderia imaginar que um microrganismo pudesse afetar tão profundamente a rotina das pessoas? Estou a ponto de acreditar em algo que li no whatsapp...no sentido de que esse vírus não seja oriundo espontaneamente da natureza...

- Não se deixe influenciar por esse tipo de desinformação! Ademais, não há novidade alguma sobre a manipulação política de pragas e doenças infecto-contagiosas. A História - subestimada mestra da humanidade, é testemunha cabal desta sórdida guerra lançada aos ares, águas e plantações..

- Pois não é novidade? Interroga Danilo - Acredito que uma guerra seja feita com tanques, munição e um exército austeramente treinado para o combate?

Com um singelo sorriso, Rubem fixa o olhar em seu neto e serenamente afirma: - É uma forma de se guerrear, principalmente até o século XX, todavia, não a única.

Uma pausa silenciosa. Homem dado ao embate de ideias e construção sutil de argumentos, o senhor Rubem interrompe argutamente sua fala. Ele tem a convicção de que a dúvida - sentimento que pariu a filosofia humana, irá provocar em Danilo a mais cauta atenção em sua fala.

- Agora estou curioso. Poderia explicar com mais detalhes? O rosto do jovem Danilo agora toma uma feição corada, ele procura algo, mas não sabe exatamente o quê.

Satisfeito com a reação provocada em seu neto, agora com um sorriso mais atrevido, o avô o questiona, ironicamente: - Onde está o garoto que há pouco não se preocupava além de seu aparelho eletrônico?

- Aff! O senhor já está ficando ranzinza. Quer que eu implore? Sabes bem que sem acesso à internet não tenho opções virtuais no momento. Vou me contentar com sua aula. Só não se esqueça de que sou seu neto e não aluno, exclama Danilo ao irônico avô.

- Perfeitamente!, asseverou Rubem, agora em tom de seriedade.

- Dizia eu que durante o decurso histórico da humanidade houve várias estratégias e técnicas de guerra. O conflito sempre existiu, mas a diplomacia não. Você citou a guerra de trincheiras e tropas de infantaria, ideia comum no imaginário social, sobretudo devido ao vasto conteúdo escrito e visual sobre as duas guerras mundiais.

- Mas vamos direto ao assunto. E o que o vírus tem a ver com tudo isso?

- Me parece que a ética nunca conseguiu aportar em campos de batalha. Estados e nações não pensaram duas vezes para lançar seu próprio "joio ao trigo alheio".

Danilo, alguma vez já leu sobre o império mongol?

- Nunca li, apenas ouvi falar de forma pejorativa. Mas não sabia que conseguiram formar um império.

- Pois bem, liderados pelo temível Gengis Khan, os mongóis são apontados como os pioneiros da guerra biológica. Em seus atos de guerra, cadáveres putrefatos eram catapultados em direção às nascentes e rios de água doce do território inimigo.

- Que horror, diz Danilo balançando negativamente sua cabeça.

E sobre a unidade 731?

Danilo novamente apenas balança sua cabeça expressando que não.

- Em meio à sangrenta rivalidade secular entre China e Japão, que se arrastou até a segunda guerra mundial, o imperador japonês Hirohito autorizou o funcionamento de um centro de pesquisa de armas biológicas e bacteriológicas, que foram atrozmente testadas em prisioneiros de guerra chineses. Toda a bizarrice ocorria secretamente no interior de uma estação de tratamento de água para consumo humano.

- Acabou?, pergunta Danilo com um tom baixo de voz, com olhar de espanto, parecendo alguém que foi levado pela primeira vez a um "freak show".

- Por quê? O avô franze a testa em gesto de protesto.

- Qual é o fio condutor de todo esse teatro macabro que teve como palco a terra e protagonista os homens? Seria ainda referente ao meu comentário sobre o aplicativo de mensagens duvidosas?

Um silêncio breve retoma o ambiente de conversa familiar.

- Pois sim, responde Rubem ainda se sentindo contrariado. A história dos homens não é um conto de fadas, meu filho. A incursão na história é para esclarecer acontecimentos reais em torno de doenças contagiosas disseminadas propositalmente para contaminar populações inimigas ou reduzi-las.

- Mas esse atual vírus não seria oriundo espontaneamente da natureza? Interroga Danilo, se esquivando decisivamente da conversa guiada por seu avô.

- É a tese científica mais aceita, mas não deixa de ser também provisória. Agora, acrescenta o avô - ainda com o entusiasmo de historiador profissional - precisamos partir para o cenário nacional de isolamento social, que acabou por trazê-lo aqui!

- Não, Danilo responde em tom enfático.

- Não tenha pressa, seu Rubem, afinal temos uma quarentena de dias para tudo isso!

Danilo, cansado como alguém que viajou por séculos, põe a termo o diálogo. Rubem apenas faz um gesto de concordância com a cabeça.

Não-Ficção

Marcelo Mendes

- Era eu, né?

Eu sinceramente não entendi a pergunta.

- No seu primeiro livro. Era eu.

Ela estava falando de 2004, quando lancei meu primeiro livro. Tínhamos 20 e tantos anos na época, éramos jovens. Estamos em 2020 e ela me pergunta, agora, se a personagem de um livro sobre o qual eu não penso há anos era ela. Sem contar que já havíamos tido essa conversa na época. Eu sempre quis deixar claro o que era ficção e o que não era ficção. Nosso relacionamento era real. Tudo que eu escrevia, ficção. Simples assim, e ela parecia ter concordado. Agora, anos depois, ela me liga, não apenas manda um email ou uma mensagem, ela me liga e faz essa pergunta. Eu simplesmente não sei o que falar. Eu expurguei o que escrevo de qualquer memória, de qualquer realidade. Em outras palavras, uma vez que está escrito é o que é, e não quer dizer nada além do que diz. Cabe a você, ao leitor, dizer o que é.

- O que você acha? Eu devolvi, de forma meio estúpida, mas extremamente literária, a questão. De novo, não sabia bem o que fazer ou o que falar.

- Eu detesto a cena do boquete. Me sinto exposta - ela diz.

Eu sei que não cabe a mim dizer qualquer coisa. Não nos falamos há anos. Pelo menos há uns cinco anos. O que pra mim quer dizer que não preciso lidar com ela e com suas paranoias. Ela não é mais minha responsabilidade. Mas eu sei. É o efeito da quarentena. Eu tenho certeza. É o que fazemos quando nos sentimos assim, sós, abandonados. Principalmente na nossa idade. Nos perguntamos onde foi que erramos e, ao invés de mergulharmos em nós mesmos, nos voltamos para nossos algozes de estimação. Principalmente aqueles que deixaram coisas por escrito, registradas na Biblioteca Nacional.

- E o título... - ela continua. - Sou eu *O Animal das Dezoito Horas*?

- Olha, sinceramente eu não sei o que te dizer.

Eu não me arrependo do título, *O Animal das Dezoito Horas*. Melhor que o meu segundo, que se chamava *Ponto Final*, título imbecil, principalmente se levarmos em conta que era apenas meu segundo livro. E, pensando bem, *Ponto Final* é muito mais sobre ela, sobre o final do nosso relacionamento, do que o primeiro. Mesmo assim, os dois não são definitivamente sobre ela. É isso que as pessoas não entendem: não importa muito que elas se reconheçam na história, não importa sequer se elas inspiraram um personagem, uma situação, um boquete. Todos os livros, assim como todos personagens, são sobre mim, todos são eu.

- Você sempre foi assim, não mudou - ela diz, e eu sinto o seu dedo apontando a minha cara, como ela fez muitas vezes antes do ponto final do nosso relacionamento - Você sempre se esconde atrás desse manto da ficção. Não é você, sou eu. Você. Eu.

- Valéria, sinceramente, eu não tenho que lidar com isso.

Eu sinto o padrão emergindo. As milhares de vezes, nesses detalhes microscópicos, em que algo mudava na química ao nosso redor. Uma centelha e a explosão. O padrão. A nossa relação disfuncional voltando a funcionar por telefone, anos depois da última ligação. Anos depois de aceitarmos, ambos, que não dava mais para viver assim, entre a centelha e a explosão. Anos depois.

Ela faz uma pausa longa.

Eu ainda não sei o que dizer e, apesar de ensaiar algo, de tentar improvisar algo como sempre fiz entre nós dois, improvisar algo que nos tirasse daquela posição, ou melhor, que me tirasse daquela posição, eu deixei o silêncio transcorrer. Isso indica, na minha cabeça, que mudei, que amadureci. Deixa ela lidar com seu próprio silêncio, deixa ela sair do lugar no qual ela se meteu.

- Você não vai ter a coragem de admitir?

Eu respiro fundo, impaciente. Não quero falar sobre isso. Não quero pensar sobre isso. Não quero inventar uma desculpa, não quero. Não quero retomar o padrão. Mas não quero mentir, também.

- Não é você - eu digo, com confiança, mas mentindo. Não quero ter que explicar que sim, mas que é mais complexo do que isso, como fiz em milhares de entrevistas, de conversas, de leituras, de palestras. Aconteceu, mas não exatamente assim. Foi em São Paulo, mas Londres é mais poético. Foi um boquete, porque um boquete é um boquete. Mas não foi tão sórdido quanto está descrito no livro. Também não foi tão importante pra nossa história, quanto é pra narrativa do livro. Pra nós, foi só mais um, num mar de sexo oral. Em resumo, é verdade e não é, é ela e não é. Tanto faz.

- E esse livro agora, como chama?

- *Tocha Humana*? - eu pergunto, me referindo ao livro que acabei de lançar - O quê? Você acha agora que tudo que eu escrevo é sobre você? - eu continuo, entrando no jogo, retomando o padrão, alimentando a centelha.

Imediatamente me arrependo, respiro fundo, conto até três.

- Desculpa. Eu... - não sei o que dizer e não digo. Segue o silêncio.

- *Tocha Humana* - ela diz, enfim. Então, como se estivesse lendo na Wikipédia, continua:

- *Tocha Humana* é um romance epistolar de Marcelo de Campos publicado em 2019. Essa obra caracteriza-se pela indefinição do autor das cartas, parecendo se organizar ao redor da personagem Luiz, o assassino de Antía, a personagem que supostamente recebe as cartas.

Mais uma vez, eu não sei o que dizer. Mas digo:

- Obrigado. Muito informativo.

Ironia sempre foi um dos gatilhos e eu sei. Deveria saber, pelo menos. Mas não sei o que dizer e entro no modo defesa. Ela conhece essa dinâmica e está pronta para entrar no modo ataque, mas eu a interrompo.

- Não... sério, desculpa. Eu não sei onde você quer chegar. Sinceramente nem sei se deveríamos estar tendo essa conver...

- É a nossa história - ela me interrompe, com raiva.

- Valéria...

Ela resume o livro de volta para mim. Com mais detalhes, talvez rolando a tela para baixo, lendo da Wikipédia e incluindo suas anotações mentais.

A verdade? Nos últimos anos passei pelo fim de outros relacionamentos e, sempre, eu voltei a esse, que foi central por anos, e acho que finalmente exorcizei o que precisava ser exorcizado escrevendo esse romance, *Tocha Humana*. Sim, ele conta a história de um homem que praticamente mudou sua vida para viver um amor. Mudou de país e quase de identidade. Mas, no final, esse homem matou o seu amor, literalmente, no livro, e metaforicamente, eu ia dizer na vida real, mas não há vida fora do livro. Só memórias que eu queria transformar em palavras e pras quais queria dizer adeus.

- Você ainda pensa em mim. Em nós - ela diz, como que fazendo um convite ao padrão. Venha, ela insinua, jogue o jogo que você sabe como termina e quem ganha. Na verdade, perdemos os dois.

- Eu vou desligar.

Eu estou exausto, apesar de estar ao telefone por não mais de dez minutos. Eu quero sumir. Eu quero voltar para onde estava antes da ligação. Entre os anos que passamos juntos e a publicação do meu último livro, depois de anos sem escrever ou publicar coisa alguma. Nada, desde que nossa relação acabou, na verdade.

Desde o fim da nossa relação. Eu tento, mas não posso escapar. Tudo é sobre ela. Tudo. Eu digo que não, até para mim mesmo. Mas aí está, na minha frente, a revelação. Tudo é sobre mim, todos os personagens sou eu, eu insisto, até para mim mesmo. Mas que sou eu sem ela? Que histórias haveria sem ela?

- Isso! Sempre o caminho mais fácil... - ela me condena mais uma vez.

Mas não é fácil se esconder de si mesmo, eu penso. Anoto. Escrevo um conto.

Enquanto você crescia

Sonia Nascimento

É claro que você não se lembra. Você era bebê, sua mãe trabalhava com o seu pai na fábrica de motores. Você ficava comigo, eu a criei desde então. Você me pergunta como tudo começou e eu, durante todos esses anos, tenho teimado em lhe dizer coisas vagas, histórias da Carochinha, como minha mãe dizia e como a mãe dela deve ter contado para filhos e netos, mas isso não importa, porque agora você tem o tempo certo de vida e vou contar a verdade.

Esse mundo que você vê agora, cheio de casas e prédios vazios e de ruas onde o mato cresceu livremente por tantos anos, já foi muito diferente. Não faz tanto tempo assim e as carcaças desses carros nas ruas já foram máquinas que levavam as pessoas para todos os lugares. Tínhamos vizinhos e muitas crianças em escolas e parques, pessoas saíam de casa para conseguir dinheiro e comprar coisas.

Isso foi antes. Antes da peste muita gente passava fome, muitas pessoas moravam nas ruas. Não havia lugar para essas pessoas. Eram os invisíveis. Não como os super-heróis, não como os filmes de ficção que você também não viu, não sabe do que estou falando. Não ria de mim, menina. Quer mesmo saber? Pois então escute.

Estávamos todos em casa, já não se podia sair e comprar coisas, não havia mais empregos e dinheiro. Foi dessa forma que fomos descobrindo que não precisávamos das coisas, mas de comida. Quem não saía de casa estava livre da doença, mas poderia morrer de fome. O dinheiro guardado na bolsa não fazia mais sentido. Quem tinha comida guardava para si. Havia um dinheiro diferente, um pedaço de plástico com informações, mas as máquinas não funcionavam mais. Havia um lugar chamado banco, onde tinha dinheiro de papel, mas os bancos estavam fechados. E a luz elétrica acabou, água só a da chuva recolhida na cisterna e do poço no quintal, cessaram os sons de tv, de rádios, de celulares, de internet. Internet, era um sistema de dados que dominava a vida de todos. Como posso explicar? Eram dados que viajavam pelo ar em velocidade que você só pode imaginar como a do pensamento.

Um dia desses vou lhe levar para conhecer os bancos, os lugares onde se comprava comida e os lugares onde se vendiam coisas. Os que sobraram inteiros. E as ruínas dos que foram quebrados. Eu sonho com esse dia. O dia em que for seguro sair e tocar nas coisas que restaram no mundo.

Nós temos esse quintal em casa, pedaço de terra onde planto as verduras que nós comemos. Antes da peste eu já tinha esta horta, mas era menor. Guardei alguns grãos e plantei. Não tinha o milho e a cana, que você tanto gosta. Não tinha feijão, nem batatas. Só couve, só a salsinha, a cebolinha e o manjericão. O alecrim, o boldo. Era uma horta de velhinha, no fundo do quintal. Umas galinhas, um galo.

Nossos animais sobreviveram, esse mundo de passarinhos, esses cães famintos, os gatos selvagens, os ratos, as galinhas e os cavalos, vacas, cobras, tudo que circula lá fora, são nossos inimigos agora, mas nos pertenciam, não a mim nem a seu avô, claro, mas eu digo à nossa espécie. Eles só viviam se nós deixássemos, e a gente não deixava sempre. Eu, sua mãe, seu pai, seu avô, comíamos os animais. Todas as pessoas os comiam. Não faça essa cara de nojo, é verdade. Se a peste matou quase toda a nossa espécie, poupou todos os animais, não sabemos o porquê, não sobrou cientista, nem médicos, nem ninguém que possa dizer.

Da nossa família, só eu e você. Muitas crianças já cresceram, como você cresceu. Tem gente vivendo por aí, dentro das suas casas. Já não há mais toque de recolher, mas nos escondemos. Não entendo como fomos poupadas, tenho certeza de que os outros também não sabem. Nós nos adaptamos. Não nos encontramos, não falamos com ninguém. Não se comemora ou deplora a vida e a morte. Não sei a sua idade, o papel acabou e os números pelas paredes só puderam contar até os seus quatro anos, quando acabou caneta, lápis, carvão. Não sei acender o fogo sem os fósforos e tenho medo de procurar no que restou nos mercados, se é que existem ainda coisas por aí. O fogo é uma invenção inútil só na lembrança e eu aprendi a viver sem ele.

Aquelas pessoas que vemos às vezes, quando olhamos pela janela para a rua, que não nos acenam, que escondem o rosto com panos, aquelas que, cada vez mais raramente, parecem estar caçando animais, com arcos, com lanças, podem ter sido atingidas pela peste ao sair de casa, por aí, tocando em todos os lugares onde a morte espreita, dormindo, esperando. É bem possível que elas já tenham ido, que já estejam mortas. Como seu pai, sua mãe, seu avô.

Não tenha medo. Acho que estamos indo bem. Agora que você já sabe mais, vai ficar mais tranquila aqui dentro. Entre na sua caixa e feche os olhos, a noite já chegou. Eu vou ficar por aqui, olhando o céu. Esperando ajuda de lá. Quem sabe Ele exista e tenha mudado de ideia.

Os grilos e os bêbados

Maria Tigre Gemmal

Engraçado como parece sonho aquilo que nos faz sentir vivo. A noite, como qualquer outra noite de abril, era fria. Mas esse frio era diferente, como se o céu estivesse estático, como se o tempo estivesse parado. Apenas algumas luzes acesas na favela, afinal, alguns já precisavam ir trabalhar. Ele, Juliano, pele preta, jovem, cansado. Olhava pela varanda de seu barraco, local privilegiado no topo do morro. Tinha sono, mas sabia que ia se arrepender se perdesse tal momento mágico. Uma brisa gelada, o som dos grilos ao longe... Era como se o mundo fosse outro de madrugada. Precisava sair daqui algumas horas.

A lua cheia brilhava ao topo de sua cabeça, com destaque, tinha um poucas nuvens no céu. De sua varanda, podia ver toda a descida da ladeira. Alguns bêbados vagavam pela rua tentando retornar às suas vidas. Já Juliano, não podia. Era motorista. A faculdade tinha ficado para um futuro que já não enxergava. Trabalhava muito, e como odiava o trânsito. Mas era necessário naquele momento. "Serviço indispensável", como diziam no jornal que toda manhã atualizava o número de mortos da epidemia. Estava cansado. Sim! Como estava... Mas não podia fazer nada.

A lua começou a subir mais, fazendo com que ele tivesse de levantar sua cabeça para vê-la. Estava muito brilhante.

— Por que deixa todos morrerem? — Suplicou, não sabia direito para quem. Era um homem bom, ralava muito para o pouco que tinha. Se sentia sozinho, mas estranhamente intuía que alguém o escutava.

Sua esposa tinha morrido recentemente. Seu corpo estava enrolado num lençol branco, largado na entrada da casa, como orientavam as autoridades que depois viriam recolher.

O vento frio toca seu rosto, amargurado. Dali pode ver as famílias levando os corpos para a calçada. Pode avistar o corpo de sua mulher repleto de moscas.

Juliano olha pra Lua, e consegue ver uma silhueta, um rosto de mulher. Ela olha para ele, sua face pálida, seus olhos profundos.

— Como és linda — diz Juliano numa voz baixa de apreciação. A Lua abre um sorriso tímido, revelando dentes prateados e cintilantes.

— Tu me escutas? pergunta Juliano.

— Sempre escuto. — responde a Lua numa voz singela e doce — Te conheço. Tu és aquele que chora. Escuto todos. — A Lua suspira — Escuto os sussurros de tua mulher, tua dor... a dor de todos.

— Como aguentas a dor de todos, se nem mesmo aguento a minha? — diz Juliano em prantos.

— A dor é inevitável. O sofrimento é opcional. — responde a Lua.

A Lua começa a se esconder por detrás do telhado, seu brilho diminui lentamente. Juliano encara os olhos negros da Lua.

— Já vi dor em minha vida, na comunidade, mas não desse jeito. Dessa vez tudo está muito incerto, muito caótico. — diz Juliano.

— Mas não sempre esteve? — pergunta a Lua em clamor, desafiando Juliano com um meio sorriso.

Juliano fecha os olhos cansados. A Lua se esconde cada vez mais. Agora, pode ver apenas metade por trás do telhado.

— Como iremos viver assim? — Gritou Juliano, levando as mãos ao rosto.

— Somente iremos. — Responde a Lua. Juliano olha com carinho para a figura cintilante, quase ausente.

— Quando chorar, pense em mim. Quando a dor for insuportável, pense em mim. Tua dor é minha, deixe-me carregá-la. — diz a Lua com um sorriso cálido — Saibas que estou sempre aqui, e toda noite passarei por ti, pelo topo de sua cabeça. E assim poderei chorar contigo.

Juliano percebe uma gota reluzente cair dos olhos negros da Lua.

Ela desaparece por completo na escuridão. Juliano, com um sorriso no rosto e lágrimas nos olhos, observa parte das luzes acesas se apagarem. Já estava na hora. Pega seu casaco e abre a porta para enfrentar mais um dia no inferno do trabalho. Cansado, estonteado pelo brilho já ausente, pela face resplandecente da Lua. E assim vai, acompanhado apenas do farfalhar do mato alto, da brisa gelada, da Lua oculta no céu. E vaga como os bêbados, tentando retornar a uma vida que já não existe mais, por aquela ladeira calma da favela, num dia de Lua cheia.

A terapia do vírus

Ariádini Santos

"A arte existe para que a realidade não nos destrua",
Nietzsche

No quarto, prostrada na cama, olhou a sua volta. Aquelas paredes seriamsua companhianos próximos dias. Manteve-se inerte, boca entreaberta, olhar fixo no nada. Não conseguia acompanhar a mente, de onde choviam preocupações de toda ordem. Como estaria a casa dali a quinze dias, o filho sem seus cuidados, o trabalho na empresa. Tinha que avisar ao dentista e desmarcar, pela terceira vez, a depilação.

"Duas semanas. Duas semanas. Duas Semanas". Repetia como numa auto hipnose a fim encontrar algum alento noseu eu mais profundo. Silêncio.

Deu uma bronca na mente tagarela e repetitiva, como o avô ensinou. Precisava convencer a si mesma de que nada adiantava pensar no que não seria feito, mas daria pra pensar em como fazer desse limão uma limonada, o que, talvez, não seria tão difícil, pelo menos não fora para sua criança, quando tinha diversão garantidase o castigo consistisse em não sair do quarto.

"Ouvi o silêncio, pensei na criança. O silêncio da criança." Equacionou.

"Deu ruim, hein mãe?"

Veio, do outro lado da porta, a voz que a tirou do transe.

Em outros tempos...

Com a banda da cortina sobre a cabeça, um girassol de plástico na mão, olhar fixo em seu interlocutor imaginário, bem na hora de dizer: "Sim, eu aceito", um grito ecoou na sala:

"Ana, acorda! Anda! Banho, tarefa e mesa do jantar."

"Poxa, logo na hora do baile."

"O baile te espera. Dá uma chegadinha aqui na vida real. Começa colocando a cortina no lugar."

E assim interrompeu-se o final feliz da princesa que fugiu das garras do vilão e casou-se com seu verdadeiro amor. Coisas de Ana.

Ana revivia as personagens dos livros que lia e dos filmes que assistia em seus sonhos, como também as interpretava com direito a figurino improvisado. Podia ser o personagem um cavalo, uma porca, um peixe, uma guerreira, um super-herói, ela acordava num devaneio que, em frações de segundo, no caminho até o despertar, sentia-se ali relinchando, quentinha, com falta de água, com uma lança na mão. Também surgia como uma nova personagem, interferindo nos rumos da história.

Mas, boa parte do dia era tomado pela "vida real", a qual era apenas uma de suas vidas, que como todas as outras que experimentava, tinha seus bons e maus momentos.

O problema era a supremacia da tal realidade. Deve-se parar tudo para atender suas demandas. Naquele dia, por exemplo, teve que abandonar o casamento e atrasou-se para as bodas. Fez tudo rápido, com pressa - essa senhora que, mal sabia Ana, seria uma parceira ingrata em sua vida adulta - e foi dançar com o travesseiro.

Começou aouvir que não era mais criança e foram aumentando as horas dedicadas à vida real. O "já é uma mocinha" abocanhou mais um pedaço. Ajuda em casa, inglês, escola, futebol.

A vida real trouxe uma paixão, uma gravidez precoce e um casamento. E, com tantos novos elementosdemandadores de tempo, seu mundo onírico ficou guardado numa caixa, no fundo de um labirinto.

A maternidade, então,a lançou num universo paralelo. Só quem compartilha a vida com uma criança sabe disso. Filmes e desenhos animados, histórias e músicas infantis, joguinhos, trabalhos de escola, cursar, novamente, todo o ensino fundamental I. "Ser mãe é... assistir a Irmão Urso nove vezes e chorar no final, nove vezes."

Café, banho pra dois, metrô, creche, trabalho, boleto, creche, vassoura, pia, televisão, talvez sexo.

Foram abolidas, por tempo indeterminado, quaisquer vidas que não fosse a real.

Ana deixou de sonhar. Os poucos e confusos sonhos que vinham a remetiam às escassas leituras, de livros e de mundo, que fazia: palestra sobre como fazer uma criança dormir rápido; uma corrida para alcançar o metrô; filas gigantescas, repletas de idosos, grávidas e lactantes.

Divórcio.

Ana, o filho e um gato para selar o novo ciclo.

O cotidiano automatizou as ações. Um rito diário era seguido à risca e os imprevistos eram muito mal recebidos naquela casa.

"Não tenho tempo", eis o mantra predileto que acalanta a ineficiência humana com suas escolhas que demandam tempo, e que, também, pode ser usado para substituir o" não é minha prioridade".

Ana priorizava a agenda *oficial*, a que aprendeu ser da vida real. Para o *resto*, a procrastinação dominava. Coisas simples como deitar na rede e ler um livro eram eventos que tinham prévio agendamento e, geralmente, ficavam pra depois.

Num domingo à noite, passou pela varanda, mirou a rede, e pensou que, novamente, não cumprira o acordo selado com ela. Quantos outros não cumprira até ali? Nesse círculo da vida, deveria haver alguma fresta que leve a outros caminhos.

A semana já estava devidamente desenhada na porta da geladeira, mas acomandante da operação amanheceu com febre.O Sol tocou o seus olhos, sentiu dor na cabeça simultânea com outras dores que nem sabia identificar de onde vinham, levantou-se buscando força das partes que não doíam.

O tempo reservado para os preparativos da manhã exigia movimentos mais ágeis, naquele ritmo se atrasaria. Foi necessária alteração na ordem dos afazeres. Não teve café, nem massa corrida na cara, nada de feijão no fogo. Correndo, puxando o menino pelo braço. Já foi o metrô. Chamou o táxi de sempre, já adiantando que estava com pressa. Não teve forças para reagir ao comentário de Seu Adelino do táxi:

"Novidade! Você vive com pressa."

Era verdade. Mas não era a causadora de tanta correria, segundo explicou já acomodada no carro. A vida era como um rodo que vai arrastando tudo à sua frente... "o rodo cotidiano", cantou alguém.

" Ainda criança, eu já escutava que é preciso correr atrás dos sonhos. Não basta caminhar?Tem que correr mesmo? Acho que usam essas frases de efeito para convencer-nos de que é "normal' essa vida louca."

"Ouvi dizer que quando corremos atrás de alguma coisa é porque essa coisa está correndo da gente."

"Deve ser mesmo, Adelino. E eu que nem sei por que estou correndo tanto, nem sei qual é o meu sonho. De vez em quanto, tenho vontade de despertar personagem de um bom livro e ficar por ali, no 'felizes para sempre'".

"Deve enjoar ser feliz o tempo todo."

"Duvido."

Desceu do táxi na porta da escola, abraço, bom dia, e foi ao pronto socorro.

A essa altura estava tonta, com febre e dores, fazendo um enorme esforço pra entender todas as recomendações:

Aguardar o resultado do exame. Vírus altamente contagioso. Isolamento social total por quinze dias. Avisar para as pessoas com quem manteve contato. Manter distância, principalmente, de crianças e idosos. Beber muita água.

O tal do vírus sobre o qual tanto falavam. Ana não havia, até então, dado atenção ao assunto. Não teve tempo.

As palavras do médico vinham misturadas com a mente em desespero. O que vai ser da casa, do filho, dos relatórios, das compras de mercado?"Lembrou-se que, novamente, a depilação seria adiada.

Eis um assunto constante na mente de Ana. Há dias vinha tentando, mas não havia tempo. Aquilo tinha uma simbologia que a frustrava. Os pelos eram como um alarme soando para quese lembrasse de si.

Telefonemas: mãe, trabalho e um pedido de socorro para o ex, cuja descrição não se faz necessária.

Quarto fechado. Ex e filho no comando, voltamos ao despertar do susto:

"Deu ruim, hein, mãe?"

É sabido que não faz nada bem a qualquer máquina em pleno funcionamento, bloqueios bruscos, como queda de energia ou desligar do modo errado. Aquela máquina, que acordava às 5h30 e dormia às 23h, com raríssimos momentos que daria para experienciara rede, foi obrigada a parar sem ser previamente analisada e construída tal alternativa.

Para não fazer tão diferente, resolveu organizar sua quarentena. Pediu os livros que estavam na estante, que só foram tocados em dia de limpeza, e só mais "duas coisinhas": instalar a rede na varanda do quarto e providenciar cera para depilação.

E assim surgiram à porta de seu quarto uns livros e o ex, vestido de astronauta para instalação da rede, com o kit depilação nas mãos.

Duas semanas de solidão. "Melhor que cem anos", pensou. "Preciso ler aquele livro de novo." Lembrou a adolescente leitora, que ouvia música e dançava no quarto.

"A mente mente." Não tinha só as quatro paredes como companheiras. Tinha livros, internet, filmes, música e uma rede na varanda.

Ligou a TV.

Viu que talvez não valesse a pena mantê-la ligada. O vírus que se alastrava por todo o globo era o assunto da vez. Olímpiadas e eleições adiadas, grandes eventos cancelados. Ficou até constrangida com o drama que fez porque não poderia ir ao dentista nem à depiladora.

Cerrou os olhos e suspirou. Um suspiro profundo e longo. Lentamente, espreguiçou-se e pensou:

Não teria de cumprir aquela lista das 6h às 23h. A mente querendo criar um cronograma para o tanto de tempo que era seu. Dentro de um quarto, doente, mas o tempo era todo dela. Racionalizando tal condição, concluiu que já que não podia fazer planos para os próximos quinze dias, sobrava-lhe o hoje, o agora.

Viver o agora é um hábito cultivado por poucos, dos quais Ana não fazia parte. Vivia nos pensamentos em como seria melhor quando estivesse de férias, quando o filho crescesse, quando o décimo terceiro chegasse. Cozinhava pensando na roupa que estava no varal; tirava a roupa do varal, pensando no trabalho que ficou pendente; realizava o trabalho pendente, pensando no que faria para o jantar. E quando não estava no depois, pensava nas escolhas que fez e no que deixou de fazer. Eis o passado, que mesmo já "passado", insiste em se fazer presente nas mentes que o deixam entrar.

Eis um oportuno momento para resgatar da caixinha no fundo do labirinto um pouco da sabedoria infantil. A criança vive o agora.

A doença não a maltratava tanto. Tinha umas dores na cabeça e nas pernas e febre que vinha e voltava.

Tomou um banho longo, lavou os cabelos massageando-os bem devagar, com certa dificuldade de imprimir esse ritmo desacelerado, mas tentado concentrar-se na voz boazinha da mente que repetia: "você tem todo o tempo do mundo, respire."

Vestiu a camisola nova que guardada para algum momento especial. Desapegou-se dos sintomas virais, pensou em Adelino e lançou ao vento:

"Adelino, o rodo parou de me arrastar."

Os livros no chão do quarto. Manuseou-os, pensando em que mundo adentraria. Entre eles, havia um encadernado que ela mesma fez com as letras de Chico

Buarque, um livro de poesia e frases de Fernando Pessoa, e um que foi presente do então marido, cuja dedicatória insinuava o amor que ela sentia pelos livros. Tantas histórias, ali na sua casa, aguardando-a a tanto tempo.

Escolheu começar pelo presente do ex.

A primeira noite já pode sentir quão intensa seria sua quarentena. A febre continuava oscilando, mas os olhos, mesmo cansados não conseguiam parar. Devorava cada página com tal prazer, que anulava o mal estar do corpo. Travou uma luta contra o sono, não queria dormir. Precisava concluir a leitura do livro, tinha pressa. Sempre a pressa. O sono venceu.

Em seu sonho, com sucesso, salvou a mulher que seria enviada aos nazistas e ainda dava uma coça em Getúlio Vargas, apressando-lhe porque tinha horário com a depiladora.

"Seu café está aqui" e um "bom dia, mamãe", do outro lado da porta.

Levantou-se, pegou seu café, trancou a porta, banho e um foda-se pra depilação. Surgiu até um sorriso de Mona Lisa com tamanha libertação. Não estar depilada soava-lhe como um aviso de que precisava cuidar de si. Pensou que era preciso mudar o termômetro. "Há quanto tempo não corro no parque? Não leio um livro? Não vou ao cinema?

Apressada, na medida em que o corpo permitiu, preparou a rede com travesseiro e cobertor, e retomou a leitura, com direito a intervalos concedidos pelos olhos, que se fechavam num sono.

Em algumas tardes, ocorreu de sonhar que tinha que acordar. A mente, teimosa, negava-se ao ócio. O ócio pode, também, ser condutor da culpa.

O sonho já veio no início da manhã. Olga era arrastada por soldados, enquanto gritava:

"Ana, Ana, Ana..."

"Ana, Ana, Ana", gritava o ex na porta do quarto.

"Oi, estou aqui no mesmo lugar"

"Como se sente?"

"Igual"

Corpo dolorido, dor de cabeça, febre, tosse; telefonemas: mãe, irmã, colega de trabalho.

Ainda deitada, pensou em Olga. Pensou que todas as personagens, reais ou fictícias, são personagens da vida real. Aquelas brotadas na imaginação do escritor inspiravam as mulheres deste lado da vida, ao passo que destas saía a inspiração para criá-las.

Organizou as mulheres que admirava num rol mental, riu quando pensou na possibilidade de ordem alfabética ou cronológica. Refletiu: "Admire e inspire-se".

Daquela mente que se atropelava, veio um samba pra colorir o momento:

♪*Brasil chegou a vez de ouvir as Marias, Mahins, Marielles, Malês...* ♫

Sonhou sambando na Sapucaí. Acordou com falta de ar.

Pensou em como exerceu, até então, a sua personagem mulher. Quando casada, o marido era mais um filho para cuidar. Repetia a mesma personagem de sua mãe, que cuidava da casa e dos filhos sem auxílio algum do marido nem do filho homem. Só as meninas trabalhavam em casa. Ela repetia também o mesmo padrão da mãe na relação com seu filho.

Os homens são criados ouvindo que tem que casar para ter alguémque "cuide deles". Alguns levam isso bem a sério, e Ana teve o merecimento de casar-se com um exemplar.

Passou anos catando roupa de marido e de filho pela casa, dando descarga no banheiro e apagando a luz, limpando, cozinhando, e procurando a camisa do Corinthians em dia de jogo. Cumpria o ritual mulherzinha seguindo uma programação acrítica, resignada, e por ela considerada "normal".

O trabalho diminuiu bastante despois do divórcio e poderia diminuir mais ainda.

"Pós quarentena, 'neguinho' vai ter umas tarefas pra ajudar em casa."

O ex, que a essa altura ainda não mereceu um nome, era advogado. Estudou enquanto estavam casados. Ana segurou a peteca sozinha por cinco anos, cuidando da casa e do filho e também do marmanjão que não sabia fritar um ovo, o que foi revertido pós divórcio: ele aprendeu a cozinhar.

Era chegada a hora oportunapara retribuir.

"Vou retomar meus estudos."

No terceiro dia de isolamento, olhou pela janela, e a cena vista a deixou perplexa. A cidade que nunca parava, estava imóvel, congelada, parecia um quadro. As ruas vazias, as lojas fechadas, silêncio.

"Incrível. Não é que o mundo parou?"

Em seu devaneio, o mundo pararia por alguma ação celestial que freava o tempo. Mas♪*o tempo não para, não para não, não para*♫. E, ao invés de milagres, fenômenos sobrenaturais, o mundo parou por algo natural, material e invisível: um vírus.

Ana tentou compreender o sentimento que apertou seu coração. Uma sensação de que tudo o que aprendeu ser importante não era, definitivamente, o essencial. Eis um momento propício para compreender que a essência da vida está no cuidado que se tem com ela. Pensou que de tudo cuidava, consumindo toda sua energia e humor para que tudo funcionasse bem, menos ela. Para quê? Não sabia.

Teve medo de morrer.

Mais um dia, mais um livro.

À noite sonhou que era a mulher do médico que enxergava enquanto todos estavam cegos. Havia um pequeno grupo que a seguia, mas uma grande maioria andava em outra direção. Iam pisando forte, orgulhosos, curiosamente vestidos num uniforme de futebol. Passou a noite inteira nesse caminhar, em direção a uma luz branca e intensa. Os uniformizados não lhe davam atenção, mesmo diante de seus berros: "Venham por aqui, há uma luz." Mas eles seguiam em direção a um túnel escuro e sujo.

Ana acordou num sobressalto quando visualizou, ainda em seu sonho, que estavam todos ligados por um fio invisível, sendo assim, nada adiantava seu esforço em direção à luz, pois seria arrastada, assim como todos ali, para o fétido túnel.

Os dois próximos dias foi o pico da doença: tosse, febre, cansaço, insônia. E a insônia é tão má, que não permite ler. O corpo não quer, a mente muito menos. Os olhos pesados, ardidos. Descobriu o áudio book e passou dois dias ouvindo sobrecura, chacras, o poder da mente, tudo entre um cochilo e outro, numa fraqueza devastadora. Mas eis que surgiu a sopa enviada pela vizinha que conseguiu reestabelecer um tanto as forças.

A vizinha morava no apartamento ao lado, mas Ana não sabia seu nome. Trocaram um ou outro bom dia. Ana, com pressa, nunca demonstrou qualquer interesse numa aproximação. A recíproca era verdadeira. A vizinha também não transcendia ao seco bom dia.

"Quando isso passar, vou conhecer melhor minha vizinha."

Questionou-se sobre o uso que faz do tempo. São muitos afazeres, é certo, mas há de existir uma forma de melhor aproveitá-lo. Iniciou um exercício, para "distrair a mente": contabilizar o tempo que gasta com coisas que poderiam ser descartadas sem prejuízo algum.

Todas as noites, antes de dormir, ligava a televisão, mudava o canal, via um pouco de novela, às vezes começava um filme. Enfim, média de quarenta minutos por dia. Preciosos quarenta minutos. Mais de quatro horas na semana.

De segunda à sexta, o relógio despertava às 5h30, com direito a quinze minutos de soneca. E o que fazia? Abria o aplicativo de mensagens e olhava os ursinhos e gatinhos desejando bom dia. Uma hora e quinze minutos na semana.

Quarenta minutos no metrô, ida e volta. A mente, tão vítima da escassez de tempo, se distraía num joguinho de celular. Quarenta minutos que, certamente, poderiam ser melhor aproveitados. Um cochilo, leitura, ouvir música, puxar uma conversa com alguém.

No fim da contabilidade, o saldo foi promissor. Talvez se não distraísse tanto a mente, poderia "focar a mente", inclusive no fazer nada, no sono ao deitar-se, ao invés de distraí-la com agenda de amanhã, que pode, como pode experimentar, ser alterada de repente.

A nuvem que lhe cobria os olhos, aos pouco, dissipava-se.

Finalizou a leitura daquele livro pensando que deveria buscar aquela luz. Abrir os olhos para o que importa. Enxergar além do aparente. Quando o corpo parava, a mente pensava na agenda dos dias seguintes ou flutuava em pensamentos e imagens inúteis. Se não podia parar o corpo, poderia aprender como aquietar a mente.

Saramago não deve ter imaginado que sua literatura iria inspirar um leitor a tomar tal decisão:

"Vou fazer um curso de meditação."

Sexto dia de total isolamento e ainda não sentira falta de gente. Seria uma mãe desnaturada por estar gostando dessas férias de ser mãe, mesmo naquelas circunstâncias?

A culpa, essa companheira indesejada, não pode ver uma fresta, que entra sem pedir licença.

Mais desperta, iniciou o terceiro livro. Envolveu-se tanto com a narrativa que em seu sonho era uma nova personagem. Surgiu para convencer Ródion Raskolnicov, dizia-lhe que não matasse, que não valia a pena ser extraordinário, dava muito trabalho. Conseguia convencê-lo de que tal feito acabaria com sua vida e as consequências seriam terríveis.

A história tomou outro rumo, romântico, otimista, para total desespero de literários, acadêmicos, editoras, até do próprio autor, que soube a personagem, estava à sua procura para acertar umas contas.

Teses, artigos, ensaios, tudo desapareceu. Títulos acadêmicos foram para o ralo. Milhares de pessoas querendo o pescoço daquela moça enxerida.

Diante de tal perseguição, a nova personagem passou o resto da noite correndo pelas ruas de São Petersburgo do século XIX. Amanheceu com falta de ar.

Divertiu-se ao recordar de sua aventura russa. Talvez as idas e vindas da febre contribuíssem para que os sonhos fossem tão intensos, mas o fato era que a literatura a libertava da prisão que criara para si.

Nono dia. Amanheceu mais disposta. Sentia-se bem. Alimentou-se. O astronauta veio limpar o quarto. A cidade em silêncio. Refletiu sobre o fato de incomodar-se tanto com as atitudes alheias e sentir tanta vontade de mudar o mundo que lhe cercava.

Reconheceu, ali, sua parcela de culpa (olha ela aí) no casamento desfeito. Tentou mudar o marido, sem êxito. Reclamava da roupa no chão, mas pegava; reclamava da toalha na cama, mas tirava; resmungava que ele não sabia fritar um ovo, e fritava.

O vitimismo a levava a crer que o mundo a irritava, eles (os outros) eram os culpados. O cara que para na faixa de pedestre,o vizinho que usa furadeira às sete da manhã no domingo, o moço do computador que marca e não aparece, a colega de trabalho que enrola e nada faz, o morador do prédio que postou no grupo do condomínio a xerox da capa de um exemplar do kit gay. Três vezes, mesmo sob protestos.

Era preciso anular muita coisa para viver em paz. Chamar o vizinho da furadeira e conversar gastaria menos tempo eenergia, mas optava no exercício do remoer. Também não podia mudar a história do outro, não podia mudar a colega, nem o vizinho obcecado pelo kit gay. Não seria a mulher que guiaria cegos, mas poderia guiar-se, poderia mudar a sua história, seu *modis operandi*. Escrever uma nova história. Escrever.

"Vou escrever poesia."

"Um livro deve ser um machado que quebra o mar gelado em nós."

Franz Kafka

O décimo dia foi muito estranho. Depois da leitura de um livro que lhe atraiu por ser tão oportuno seu título, sentiu um sono intenso, estranho, os olhos não se mantinham abertos. Desejou um pouco de água. Não teve forças. A febre voltou. Adormeceu.

No meio da madrugada, acordou com uma energia incrível. Vontade de correr, talvez voar. Espreguiçou-se, esticando todas suas pernas. "Opa! Como assim, pernas?

Saltou da cama em direção ao espelho. Acendeu as luzes e deparou-se com uma imagem que deveria causar-lhe pânico. À sua frente, úmida e brilhante, estava ali, uma barata.Gigante, saudável e disposta. Subiu pelas paredes, andou pelo teto, treinou as asas, mas não conseguiu voar. Dava gargalhadas. Gargalhadas de barata, cuja onomatopeia nem Ana soube pronunciar depois.

Não era bem a personagem que se imaginou transformada, mas era a personagem de um bom livro.

Olhou para os livros na mesinha e viu que a barata sabia ler. Poderia, quiçá, desfazer o encanto. Enfiou-se embaixo da cama e adormeceu.

Acordou cedo, descansada, saudável. Abriu os olhos e pode ver que estava no chão, debaixo da cama. Fechou novamente os olhos e ficou alguns minutos tentando decifrar as sensações do corpo. Eram de barata ou de gente? Espreguiçou-se e sentiu as duas pernas. Trouxe as mãos no rosto bem devagar, o coração acelerado. Ufa! Estava tudo no lugar.

A barata deixou com Ana a vontade de correr. Andar pelo teto também não seria mal, mas melhor não tentar. Estava curada e tinha muita fome. O que aconteceu na madrugada? Não soube discernir. Mas era fato: virar barata, mesmo em sonho ou devaneios da febre, a curou. Gritou para os de fora que estava se sentindo muito bem e que trouxessem um café da manhã reforçado.

"... e ela cada vez maior, vacilante, túmida, gigantesca, se conseguisse chegar mais perto de si, ver-se-ia inda maior..."

Clarisse Linspector

A quatro dias de sair do isolamento, Ana sentia-se leve. A leitura do dia, o último livro à sua disposição, trouxe Clarisse à sua vida. Chorou muito. Um choro que lavava tanta coisa que carregava e que poderia, simplesmente, deixar para trás. Aquelas lágrimas, como uma correnteza, levavam todo o peso que não era seu.

À noite, depois de um robusto jantar, dormiu um sono tranquilo e profundo. Nada de sonhos, só uma vontade louca de fazer as sobrancelhas pela manhã.

Os dias que lhe restavam foram preenchidos com arrumação de gavetas e roupeiro. Tanta coisa que não usava há anos. Cd's, vinis, livros que lera há quase uma década, roupas que guardava para quando emagrecesse. Ficou boquiaberta com a quantidade de coisas que arrumou no canto do quarto.

Numa gaveta, fotografias que narravam sua história. Foi bem positiva uma visita ao passado. Olhar para si e buscar como sua trajetória a construiu. Ali, poderia encontrar a chave que abriria o portal das desconstruções.

Nas imagens, viu uma menina descabelada e feliz, uma adolescente ativa, jogando futebol, escrevendo poesias, uma mulher apaixonada, uma mãe cansada, mas com o olhar vestido de amor. Era a sua história, o seu protagonismo. E como é impossível saber quando será o final, melhor ser feliz logo.

Compreendeu porque cessaram os sonhos nos quais interpretava histórias contadas por outrem. Era uma personagem da vida real, vida que interpretara pela ótica da mente vitimada, até então. Era rainha em sua casa, seu reino. Era guerreira, poetiza, dona de casa, trabalhadora, tinha até um pouco de super-heroina, cujo poder consistia em encaixar tanto fazer num único dia.

Na a última noite do cativeiro, arriscou uma meditação. Não obteve êxito. Havia muito o que fazer para acalmar sua mente viciada na pressa. "É um longo caminho, melhor ir aproveitando a viagem".

O sono dos leves.

Pela manhã, preparou-se para abrir a porta do quarto. Por alguns segundos, viu ali um portal que a levaria para uma nova vida real. Combinou com o lado cricri da mente que nada de planos e agenda na porta da geladeira enquanto seguisse a ordem de isolamento social, e que estavam definitivamente proibidos em dias de folga.

Olhou a porta. Se pudesse pedir o que queria encontrar do outro lado, pediria exatamente o que encontrou. Atravessou o portal, e lá estava o filho, que, com o gato no colo, a aguardava para o café.

A mala (objeto) do ex já estava à porta. Agradecimento, despedida.

"Será quando vai voltar tudo ao normal, hein?", perguntou o ex dirigindo-se à porta.

"Creio que nunca. Nada mais será como antes."

QUATROCENTOS DIAS

Cassamassi Jordão

Vovô e eu vadiávamos pelas manhãs de domingo em busca dos meninos jornaleiros da cidade, os gazeteiros, como se campeássemos água com forquilha. Temporada mais oportuna para alcançar um gibi não havia. Entretanto, à medida que bancas de revistas manavam pelas bicas das esquinas exauria-se em vovô seu empenho em descobri-los, ainda que a cada diarista que incidentalmente prosperasse em caixotes ou bicicletas brotava um amigo.

Desamparado pelo presentevovô articulava sobre mim seus olhos azuis a cada lamento por um gibi, gemas que somente sobre-existiam fora dali em terras

raras, e celebrava: "Olha aquele passarinho!" ao passo que vasculhava sua carteira em busca de fundos para além das notícias. Nesse momento se não me acudiam os passarinhos não me sobrevinham as revistinhas. Assim os dias se assimilaram até verterem-se aqueles domingos em eternos volumes mortos.
Vovô faleceu de cansaço e durante sua lassidão clamava por passarinhos e gazeteiros. Nada me acudia. Nem passarinho, nem gazeteiro, nem revistinha. Por falta de espaço e pelo avançado do corpo papai o estendeu sobre a calçada no caixote da geladeira, cobriu com jornais e foi descansar a espera de alguma ajuda. Acrescentei alguns gibis ao jazigo e fiquei em vigília por todo o dia. Vovô dizia que a primeira coisa que os urubus comiam eram os olhos.
Ao entardecer,o fastígio da fome. Na geladeira salsichasrubis, ovos de cristal, pães em barras de ouro; e mamãe! Velava mamãe até a geladeira enfastiar-se de apito. Vovô tinha crises agudas de tosse quando me surpreendia nesse afã. Rubis e barras de ouro abasteciama vala entre seu ventre e joelhos. Os cristaisem seu colo. E os dias entornavam chorume; e a ajuda não veio para mamãe; e não havia espaço para vovô. E papai não acordava.

CONTO DE QUARENTENA

Erigutemberg Meneses

Onair Solesmane conheceu Lila da Beira à margem de uma rodovia onde o ponto de prostituição é dos mais caros e disputados da cidade, fora, claro, a região onde os ricos moram. Por ali, na Corone... É prudente deixar de lado o nome das ruas onde moram os endinheirados, pois ninguém quer em seu pé inimigos poderosos, não é mesmo?

É. Poucos sabem ou fingem não saber que ali pros lados de... de certa cidadezinha de origem teutônica também muito florida, ou seria italiana com muitas pizzarias? Não sei, mas sei-o (errar português não é tão bom, assim, pois uma cacofonia por erro de escrita pode denunciar as verdadeiras intenções do autor, demonstrando ipsis literis o que ele traz à cabeça). Bem... Fingem não saber que por lá têm dessas coisas. As meninas fogosas e que "não são daqui" como dizem os mais puritanos, e vieram todas do... Como é mesmo? Par... Para... Não, melhor dizer estado das araucárias, ficam embaixo de árvores frondosas ou ocupando os bancos de espera dos ônibus, pescando a vida à sombra, com os anzóis dos olhos lançados na intenção de quem se dispuser colocar moedas em seus cofrinhos tatuados e graciosamente à mostra. Cada ponto à margem da estrada é um território defendido com bundas e peitos, lembrem-se. E só quem tiver os maiores atributos, leia-se o mais perigoso dos perigosos cafetões, ocupa os pontos especiais no sex shopping que opera a céu aberto, localizado entre duas cidades floridas...

Em breve parêntese, conto o curioso caso da esposa de um amigo, conhecido por Facha (e eu sei por que não é Faixa?), que não conhecendo as circunstâncias de arrendamento de lugares públicos, precisando servir-se de transporte coletivo, ocupou um desses bancos previamente reservados. Mal sentou, ouviu, sabe-se lá vindo de onde, uma voz alterada despejando impropérios. O mais delicado era: "O ponto tem dono, vaca, vaza daqui. Vai mugir noutro pasto". Isso conta a esposa do amigo, querendo desfazer a versão corrente de ter usado e abusado do banco alheio mais de uma vez na precisão, quando o marido, caminhoneiro ficou desempregado. E foi por intermédio dele, complementam as candinhas, que tentou explorar o novo nicho de mercado. Ela não era mercadoria de se jogar fora. Se não deu certo ali em campo aberto onde a batalha poderia lhe ser desfavorável, inventou de fazer massagens em casa. Enquanto massageava os antigos e novos clientes, o marido se trancava no quarto de serviço. E dando-se a ouvir os gemidos e o rangido da cama logo passou a reproduzir a cena ouvida com a diarista que foi prontamente promovida a massagista, ocupando o segundo quarto. Ele na área de serviço se divertia com a nova diarista, até a novata aceitar a função ascendente e ocupar o quarto dos meninos que foram despachados para a casa da avó...

Sem delongas, já que ninguém hoje suporta mais textões, além de duas casas de massagem e ter promovido muitas diaristas, Facha mantém sob contrato verbal regido pela lei do chicote feito de pimba de boi mais de uma dezena de meninas, sendo uma delas quem? Quem, não ouvi... Sim, Lila da Beira.

Não é preciso dizer que a esposa, depois de muitas massagens, abandonou-o por um cliente... Mas isso Facha tirou de letra, não bateu a biela e nem se lamentou, pois conseguiu superar a traição com o sucesso do novo negócio. E sabe quem é Lila da Beira? Sim, senhor, acertou de novo. Lila da Beira é a ex. O grande amor da vida com quem fugira não passava de uma versão 2.0 pirateada do ex-marido que não a aceitou de volta, mas, cobrando módica taxa de proteção, permitiu que ela trabalhasse na beira da estrada como todas as meninas... Pois bem, deixando Facha de lado.

Onair Solesmane conheceu Lila da Beira casualmente. Mas depois da primeira parada, e ao descobrir que tudo ao redor de um buraco é beira, saiu dos braços dela tão satisfeito que não parou mais de ouvir o hit Caminhoneiro de Roberto Carlos que quase sempre acalentava as horas do romance proibido e que ela gravou num pen drive para lembrar-se dela na boleia do caminhão onde tantas vezes brincaram de casinha. Quase virou duas vezes, quando de olhos fechados cantarolava o "Todo dia quando eu pego a estrada, quase sempre é madrugada, e o meu amor aumenta mais, porque eu penso nela no caminho, imagino seu carinho e todo o bem que ela me faz..." Paixão tem disso, meu amigo. Tomado de paixão ele se desleixou tanto nos negócios caseiros que o casamento de anos foi corroído por água de bateria, tanto era a ganância pelo corpo de Lila. E só aumentou depois que durante a parada dos caminhoneiros, Lila passou a levar numa marmita a "comidinha caseira para o queijinho de Lila". A paixão acelerada aumentou a temperatura e quebrou os freios do caminhão que derrapado na curva despachou a carga no meio do mundo. Num anacoluto mais do que necessário, não teve jeito, abandonou mulher e filhos.

E depois de tudo, ora vejam, veio essa de quarentena. Como dizia Raul, artista defenestrado do gosto musical, já que passou a reverenciar o rei, a terra parou e com ela parou todos os negócios lícitos e ilícitos. Lila e as meninas ficaram sem cliente e ele sem parte da renda que sobrava do agenciamento da executiva da beira de estrada. Diante da nova situação, pensou, repensou, dispensou os escrúpulos e decidido foi procurar um amigo do amigo do amigo de um vereador amigo do prefeito. E em ritmo de urgência urgentíssima, baseado na legislação federal de auxílio aos autônomos, conseguiu emplacar uma lei municipal com auxílio que alcançava até as rameiras de beira de estrada, que no fundo, não, não só no fundo, mas em tudo, eram trabalhadoras autônomas. Não havia vínculo empregatício entre o cafetão e as cafetinadas, como sabido. E as que não tinham cafetão, ficariam na mão?

Lila da Beira teve participação ativa na campanha de convencimento dos vereadores. No gabinete de cada um demonstrou com competência como fazia o que fazia, provando que ela e as amigas prejudicadas pela quarentena precisavam de assistência. Nós é também filhas de deus, ué? Seria ela de Minas? Não sei, mas seu escondidinho cheirava muito a queijo de coalho e o beijo era tão gostoso quanto goiabada cascão....

O certo é que, como dizem, gargarejou o quanto havia de água misturada com álcool em gel nos armários da cama dos vereadores. Ops! Câmara. Revisão, cuidado, Câmara e com c maiúsculo, autoridade merece respeito, viu? Pois bem, gargarejou tanto que deu fama à lenda urbana de que gosma de político cura até o vírus mais letal, pois cessada a quarentena, e tudo voltando ao normal, Lila mostrou por "a" mais "b" não ter contraído o vírus. Há quem acredite que o milagre veio da mistura da água do "papa hóstia" e do álcool gel do "sovaco de bíblia". Não acredita, né? Deixa de ser tolo, rapaz. Os santinhos também fizeram fila na demonstração. Claro que o episódio não consta dos anais da Câmara, mas pode ser confirmado, tanto pela lista do requerimento, quanto pela memória dos que estiveram presentes à farra e gravaram as cenas por celulares para pressionar os colegas que deixassem de compartilhar de seus interesses. O argumento era forte. Forte só, não. Fortíssimo, como diria superlativamente José Dias, personagem machadiano: Olhe fulano, mesmo que o celular pife, a memória traz impressão indelével dos fatos, viu? Não vai assinar...?

Lila da Beira não contraiu o coronavírus, mas não deixou de pegar o vírus da política cujo efeito fê-la aceitar o convite de um vereador que não participou da quermesse da demonstração, por ser de outro time. Com a ajuda deste seríssimo senhor de pouca seriedade, disputou o cargo de deputada, tornando-se a parlamentar mais votada do vale das flores, que compreende todo o vale das bonecas... Conhece, não, né? Me engana que gosto. O slogan não poderia ter sido mais criativamente irreverente: "Quem tem caminhão, vota em Lila da Beira, uma "daputada" de plantão". Revisão, aqui pode deixar o a. Não se meta na criatividade de Lila.

Antes da eleição, nenhuma mulher casada acreditava que na cidade das flores em que todas as rameiras vinham do Par.. Para... do estado das araucárias, Lila da Beira fosse eleita. Mas foi. E com espantosa votação. O número recorde devotos ascendeu às alturas, superando em milhares até os votos de certo juiz... Ali atrás, deixem devotos junto, taoquey?(O neologismo pode ser entendido como anglicismo ou gozação sobre o linguajar de certo político desmiolado) Deixe junto devotos como está, pois a significação representa bem a hipocrisia de quem elegeu a deputada.

O curioso é que ninguém da cidade confessa ter votado no número 6969 escolhido por Lila, nobre deputada que no primeiro dia de sessão compareceu à Assembleia dos Deputados, vestida a caráter como se estivesse em atividade. Empolgada, agradeceu os votos dos amigos caminhoneiros da cidade e citou uma penca de nomes de empresários do setor de transporte que ajudaram financeiramente a campanha política. Passada a pandemia do vírus, a pandemia de divórcios se abateu sobre a cidade. A economia logo se recuperou e mais ainda lucraram os cartórios e os advogados que também juram de mãos postas não terem votado em Lila da Beira... E tem no mundo quem ainda acredite em advogado?

Fura-filas

José Ozias Siqueira

O local é idílico! Eu caminhava a passos lentos pelo lado de fora do bosque. Via-o por uma entrada de acesso ao colégio do bairro que fica lá dentro, aberta para os carros dos funcionários da saúde que trabalhariam ali na vacinação dos idosos, eu e a Cida entre estes. Dia de vacinação é saída obrigatória dessa quarentena. É um quarteirão inteiro de muitas árvores, jerivás com seus coquinhos jorrados na terra batida. Comporta, além da escola de ensino fundamental, um posto de saúde, equipamentos da Prefeitura de São Paulo. A fila, às 8 horas da manhã, já estava no muro oposto à tenda dos vacinadores. Mas tudo estava muito bem organizado. No chão, fitas crepes em xis, marcavam a distância que uma pessoa tinha que preservar da outra, em vista do risco de contaminação pelo coronavírus. Sem pedir licença e distância, um bando de periquitos invade o espaço aéreo numa orquestra ensurdecedora. Muitos nem se lixam em atravessar a canção. É um novelo que esvoaça, sobe, desce, tilinta e pula de galho em galho. Chuva de coquinhos... Nem me importo em demorar um pouco mais, tamanho o espetáculo. Que vírus que nada! As pessoas, mesmo à distância, conversam sobre a pandemia, se cachorro contamina, gato, arara, maritaca. Desmerecem o xis no chão. A meu contragosto, a fila anda até que rápido. Atrás de mim, um senhor de cabeça branca, cabelos, barba, bigode, tudo branco, até os óculos, tipo Hermeto, busca algo no seu celular. Na minha frente, a Cida atualiza o app do supermercado por onde passaríamos depois da vacina onde compraríamos algo para comer e mais alguns produtos de limpeza para higienizar os espaços. Tudo em função do vírus. Parece que o senhor encontrou o que procurava, um disco antigo do Lennon chamado *Imagine*. E botou pra rolar. Pendurou o celular no pescoço, feito um colar, e se deleitou. Tava bom demais. *Imagine* com Lennon e os periquitos infernizando. Não é pra qualquer um. E a fila anda.

Virei, enfim, à esquina do muro da entrada da tenda. Na rua, cheia de carros de luxo, havia uma certa confusão de manobras e reviravoltas, um pequeno caos como naqueles países que não têm faróis. Só agora, após a curva, é que reparei que havia uma outra fila, que se dirigia ao mesmo lugar que eu, embora vinda do lado oposto ao meu. E acreditem: drive thru. É isso mesmo, drive thru. As pessoas não saíam dos carros para tomar vacina. Os profissionais é que se dirigiam aos carros, o carona colocava o braço pra fora e crau!! Agulha descartável, um prepara, outro aplica, alquinho gel, curativos redondinhos tipo bandeide e tchau! Maravilha, não? Depois os carros davam meia volta e iam embora. Após a minha vacina, vi que a fila de carros era maior que a minha. Mundo moderno. Afinal - não há do que se indignar - eu estava na Vila Nova Conceição, um dos bairros mais nobres da cidade, talvez o 1% do 1%. Aquele quarteirão não valia menos que 100 milhões de reais. Tanto que um dia a Marta quis vender para erguer torres residenciais, com apartamentos valendo de 3 a 4 milhões cada... A "comunidade" não deixou. Fiquei refletindo porque o bairro se chama Vila Nova Conceição. Seria uma homenagem à Maria, uma concepção nova, diferente, moderna? Nem sabia que a primeira concepção já havia caducado para se precisar de uma nova conceição, concepción, concepção. Não entendi ao certo, mesmo porque a paróquia do bairro é dedicada a São Dimas, o bom ladrão. Mais adequado seria então Vila São Dimas. Talvez viesse mais a calhar.

Um senhor, carroceiro, pra lá dos 60, atravessou sua carroça na rua e ninguém passava. Começava a entender por que os carros da outra fila faziam meia volta e não seguiam em frente. A carroça impedia.

E o homem, maltrapilho e maltratado, com açúcar e com afeto, gritava que ia tomar vacina de qualquer jeito e que se alguém quisesse tirar a carroça do meio da rua ia pegar o corona. Quem se arriscava? Nunca vi gostar tanto de uma música. O senhor atrás de mim nem bem *Imagine* caminhava para o fim, ele dava um repeat. Estava decorando a letra. Não chegava nunca a *Jealous Guy*. Quem sabe na parte do assovio o Lennon não disciplinava os periquitos? Tem um monte de gente com menos de 60 anos na fila, gritava o carroceiro, mas como tem dinheiro, passa, ultrapassa, tudo bem, ninguém viu, ninguém liga, pula o dia, quero a minha vacina senão vou começar a roubar todo mundo da fila, vai surgir hoje um novo ladrão. Depois falam que todo pobre é ladrão. Não respeitam a gente, querem o quê? Catador tem função social. Arranco as bolsas e se resistir passo a faca. Ou vacina ou... Tira você. Vai lá e tira você a carroça da rua, tira você, lá tá cheio de vírus. No pneu, no freio, na carroça inteira, tá cheio. Vai lá e tira e carrega um pouco do vírus que tem lá. De graça. Tira. Não tiro. Então não tem vacina. Ceis que sabe.

Uma médica franzina com salto 40 se aproxima, saia rodada moldada pelo avental. Luvas, máscara no rosto, se aproxima bem do senhor e cochicha algo que não demora muito a ser revelado. De jeito nenhum, proposta rejeitada. Dá a vacina que eu vou embora. Agora. Eu tenho que trabalhar, tenho que catar papelão, latinha, faço reciclagem, pego coisa boa que pra vocês não vale mais nada; transformo em arroz e feijão pra minha família. Mas agora preciso da vacina. Não posso esperar a fila acabar. E se a vacina acabar primeiro? Interrompe tudo, me passa na frente, tenho 70 anos, sou calejado, não tenho medo, não vou desmaiar, agulha já conheci de todo tipo e alquinho pra mim é fichinha. Faz muito tempo que sou careta, não bebo, não fumo, sou evangélico, só reciclo. A médica chamou o senhor para dentro de um pequeno prédio de alvenaria, seguida de dois técnicos. Imaginei que a equipe estava cedendo e ia vaciná-lo. Porém não podia fazê-lo perante a todos aqueles senhores e senhoras de bem que pagam impostos em dia e que usufruem da contrapartida do Estado com muita galhardia e orgulho. Podiam protestar, ameaçar a médica e a família pelo whats app, ou podiam se enojar por terem tocado aquele carroceiro rebelde, comunista. Ou ligarem para algum bolsodória, tudo era possível, muita gente com jeito de a qualquer hora dar uma carteirada naquela doutorinha. Foram lá pro fundo. A Cida já está sendo vacinada, o próximo sou eu, o disco não rolou, a fila não andou pro Lennon. Minha vez do alquinho e do curativinho redondo transparente. Rapaz hábil, não senti nada. Lá atrás aquele senhor carroceiro sai do prédio arrumando a manga da camisa. Tudo indica que furou a fila, o braço e o sistema. Bacurau!

A Cida me puxa pelo braço, não o agulhado, vamos que temos que passar no supermercado, atualizei o app, tem uma linguiça defumada muito boa com bom desconto e você tem prêmio, vai sair de graça, não é sempre que a gente leva vantagem, vamos nessa. Olho para trás e a carroça vai se afastando como nos fins de filme. Sobem os letreiros e a música. *Imagine no possessions...*

A comitiva presidencial e a estratégia zumbi

Antonio Rodrigues do Nascimento

"Monstros são reais e fantasmas são reais também.
Vivem dentro de nós e, às vezes, vencem."
(Stephen King)

Poderia ter sido apenas uma dentre as tantas agradáveis viagens de Bolsonaro à Flórida com financiamento público não fosse o convite de última hora do presidente Donald Trump, extensivo a toda comitiva presidencial brasileira, para a festa de aniversário da namorada de Donald Trump Jr. no resort Mar-a-Lago, uma das propriedades de Trump sênior na idílica Palm Beach. Uma semana depois, o *happy birthday to you* cantado para Kimberly Guilfoyle numa "noite de sábado luxuosa, festiva e despreocupada em

Mar-a-Lago", como descreveu o New York Times, já era considerado "o último hurra entre o fim de uma era e o início de outra", pois desde então, ainda segundo o Times, Mar-a-Lago tornou-se uma hot zone de coronavírus, com um número crescente de pessoas que estiveram na festa de Kim a testar positivo para covid-19, inclusive o anfitrião das autoridades brasileiras em Miami, o prefeito Francis Suarez, o que levou ao fechamento do resort para "uma limpeza profunda", conforme noticiou eufemisticamente a CNN, optando por não utilizar a palavra disinfection (desinfecção).

De volta ao Brasil, 23 dos integrantes da comitiva presidencial testaram positivo para covid-19, dentre eles, o secretário de Comunicação Social, Fábio Wajngarten, e o ajudante de ordens do presidente, Major Mauro César Barbosa Cid, ambos acompanhantes de Bolsonaro em Mar-a-Lago. A contaminação de colaboradores muito próximos gerou inquietação e expectativa da nação quanto ao estado de saúde do mandatário supremo, vindo este a declarar verbalmente que teria realizado dois testes com resultados negativos. Tais declarações, porém, não afastaram as suspeitas de que o presidente também regressou dos EUA como vetor do coronavírus. A dúvida permaneceu latente pela recusa de Bolsonaro em apresentar os documentos comprovativos dos resultados alardeados. Indagado se compartilharia cópia dos exames laboratoriais, optou pela indelicadeza de perguntar ao interlocutor "você dorme comigo?", pondo fim à conversa com afetada indignação ante a insinuação de que sua palavra não valeria "mais do que um pedaço de papel".

A imprensa agredida nos seus brios observou que a falta de transparência das informações sobre o estado de saúde presidencial destoou do procedimento adotado pelo presidente dos EUA em situação semelhante, fazendo uma comparação que tem lá sua razão de ser porque, em todas as demais ações relacionadas à pandemia de covid-19, Bolsonaro fez questão de mimetizar a conduta de Trump, a quem já surpreendeu com uma efusiva declaração pública de amor durante uma Assembleia Geral das Nações Unidas. Neste caso, após a balada em Mar-a-Lago na qual foi intenso o contato físico com os brasileiros, gerando até mesmo um incidente de segurança causado pelas investidas sub-reptícias de Wajngarten para encostar-se em Trump com intenção de aparecer nas fotos, o presidente dos EUA testou para covid-19 e fez questão de divulgar o resultado negativo em memorando oficial assinado por seu médico particular, Sean P. Conley.

A postura de Bolsonaro põe em risco de contaminação pessoas que por dever de ofício ou falta de discernimento aproximam-se a menos de um metro do ar que o presidente da república expira, circunstância agravada por sua atitude de estimular e participar de eventos contrários ao isolamento social preconizado pelas autoridades sanitárias para conter a propagação da pandemia. Este comportamento pernicioso à saúde pública levou um grupo de parlamentares a representar formalmente o presidente às Nações Unidas (ONU) e à Organização Mundial da Saúde (OMS), dando ensejo à instauração de investigação sigilosa por parte das agências internacionais para descobrir a racionalidade oculta por trás da *mise-en-scène* temerária.

Os fatos narrados até aqui são públicos e notórios. A partir deste ponto deve-se ressaltar que o relato limitar-se-á à transcrição rigorosa das informações obtidas junto a fontes não-oficiais sob garantia do mais absoluto anonimato. As fontes declaram romper o sigilo da investigação em curso para trazer a público fatos novos tão estarrecedores que seriam inacreditáveis em outro contexto e caso não fossem atribuídos a instituições acreditadas internacionalmente.

Depois de executarem minucioso protocolo de análises das amostras de sangue encaminhadas pelos parlamentares brasileiros para instruir a representação, pertencentes aos membros da comitiva presidencial brasileira que testaram positivo para covid-19 após participarem da festa em Mar-a-Lago, os cientistas do Imperial College (Londres), do Instituto de Medicina Tropical Pedro Kourí (Havana) e do Johns Hopkins Coronavirus Resource Center (Baltimore), que fazem parte do grupo de investigação da ONU/OMS, chegaram a conclusões validadas independentemente no sentido de que o conteúdo das amostras analisadas é incompatível com material biológico proveniente de seres humanos vivos, isto é, em termos estritamente biológicos e fisioquímicos, as amostras analisadas, apesar de confirmada origem humana, são compatíveis com material oriundo de indivíduos tecnicamente mortos.

Diante da irredutibilidade da alegação de que trata-se de amostras coletadas de pessoas presumivelmente vivas, os cientistas afirmaram unânime e categoricamente que se a alegação for empiricamente confirmada, a única explicação possível é a de que os doadores das amostras seriam cadáveres animados por alguma força inexplicável pela ciência. No entanto, antes de um pronunciamento definitivo, os cientistas estariam aguardando novas amostras para repetição do protocolo de análises.

Vários técnicos da comissão de investigação, especialmente aqueles indicados pela Organização Pan-Americana da Saúde (OPAS), têm cruzado informações e chegado a hipóteses perturbadoras no eventual cenário de ratificação dos resultados. Mesmo os mais céticos começam a admitir a hiper-realidade para explicação do fenômeno: a festa de Mar-a-Lago poderia ter servido como fachada dissimuladora de um grande ritual de criação de zumbis, a cerimônia vodu que por comprovada efetividade na transformação de seres humanos em mortos-vivos foi expressamente proibida pela lei em seu país de origem (cfr. Art. 246, Code Pénal: avec les dernieres modification, Port-au-Prince, 1932).

A hipótese hiper-realista, além dos resultados das análises científicas, está fundamentada pelo histórico do resort Mar-a-Lago. Construído pela socialite Marjorie Merriweather Post, em 1927, o local está envolto em mistérios relacionados às forças fantásticas e transcendentes que operam em toda a região do Caribe. Segundo reportagem publicada à época da inauguração do resort pelo Palm Beach Daily News, em virtude de dificuldades financeiras para conclusão do empreendimento e com auxílio de uma sacerdotisa dominicana (manbo), Marjorie Post pactuou troca de favores com entidades vodus. A intervenção bem sucedida do mundo espiritual teria custado algumas dezenas de almas, pagas com as várias mortes e desaparecimentos de trabalhadores durante a fase final das obras, tudo devidamente relacionado pelo Daily News com base nos registros da polícia local.

Acrescenta-se a isso o conhecido rumor que grassa ao sul do Alabama e da Geórgia quanto ao fato de Trump, assim como a família Bush, serem beneficiários de poderosas entidades vodu, única explicação plausível encontrada para justificar a vitória de Trump na corrida presidencial e, ao menos, a reeleição de George W. Bush. Talvez para evitar maior comprometimento de quem fala, circula como *gossip* (fofoca) a versão de que Bush Jr. teria oferecido como contrapartida sacrificial de seu segundo mandato as vítimas das Torres Gêmeas e os mortos na Guerra do Iraque. Os técnicos da OPAS admitem a hipótese de que Trump, sagaz homem de negócios, tenha enxergado na pandemia de covid-19 uma oportunidade de assegurar sua reeleição e, ainda, resolver a questão da imigração latina que tanto o incomoda. O ritual vodu de Mar-a-Lago teria oferecido as almas de líderes políticos latino-americanos, a exemplo do prefeito de Miami e do presidente brasileiro, para que transformados em zumbis possam multiplicar exponencialmente os sacrifícios de vidas pela disseminação do coronavírus entre a população latina com objetivo de dizimá-la.

Transcritas as apavorantes informações às quais se teve acesso, observa-se que o prefeito de Miami parece ter sido recolhido em quarentena, voluntária ou não, após testar positivo para covid-19. As autoridades brasileiras comprovadamente infectadas, no entanto, têm violado sistematicamente a orientação de isolamento social, revelando um mórbido e incompreensível desejo de propagação da pandemia no país. Os raros visitantes estranhos ao clã presidencial que passaram pelo Palácio do Planalto depois do regresso da comitiva que esteve em Mar-a-Lago, entre curiosos e assustados relatam a impressão de terem ouvido sons e sentido cheiros peculiares no local, especialmente no terceiro andar do Palácio. Alguns referem-se a barulhos abafados semelhantes a grunhidos ou rosnados animalescos, outros mencionam um pungente odor de frutas estragadas ou carne putrefata.

Aguarda-se ansiosamente pelo pronunciamento oficial das entidades competentes para confirmação ou não da veracidade das informações relatadas pelas fontes anônimas, as quais também revelaram que não está descartada pela ONU uma intervenção nos países que ofereçam ameaça potencial ou efetiva à saúde e segurança global uma vez confirmada a ignominiosa estratégia de transformação de seus líderes em mortos-vivos difusores da pandemia de covid-19, como creem estar ocorrendo no Brasil.

Um pesadelo real

Clovis Pereira Salgado

São cinco horas. Mário, num movimento quase involuntário, trava o mecanismo do despertador que ruidosamente incomoda seu ouvido. O frio é imenso. Sem hesitar um só momento, salta repentinamente da cama, lava o rosto e quase instantaneamente prepara seu café. Como de hábito, quer fumar um cigarro, mas não encontrando o maço, parte para a fábrica (que consome os homens não nascidos para aquilo). Vai vestido apenas com uma roupa leve e surrada e trazendo em torno do pescoço um velho cachecol muito rústico de algodão. Mário treme da cabeça aos pés. Nas ruas vazias as lâmpadas brilham quase sufocadas pela neblina. Logo que dobrasse à esquerda daria de encontro com o prédio velho e sombrio que o engoliria até às seis horas da tarde. O vento é cortante. Apressando os passos para buscar calor das máquinas, avista, não muito longe do portão, um vulto que lança um olhar observador e um cordial bom dia.

— A entrada é só para o pessoal — vai logo dizendo.

— Exatamente — responde ele, gelado pelo frio.

O homem enruga a testa: não compreendeu sua resposta. Mário entende perfeitamente aquela atitude, pois sem dúvida alguma tratava-se de um novo funcionário.

— Qual é o teu nome ? — pergunta o vigilante com uma voz estranha, quase robótica.

— Barbosa, Mário Cândido Barbosa. Trabalho aqui há dois anos.

O vigilante, de dentro da penumbra de sua guarita, olha bem seu rosto: tinha certeza de que nunca o tinha visto. Como ele persistia em penetrar no interior da fábrica, recomendou que deveria procurar a gerência a fim de se esclarecer. Sem se aborrecer, concordou em ir, pois aproveitaria o momento para verificar a quantas andava seu pedido de reajuste salarial, que há tanto necessitava, e que fora proposto por ele anteriormente. A medida que se aproxima da sala, seu coração pulsa cada vez mais forte, pois pressente que alguma coisa ruim está para acontecer. Abriu a porta e de repente um arrepio passou pelo seu corpo. Olhou em redor da sala. O coração bate mais forte. Olhou em volta mais profundamente. Que teria acontecido?

Estaria, de fato, acontecendo o que via? Ou talvez estivesse sonhando o tempo todo?

As perguntas lhe martelam na cabeça. Fixando os olhos em direção aos gerentes é tomado de vertigem. Esforçou-se por gritar, mas a voz não saía. Seu rosto ficou pálido, os olhos aterrorizados. Tentou fugir, mas suas pernas não obedeciam. Sua face ia se encharcando de suor. Com muito esforço, soltou um grito e fugiu como um desvairado pelo corredor afora. Por um instante sente seu corpo arremessado no ar, e chocando-se depois com os degraus de mármore. Foi rolando, rolando com espantosa velocidade, indo parar no chão áspero do pé da escada. Subitamente é agarrado por homens e, num esforço gigantesco tenta fugir, mas a tensão de seus músculos é esmagada pelo peso dos corpos da segurança. Inesperadamente sente uma picada no braço e logo uma névoa turva seus olhos. Uma confusão de vozes incompreensíveis penetra em seus ouvidos. Com muito esforço ainda consegue ver as faces totalmente transfiguradas dos gerentes que ao seu redor, pouco a pouco iam sumindo, sumindo...

O relógio despertou estrondosamente. Mário ergueu-se para dar fim ao barulho insuportável do despertador, mas suas vistas escureceram e ele torna a repousar a cabeça no travesseiro. Sentindo frio ele repuxa o cobertor até o pescoço. O relógio vai tocando, tocando e, pouco a pouco, silencia. No quarto escuro o silêncio é total. Precisa se levantar e ir para o local de trabalho, mas sente-se fraco, com algumas dores no corpo e a sensação de ter sido dopado dentro da fábrica e levado de volta para sua casa. Várias imagens saltavam-lhe à consciência trazendo em desordens os fatos que vivera no dia anterior.

Teria sido pesadelo? O que sente, no entanto, era demasiadamente real e quando os revivia, na ordem existente dos fatos, exacerba-se sua indignação. "Não era possível", pensa naquele amontoado de alucinações. Como tudo poderia ter mudado do dia para a noite? A gerência já não era a mesma; robôs atuando como empregados em todos os setores da fábrica. Os computadores com sistema de inteligência artificial pareciam uma alucinação de sua mente.

Antes que enlouqueça, pensa que é preciso levantar-se e ir até a fábrica para verificar se o ocorrido era real ou fruto de um transtorno mental. Levanta-se e sente um pouco de vertigem, mas dirigiu-se até o banheiro. Lavou o rosto e repassando a mão na face sentiu a barba de dois dias por fazer. Abriu o rústico armário e retirou o espelho que usava exclusivamente para isto. Ergueu-o até à altura de seu rosto e seus olhos ficaram fixos como numa cena de horror. A imagem refletida torna-se mais irreal: muito difícil de acreditar que aquele rosto que há um dia atrás era jovem e cheio de vida estivesse velho, enrugado e acabado. Estaria perdendo a noção da própria existência? Soltou o espelho que se quebrou no chão em dezenas de pedaços e voltou para o quarto atordoado.

Queria dormir, mas era impossível. Uma dúvida surgiu de chofre e rapidamente procura o calendário, mas não encontrou. Foi até a cozinha e se deparou com uma folha de jornal toda amassada. Desenrolou-a com as mãos trêmulas, procura a data e sente uma imensa vontade de chorar. "Meu Deus!", pensa ele, "como é possível tal coisa"? Que havia sido de si durante tantos anos? Aconteceu o que ele tanto temia e era impossível fugir do fato? Seu pensamento atravessou um vazio de vinte e seis anos e surgiram imagens de sua vida passada, uma vida que fora tão pobre; lembrou-se da mãe, dos irmãos, da garota que desejou e exaltou em seus pobres poemas, da fábrica, de seu amigo José Carlos com quem conversava sobre o sentido da vida. O que seriam deles hoje? Atordoado vai ao encontro de um som que sai de um televisor (de espessura tão fina que quase se fundia com a parede) sintonizado num canal de notícias, onde ele ouve: "o único sobrevivente da pandemia de Codiv-19 que matou centenas de operários da mesma fábrica em 2020, depois de vinte e seis anos em estado de coma, milagrosamente recobrou a consciência".

A porta de entrada da casa se abre e Mário vê dois olhos tristes, que parecem ter sofrido todas as dores possíveis, entrarem para fazer seu serviço de rotina...

Colofão

João Urban

Trabalhei por vários anos no edifício Tijucas, em Curitiba, e nem assim havia ouvido o famoso trompetista. Diziam que era um dentista muito conhecido, outros diziam que era um advogado, mas todos concordavam em dizer que após encerrar os seus trabalhos brindava a vizinhança com uma apresentação de seu talento musical.

Muitos anos depois de ter trabalhado lá, um dia passava com alguns amigos diante do edifício, não me recordo exatamente de onde a gente vinha, ou para onde íamos, também me parecia que a noite já estava adiantada, também não lembro qual era a música, e sim, lá estava o lendário personagem... e era muito bom ouvir sua música.

Imediatamente me ocorreu registrar a cena e saquei automaticamente a câmara. Vi então que o filme havia acabado, pedi ao Magelinha que me emprestasse um de seus Tri-X. Ele também não tinha, mas ainda tinha filme na sua câmara. Me passou sua F-2 e disse brincalhão: "Tem de ser na primeira! pode ser a última chapa...! É uma ponta..." Troquei a objetiva por uma tele, fotometrei com cuidado. Usando abertura 2,8 com 60, numa 180 mm, tinha que estar com a mão firme.

Fiz uma, duas, a terceira já não deu. Rimos duvidando que houvesse "saído" alguma coisa. Tempos depois o Magela me entregou uma cópia feita por ele, que guardo com carinho, e o fotograma, que na verdade foi o único, pois a chapa seguinte do filme rebobinado, já estava velada. A fotografia não estava tremida, provavelmente a gente ainda não havia bebido...

pólen soft 80 gr/m2
tipologia book antiqua
impresso no outono de 2020